L'EMPIRE DES LOUPS

JEAN-CHRISTOPHE GRANGÉ

L'Empire des Loups

ROMAN

ALBIN MICHEL

Pour Priscilla

UN

– Rouge.

Anna Heymes se sentait de plus en plus mal à l'aise. L'expérience ne présentait aucun danger mais l'idée qu'on puisse lire à cet instant dans son cerveau la troublait en profondeur.

– Bleu.

Elle était allongée sur une table en inox, au centre d'une salle plongée dans la pénombre, sa tête insérée dans l'orifice central d'une machine blanche et circulaire. Juste au-dessus de son visage, était fixé un miroir incliné, sur lequel étaient projetés des petits carrés. Elle devait simplement reconnaître à voix haute les couleurs qui apparaissaient.

– Jaune.

Une perfusion s'écoulait lentement dans son bras gauche. Le Dr Eric Ackermann lui avait brièvement expliqué qu'il s'agissait d'un traceur dilué, permettant de localiser les afflux de sang dans son cerveau.

D'autres couleurs défilèrent. Vert. Orange. Rose... Puis le miroir s'éteignit.

Anna demeurait immobile, les bras le long du corps, comme dans un sarcophage. Elle distinguait, à quelques mètres sur sa gauche, la clarté vague, aquatique, de la cabine vitrée où se tenaient Eric Ackermann et Laurent, son mari. Elle imaginait les deux hommes face aux écrans d'observation, scrutant l'activité de ses neurones. Elle se sentait épiée, pillée, comme violée dans son intimité la plus secrète.

La voix d'Ackermann retentit dans l'écouteur fixé à son oreille :

– Très bien, Anna. Maintenant, les carrés vont s'animer. Tu décriras simplement leurs mouvements. En utilisant un seul mot chaque fois : droite, gauche, haut, bas...

Les figures géométriques se déplacèrent aussitôt, formant une mosaïque bigarrée, fluide et souple comme un banc de poissons minuscules. Elle prononça dans le micro relié à son oreillette :

– Droite.

Les carrés remontèrent vers le bord supérieur du cadre.

– Haut.

L'exercice dura plusieurs minutes. Elle parlait d'une voix lente, monocorde, se sentant gagnée par la torpeur ; la chaleur du miroir renforçait encore son engourdissement. Elle n'allait pas tarder à sombrer dans le sommeil.

– Parfait, dit Ackermann. Je vais te soumettre cette fois une histoire, racontée de plusieurs manières. Tu écoutes chacune des versions très attentivement.

– Qu'est-ce que je dois dire ?

– Pas un mot. Tu te contentes d'écouter.

Après quelques secondes, une voix féminine retentit dans l'écouteur. Le discours était prononcé dans une langue étrangère ; des consonances asiatiques peut-être, ou orientales.

Bref silence. L'histoire recommença, en français. Mais la syntaxe n'était pas respectée : verbes à l'infinitif, articles non accordés, liaisons non appliquées...

Anna tenta de décrypter ce langage bancal mais une autre version débutait déjà. Des mots absurdes se glissaient maintenant dans les phrases... Qu'est-ce que tout cela signifiait ? Le silence emplit tout à coup ses tympans, l'enfonçant davantage dans l'obscurité du cylindre.

Le médecin reprit, après un temps :

— Test suivant. A chaque nom de pays, tu me donnes sa capitale.

Anna voulut acquiescer mais le premier nom sonna à son oreille :

— Suède.

Elle prononça sans réfléchir :

— Stockholm.

— Venezuela.

— Caracas.

— Nouvelle-Zélande.

— Auckland. Non : Wellington.

— Sénégal.

— Dakar.

Chaque capitale lui venait naturellement à l'esprit. Ses réponses tenaient du réflexe, mais elle était heureuse de ces résultats ; sa mémoire n'était donc pas totalement perdue. Qu'est-ce qu'Ackermann et Laurent voyaient sur les écrans ? Quelles zones étaient en train de s'activer dans son cerveau ?

— Dernier test, avertit le neurologue. Des visages

vont apparaître. Tu les identifies à voix haute, le plus rapidement possible.

Elle avait lu quelque part qu'un simple signe – un mot, un geste, un détail visuel – déclenchait le mécanisme de la phobie ; ce que les psychiatres appellent le signal de l'angoisse. Signal : le terme était parfait. Dans son cas, le seul mot « visage » suffisait à provoquer le malaise. Aussitôt, elle étouffait, son estomac devenait lourd, ses membres s'ankylosaient – et ce galet brûlant dans sa gorge...

Un portrait de femme, en noir et blanc, apparut sur le miroir. Boucles blondes, lèvres boudeuses, grain de beauté au-dessus de la bouche. Facile :

– Marilyn Monroe.

Une gravure succéda à la photographie. Regard sombre, mâchoires carrées, cheveux ondulés :

– Beethoven.

Un visage rond, lisse comme une bonbonnière, fendu de deux yeux bridés.

– Mao Tsé-toung.

Anna était surprise de les reconnaître aussi facilement. D'autres suivirent : Michael Jackson, la Joconde, Albert Einstein... Elle avait l'impression de contempler les projections brillantes d'une lanterne magique. Elle répondait sans hésitation. Son trouble reculait déjà.

Mais soudain, un portrait la tint en échec ; un homme d'une quarantaine d'années, à l'expression encore juvénile, aux yeux proéminents. La blondeur de ses cheveux et de ses sourcils renforçait son air indécis d'adolescent.

La peur la traversa, comme une onde électrique ; une douleur pesa sur son torse. Ces traits éveillaient en elle

14

une réminiscence mais qui n'appelait aucun nom, aucun souvenir précis. Sa mémoire était un tunnel noir. Où avait-elle déjà vu cette tête ? Un acteur ? Un chanteur ? Une connaissance lointaine ? L'image céda la place à une figure tout en longueur, surmontée de lunettes rondes. Elle prononça, la bouche sèche :

– John Lennon.

Che Guevara apparut, mais Anna articula :

– Eric, attends.

Le carrousel continua. Un autoportrait de Van Gogh, aux couleurs acidulées, scintilla. Anna saisit la hampe du micro :

– Eric, s'il te plaît !

L'image s'éternisa. Anna sentait les couleurs et la chaleur se réfracter sur sa peau. Après une pause, Ackermann demanda :

– Quoi ?

– Celui que je n'ai pas reconnu : qui était-ce ?

Pas de réponse. Les yeux vairons de David Bowie vibrèrent sur le miroir orienté. Elle se redressa et dit plus fort :

– Eric, je t'ai posé une question : qui-é-tait-ce ?

La glace s'éteignit. En une seconde, ses yeux s'habituèrent à l'obscurité. Elle capta son reflet dans le rectangle oblique : livide, osseux. Le visage d'une morte.

Enfin, le médecin répondit :

– C'était Laurent, Anna. Laurent Heymes, ton mari.

2

– Depuis combien de temps souffres-tu de ces absences ?

Anna ne répondit pas. Il était près de midi : elle avait subi des examens toute la matinée. Radiographies, scanners, IRM, et, pour finir, ces tests dans la machine circulaire... Elle se sentait vidée, épuisée, perdue. Et ce bureau n'arrangeait rien : une pièce étroite, sans fenêtre, trop éclairée, où s'entassaient des dossiers en vrac, dans des armoires en ferraille ou posés à même le sol. Des gravures aux murs représentaient des cerveaux à nu, des crânes rasés portant des pointillés, comme prédécoupés. Tout ce qu'il lui fallait...

Eric Ackermann répéta :

– Depuis combien de temps, Anna ?

– Il y a plus d'un mois.

– Sois précise. Tu te souviens de la première fois, non ?

Bien sûr qu'elle s'en souvenait : comment aurait-elle pu oublier cela ?

– C'était le 4 février dernier. Un matin. Je sortais de la salle de bains. J'ai croisé Laurent dans le couloir. Il était prêt à partir pour le bureau. Il m'a souri. J'ai sursauté : je ne voyais pas de qui il s'agissait.

– Pas du tout ?

– Dans la seconde, non. Puis tout s'est replacé dans ma tête.

– Décris-moi exactement ce que tu as ressenti à cet instant.

Elle esquissa un mouvement d'épaules, un geste d'indécision sous son châle noir et mordoré :

– C'était une sensation bizarre, fugitive. Comme l'impression d'avoir déjà vécu quelque chose. Le malaise n'a duré que le temps d'un éclair (elle claqua des doigts) puis tout est redevenu normal.

– Qu'est-ce que tu as pensé à ce moment-là ?

– J'ai mis ça sur le compte de la fatigue.

Ackermann nota quelque chose sur un bloc posé devant lui, puis reprit :

– Tu en as parlé à Laurent, ce matin-là ?

– Non. Ça ne m'a pas paru si grave.

– La deuxième crise, quand est-elle survenue ?

– La semaine suivante. Il y en a eu plusieurs, coup sur coup.

– Toujours face à Laurent ?

– Toujours, oui.

– Et tu finissais chaque fois par le reconnaître ?

– Oui. Mais au fil des jours, le déclic m'a paru... Je ne sais pas... de plus en plus long à survenir.

– Tu lui en as parlé alors ?

– Non.

– Pourquoi ?

Elle croisa les jambes, posa ses mains frêles sur sa jupe de soie sombre – deux oiseaux aux plumes pâles :

– Il me semblait qu'en parler aggraverait le problème. Et puis...

Le neurologue releva les yeux ; ses cheveux roux se reflétaient sur l'arc de ses lunettes :

— Et puis ?

— Ce n'est pas une chose facile à annoncer à son mari. Il...

Elle sentait la présence de Laurent, debout derrière elle, adossé aux meubles de fer.

— Laurent devenait pour moi un étranger.

Le médecin parut percevoir son trouble ; il préféra changer de cap :

— Ce problème de reconnaissance, le rencontres-tu avec d'autres visages ?

— Parfois, hésita-t-elle. Mais c'est très rare.

— Face à qui, par exemple ?

— Chez les commerçants du quartier. A mon travail, aussi. Je ne reconnais pas certains clients, qui sont pourtant des habitués.

— Et tes amis ?

Anna fit un geste vague :

— Je n'ai pas d'amis.

— Ta famille ?

— Mes parents sont décédés. J'ai seulement quelques oncles et cousins dans le Sud-Ouest. Je ne vais jamais les voir.

Ackermann écrivit encore ; ses traits ne trahissaient aucune réaction. Ils paraissaient figés dans de la résine.

Anna détestait cet homme : un proche de la famille de Laurent. Il venait parfois dîner chez eux mais il demeurait, en toutes circonstances, d'une froideur de givre. A moins, bien sûr, qu'on n'évoquât ses champs de recherche — le cerveau, la géographie cérébrale, le système cognitif humain. Alors, tout changeait : il s'emportait, s'exaltait, battait l'air de ses longues pattes rousses.

– C'est donc le visage de Laurent qui te pose le problème majeur ? reprit-il.

– Oui. Mais c'est aussi le plus proche. Celui que je vois le plus souvent.

– Souffres-tu d'autres troubles de la mémoire ?

Anna se mordit la lèvre inférieure. Encore une fois, elle hésita :

– Non.

– Des troubles de l'orientation ?

– Non.

– Des défauts d'élocution ?

– Non.

– As-tu du mal à effectuer certains mouvements ?

Elle ne répondit pas, puis esquissa un faible sourire :

– Tu penses à Alzheimer, n'est-ce pas ?

– Je vérifie, c'est tout.

C'était la première affection à laquelle Anna avait songé. Elle s'était renseignée, avait consulté des dictionnaires médicaux : la non-reconnaissance des visages est un des symptômes de la maladie d'Alzheimer.

Ackermann ajouta, du ton qu'on utilise pour raisonner un enfant :

– Tu n'as absolument pas l'âge. Et de toute façon, je l'aurais vu dès les premiers examens. Un cerveau atteint par une maladie neurodégénérative possède une morphologie très spécifique. Mais je dois te poser toutes ces questions pour effectuer un diagnostic complet, tu comprends ?

Il n'attendit pas de réponse et répéta :

– Tu as du mal à effectuer des mouvements ou non ?

– Non.

– Pas de troubles du sommeil ?

– Non.

– Pas de torpeur inexplicable ?

– Non.

– Des migraines ?

– Aucune.

Le médecin ferma son bloc et se leva. Chaque fois, c'était la même surprise. Il mesurait près d'un mètre quatre-vingt-dix, pour une soixantaine de kilos. Un échalas qui portait sa blouse blanche comme si on la lui avait donnée à sécher.

Il était d'une rousseur totale, brûlante ; sa tignasse crépue, mal taillée, était couleur de miel ardent ; des grains d'ocre parsemaient sa peau jusque sur ses paupières. Son visage était tout en angles, affûté encore par ses lunettes métalliques, fines comme des lames.

Cette physionomie semblait le placer à l'abri du temps. Il était plus âgé que Laurent, environ cinquante ans, mais ressemblait encore à un jeune homme. Les rides s'étaient dessinées sur son visage sans parvenir à atteindre l'essentiel : ces traits d'aigle, acérés, indéchiffrables. Seules des cicatrices d'acné creusaient ses joues et lui donnaient une chair, un passé.

Il fit quelques pas dans l'espace réduit du bureau, en silence. Les secondes s'étirèrent. N'y tenant plus, Anna demanda :

– Bon sang, qu'est-ce que j'ai ?

Le neurologue secoua un objet métallique à l'intérieur de sa poche. Des clés, sans doute ; mais ce fut comme une sonnette qui déclencha son discours :

– Laisse-moi d'abord t'expliquer l'expérience que nous venons de pratiquer.

– Il serait temps, oui.

– La machine que nous avons utilisée est une caméra à positons. Ce qu'on appelle chez les spécialistes un « Petscan ». Cet engin s'appuie sur la technologie de la tomographie à émission de positons : la TEP. Cela permet d'observer les zones d'activité du cerveau en temps réel, en localisant les concentrations sanguines de l'organe. J'ai voulu procéder avec toi à une sorte de révision générale. Vérifier le fonctionnement de plusieurs grandes zones cérébrales dont on connaît bien la localisation. La vision. Le langage. La mémoire.

Anna songea aux différents tests. Les carrés de couleur ; l'histoire racontée de plusieurs manières distinctes ; les noms de capitales. Elle n'avait aucun mal à situer chaque exercice dans ce contexte, mais Ackermann était lancé :

– Le langage par exemple. Tout se passe dans le lobe frontal, dans une région subdivisée elle-même en sous-systèmes, consacrés respectivement à l'audition, au lexique, à la syntaxe, à la signification, à la prosodie... (Il pointait son doigt sur son crâne.) C'est l'association de ces zones qui nous permet de comprendre et d'utiliser la parole. Grâce aux différentes versions de mon petit conte, j'ai sollicité dans ta tête chacun de ces systèmes.

Il ne cessait d'aller et venir dans la pièce exiguë. Les gravures au mur apparaissaient et disparaissaient au fil de ses pas. Anna aperçut un dessin étrange, représentant un singe coloré doté d'une grande bouche et de mains géantes. Malgré la chaleur des néons, elle avait l'échine glacée.

– Et alors ? souffla-t-elle.

Il ouvrit ses mains en un mouvement qui se voulait rassurant :

– Alors, tout va bien. Langage. Vision. Mémoire. Chaque aire s'est activée normalement.

– Sauf quand on m'a soumis le portrait de Laurent.

Ackermann se pencha sur son bureau et fit pivoter l'écran de son ordinateur. Anna découvrit l'image numérisée d'un cerveau. Une coupe de profil, vert luminescent ; l'intérieur était absolument noir.

– Ton cerveau au moment où tu observais la photographie de Laurent. Aucune réaction. Aucune connexion. Une image plate.

– Qu'est-ce que ça veut dire ?

Le neurologue se redressa et fourra de nouveau ses mains dans ses poches. Il bomba le torse en une posture théâtrale : c'était le grand moment du verdict.

– Je pense que tu souffres d'une lésion.

– Une lésion ?

– Qui touche spécifiquement la zone de reconnaissance des visages.

Anna était stupéfaite :

– Il existe une zone des... visages ?

– Oui. Un dispositif neuronal spécialisé dans cette fonction, situé dans l'hémisphère droit, dans la partie ventrale du temporal, à l'arrière du cerveau. Ce système a été découvert dans les années 50. Des personnes qui avaient été victimes d'un accident vasculaire dans cette région ne reconnaissaient plus les visages. Depuis, grâce au Petscan, nous l'avons localisée avec plus de précision encore. On sait par exemple que cette aire est particulièrement développée chez les « physionomistes », les types qui surveillent l'entrée des boîtes, des casinos.

– Mais je reconnais la plupart des visages, tenta-t-elle d'argumenter. Pendant le test, j'ai identifié tous les portraits...

– Tous les portraits, sauf celui de ton mari. Et ça, c'est une piste sérieuse.

Ackermann joignit ses deux index sur ses lèvres, dans un signe ostentatoire de réflexion. Quand il n'était pas glacé, il devenait emphatique :

– Nous possédons deux types de mémoires. Il y a ce que nous apprenons à l'école et ce que nous apprenons dans notre vie personnelle. Ces deux mémoires n'empruntent pas le même chemin au sein du cerveau. Je pense que tu souffres d'un défaut de connexion entre l'analyse instantanée des visages et leur comparaison avec tes souvenirs personnels. Une lésion barre la route à ce mécanisme. Tu peux reconnaître Einstein, mais pas Laurent, qui appartient à tes archives privées.

– Et... ça se soigne ?

– Tout à fait. Nous allons déplacer cette fonction dans une partie saine de ta tête. C'est un des avantages du cerveau : sa plasticité. Pour cela, tu vas devoir suivre une rééducation : une sorte d'entraînement mental, des exercices réguliers, soutenus par des médicaments adaptés.

Le ton grave du neurologue démentait cette bonne nouvelle.

– Où est le problème ? demanda Anna.

– Dans l'origine de la lésion. Là, je dois avouer que je cale. Nous n'avons aucun signe de tumeur, aucune anomalie neurologique. Tu n'as pas subi de traumatisme crânien, ni d'accident vasculaire qui aurait privé d'irrigation cette partie du cerveau (il fit claquer sa langue). Il va falloir pratiquer de nouvelles analyses, plus profondes, afin d'affiner le diagnostic.

– Quelles analyses ?

Le médecin s'assit derrière son bureau. Son regard laqué se posa sur elle :

– Une biopsie. Un infime prélèvement de tissu cortical.

Anna mit quelques secondes à comprendre, puis une bouffée de terreur lui monta au visage. Elle se tourna vers Laurent mais vit qu'il lançait déjà un regard entendu à Ackermann. La peur céda la place à la colère : ils étaient complices. Son sort était réglé ; sans doute depuis le matin même.

Les mots tremblèrent entre ses lèvres :

– Il n'en est pas question.

Le neurologue sourit pour la première fois. Un sourire qui se voulait réconfortant, mais apparaissait totalement artificiel :

– Tu ne dois avoir aucune appréhension. Nous pratiquerons une biopsie stéréotaxique. Il s'agit d'une simple sonde qui...

– Personne ne touchera à mon cerveau.

Anna se leva et s'enroula dans son châle ; des ailes de corbeau doublées d'or. Laurent prit la parole :

– Tu ne dois pas le prendre comme ça. Eric m'a assuré que...

24

– Tu es de son côté ?

– Nous sommes tous de ton côté, assura
Ackermann.

Elle recula pour mieux englober les deux hypocrites.

– Personne ne touchera à mon cerveau, répéta-t-elle
d'une voix qui s'affirmait. Je préfère perdre complètement la mémoire, ou crever de ma maladie. Je ne
remettrai jamais les pieds ici.

Elle hurla soudain, prise de panique :

– Jamais, vous entendez ?

Anna refuse qu'on
touche à son cerveau, elle
pense que Dr et Laurent
complices de ?
Prob moments liens avec
son personnels supposément.

Elle courut dans le couloir désert, dévala les escaliers, puis s'arrêta net sur le seuil de l'immeuble. Elle sentit le vent froid appeler son sang sous sa chair. Le soleil inondait la cour. Anna songea à une clarté d'été, sans chaleur ni feuilles aux arbres, qu'on aurait glacée pour mieux la conserver.

De l'autre côté de la cour, Nicolas, le chauffeur, l'aperçut et jaillit de la berline pour lui ouvrir la portière. Anna lui fit un signe de tête négatif. D'une main tremblante, elle chercha dans son sac une cigarette, l'alluma, puis savoura la saveur âcre qui emplissait sa gorge.

L'institut Henri-Becquerel regroupait plusieurs immeubles de quatre étages, qui encadraient un patio ponctué d'arbres et de buissons serrés. Les façades ternes, grises ou roses, affichaient des avertissements vindicatifs : INTERDIT D'ENTRER SANS AUTORISATION ; STRICTEMENT RÉSERVÉ AU PERSONNEL MÉDICAL ; ATTENTION DANGER. Le moindre détail lui semblait hostile dans ce foutu hôpital.

Elle aspira encore une bouffée de cigarette, de toute sa gorge ; le goût du tabac brûlé l'apaisa, comme si elle avait jeté sa colère dans ce minuscule brasier. Elle ferma les paupières, plongeant dans le parfum étourdissant.

Des pas derrière elle.

Laurent la contourna sans un regard, traversa la cour puis ouvrit la portière arrière de la voiture. Il l'attendait, battant le bitume de ses mocassins cirés, le visage crispé. Anna balança sa Marlboro et le rejoignit. Elle se glissa sur le siège en cuir. Laurent fit le tour du véhicule et s'installa à ses côtés. Après ce petit manège silencieux, le chauffeur démarra et descendit la pente du parking, dans une lenteur de vaisseau spatial.

Devant la barrière blanche et rouge du portail, plusieurs soldats montaient la garde.

— Je vais récupérer mon passeport, prévint Laurent

Anna regardait ses mains : elles tremblaient toujours. Elle extirpa un poudrier de son sac et s'observa dans le miroir ovale. Elle s'attendait presque à découvrir des marques sur sa peau, comme si son bouleversement intérieur avait eu la violence d'un coup de poing. Mais non, elle avait le même visage poli et régulier, la même pâleur de neige, encadrée de cheveux noirs coupés à la Cléopâtre ; les mêmes yeux étirés vers les tempes, bleu sombre, dont les paupières s'abaissaient lentement, avec la paresse d'un chat.

Elle aperçut Laurent qui revenait. Il s'inclinait dans le vent, relevant le col de son manteau noir. Elle ressentit tout à coup la chaleur d'une onde. Le désir. Elle le contempla encore : ses boucles blondes, ses yeux saillants, ce tourment qui plissait son front... Il plaquait contre lui les pans de son manteau d'une main incertaine. Un mouvement de gamin craintif, précautionneux, qui ne cadrait pas avec sa puissance de haut fonctionnaire. Comme lorsqu'il commandait un cocktail et qu'il décrivait à coups de petites pincées les dosages qu'il souhaitait. Ou lorsqu'il glissait ses deux mains entre ses cuisses, épaules relevées, pour manifester le froid ou la gêne. C'était cette fragilité qui l'avait séduite ; ces failles, ces faiblesses, qui contrastaient avec son pouvoir réel. Mais qu'aimait-elle encore chez lui ? De quoi se souvenait-elle ?

Laurent s'installa de nouveau à ses côtés. La barrière se leva. Au passage, il adressa un salut appuyé aux hommes armés. Ce geste respectueux agaça de nouveau Anna. Son désir s'évanouit. Elle demanda avec dureté :

— Pourquoi tous ces flics ?

— Des militaires, rectifia Laurent. Ce sont des militaires.

La voiture se glissa dans la circulation. La place du Général-Leclerc, à Orsay, était minuscule, soigneusement ordonnée. Une église, une mairie, un fleuriste : chaque élément se détachait nettement.

— Pourquoi ces militaires ? insista-t-elle.

Laurent répondit d'un ton distrait :

— C'est à cause de l'Oxygène-15.

— De quoi ?

Il ne la regardait pas, ses doigts tapotaient la vitre.

— L'Oxygène-15. Le traceur qu'on t'a injecté dans le sang pour l'expérience. C'est un produit radioactif.

— Charmant.

Laurent se tourna vers elle ; son expression s'efforçait d'être rassurante mais ses pupilles trahissaient l'irritation :

— C'est sans danger.

28

– C'est parce que c'est sans danger qu'il y a tous ces gardes ?

– Ne fais pas l'idiote. En France, toute opération impliquant un matériau nucléaire est supervisée par le CEA. Le Commissariat à l'Energie Atomique. Et qui dit CEA, dit militaires, c'est tout. Eric est obligé de travailler avec l'armée.

Anna laissa échapper un ricanement. Laurent se raidit :

– Qu'est-ce qu'il y a ?

– Rien. Mais il a fallu que tu trouves le seul hôpital d'Ile-de-France où il y a plus d'uniformes que de blouses blanches.

Il haussa les épaules et se concentra sur le paysage. La voiture filait déjà sur l'autoroute, plongeant au fond de la vallée de la Bièvre. Des forêts sombres, brun et rouge ; des descentes et des montées à perte de vue.

Les nuages étaient de retour ; au loin, une lumière blanche peinait à se frayer un chemin parmi les fumées basses du ciel. Pourtant, il semblait qu'à tout moment le glacis du soleil allait prendre le dessus et enflammer le paysage.

Ils roulèrent durant plus d'un quart d'heure avant que Laurent reprenne :

– Tu dois faire confiance à Eric.

– Personne ne touchera à mon cerveau.

– Eric sait ce qu'il fait. C'est un des meilleurs neurologues d'Europe...

– Et un ami d'enfance. Tu me l'as répété mille fois.

– C'est une chance d'être suivie par lui. Tu...

– Je ne serai pas son cobaye.

– Son cobaye ? (Il détacha les syllabes.) Son-co-baye ? Mais de quoi tu parles ?

– Ackermann m'observe. Ma maladie l'intéresse, c'est tout. Ce type est un chercheur, pas un docteur.

Laurent soupira :

– Tu nages en plein délire. Vraiment, tu es...

– Cinglée ? (Elle eut un rire sans joie, s'abattant comme un rideau de fer.) Ce n'est pas un scoop.

Cet éclat de gaieté, lugubre, renforça la colère de son mari :

– Alors quoi ? Tu vas attendre les bras croisés que le mal gagne du terrain ?

– Personne ne dit que ma maladie va progresser.

Il s'agita sur son siège.

– C'est vrai. Excuse-moi. Je dis n'importe quoi.

Le silence emplit de nouveau l'habitacle.

Le paysage ressemblait de plus en plus à un feu d'herbes humides. Rougeâtre, renfrogné, mêlé de brumes grises. Les bois s'étendaient contre l'horizon, d'abord indistincts, puis, à mesure que la voiture se rapprochait, sous forme de griffes sanguines, de ciselures fines, d'arabesques noires...

De temps à autre, un village apparaissait, dardant un clocher de campagne. Puis un château d'eau, blanc, immaculé, vibrait dans la lumière frémissante. Jamais on ne se serait cru à quelques kilomètres de Paris.

Laurent lança sa dernière fusée de détresse :

– Promets-moi au moins d'effectuer de nouvelles analyses. Sans parler de la biopsie. Cela ne prendra que quelques jours.

– On verra.

– Je t'accompagnerai. J'y consacrerai le temps qu'il faudra. Nous sommes avec toi, tu comprends ?

Le « nous » déplut à Anna : Laurent associait encore Ackermann à sa bienveillance. Elle était déjà plus une patiente qu'une épouse.

Tout à coup, au sommet de la colline de Meudon, Paris apparut dans un éclatement de lumière. Toute la ville, déployant ses toits infinis et blancs, se mit à briller à la manière d'un lac gelé, hérissé de cristaux, d'arêtes de givre, de mottes de neige, alors que les immeubles de la Défense simulaient de hauts icebergs. Toute la cité brûlait au contact du soleil, ruisselante de clarté.

Cet éblouissement les plongea dans une stupeur muette ; ils traversèrent le pont de Sèvres puis sillonnèrent Boulogne-Billancourt, sans un mot.

Aux abords de la porte de Saint-Cloud, Laurent demanda :

– Je te dépose à la maison ?

– Non. Au boulot.

– Tu m'avais dit que tu prendrais ta journée.

La voix s'était teintée de reproche.

– Je pensais être plus fatiguée, mentit Anna. Et je ne veux pas lâcher Clothilde. Le samedi, la boutique est prise d'assaut.

– Clothilde, la boutique..., répéta-t-il sur un ton sarcastique.

– Eh bien ?

– Ce boulot, vraiment... Ce n'est pas digne de toi.

– De toi, tu veux dire.

Laurent ne répondit pas. Peut-être n'avait-il même pas entendu la dernière phrase. Il tendait le cou pour

31

voir ce qui se passait devant eux ; la circulation était au point mort sur le boulevard périphérique.

D'un ton d'impatience, il ordonna au chauffeur de les « sortir de là ». Nicolas comprit le message. Il extirpa de la boîte à gants un gyrophare magnétique, qu'il plaqua sur le toit de la voiture. Dans un hurlement de sirène, la Peugeot 607 se dégagea du trafic et reprit de la vitesse.

Nicolas ne lâcha plus l'accélérateur. Doigts crispés sur le dossier du siège avant, Laurent suivait chaque esquive, chaque coup de volant. Il ressemblait à un enfant concentré devant un jeu vidéo. Anna était toujours étonnée de découvrir que, malgré ses diplômes, malgré son poste de directeur au Centre des études et bilans du ministère de l'Intérieur, Laurent n'avait jamais oublié l'excitation du terrain, l'emprise de la rue. « Pauvre flic », pensa-t-elle.

Porte Maillot, ils quittèrent le boulevard périphérique et s'engagèrent dans l'avenue des Ternes ; le chauffeur éteignit enfin sa sirène. Anna entrait dans son univers quotidien. La rue du Faubourg-Saint-Honoré et ses chatoiements de vitrines ; la salle Pleyel et ses longues baies, au premier étage, où s'agitaient des danseuses rectilignes ; les arcades d'acajou de la boutique Mariage Frères où elle achetait ses thés rares.

Avant d'ouvrir sa portière elle dit, reprenant la conversation là où la sirène l'avait interrompue :

– Ce n'est pas simplement un boulot, tu le sais. C'est ma façon de rester en contact avec le monde extérieur. De ne pas devenir totalement givrée dans notre appartement.

Elle sortit de la voiture et se pencha encore vers lui :

– C'est ça ou l'asile, tu comprends ?

Ils échangèrent un dernier regard et, le temps d'un cillement, ils furent de nouveau alliés. Jamais elle n'aurait utilisé le mot « amour » pour désigner leur relation. C'était une complicité, un partage, en deçà du désir, des passions, des fluctuations imposées par les jours et les humeurs. Des eaux calmes, oui, souterraines, qui se mêlaient en profondeur. Ils se comprenaient alors entre les mots, entre les lèvres...

Tout à coup, elle reprit espoir. Laurent allait l'aider, l'aimer, la soutenir. L'ombre deviendrait ambre. Il demanda :

– Je passe te chercher ce soir ?

Elle fit « oui » de la tête, lui souffla un baiser, puis se dirigea vers la Maison du Chocolat.

4

Le carillon de la porte tinta comme si elle était une cliente ordinaire. Ces seules notes familières la réconfortèrent. Elle s'était portée candidate pour ce travail le mois précédent, après avoir repéré l'annonce dans la vitrine : elle cherchait alors seulement à se distraire de ses obsessions. Mais elle avait trouvé beaucoup mieux ici.

Un refuge.

Un cercle qui conjurait ses angoisses.

Quatorze heures ; la boutique était déserte. Clothilde avait sans doute profité de l'accalmie pour se rendre à la réserve ou au stock.

Anna traversa la salle. La boutique entière ressemblait à une boîte de chocolats, oscillant entre le brun et l'or. Au centre, le comptoir principal trônait comme un orchestre aligné, avec ses classiques noirs ou crème : carrés, palets, bouchées... A gauche, le bloc de marbre de la caisse supportait les « extras », les petits caprices qu'on cueillait à la dernière seconde, au moment de payer. A droite, se déployaient les produits dérivés : pâtes de fruits, bonbons, nougats, comme autant de variations sur le même thème. Au-dessus, sur les étagères, d'autres douceurs brillaient encore, enveloppées dans des sachets de papier cristal, dont les reflets brisés attisaient la gourmandise.

Anna remarqua que Clothilde avait achevé la vitrine de Pâques. Des paniers tressés supportaient des œufs et des poules de toutes tailles ; des maisons en chocolat, au toit en caramel, étaient surveillées par des petits cochons en pâte d'amandes ; des poussins jouaient à la balançoire, dans un ciel de jonquilles en papier.

– T'es là ? Super. Les assortiments viennent d'arriver.

Clothilde jaillit du monte-charge, au fond de la salle, actionné par une roue et un treuil à l'ancienne, qui permettait de hisser directement les caisses depuis le parking du square du Roule. Elle bondit de la plateforme, enjamba les boîtes empilées et se dressa devant Anna, radieuse et essoufflée.

Clothilde était devenue en quelques semaines un de ses repères protecteurs. Vingt-huit ans, un petit nez rose, des mèches blond-châtain voletant devant les yeux. Elle avait deux enfants, un mari « dans la banque », une maison à crédit et un destin tracé à l'équerre. Elle évoluait dans une certitude de bonheur qui déconcertait Anna. Vivre auprès de cette jeune femme était à la fois rassurant et irritant. Elle ne pouvait croire une seconde à ce tableau sans faille ni surprise. Il y avait dans ce credo une sorte d'obstination, de mensonge assumé. De toute façon, un tel mirage lui était inaccessible : à trente et un ans, Anna n'avait pas d'enfant et avait toujours vécu dans le malaise, l'incertitude, la crainte du futur.

– C'est l'enfer, aujourd'hui. Ça n'arrête pas.

Clothilde saisit un carton et se dirigea vers la

réserve, au fond du magasin. Anna passa son châle sur l'épaule et l'imita. Le samedi était un tel jour d'affluence qu'elles devaient profiter du moindre répit pour garnir de nouveaux plateaux.

Elles pénétrèrent dans la remise, une pièce aveugle de dix mètres carrés. Des amas de conditionnements et des planches de papier-bulles obstruaient déjà l'espace.

Clothilde déposa sa boîte et écarta ses cheveux d'un souffle, en avançant sa lèvre inférieure :

– Je t'ai même pas demandé : comment ça s'est passé ?

– Ils m'ont fait des examens toute la matinée. Le médecin a parlé d'une lésion.

– Une lésion ?

– Une zone morte dans mon cerveau. La région où on reconnaît les visages.

– C'est dingue. Ça se soigne ?

Anna posa son chargement et répéta machinalement les paroles d'Ackermann :

– Je vais suivre un traitement, oui. Des exercices de mémoire, des médicaments pour déplacer cette fonction dans une autre partie de mon cerveau. Une partie saine.

– Génial !

Clothilde arborait un sourire de liesse, comme si elle venait d'apprendre la rémission complète d'Anna. Ses expressions étaient rarement adaptées aux situations et trahissaient une indifférence profonde. En réalité, Clothilde était imperméable au malheur des autres. Le chagrin, l'angoisse, l'incertitude glissaient sur elle comme des gouttes d'huile sur une toile cirée. Pourtant, à cet instant, elle parut saisir sa gaffe.

La sonnette de la porte vint à son secours.

— J'y vais, dit-elle en tournant les talons. Installe-toi, je reviens.

Anna écarta quelques cartons et s'assit sur un tabouret. Elle commença à disposer sur un plateau des Roméo – des carrés de mousse au café frais. La pièce était déjà saturée par les effluves entêtants du chocolat. En fin de journée, leurs vêtements, leur sueur même exhalaient cette odeur, leur salive était chargée de sucre. On racontait que les serveurs de bar étaient saouls à force de respirer les vapeurs d'alcool. Les marchandes de chocolat engraissaient-elles à force de côtoyer des friandises ?

Anna n'avait pas pris un gramme. En réalité, elle ne prenait *jamais* un gramme. Elle mangeait comme on se purge et la nourriture elle-même semblait se méfier d'elle. Les glucides, les lipides et autres fibres passaient leur chemin à son contact...

Elle alignait les chocolats, et les paroles d'Ackermann lui revinrent à l'esprit. Une lésion. Une maladie. Une biopsie. Non : jamais elle ne se laisserait charcuter. Et surtout pas par ce type, avec ses gestes froids et son regard d'insecte.

D'ailleurs, elle ne croyait pas à son diagnostic.

Elle ne pouvait y croire.

Pour la simple raison qu'elle ne lui avait pas dit le tiers du quart de la vérité.

Depuis le mois de février, ses crises étaient beaucoup plus fréquentes qu'elle ne l'avait avoué. Ses absences la surprenaient maintenant à tout moment, dans n'importe quel contexte. Un dîner chez des amis ;

une visite chez le coiffeur ; un achat dans un magasin. Anna se retrouvait soudain entourée d'inconnus, de visages sans nom, au cœur de l'environnement le plus familier.

La nature même de ces altérations avait évolué.

Il ne s'agissait plus seulement de trous de mémoire, de plages opaques, mais aussi d'hallucinations terrifiantes. Les visages se troublaient, tremblaient, se déformaient sous ses yeux. Les expressions, les regards se mettaient à osciller, à flotter, comme au fond de l'eau.

Parfois, elle aurait pu croire à des figures de cire brûlante : elles fondaient et s'enfonçaient en elles-mêmes, donnant naissance à des grimaces démoniaques. D'autres fois, les traits vibraient, trépidaient, jusqu'à se superposer en plusieurs expressions simultanées. Un cri. Un rire. Un baiser. Tout cela aggluciné en une même physionomie. Un cauchemar.

Dans la rue, Anna marchait les yeux baissés. Dans les soirées, elle parlait sans regarder son interlocuteur. Elle devenait un être fuyant, tremblant, apeuré. Les « autres » ne lui renvoyaient plus que l'image de sa propre folie. Un miroir de terreur.

A propos de Laurent, elle n'avait pas non plus décrit avec exactitude ses sensations. En vérité, son trouble n'était jamais clos, jamais totalement résolu après une crise. Elle en conservait toujours une trace, un sillage de peur. Comme si elle ne reconnaissait pas tout à fait son mari ; comme si une voix lui murmurait : « C'est lui, mais ce n'est pas lui. »

Son impression profonde était que les traits de Laurent avaient changé, qu'ils avaient été modifiés par une opération de chirurgie esthétique.

Absurde.

Ce délire avait un contrepoint plus absurde encore. Alors même que son mari lui apparaissait comme un étranger, un client de la boutique éveillait en elle une réminiscence familière, lancinante. Elle était certaine de l'avoir déjà vu quelque part... Elle n'aurait su dire ni où ni quand, mais sa mémoire s'allumait en sa présence ; un vrai frémissement électrostatique. Pourtant, jamais l'étincelle ne donnait naissance à un souvenir précis.

L'homme venait une ou deux fois par semaine et achetait toujours les mêmes chocolats : des Jikola. Des carrés fourrés à la pâte d'amandes, proches des friandises orientales. Il s'exprimait d'ailleurs avec un léger accent – peut-être arabe. Âgé d'une quarantaine d'années, il était toujours vêtu de la même manière, un jean et une veste en velours élimé, boutonnée jusqu'au col, à la manière d'un éternel étudiant. Anna et Clothilde l'avaient surnommé « Monsieur Velours ».

Chaque jour, elles attendaient sa visite. C'était leur suspense, leur énigme, égayant la succession des heures à la boutique. Souvent, elles se perdaient en hypothèses. L'homme était un ami d'enfance d'Anna ; ou un ancien flirt ; ou au contraire un dragueur furtif, qui avait échangé avec elle quelques regards dans un cocktail...

Anna savait maintenant que la vérité était plus simple. Cette réminiscence n'était qu'une des formes de ses hallucinations, provoquée par sa lésion. Elle ne devait plus s'attarder sur ce qu'elle voyait, sur ce qu'elle ressentait face aux visages puisqu'elle ne possédait plus un système cohérent de références.

La porte de la réserve s'ouvrit. Anna sursauta – elle s'aperçut que les chocolats étaient en train de fondre entre ses doigts serrés. Clothilde apparut dans l'encadrement de la porte. Elle siffla entre ses mèches : « Il est là. »

Monsieur Velours se tenait déjà près des Jikola.

– Bonjour, s'empressa Anna. Qu'est-ce que vous désirez ?

– Deux cents grammes, comme d'habitude.

Elle se glissa derrière le comptoir central, attrapa une pince, un sachet de papier cristal, puis commença à placer les pièces de chocolat. En même temps, elle coula un regard vers l'homme, à travers ses cils baissés. Elle aperçut d'abord ses grosses chaussures, en cuir retourné, puis le jean trop long, qui plissait comme un accordéon, et enfin la veste de velours, couleur safran, où l'usure dessinait des plages sans côte d'un orange lustré.

Enfin, elle se risqua à scruter son visage.

C'était une tête rude, carrée, encadrée de cheveux hirsutes et châtains. Plutôt un visage de paysan qu'un faciès raffiné d'étudiant. Ses sourcils étaient froncés, en une expression de contrariété, ou même de colère rentrée.

Pourtant, Anna l'avait déjà remarqué, quand ses paupières s'ouvraient, elles révélaient de longs cils de fille et des iris mauves, aux contours noir doré ; le dos d'un bourdon survolant un champ de violettes sombres. Où avait-elle déjà vu ce regard ?

Elle posa le sachet sur la balance.

– Onze euros, s'il vous plaît.

L'homme paya, attrapa ses chocolats et tourna les talons. La seconde d'après, il était dehors.

Malgré elle, Anna le suivit jusqu'au seuil ; Clothilde la rejoignit. Elles regardèrent la silhouette traverser la rue du Faubourg-Saint-Honoré puis s'enfouir dans une limousine noire aux vitres fumées, portant une immatriculation étrangère.

Elles restèrent plantées là, sur le perron, comme deux sauterelles dans la lumière du soleil.

— Alors ? demanda enfin Clothilde. Qui c'est ? Tu ne sais toujours pas ?

La voiture disparut dans la circulation. En guise de réponse, Anna murmura :

— T'as une clope ?

Clothilde tira de sa poche de pantalon un paquet froissé de Marlboro Light. Anna inhala sa première bouffée, retrouvant l'apaisement du matin, dans la cour de l'hôpital. Clothilde déclara d'un ton sceptique :

— Y a quelque chose qui colle pas, dans ton histoire.

Anna se tourna, coude en l'air, cigarette dressée comme une arme :

— Quoi ?

— Admettons que tu aies connu ce mec et qu'il ait changé. Okay.

— Eh bien ?

Clothilde retroussa ses lèvres, produisant un son de canette décapsulée :

— Pourquoi, lui, il ne te reconnaît pas ?

Anna regarda les voitures filer sous le ciel terne, les gouaches de lumière zébrer leurs carrosseries. Au-delà, elle vit la devanture de bois de Mariage Frères, les vitraux froids du restaurant La Marée et son voiturier placide qui ne cessait de l'observer.

Ses mots se fondirent dans la fumée bleutée :

— Folle. Je deviens folle.

Une fois par semaine, Laurent retrouvait les mêmes
« camarades » pour le dîner. C'était un rituel infaillible,
une sorte de cérémonial. Ces hommes n'étaient pas des
amis d'enfance ni les membres d'un cercle particulier.
Ils ne partageaient aucune passion commune. Ils appartenaient simplement à la même corporation : ils étaient
flics. Ils s'étaient connus à des échelons divers et étaient
aujourd'hui parvenus, chacun dans son domaine, au
sommet de la pyramide.

Anna, comme les autres épouses, était rigoureuse-
ment exclue de ces rencontres ; et lorsque le dîner se
déroulait dans leur appartement de l'avenue Hoche,
elle était priée d'aller au cinéma.

Pourtant, trois semaines plus tôt, Laurent lui avait
proposé de se joindre à la réunion suivante. Elle avait
d'abord refusé, d'autant plus que son mari avait ajouté,
de son ton de garde-malade : « Tu verras, ça te distrai-
ra. » Puis elle s'était ravisée ; elle était finalement assez
curieuse de rencontrer des collègues de Laurent, d'observer d'autres profils de hauts fonctionnaires. Après
tout, elle ne connaissait qu'un seul modèle : le sien.

Elle n'avait pas regretté sa décision. Lors de cette
soirée, elle avait découvert des hommes durs mais pas-

sionnants, qui s'exprimaient entre eux sans tabou ni réserve. Elle s'était sentie comme une reine dans ce groupe, seule femme à bord, auprès de laquelle ces policiers rivalisaient d'anecdotes, de faits d'armes, de révélations.

Depuis ce premier soir, elle participait à chaque dîner et avait appris à mieux les connaître. A repérer leurs tics, leurs atouts – et aussi leurs obsessions. Ces dîners offraient une vraie photographie du monde de la police. Un monde en noir et blanc, un univers de violence et de certitudes, à la fois caricatural et fascinant.

Les participants étaient toujours les mêmes, à quelques exceptions près. Le plus souvent, c'était Alain Lacroux qui dirigeait les conversations. Grand, maigre, vertical, la cinquantaine exubérante, il ponctuait chaque fin de phrase d'un coup de fourchette ou d'un dodelinement de la tête. Même l'inflexion de son accent méridional participait à cet art de la finition, du cisèlement. Tout en lui chantait, ondulait, souriait – nul n'aurait pu soupçonner ses responsabilités réelles : il dirigeait la sous-direction des Affaires criminelles de Paris.

Pierre Caracilli était son opposé. Petit, trapu, sombre, il bougonnait en permanence, d'une voix lente qui possédait des vertus presque hypnotiques. C'était cette voix qui avait endormi les méfiances, extirpé des aveux aux criminels les plus endurcis. Caracilli était corse. Il occupait un poste important à la Direction de la Surveillance du Territoire (DST).

Jean-François Gaudemer n'était ni vertical, ni horizontal : c'était un roc compact, ramassé, têtu. A l'ombre d'un front haut et dégarni, ses yeux étaient animés d'une noirceur où semblaient couver des orages. Anna tendait toujours l'oreille lorsqu'il parlait. Ses propos étaient cyniques, ses histoires effrayantes, mais face à lui, on éprouvait une sorte de reconnaissance ; le sentiment ambigu qu'un voile se levait sur la trame cachée du monde. Il était le patron de l'OCTRIS (Office Central de Répression du Trafic Illicite des Stupéfiants). L'homme de la drogue en France.

Mais le préféré d'Anna était Philippe Charlier. Un colosse d'un mètre quatre-vingt-dix, qui craquait dans ses costumes de prix. Surnommé le « Géant Vert » par ses collègues, il avait une tête de boxeur, large comme une pierre, cadrée par une moustache et une tignasse poivre et sel. Il parlait trop fort, riait comme un moteur à explosion, et enrôlait de force son interlocuteur dans ses histoires drôles, en le prenant par l'épaule.

Pour le comprendre, il fallait un vrai lexique, tendance salace. Il disait « un os dans le slip » pour « érection », décrivait ses cheveux crépus comme des « poils de couilles » ; et lorsqu'il évoquait ses vacances à Bangkok, il résumait : « Emmener sa femme en Thaïlande, c'est comme emporter sa bière à Munich. »

Anna le trouvait vulgaire, inquiétant, mais irrésistible. Il émanait de lui une puissance bestiale, quelque chose d'intensément « flic ». On ne l'imaginait pas ailleurs que dans un bureau mal éclairé, arrachant des confessions aux suspects. Ou sur le terrain, à diriger des hommes armés de fusils d'assaut.

Laurent lui avait révélé que Charlier avait abattu de sang-froid au moins cinq hommes au cours de sa carrière. Son terrain de manœuvre était le terrorisme. DST, DGSE, DNAT : quelles que soient les initiales sous lesquelles il s'était battu, il avait toujours mené la même guerre. Vingt-cinq ans d'opérations clandestines, de coups de force. Quand Anna demandait plus de détails, Laurent balayait la réponse d'un geste : « Ce ne serait qu'une partie infime de l'iceberg. »

Ce soir-là, le dîner se déroulait justement chez lui, avenue de Breteuil. Un appartement haussmannien, aux parquets vernis, rempli d'objets coloniaux. Par curiosité, Anna avait fureté dans les pièces accessibles : pas la moindre trace d'une présence féminine ; Charlier était un célibataire endurci.

Il était 23 heures. Les convives étaient vautrés dans la position nonchalante d'une fin de repas, auréolés par la fumée de leur cigare.

En ce mois de mars 2002, quelques semaines avant les élections présidentielles, chacun rivalisait de prévisions, d'hypothèses, imaginant les changements qui surviendraient au sein du ministère de l'Intérieur selon le candidat élu. Ils semblaient tous prêts pour une bataille majeure, sans être certains d'y participer.

Philippe Charlier, assis près d'Anna, lui souffla en aparté :

– Ils nous emmerdent avec leurs histoires de flics. Tu connais celle du Suisse ?

Anna sourit :

– Tu me l'as racontée samedi dernier.

– Et celle de la Portugaise ?

– Non.

Charlier planta ses deux coudes sur la table :

– C'est une Portugaise qui s'apprête à descendre une piste de ski. Lunettes baissées, genoux fléchis, bâtons relevés. Un skieur arrive à sa hauteur et lui demande avec un large sourire : « Tout schuss ? » La Portugaise lui répond : « Ch'peux pas. Ch'ai les lèvres chercées. »

Elle mit une seconde à comprendre puis éclata de rire. Les blagues du policier ne dépassaient jamais la hauteur de la braguette mais elles avaient le mérite d'être inédites. Elle riait encore quand le visage de Charlier se troubla. D'un coup, ses traits perdirent en netteté ; ils ondulèrent, littéralement, au sein de sa figure.

Anna détourna les yeux et tomba sur les autres convives. Leurs traits tremblaient eux aussi, se désaxaient, formant une vague d'expressions contradictoires, monstrueuses, mêlant les chairs, les rictus, les hurlements...

Un spasme la souleva. Elle se mit à respirer par la bouche.

– Ça ne va pas ? s'inquiéta Charlier.

– Je... J'ai chaud. Je vais me rafraîchir.

– Tu veux que je te montre ?

Elle posa la main sur son épaule et se leva :

– Ça va. Je vais trouver.

Elle longea le mur, s'appuyant sur l'angle de la cheminée, butant contre une table roulante, provoquant une vague de cliquetis...

Depuis le seuil, elle lança un regard derrière elle : la mer des masques se levait toujours. Une sarabande de cris, de rides en fusion, de chairs troublées qui jaillissaient pour la poursuivre. Elle franchit la porte en retenant un hurlement.

Le vestibule n'était pas éclairé. Les manteaux accrochés dessinaient des formes inquiétantes, des portes entrouvertes révélaient des rais d'obscurité. Anna s'arrêta face à un miroir cerné d'or vieilli. Elle contempla son image : une pâleur de papier vélin, une phosphorescence de spectre. Elle saisit ses épaules qui tremblaient sous son pull de laine noire.

Soudain, dans la glace, un homme apparaît derrière elle.

Elle ne le connaît pas ; il n'était pas au dîner. Elle se retourne pour lui faire face. Qui est-il ? Par où est-il arrivé ? Sa physionomie est menaçante ; quelque chose de tordu, de défiguré plane sur son visage. Ses mains brillent dans l'ombre comme deux armes blanches...

Anna recule, s'enfonce parmi les manteaux suspendus. L'homme s'avance. Elle entend les autres qui parlent dans la pièce voisine ; elle veut crier, mais sa gorge est comme tapissée de coton en flammes. Le visage n'est plus qu'à quelques centimètres. Un reflet de la psyché lui passe dans les yeux, un signal d'or éclabousse ses prunelles...

— Tu veux qu'on s'en aille maintenant ?

Anna étouffa un gémissement : c'était la voix de Laurent. Aussitôt, le visage retrouva son apparence familière. Elle sentit deux mains la soutenir et comprit qu'elle s'était évanouie.

— Bon sang, demanda Laurent, qu'est-ce que tu as ?

— Mon manteau. Donne-moi mon manteau, ordonna-t-elle en se libérant de ses bras.

Le malaise ne se dissipait pas. Elle ne reconnaissait pas complètement son époux. Une conviction l'habitait encore : oui, ses traits étaient transformés, c'était un visage modifié, qui possédait un secret, une zone opaque...

Laurent lui tendit son duffle-coat. Il tremblait. Il avait sans doute peur pour elle, mais aussi pour lui. Il craignait que ses compagnons ne saisissent la situation : un des plus hauts responsables du ministère de l'Intérieur avait une épouse cinglée.

Elle se glissa dans son manteau et savoura le contact de la doublure. Elle aurait voulu s'y enfouir pour toujours et disparaître...

Des éclats de rire résonnaient dans le salon.

– Je vais leur dire au revoir pour nous deux.

Elle entendit des intonations de reproche, puis de nouveaux rires. Anna lança un dernier coup d'œil dans le miroir. Un jour, bientôt, elle se demanderait face à cette silhouette : « Qui est-ce ? »

Laurent réapparut. Elle murmura :

– Emmène-moi. Je veux rentrer. Je veux dormir.

6

Mais le mal la poursuivait dans son sommeil.

Depuis l'apparition de ses crises, Anna faisait toujours le même rêve. Des images en noir et blanc qui défilaient à une cadence incertaine, comme dans un film muet.

La scène était chaque fois identique : des paysans à l'air affamé attendaient, de nuit, sur le quai d'une gare ; un train de marchandises arrivait, dans un flot de vapeur. Une paroi s'ouvrait. Un homme, coiffé d'une casquette, apparaissait et se penchait pour saisir un drapeau qu'on lui tendait ; l'étendard portait un sigle étrange : quatre lunes disposées en étoile cardinale.

L'homme se redressait alors, haussant ses sourcils très noirs. Il haranguait la foule, faisant virevolter sa banderole dans le vent, mais on n'entendait pas ses paroles. A la place, une sorte de toile sonore s'élevait : un murmure atroce, composé de soupirs et de sanglots d'enfants.

Le chuchotement d'Anna se mêlait alors au chœur déchirant. Elle s'adressait aux jeunes voix : « Où êtes-vous ? », « Pourquoi pleurez-vous ? »

En guise de réponse, le vent se levait sur le quai de la gare. Les quatre lunes, sur le drapeau, se mettaient à scintiller comme du phosphore. La scène basculait dans le cauchemar pur. Le manteau de l'homme s'entrouvrait, révélant une cage thoracique nue, ouverte, vidée ; puis une bourrasque émiettait son visage. Les chairs s'effritaient, comme des cendres, à partir des oreilles, découvrant des muscles saillants et noirs...

Anna se réveilla en sursaut.

Les yeux ouverts dans l'obscurité, elle ne reconnut rien. Ni la chambre. Ni le lit. Ni le corps qui dormait à ses côtés. Il lui fallut quelques secondes pour se familiariser avec ces formes étrangères. Elle s'adossa au mur et s'essuya le visage, couvert de sueur.

Pourquoi ce rêve revenait-il encore ? Quel était le lien avec sa maladie ? Elle était certaine qu'il s'agissait d'un autre versant du mal ; un écho mystérieux, un contrepoint inexplicable à sa dégradation mentale. Elle appela dans la nuit :

– Laurent ?

Dos tourné, son mari ne bougea pas. Anna attrapa son épaule :

– Laurent, tu dors ?

Il y eut un mouvement vague, des froissements de draps. Puis elle vit son profil se découper dans les ténèbres. Elle insista, à voix basse :

– Tu dors ?

– Plus maintenant.

– Je... Je peux te poser une question ?

Il se souleva à demi et cala sa tête dans les oreillers :

– J'écoute.

Anna baissa d'un ton – les sanglots du rêve résonnaient encore sous son crâne :

– Pourquoi... (Elle hésita.) Pourquoi nous n'avons pas d'enfant ?

Durant une seconde, rien ne bougea. Puis Laurent écarta les draps et s'assit au bord du lit, lui tournant de nouveau le dos. Le silence semblait tout à coup chargé de tension, d'hostilité.

Il se frotta le visage, avant de prévenir :

– On va retourner voir Ackermann.

– Quoi ?

– Je vais lui téléphoner. On va prendre rendez-vous à l'hôpital.

– Pourquoi tu dis ça ?

Il jeta par-dessus son épaule :

– Tu as menti. Tu nous as raconté que tu ne souffrais pas d'autres troubles de la mémoire. Qu'il n'y avait que ce problème avec les visages.

Anna comprit qu'elle venait de commettre une gaffe ; sa question révélait un nouvel abîme dans sa tête. Elle ne voyait que la nuque de Laurent, ses boucles vagues, son dos étroit, mais elle devinait son abattement, sa colère aussi.

– Qu'est-ce que j'ai dit ? risqua-t-elle.

Laurent pivota de quelques degrés :

– Tu n'as jamais voulu d'enfant. C'était ta condition pour m'épouser. (Il monta le ton, dressant sa main gauche.) Même le soir de notre mariage, tu m'as fait jurer que je ne te demanderais jamais ça. Tu perds la boule, Anna. Il faut réagir. Il faut faire ces examens. Comprendre ce qui se passe. On doit stopper ça ! Merde !

Anna se blottit à l'autre bout du lit :

– Donne-moi encore quelques jours. Il doit y avoir une autre solution.

– Quelle solution ?

– Je ne sais pas. Quelques jours. S'il te plaît.

Il s'allongea de nouveau et s'enfouit la tête sous les draps :

– J'appellerai Ackerman mercredi prochain.

Inutile de le remercier : Anna ne savait même pas pourquoi elle avait demandé un sursis. A quoi bon nier l'évidence ? Le mal était en train de gagner, neurone après neurone, chaque région de son cerveau.

Elle se glissa sous les couvertures, mais à bonne distance de Laurent, et réfléchit à cette énigme des enfants. Pourquoi avait-elle exigé un tel serment ? Quelles étaient ses motivations à l'époque ? Elle n'avait aucune réponse. Sa propre personnalité lui devenait étrangère.

Elle remonta jusqu'à son mariage. Il y avait huit ans. Elle était alors âgée de vingt-trois ans. De quoi se souvenait-elle au juste ?

Un manoir à Saint-Paul-de-Vence, des palmiers, des étendues de gazon jaunies par le soleil, des rires d'enfants. Elle ferma les yeux, cherchant à retrouver les sensations. Une ronde s'allongeant en ombres chinoises sur la surface d'une pelouse. Elle voyait aussi des tresses de fleurs, des mains blanches...

Soudain, une écharpe de tulle flotta dans sa mémoire ; le tissu virevolta devant ses yeux, troublant la ronde, tamisant le vert de l'herbe, accrochant la lumière dans ses mouvements fantasques.

L'étoffe se rapprocha, au point qu'elle put sentir sa trame sur son visage, puis s'enroula autour de ses lèvres. Anna ouvrit la bouche dans un rire mais les mailles s'enfoncèrent dans sa gorge. Elle haleta, le voile se plaqua violemment sur son palais. Ce n'était plus du tulle : c'était de la gaze.

De la gaze chirurgicale, qui l'asphyxiait.

Elle hurla dans la nuit ; son cri ne produisit aucun son. Elle ouvrit les yeux : elle s'était endormie. Sa bouche s'écrasait dans l'oreiller.

Quand tout cela finirait-il ? Elle se redressa et sentit encore la sueur sur sa peau. C'était ce voile visqueux qui avait provoqué la sensation d'étouffement.

Elle se leva et se dirigea vers la salle de bains, qui jouxtait la chambre. A tâtons, elle trouva l'embrasure et referma la porte avant d'allumer. Elle appuya sur le commutateur puis pivota vers le miroir, au-dessus du lavabo.

Son visage était couvert de sang.

Des traînées rouges s'étalaient sur son front ; des croûtes se nichaient sous ses yeux, près des narines, autour des lèvres. Elle crut d'abord qu'elle s'était blessée. Puis elle s'approcha de la glace : elle avait simplement saigné du nez. En voulant s'essuyer dans l'obscurité, elle s'était barbouillée avec son propre sang. Son sweat-shirt en était trempé.

Elle ouvrit le robinet d'eau froide et tendit ses mains, inondant l'évier d'un tourbillon rosâtre. Une conviction l'envahit : ce sang incarnait une vérité qui tentait de s'extirper de sa chair. Un secret que sa conscience refusait de reconnaître, de formaliser, et qui s'échappait en flux organiques de son corps.

Elle plongea son visage sous le jet de fraîcheur, mêlant ses sanglots aux tresses translucides. Elle ne cessait de chuchoter à l'eau bruissante :

– Mais qu'est-ce que j'ai ? Qu'est-ce que j'ai ?

DEUX

Une petite épée en or.

Il la voyait ainsi dans son souvenir. En réalité, il le savait, c'était un simple coupe-papier en cuivre, au pommeau ciselé à la manière espagnole. Paul, huit ans, venait de le voler dans l'atelier de son père et s'était réfugié dans sa chambre. Il se rappelait parfaitement l'atmosphère de l'instant. Les volets clos. La chaleur écrasante. La quiétude de la sieste.

Un après-midi d'été comme un autre.

Sauf que ces quelques heures avaient bouleversé son existence à jamais.

– Qu'est-ce que tu caches dans ta main ?

Paul ferma son poing ; sa mère se tenait sur le seuil de la pièce :

– Montre-moi ce que tu caches.

La voix était calme, seulement teintée de curiosité. Paul serra les doigts. Elle s'avança dans la pénombre, franchissant les rais de soleil qui filtraient des persiennes ; puis elle s'assit au bord du lit, lui ouvrant doucement la main :

– Pourquoi tu as pris ce coupe-papier ?

Il ne voyait pas ses traits, plongés dans l'ombre :

– Pour te défendre.

– Me défendre contre qui ?

Silence.

– Me défendre contre papa ?

Elle se pencha vers lui. Son visage apparut dans une ligne de lumière ; un visage tuméfié, marbré d'hématomes ; un des yeux surtout, blanc éclaté de sang, le fixait comme un hublot. Elle répéta :

– Me défendre contre papa ?

D'un hochement de tête, il acquiesça. Il y eut un suspens, une immobilité, puis elle l'enlaça à la manière d'une vague chavirée. Paul la repoussa ; il ne voulait pas de larmes, pas d'apitoiement. Seul comptait le combat à venir. Le serment qu'il s'était fait à lui-même, la veille au soir, quand son père, complètement saoul, avait frappé sa mère jusqu'à la laisser évanouie sur le sol de la cuisine. Quand le monstre s'était retourné et l'avait aperçu, lui, petit môme tremblant dans l'encadrement de la porte, il avait prévenu : « Je reviendrai. Je reviendrai vous tuer tous les deux ! »

Alors, Paul s'était armé et attendait maintenant son retour, épée en main.

Mais l'homme n'était pas revenu. Ni le lendemain ni le jour suivant. Par un hasard dont seul le destin a le secret, Jean-Pierre Nerteaux s'était fait assassiner la nuit même où il avait proféré ces menaces. Son corps avait été découvert deux jours plus tard, dans son propre taxi, près des entrepôts pétroliers du port de Gennevilliers.

A l'annonce du meurtre, Françoise, son épouse, avait réagi d'une manière étrange. Au lieu de partir identifier le corps, elle avait voulu se rendre sur les lieux de la découverte, pour constater que la Peugeot 504 était intacte et qu'il n'y aurait pas de problème avec la compagnie de taxis.

Paul se souvenait du moindre détail : le voyage en bus jusqu'à Gennevilliers ; les marmonnements de sa mère abasourdie ; son appréhension à lui, face à un événement qu'il ne comprenait pas. Pourtant, quand il avait découvert la zone des entrepôts, il avait été frappé d'émerveillement. Des couronnes d'acier géantes se dressaient dans les terrains vagues. Les mauvaises herbes et les broussailles prenaient racine parmi des ruines de béton. Des tiges d'acier rouillaient comme des cactus de métal. Un vrai paysage de western, semblable aux déserts qui peuplaient les bandes dessinées de sa bibliothèque.

Sous un ciel en fusion, la mère et l'enfant avaient traversé les domaines de stockage. Au bout de ces terres d'abandon, ils avaient découvert la Peugeot familiale, à demi enfoncée dans les dunes grises. Paul avait capté chaque signe à hauteur de ses huit ans. Les uniformes des policiers ; les menottes scintillant au soleil ; les explications à voix basse ; les dépanneurs, mains noires dans la clarté blanche, qui s'agitaient autour de la voiture...

Il lui avait fallu un moment pour comprendre que son père avait été poignardé au volant. Mais seulement une seconde pour apercevoir, par la porte arrière entrouverte, les lacérations dans le dossier du siège.

Le tueur s'était acharné sur sa victime *à travers* le siège.

Cette seule vision avait foudroyé l'enfant en lui révélant la secrète cohérence de l'événement. L'avant-veille, il avait souhaité la mort de son père. Il s'était armé, puis avait confessé son projet criminel à sa mère. Cet aveu avait pris valeur de malédiction : une force mystérieuse avait réalisé son souhait. Ce n'était pas lui qui avait tenu le couteau mais c'était bien lui qui avait ordonné, mentalement, l'exécution.

A partir de cet instant, il ne se souvenait plus de rien. Ni de l'enterrement, ni des plaintes de sa mère, ni des difficultés financières qui avaient marqué leur quotidien. Paul était uniquement concentré sur cette vérité : il était le seul coupable.

Le grand ordonnateur du massacre.

Beaucoup plus tard, en 1987, il s'était inscrit à la faculté de droit de la Sorbonne. A coups de petits boulots, il avait amassé assez d'argent pour louer une chambre à Paris et se tenir à distance de sa mère, qui ne cessait plus de boire. Agent de nettoyage dans une grande surface, elle exultait à l'idée que son fils devienne avocat. Mais Paul avait d'autres projets.

Maîtrise en poche, en 1990, il avait intégré l'école des inspecteurs de Cannes-Ecluse. Deux ans plus tard, il était sorti major de sa promotion et avait pu choisir l'un des postes les plus convoités par les apprentis policiers : l'Office Central pour la Répression du Trafic Illicite de Stupéfiants (OCRTIS). Le temple des chasseurs de drogue.

Sa route paraissait tracée. Quatre années au sein d'un office central ou d'une brigade d'élite, puis ce serait le concours interne des commissaires. Avant d'avoir quarante ans, Paul Nerteaux obtiendrait un poste élevé au ministère de l'Intérieur, place Beauvau, sous les lambris d'or de la Grande Maison. Une réussite flamboyante pour un enfant issu, comme on dit, d'un « milieu difficile ».

En réalité, Paul ne s'intéressait pas à une telle ascension. Sa vocation de flic trouvait d'autres fondements, toujours liés à son sentiment de culpabilité. Quinze ans après l'expédition du port de Gennevilliers, il était encore hanté par le remords ; la voie était guidée par cette seule volonté de laver sa faute, de retrouver une innocence perdue.

Pour maîtriser ses angoisses, il avait dû s'inventer des techniques personnelles, des méthodes de concentration secrètes. Il avait puisé dans cette discipline le jus nécessaire pour devenir un flic inflexible. Au sein de la « boîte », il était haï, redouté, ou admiré, au choix – mais jamais aimé. Parce que nul ne comprenait que son intransigeance, sa volonté de réussir étaient une rampe de survie, un garde-fou. Sa seule manière de contrôler ses démons. Nul ne savait que, dans le tiroir de son bureau, il conservait toujours, à main droite, un coupe-papier en cuivre...

Il serra ses mains sur le volant et se concentra sur la route.

Pourquoi remuait-il toute cette merde aujourd'hui ? L'influence du paysage trempé de pluie ? Le fait qu'on soit dimanche, jour de mort parmi les vivants ?

De part et d'autre de l'autoroute, il ne voyait que les travées noirâtres des champs labourés. La ligne d'horizon elle-même ressemblait à un sillon ultime, s'ouvrant sur le néant du ciel. Il ne pouvait rien se passer dans cette région, excepté une lente immersion dans le désespoir.

Il lança un coup d'œil à la carte posée sur le siège

passager. Il allait devoir quitter l'autoroute A1 pour prendre la nationale en direction d'Amiens. Ensuite, il attraperait la départementale 235. Après dix kilomètres, il parviendrait à destination.

Afin de balayer ses idées sombres, il focalisa ses pensées sur l'homme vers lequel il se dirigeait ; sans doute le seul flic qu'il n'aurait jamais voulu rencontrer. Il avait photocopié intégralement son dossier, à l'Inspection Générale des Services, et aurait pu réciter par cœur son curriculum vitae...

Jean-Louis Schiffer, né en 1943, à Aulnay-sous-Bois, Seine-Saint-Denis. Surnommé, selon les circonstances, « le Chiffre » ou « le Fer ». Le Chiffre pour sa tendance à prélever des pourcentages sur les affaires qu'il traitait ; le Fer pour sa réputation de flic implacable – et aussi sa chevelure argentée, qu'il portait longue et soyeuse.

Après son certificat d'études, en 1959, Schiffer est mobilisé en Algérie, dans les Aurès. En 1960, il regagne Alger où il devient Officier de Renseignement, membre actif des DOP (Détachements Opérationnels de Protection).

En 1963, il revient en France avec le grade de sergent. Il intègre alors les rangs de la police. D'abord gardien de la paix, puis, en 1966, enquêteur à la Brigade territoriale du 6e arrondissement. Il se distingue rapidement par son sens inné de la rue et son goût pour l'infiltration. En mai 1968, il plonge dans la mêlée et se glisse parmi les étudiants. A cette époque, il porte le catogan, fume du haschisch – et note, en douce, les noms des meneurs politiques. Lors des affrontements de la rue Gay-Lussac, il sauve aussi un CRS sous une pluie de pavés.

Premier acte de bravoure.

Première distinction.

Ses prouesses ne vont plus s'arrêter. Recruté à la Brigade criminelle, en 1972, il est promu inspecteur et multiplie les gestes héroïques, ne craignant ni le feu ni la baston. En 75, il reçoit la médaille pour Acte de Bravoure. Rien ne semble pouvoir freiner son ascension. Pourtant, en 1977, après un bref passage à la BRI (Brigade de Recherche et d'Intervention), la célèbre « antigang », il est brutalement muté. Paul avait déniché le rapport de l'époque, signé par le commissaire Broussard en personne. Le policier avait noté dans la marge, au stylo : « ingérable ».

Schiffer trouve son véritable territoire de chasse dans le 10e arrondissement, à la Première Division de Police judiciaire. Refusant toute promotion ou mutation, il s'impose, durant près de vingt ans, comme l'homme du quartier Ouest, faisant régner l'ordre et la loi sur le périmètre circonscrit par les grands boulevards et les gares de l'Est et du Nord, couvrant une partie du Sentier, le quartier turc et d'autres zones à forte population immigrée.

Durant ces années, il contrôle un réseau d'indicateurs, limite les activités illégales – jeu, prostitution, drogue –, entretient des relations ambiguës, mais efficaces, avec les chefs de chaque communauté. Il atteint également un taux record de réussite dans ses enquêtes.

Selon une opinion solidement établie en haut lieu, c'est à lui, et à lui seul, qu'on doit le calme relatif de cette partie du 10e arrondissement de 1978 à 1998.

Jean-Louis Schiffer bénéficie même, fait exceptionnel, d'une prolongation de service de 1999 à 2001.

Au mois d'avril de cette dernière année, le policier prend officiellement sa retraite. A son actif : cinq décorations, dont l'ordre du Mérite, deux cent trente-neuf arrestations et quatre tués par balle. A cinquante-huit ans, il n'a jamais possédé d'autre grade que simple inspecteur. Un batteur de pavé, un homme de terrain régnant sur un seul et même territoire.

Voilà pour le côté Fer.

Le côté Chiffre surgit dès 1971, quand le flic est surpris en train de passer à tabac une prostituée, rue de la Michodière, dans le quartier de la Madeleine. L'enquête de l'IGS, associée à celle de la Brigade des Mœurs, tourne court. Aucune fille ne souhaite témoigner contre l'homme aux cheveux d'argent. En 1979, une nouvelle plainte est enregistrée. On murmure que Schiffer monnaye sa protection auprès des putes de la rue de Jérusalem et de la rue Saint-Denis.

Nouvelle enquête, nouvel échec.

Le Chiffre sait assurer ses arrières.

Les affaires sérieuses commencent en 1982. Un stock d'héroïne se volatilise au commissariat Bonne-Nouvelle, après le démantèlement d'un réseau de trafiquants turcs. Le nom de Schiffer est sur toutes les lèvres. Le flic est mis en examen. Mais un an plus tard il sort blanchi. Aucune preuve, aucun témoin.

Au fil des années, d'autres soupçons planent. Pourcentages octroyés sur des rackets ; commissions prélevées sur des activités de jeu et de pari ; magouilles avec les brasseurs du quartier ; proxénétisme... A l'évidence, le flic croque de partout, mais personne ne parvient à le confondre. Schiffer tient son secteur, et il le tient fort. Même au sein de la boîte, les enquêteurs de l'IGS sont confrontés au mutisme de ses collègues policiers.

Aux yeux de tous, le Chiffre est d'abord le Fer. Un héros, un champion de l'ordre public, aux prestigieux états de service.

Une dernière bavure manque pourtant de le faire tomber. Octobre 2000. Le corps d'un clandestin turc, Gazil Hemet, est découvert sur les voies de la gare du Nord. La veille, Hemet, suspecté de trafic de stupéfiants, a été arrêté par Schiffer lui-même. Accusé de « violences volontaires », le policier rétorque qu'il a libéré le suspect avant la fin de sa garde-à-vue – ce qui ne lui ressemble pas.

Hemet est-il mort sous ses coups ? L'autopsie n'apporte aucune réponse claire – le Thalys de 8 h 10 a déchiqueté le cadavre. Mais une contre-expertise médico-légale évoque des « lésions » mystérieuses sur le corps du Turc, pouvant évoquer des actes de torture. Schiffer semble cette fois promis à un bel avenir carcéral.

Pourtant, au mois d'avril 2001, la chambre d'accusation renonce une nouvelle fois à ses poursuites. Que s'est-il passé ? De quels appuis a bénéficié Jean-Louis Schiffer ? Paul avait interrogé les officiers de l'Inspection Générale des Services chargés de l'enquête. Les types n'avaient pas souhaité répondre : ils étaient simplement écœurés. D'autant plus que, quelques semaines plus tard, Schiffer les avait personnellement invités à son « pot de départ ».

Pourri, salopard et fort en gueule.

Voilà donc l'ordure que Paul s'apprêtait à rencontrer.

La bretelle de sortie vers Amiens le rappela à la réalité. Il quitta l'autoroute et prit la nationale. Il n'eut que quelques kilomètres à parcourir avant de voir apparaître le panneau de Longères.

Paul emprunta la départementale et atteignit bientôt le village. Il franchit le bourg sans ralentir puis repéra une nouvelle route qui descendait au fond d'une vallée détrempée. En sillonnant les herbes hautes, brillantes de pluie, il eut une sorte d'illumination : il comprenait soudain pourquoi il avait pensé à son propre père sur la route menant à Jean-Louis Schiffer.

A sa manière, le Chiffre était le père de tous les flics. Mi-héros, mi-démon, il incarnait à lui seul le meilleur et le pire, la rigueur et la corruption, le Bien et le Mal. Une figure fondatrice, un Grand Tout que Paul admirait malgré lui comme il avait admiré, du fond de sa haine, son père violent et alcoolique.

Quand Paul découvrit l'édifice qu'il cherchait, il faillit éclater de rire. Avec son mur d'enceinte et ses deux clochers en forme de miradors, la maison de retraite des fonctionnaires de police de Longères ressemblait à s'y méprendre à une prison.

De l'autre côté du mur, l'analogie s'accentuait encore. La cour était encadrée par trois corps de logis disposés en fer à cheval, percés de galeries aux arcades noires. Quelques hommes bravaient la pluie pour jouer à la pétanque ; ils étaient vêtus de survêtements et rappelaient les détenus de n'importe quelle prison au monde. Non loin de là, trois agents en uniforme, visitant sans doute un parent, jouaient à la perfection le rôle des matons.

Paul savourait l'ironie de la situation. L'hospice de Longères, financé par la Mutuelle Nationale de la Police, était la plus importante maison de retraite ouverte aux policiers. Le lieu accueillait les agents et officiers, à condition qu'ils ne souffrent « d'aucun trouble pychosomatique à fondements ou à prolongements éthyliques ». Il découvrait maintenant que le célèbre havre de paix, avec ses espaces claquemurés et sa population masculine, n'était qu'une simple maison d'arrêt parmi d'autres. Il pensa : « Retour à l'envoyeur. »

Paul atteignit l'entrée du bâtiment principal et poussa la porte vitrée. Un vestibule carré, très sombre, s'ouvrait sur un escalier rehaussé d'une petite lucarne de verre dépoli. Il régnait ici une chaleur de vivarium, étouffante, où planaient des relents de médicament et d'urine.

Il s'orienta vers la porte à battants perdus, sur sa gauche, d'où s'exhalait une forte odeur de bouffe. Il était midi. Les pensionnaires devaient être en train de déjeuner.

Il découvrit un réfectoire aux murs jaunes et au sol tapissé d'un linoléum rouge sang. De longues tables en inox s'alignaient ; les assiettes et les couverts étaient soigneusement disposés ; des marmites de soupe fumaient. Tout était en place, mais la salle était déserte.

Du bruit provenait de la pièce voisine. Paul se dirigea vers le raffut, sentant ses semelles s'enfoncer dans le sol coagulé. Chaque détail contribuait ici à l'engourdissement général ; on se sentait vieillir à chaque pas.

Il franchit le seuil. Une trentaine de retraités, debout, portant des joggings informes, lui tournaient le dos, concentrés sur un poste de télévision. « Petit Bonheur vient de dépasser Bartók... » Des chevaux galopaient à l'écran.

Paul s'approcha et aperçut, dans une autre pièce, sur sa gauche, un vieillard assis en solitaire. Instinctivement, il tendit le cou pour mieux l'observer. Voûté, avachi au-dessus de son assiette, l'homme titillait un steak du bout de sa fourchette.

Paul dut se rendre à l'évidence : le débris était son homme.

Le Chiffre et le Fer.

Le policier aux deux cent trente-neuf arrestations.

Il traversa la nouvelle salle. Dans son dos, le commentaire beuglait encore : « Petit Bonheur, toujours Petit Bonheur... » Comparé aux dernières photos que Paul avait pu contempler, Jean-Louis Schiffer avait pris vingt ans.

Ses traits réguliers étaient amaigris, tendus sur les os comme sur un tréteau de sacrifice ; sa peau grise et craquelée pendait, surtout à la gorge, rappelant les écailles d'un reptile ; ses yeux, jadis d'un chrome bleuté, étaient à peine perceptibles sous les paupières basses. L'ancien policier ne portait plus les cheveux longs qui avaient fait sa célébrité, ils étaient à présent ras, presque en brosse ; la noble toison d'argent avait cédé la place à un crâne en fer-blanc.

Sa carcasse encore puissante était engloutie dans un survêtement bleu roi dont le col s'évasait en deux ailes ondulées sur ses épaules. A côté de son assiette, Paul repéra une pile de coupons de PMU. Jean-Louis Schiffer, la légende des rues, était devenu le bookmaker d'une bande d'agents de la circulation à la retraite.

Comment avait-il pu s'imaginer qu'une telle épave pourrait l'aider ? Il était trop tard pour reculer. Paul ajusta sa ceinture, son arme et ses menottes, et se composa sa tête des grands jours – regard droit et mâchoires serrées. Les yeux de glace s'étaient déjà posés sur lui. Quand il fut à quelques pas, l'homme lança sans préambule :

– T'es trop jeune pour être de l'IGS.

– Capitaine Paul Nerteaux, première DPJ, 10e arrondissement.

Il avait dit cela sur un ton militaire qu'il regretta aussitôt, mais le vieillard ajouta :

– Rue de Nancy ?

– Rue de Nancy.

La question était un compliment indirect : cette adresse abritait le SARIJ, le service judiciaire du quartier. Schiffer avait reconnu en lui l'enquêteur, le flic des rues.

Paul attrapa une chaise, lançant un coup d'œil involontaire aux parieurs, toujours postés devant leur télévision. Schiffer suivit son regard et laissa échapper un rire :

– Tu passes ta vie à foutre la racaille en taule pour obtenir quoi, au final ? Te retrouver toi-même au trou.

Il porta à sa bouche un morceau de viande. Ses maxillaires jouèrent sous sa peau, rouages fluides et alertes. Paul révisa son jugement, le Chiffre n'était pas si éteint que ça. Il n'y avait qu'à souffler sur cette momie pour en balayer la poussière.

– Qu'est-ce que tu veux ? lâcha l'homme après avoir avalé sa bouchée.

Paul usa de son ton le plus modeste :

– Je suis venu vous demander un conseil.

– A propos de quoi ?

– A propos de ça.

Il extirpa de sa poche de parka une enveloppe kraft, qu'il posa à côté des coupons de turf. Schiffer écarta son assiette et ouvrit le document, sans hâte. Il en sortit une dizaine de clichés photographiques en couleur.

Il regarda le premier et interrogea :

– C'est quoi ?

– Un visage.

Il passa aux images suivantes. Paul commenta :

– Le nez a été coupé au cutter. Ou au rasoir. Les lacérations et les crevasses sur les joues ont été effectuées avec le même instrument. Le menton a été limé. Les lèvres découpées aux ciseaux.

Schiffer revint au premier cliché, sans un mot.

– Avant cela, continua Paul, il y a eu les coups. Selon le médecin légiste, les mutilations ont été effectuées après la mort.

– Identifiée ?

– Non. Les empreintes n'ont rien donné.

– Quel âge ?

– Environ vingt-cinq ans.

– La cause finale du décès ?

– On a le choix. Les coups. Les blessures. Les brûlures. Le corps est dans le même état que le visage. A priori, elle a subi plus de vingt-quatre heures de tortures. J'attends les détails. L'autopsie est en cours.

Le retraité leva ses paupières :

– Pourquoi tu me montres ça ?

– Le cadavre a été retrouvé hier, à l'aube, près de l'hôpital Saint-Lazare.

– Et alors ?

– C'était votre territoire. Vous avez passé plus de vingt ans dans le 10e arrondissement.

– Ça ne fait pas de moi un pathologiste.

– Je pense que la victime est une ouvrière turque.

– Pourquoi turque ?

– Le quartier d'abord. Les dents ensuite. Elles portent des traces d'aurification qui ne se pratiquent plus

71

qu'au Proche-Orient. (Il ajouta plus fort.) Vous voulez le nom des alliages ?

Schiffer plaça de nouveau son assiette devant lui et reprit son repas.

— Pourquoi ouvrière ? demanda-t-il après une longue mastication.

— Les doigts, rétorqua Paul. Les extrémités sont creusées de cicatrices. Caractéristiques de certains boulots de couture. J'ai vérifié.

— Son signalement correspond à un avis de disparition ?

Le retraité faisait mine de ne pas comprendre.

— Aucun PV de disparition, souffla Paul avec patience. Aucune demande de recherche. C'est une clandestine, Schiffer. Quelqu'un qui n'a pas d'état civil en France. Une femme que personne ne viendra réclamer. La victime idéale.

Le Chiffre acheva son steak lentement, posément. Puis il lâcha ses couverts et reprit les photos. Cette fois, il chaussa ses lunettes. Il observa chaque cliché durant plusieurs secondes, scrutant les blessures avec attention.

Malgré lui, Paul baissa les yeux vers les images. Il vit, à l'envers, l'orifice du nez, arasé et noir ; les entailles qui fissuraient le visage ; le bec-de-lièvre violacé, abject.

Schiffer posa la liasse et attrapa un yaourt. Il souleva avec précaution le couvercle avant d'y plonger sa cuillère.

Paul sentait ses réserves de calme s'épuiser à grande vitesse.

— J'ai commencé ma tournée, reprit-il. Les ateliers.

72

Les foyers. Les bars. Je n'ai rien trouvé. Personne n'a disparu. Et c'est normal : personne n'existe. Ce sont des clandestins. Comment identifier une victime dans une communauté invisible ?

Silence de Schiffer ; lampée de yaourt. Paul enchaîna :

— Aucun Turc n'a rien vu. Ou n'a rien voulu me dire. En vérité, personne n'a pu me dire quoi que ce soit. Pour la simple raison que personne ne parle français.

Le Chiffre continuait son manège avec sa cuillère. Enfin, il daigna ajouter :

— Alors, on t'a parlé de moi.

— Tout le monde m'a parlé de vous. Beauvanier, Monestier, les lieutenants, les îlots. A les entendre, il n'y a que vous pour faire avancer cette putain d'enquête.

Nouveau silence. Schiffer s'essuya les lèvres avec sa serviette puis saisit à nouveau son petit pot de plastique.

— Tout ça, c'est loin. J'suis à la retraite et j'ai plus la tête à ça. (Il désigna les tickets de PMU.) Je me consacre à mes nouvelles responsabilités.

Paul attrapa le rebord de la table et se pencha :

— Schiffer, il lui a éclaté les pieds. Les radios ont révélé plus de soixante-dix débris d'os enfoncés dans la chair. Il lui a tailladé les seins au point qu'on peut lui compter les côtes à travers les chairs. Il lui a enfoncé un barre hérissée de lames de rasoir dans le vagin. (Il frappa la table.) Je le laisserai pas continuer !

Le vieux flic haussa un sourcil :

— Continuer ?

Paul se tortilla sur son siège puis, d'un geste maladroit, sortit le dossier qu'il tenait roulé dans la poche intérieure de sa parka.

Il lâcha à contrecœur :

— On en a trois.

— Trois ?

— Une première a été découverte en novembre dernier. Une deuxième au mois de janvier. Et maintenant celle-là. Chaque fois dans le quartier turc. Torturée et défigurée de la même façon.

Schiffer le regardait en silence, cuillère en suspens. Paul hurla tout à coup, couvrant les beuglements hippiques :

— Bon Dieu, Schiffer, vous comprenez pas ? Y a un tueur en série dans le quartier turc. Un mec qui s'attaque exclusivement aux irrégulières. Des femmes qui n'existent pas, dans une zone qui n'est même plus la France !

Jean-Louis Schiffer posa enfin son yaourt et cueillit le dossier entre les mains de Paul.

— T'en as mis du temps avant de venir me voir.

9

Dehors, le soleil était apparu. Des flaques d'argent ranimaient la grande cour de gravier. Paul faisait les cent pas devant la porte centrale, attendant que Jean-Louis Schiffer ait achevé de se préparer.

Il n'y avait pas d'autre solution ; il le savait, il l'avait toujours su. Le Chiffre ne pouvait l'aider à distance. Il ne pouvait lui prodiguer des conseils du fond de son hospice, ni lui répondre par téléphone lorsque Paul serait en panne d'inspiration. Non. L'ancien policier devait interroger les Turcs à ses côtés, jouer de ses contacts, retourner ce quartier qu'il connaissait mieux que quiconque.

Paul frémit en envisageant les conséquences de sa démarche. Personne n'était au courant ; ni le juge ni ses supérieurs hiérarchiques. Et on ne lâchait pas comme ça un salopard connu pour ses méthodes brutales et hors limites : il allait devoir le tenir sacrément en laisse.

D'un coup de pied, il balança un caillou dans une mare d'eau, troublant son propre reflet. Il cherchait encore à se convaincre que son idée était la bonne. Comment en était-il arrivé là ? Pourquoi s'acharnait-il à ce point sur cette enquête ? Pourquoi, depuis le premier meurtre, agissait-il comme si son existence entière dépendait de son issue ?

Il réfléchit un instant, contemplant son image brouillée, puis dut admettre que sa rage possédait une source unique et lointaine.

Tout avait commencé avec Reyna.

25 mars 1994.

Paul avait trouvé ses marques à l'Office des drogues. Il obtenait de solides résultats sur le terrain, menait une vie régulière, révisait ses cours pour le concours des commissaires – et voyait même reculer les lacérations de Skaï, très loin, au fond de sa conscience. Sa carapace de flic jouait le rôle d'une armure étanche contre ses vieilles angoisses.

Ce soir-là, il raccompagnait à la préfecture de Paris un trafiquant kabyle qu'il avait interrogé durant plus de six heures à son bureau de Nanterre. La routine. Mais, quai des Orfèvres, il découvrit une véritable émeute ; des fourgons arrivaient par dizaines et déchargeaient des grappes d'adolescents beuglants et gesticulants ; des CRS couraient en tous sens le long du quai, alors que mugissaient sans trêve les sirènes des ambulances s'engouffrant dans la cour de l'Hôtel-Dieu.

Paul se renseigna. Une manifestation contre le contrat d'insertion professionnelle – le « SMIC Jeunes » – avait dégénéré. Place de la Nation, on parlait de plus de cent blessés dans les rangs policiers, de plusieurs dizaines chez les manifestants, de dégâts matériels atteignant des millions de francs.

Paul empoigna son suspect et se grouilla de descendre dans les sous-sols. S'il ne trouvait pas de place dans les cages, il serait bon pour filer à la prison de la Santé, ou encore ailleurs, avec son prisonnier menotté au poignet.

Le dépôt l'accueillit avec son vacarme habituel, mais poussé à la puissance mille. Insultes, hurlements, crachats : les manifestants s'accrochaient aux parois grillagées, vociféraient des injures, auxquelles les flics répondaient à coups de matraque. Il parvint à caser son mec et s'en retourna dare-dare, fuyant le raffut et les glaviots.

Il allait disparaître quand il la repéra.

Elle se tenait assise par terre, bras enroulés autour des genoux, et semblait pleine de dédain à l'égard du chaos qui l'entourait. Il s'approcha. Elle avait des cheveux hérissés noirs, un corps androgyne, une allure très sombre à la « Joy Division », tout droit sortie des années 80. Elle arborait même un keffieh à carreaux bleus, comme seul Yasser Arafat osait encore en porter.

Sous la coupe punk, le visage était d'une régularité stupéfiante ; une rectitude de figurine égyptienne, taillée dans du marbre blanc. Paul songea à des sculptures qu'il avait vues dans un magazine. Des formes au poli naturel, à la fois lourdes et douces, prêtes à se nicher au creux d'une paume ou à se dresser sur un doigt, en parfait équilibre. Des galets magiques, signés par un artiste nommé Brancusi.

Il négocia avec les geôliers, vérifia que le nom de la fille n'était pas inscrit sur la main courante, puis l'emmena dans le bâtiment des Stups, au troisième étage.

Tout en grimpant les escaliers, il fit mentalement le compte de ses atouts et de ses handicaps.

Côté atouts, il était plutôt beau mec ; c'était du moins ce que lui laissaient entendre les prostituées qui le sifflaient et l'appelaient par des petits noms quand il arpentait les quartiers chauds, en quête de dealers. Des cheveux d'Indien, lisses et noirs. Des traits réguliers, des yeux brun café. Une silhouette sèche et nerveuse, pas très haute, mais rehaussée par des Paraboots à grosses semelles. Presque un minet, s'il n'avait pas pris soin de toujours arborer un regard dur, travaillé devant sa glace, et une barbe de trois jours, qui brouillait son joli minois.

Côté handicap, il n'en voyait qu'un, mais de taille : il était flic.

Quand il vérifia le casier judiciaire de la fille, il comprit que l'obstacle risquait même d'être insurmontable. Reyna Brendosa, vingt-quatre ans, résidant 32, rue Gabriel-Péri, à Sarcelles, était membre actif de la Ligue Communiste Révolutionnaire, tendance dure ; affiliée aux « Tutte bianche » (les « Combinaisons blanches »), groupe antimondialiste italien, adepte de la désobéissance civile ; plusieurs fois arrêtée pour vandalisme, troubles à l'ordre public, voies de fait. Une vraie bombe.

Paul lâcha son ordinateur et contempla une nouvelle fois la créature qui le fixait, de l'autre côté du bureau. Ses seuls iris noirs, soulignés de khôl, le sonnaient plus durement que les deux dealers zaïrois qui l'avaient tabassé à Château-Rouge, un soir d'inattention.

Il joua avec sa carte d'identité, comme font tous les flics, et interrogea :

– Ça t'amuse de tout casser ?

Pas de réponse.

– Y a pas d'autre moyen d'exprimer ses idées ?

Pas de réponse.

– Ça t'excite, la violence ?

Pas de réponse. Puis, soudain, la voix, grave et lente :

– La seule vraie violence, c'est la propriété privée. La spoliation des masses. L'aliénation des consciences. La pire de toutes, écrite et autorisée par les lois.

– Ces idées se sont toutes plantées : t'es pas au courant ?

– Rien ni personne n'empêchera l'effondrement du capitalisme.

– En attendant, tu vas t'en prendre pour trois mois ferme.

Reyna Brendosa sourit :

– Tu joues au petit soldat mais tu n'es qu'un pion. Je te souffle dessus, tu disparais.

Paul sourit à son tour. Jamais il n'avait éprouvé pour une femme un tel mélange d'irritation et de fascination, un désir aussi violent, mais aussi mêlé de crainte.

Après leur première nuit, il avait demandé à la revoir ; elle l'avait traité de « sale flic ». Un mois plus tard, alors qu'elle dormait chez lui tous les soirs, il lui avait proposé de s'installer dans son appartement ; elle l'avait envoyé « se faire foutre ». Plus tard encore, il avait parlé de l'épouser ; elle avait éclaté de rire.

Ils s'étaient mariés au Portugal, près de Porto, dans son village natal. D'abord à la mairie communiste, puis dans une petite église. Un syncrétisme de foi, de socialisme, de soleil. Un des meilleurs souvenirs de Paul.

Les mois suivants avaient été les plus beaux de sa vie. Il ne cessait de s'émerveiller. Reyna lui semblait désincarnée, immatérielle, puis, l'instant d'après, un geste, une expression lui donnaient une présence, une sensualité incroyables – presque animales. Elle pouvait passer des heures à exprimer ses idées politiques, à décrire des utopies, à citer des philosophes dont il n'avait jamais entendu parler. Puis, en un seul baiser, lui rappeler qu'elle était un être rouge, organique, palpitant.

Son haleine sentait le sang – elle ne cessait de se mordiller les lèvres. Elle semblait en toutes circonstances capter la respiration du monde, coïncider avec les rouages profonds de la nature. Elle possédait une sorte de perception interne de l'univers ; quelque chose de phréatique, de souterrain, qui la liait aux vibrations de la Terre et aux instincts du vivant.

Il aimait sa lenteur, qui lui donnait une gravité de glas. Il aimait sa souffrance aiguë face à l'injustice, la misère, la dérive de l'humanité. Il aimait cette voie de martyr qu'elle avait choisie et qui élevait leur quotidien à la hauteur d'une tragédie. La vie avec sa femme ressemblait à une ascèse – une préparation à un oracle. Un chemin religieux, de transcendance et d'exigence.

Reyna, ou la vie à jeun... Ce sentiment présageait ce qui allait suivre. A la fin de l'été 1994, elle lui annonça qu'elle était enceinte. Il prit la nouvelle comme une trahison : on lui volait son rêve. Son idéal sombrait dans la banalité de la physiologie et de la famille. En vérité, il sentait qu'il allait être privé d'elle. Physiquement d'abord, mais aussi moralement. La vocation de

Reyna allait sans doute se modifier ; son utopie allait s'incarner dans sa métamorphose intérieure...

Ce fut exactement ce qui arriva. Du jour au lendemain, elle se détourna de lui, refusa qu'il la touche. Elle ne réagissait plus que distraitement à sa présence. Elle devenait une sorte de temple interdit, fermé sur une seule idole – son enfant. Paul aurait pu s'adapter à cette évolution mais il sentait autre chose, un mensonge plus profond, qu'il n'avait pas perçu jusque-là.

Après l'accouchement, au mois d'avril 95, leurs relations se figèrent définitivement. L'un et l'autre se tenaient autour de leur fille comme deux êtres distants. Malgré la présence du nouveau-né, il y avait dans l'air un parfum funèbre, une vibration morbide. Paul devinait qu'il était devenu un objet de répulsion total pour Reyna.

Une nuit, n'y tenant plus, il demanda :

– Tu n'as plus envie de moi ?

– Non.

– Tu n'auras plus envie de moi ?

– Non.

Il hésita, puis posa la question fatale :

– As-tu jamais eu envie de moi ?

– Jamais, non.

Pour un flic, il n'avait pas eu beaucoup de flair sur ce coup-là... Leur rencontre, leur union, leur mariage, tout cela n'avait été qu'une histoire bidon, une imposture.

Une machination dont le seul but avait été l'enfant.

Le divorce ne prit que quelques mois. Face au juge, Paul planait littéralement. Il entendait une voix rauque s'élever dans le bureau, et c'était la sienne ; il sentait du papier de verre lui attaquer le visage, et c'était sa propre barbe ; il flottait dans la pièce comme un fantôme, un spectre halluciné. Il avait dit oui à tout, pension et attribution de la garde, ne s'était battu sur rien. Il s'en foutait royalement, préférant méditer sur la perfidie du complot. Il avait été la victime d'une collectivisation d'un genre un peu spécial... Reyna la marxiste s'était approprié son sperme. Elle avait pratiqué une fécondation in vivo, à la mode communiste.

Le plus drôle, c'était qu'il ne parvenait pas à la haïr. Au contraire, il admirait encore cette intellectuelle, étrangère au désir. Il en était certain : elle n'aurait plus jamais de rapports sexuels. Ni avec un homme, ni avec une femme. Et l'idée de cette créature idéaliste qui voulait simplement donner la vie, sans passer par le plaisir ni le partage, le laissait hébété, à bout de sens et d'idées.

A partir de ce moment, il avait commencé à dériver, à la manière d'un fleuve d'eaux usées qui cherche sa mer de fange. Dans le boulot, il filait un mauvais coton. Il ne mettait plus les pieds à son bureau de Nanterre. Il passait sa vie dans les quartiers les plus pourris, côtoyant la pire racaille, fumant des joints en rafale, vivant avec les trafiquants et les défoncés, se complaisant avec les pires déchets de l'humanité...

Puis, au printemps 1998, il avait accepté de la voir.

Elle s'appelait Céline et était âgée de trois ans. Les premiers week-ends avaient été mortels. Parcs, manèges, barbe à papa : l'ennui sans retour. Puis, peu à peu, il avait découvert une présence qu'il n'attendait pas. Une transparence circulant à travers les gestes de l'enfant, son visage, ses expressions ; un flux souple, capricieux et bondissant, dont il repérait les tours et détours.

Une main tournée vers l'extérieur, doigts serrés, pour souligner une évidence ; une manière de se pencher en avant et d'achever ce mouvement par une grimace taquine ; la voix éraillée, un grain de charme singulier, qui le faisait frissonner comme le contact d'un tissu ou d'une écorce. Sous l'enfant palpitait déjà une femme. Non pas sa mère – surtout pas sa mère – mais une créature espiègle, vivante, unique.

Il y avait du nouveau sur la Terre : Céline existait.

Paul opéra un virage radical, et exerça enfin, avec passion, son droit de garde. Les rencontres régulières avec sa fille le reconstituèrent. Il repartit à la conquête de sa propre estime. Il se rêva en héros, en superflic incorruptible, lavé de toute souillure.

Un homme dont le reflet ferait scintiller sa glace chaque matin.

Pour sa rémission, il choisit le seul territoire qu'il connaissait : le crime. Il oublia le concours des commissaires et sollicita un poste à la Brigade criminelle de Paris. Malgré sa période flottante, il décrocha un poste de capitaine en 1999. Il devint un enquêteur acharné, incandescent. Et se prit à espérer une affaire qui le porterait au sommet. Le genre d'enquête que tous les flics motivés désirent : une chasse au fauve, un duel solitaire, *mano a mano*, avec un ennemi digne de ce nom.

C'est alors qu'il entendit parler du premier corps.

Une femme rousse torturée, défigurée, découverte sous une porte cochère, près du boulevard de Strasbourg, le 15 novembre 2001. Pas de suspect, aucun mobile, et pour ainsi dire pas de victime... Le cadavre ne correspondait à aucun avis de disparition. Les empreintes digitales n'étaient pas fichées. A la Crim, l'affaire était déjà classée. Sans doute une histoire de pute et de maquereau : la rue Saint-Denis était à deux cents mètres à peine. D'instinct, Paul pressentit autre chose. Il se procura le dossier – procès-verbal de constatation, rapport du légiste, photographies du macchabée. Durant les fêtes de Noël, alors que tous ses collègues étaient en famille et que Céline était partie au Portugal chez ses grands-parents, il étudia les documents à fond. Très vite, il comprit qu'il ne s'agissait pas d'une affaire de mœurs. Ni la diversité des tortures ni les mutilations du visage ne collaient avec l'hypothèse d'un barbeau. De plus, si la victime avait réellement été une tapineuse, le contrôle des empreintes aurait donné un résultat – toutes les prostituées du 10e étaient fichées.

Il décida de garder un œil attentif sur ce qui pourrait survenir dans le quartier de Strasbourg-Saint-Denis. Il n'eut pas à attendre longtemps. Le 10 janvier 2002, un second corps était découvert, dans la cour d'un atelier turc, rue du Faubourg-Saint-Denis. Même type de victime – rousse, ne correspondant à aucun avis de recherche ; mêmes traces de tortures ; mêmes entailles sur le visage.

Paul s'efforça au calme, mais il était certain qu'il tenait « sa » série. Il fonça chez le juge d'instruction responsable de l'affaire, Thierry Bomarzo, et obtint la direction de l'enquête. Malheureusement, la piste était déjà froide. Les gars de la sécurité publique avaient salopé la scène de crime et la police scientifique n'avait rien trouvé sur le site.

Obscurément, Paul comprit qu'il devait guetter le tueur sur son propre terrain, s'enfouir dans le quartier turc. Il se fit muter à la DPJ du 10e arrondissement et rétrograder au rang de simple enquêteur au SARIJ (Service d'Accueil et de Recherche d'Investigation Judiciaire) de la rue de Nancy. Il renoua avec le quotidien du flic de base, recevant les veuves cambriolées, les épiciers victimes de vol à l'étalage, les voisins râleurs.

Le mois de février passa ainsi. Paul rongeait son frein. Il redoutait et espérait à la fois un nouveau cadavre. Il alternait les moments d'excitation et les journées d'accablement complet. Lorsqu'il touchait vraiment le fond, il partait se recueillir sur les tombes anonymes des deux victimes, à la fosse commune de Thiais, dans le Val-de-Marne.

Là, face aux plots de pierre portant seulement un numéro, il jurait aux femmes de les venger, de retrouver le dément qui les avait suppliciées. Puis, dans un coin de sa tête, il faisait aussi une promesse à Céline. Oui : il attraperait le tueur. Pour elle. Pour lui. Pour que tout le monde apprenne qu'il était un grand flic.

Le 16 mars 2002, à l'aube, un nouveau cadavre avait jailli.

Les bleus de service l'avaient appelé à 5 heures du matin. Un message des éboueurs : le corps se trouvait dans les douves de l'hopital Saint-Lazare, un bâtiment de briques abandonné en retrait du boulevard Magenta. Paul ordonna que personne ne se rende sur les lieux avant une heure. Il attrapa sa veste et partit à fond vers la scène de crime. Il découvrit un site désert, sans un agent, sans un gyrophare pour troubler sa concentration.

Un vrai miracle.

Il allait pouvoir respirer le sillage du tueur, entrer en contact avec son odeur, sa présence, sa folie... Mais ce fut une nouvelle déception. Il avait espéré des indices matériels, une mise en scène particulière révélant une signature. Il ne trouva qu'un cadavre abandonné dans un boyau de béton. Un corps livide, mutilé, surmonté d'un visage défiguré, sous une tignasse couleur de cire.

Paul comprit qu'il était pris entre deux silences. Le silence des morts et le silence du quartier.

Il était reparti battu, désespéré, avant même que le fourgon de police secours n'arrive. Il avait alors sillonné à pied la rue Saint-Denis et observé l'éveil de la Petite Turquie. Les commerçants qui ouvraient leurs boutiques ; les ouvriers qui couraient à leur atelier ; les mille et un Turcs qui vaquaient à leur destin... Alors, une certitude s'était installée en lui : ce quartier d'immigrés était la forêt dans laquelle se cachait le tueur. Une jungle inextricable où il venait s'enfouir, chercher refuge et sécurité.

Seul, Paul n'avait aucune chance de le débusquer.

Il lui fallait un guide. Un éclaireur.

« En civil », Jean-Louis Schiffer avait meilleure allure.

Il portait une veste de chasse Barbour olive ; un pantalon de velours chasseur, d'un vert plus tendre, qui tombait avec lourdeur sur de grosses chaussures style Church, brillantes comme de belles châtaignes.

Ces vêtements lui donnaient une certaine élégance, sans atténuer la brutalité de sa silhouette. Râblé, le torse large, jambes arquées : tout en l'homme respirait la puissance, la solidité, la violence. Ce flic-là pouvait sans doute encaisser la force de recul d'un revolver réglementaire, le Manhurin calibre 38, sans bouger d'un pouce. Mieux : sa posture impliquait déjà ce recul ; elle l'incorporait dans sa démarche.

Comme s'il avait lu dans ses pensées, le Chiffre leva les bras :

– Tu peux m'fouiller, petit. J'porte pas de métal.

– J'espère bien, répliqua Paul. Il n'y a qu'un seul flic en activité ici : souvenez-vous-en. Et je ne suis pas votre « petit ».

Schiffer claqua des talons en une singerie de garde-à-vous. Paul n'esquissa pas même un sourire. Il lui ouvrit la portière, s'installa à son tour et démarra aussi sec, refoulant ses appréhensions.

Durant le voyage, le Chiffre ne dit pas un mot. Il était plongé dans les liasses photocopiées du dossier. Paul en connaissait la moindre ligne. Il savait tout ce qu'on pouvait savoir sur les corps anonymes qu'il avait lui-même baptisés les « Corpus ».

Aux abords de Paris, Schiffer reprit la parole :

– L'analyse des scènes de crime n'a rien donné ?

– Rien.

– La police scientifique n'a pas trouvé une empreinte, pas une particule ?

– Que dalle.

– Sur les corps non plus ?

– Surtout pas sur les corps. Selon le légiste, le tueur les nettoie au détergent industriel. Il désinfecte les plaies, leur lave les cheveux, leur brosse les ongles.

– Et l'enquête de proximité ?

– Je vous l'ai déjà dit. J'ai interrogé les ouvriers, les commerçants, les putes, les éboueurs autour de chaque site. J'ai même cuisiné les clochards. Personne n'a rien vu.

– Ton avis ?

– Je pense que le tueur rôde en bagnole, qu'il largue le corps dès qu'il le peut, aux premières heures du jour. Une opération éclair.

Schiffer tournait les pages. Il s'arrêta sur les photographies des cadavres :

– Sur les visages, tu as ton idée ?

Paul prit son souffle ; il avait réfléchi des nuits entières à ces mutilations :

– Il y a plusieurs possibilités. La première, c'est que le tueur veuille simplement brouiller les pistes. Ces femmes le connaissaient et leur identification pourrait mener à lui.

– Pourquoi il n'a pas bousillé les doigts et les dents alors ?

– Parce qu'elles sont clandestines et qu'elles ne sont fichées nulle part.

Le Chiffre accepta le point d'un hochement de tête.

– La deuxième ?

– Un motif plus... psychologique. J'ai lu pas mal de bouquins là-dessus. Selon les psychologues, lorsqu'un tueur détruit les organes de l'identification, c'est parce qu'il connaît ses victimes et qu'il ne supporte pas leur regard. Il anéantit alors leur statut d'être humain, il les maintient à distance, en les transformant en purs objets.

Schiffer feuilleta de nouveau les liasses.

– Je suis pas très preneur de ces trucs « psycho ». Troisième possibilité ?

– Le meurtrier a un problème avec les visages, en général. Quelque chose dans les traits de ces rousses lui fait peur, lui rappelle un traumatisme. Non seulement il doit les tuer, mais il doit aussi les défigurer. A mon avis, ces femmes se ressemblent. Leur visage est le déclic de ses crises.

– Encore plus vaseux.

– Vous n'avez pas vu les cadavres, répliqua Paul en montant la voix. On a affaire à un malade. Un psychopathe pur. C'est à nous de nous mettre au diapason de sa folie.

– Et ça, c'est quoi ?

Il venait d'ouvrir une dernière enveloppe, contenant des photographies de sculptures antiques. Des têtes, des masques, des bustes. Paul avait lui-même découpé ces images dans des catalogues de musée, des guides touristiques, des revues comme *Archeologia* ou *Le Bulletin du Louvre.*

– Une idée à moi, répondit-il. J'ai remarqué que les entailles ressemblaient à des craquelures, des cratères, comme des marques dans la pierre. Il y a aussi les nez tranchés, les lèvres coupées, les os limés, qui rappellent des traces d'usure. Je me suis dit que le tueur s'inspirait peut-être de statues anciennes.

— Ben voyons.

Paul se sentit rougir. Son idée était tirée par les cheveux et, malgré ses recherches, il n'avait pas trouvé le moindre vestige qui puisse rappeler, de près ou de loin, les plaies des Corpus. Pourtant, il prononça d'un trait :

– Pour le meurtrier, ces femmes sont peut-être des déesses, à la fois respectées et détestées. Je suis sûr qu'il est turc et qu'il baigne dans la mythologie méditerranéenne.

– T'as trop d'imagination.

– Ça ne vous est jamais arrivé de suivre votre intuition ?

– Ça m'est jamais arrivé de suivre autre chose. Mais crois-moi : toutes ces histoires « psy », c'est trop subjectif. Il faut plutôt se concentrer sur les problèmes techniques qui se posent à lui.

Paul n'était pas sûr de comprendre. Schiffer poursuivit :

– On doit réfléchir sur son mode opérationnel. Si tu as raison, si ces femmes sont vraiment des clandestines, alors elles sont musulmanes. Et pas des musulmanes d'Istanbul, avec des talons hauts. Des paysannes, des sauvages qui longent les murs et ne parlent pas un mot de français. Pour les apprivoiser, il faut les connaître. Et parler turc. Notre homme est peut-être un chef d'atelier. Un commerçant. Ou un responsable de foyer. Il y a aussi les horaires. Ces ouvrières vivent sous la terre, dans des caves, des ateliers enfouis. Le meurtrier les chope lorsqu'elles reviennent à la surface. Quand ? Comment ? Pourquoi ces filles farouches acceptent de le suivre ? C'est en répondant à ces questions qu'on remontera sa trace.

Paul était d'accord, mais toutes ces questions démontraient surtout l'ampleur de leur ignorance. Littéralement, tout était possible. Schiffer prit un nouveau cap :

– Je suppose que t'as vérifié les homicides du même genre.

– J'ai consulté le nouveau fichier Chardon. Et aussi celui des gendarmes : l'Anacrime. J'ai interrogé tous les gars de la BC. Il n'y a jamais eu un truc en France qui rappelle, même de loin, une telle dinguerie. J'ai aussi vérifié en Allemagne, auprès de la communauté turque. Rien trouvé.

– Et en Turquie ?

– Idem. Double zéro.

Schiffer prit une nouvelle orientation. Il se livrait à un véritable état des lieux :

– Tu as multiplié les patrouilles, dans le quartier ?

– On s'est mis d'accord avec Monestier, le patron de Louis-Blanc. Les rondes sont renforcées. Mais discrètement. Pas question de foutre la panique dans cette zone.

Schiffer éclata de rire :

– Qu'est-ce que tu crois ? Tous les Turcs sont au courant.

Paul glissa sur la vanne :

– En tout cas, jusqu'à maintenant, on a évité les médias. C'est ma seule garantie pour continuer en solo. S'il y a du bruit autour de l'affaire, Bomarzo mettra d'autres enquêteurs sur le coup. Pour l'instant, c'est une histoire turque et tout le monde s'en fout. J'ai les coudées franches.

– Pourquoi une affaire pareille n'est pas entre les mains de la Crim ?

– Je viens de la Crim. J'ai toujours un pied là-bas. Bomarzo me fait confiance.

– Et t'as pas demandé d'hommes supplémentaires ?

– Non.

– T'as pas constitué un groupe d'enquête ?

– Non.

Le Chiffre laissa échapper un ricanement :

– Tu le veux pour toi tout seul, hein ?

Paul ne répondit pas. D'un revers de la main, Schiffer balaya une peluche sur son pantalon :

– Peu importent tes motivations. Peu importent les miennes. On va se le faire, crois-moi.

Sur le boulevard périphérique, Paul s'orienta vers l'ouest, direction porte d'Auteuil.

– On va pas à la Râpée ? s'étonna Schiffer.

– Le corps est à Garches. A l'hôpital Raymond-Poincaré. Il y a là-bas un institut médico-légal chargé des autopsies pour les tribunaux de Versailles et...

– Je connais. Pourquoi là-bas ?

– Mesure de discrétion. Pour éviter les journalistes ou les profileurs amateurs, ceux qui traînent toujours à la morgue de Paris.

Schiffer ne semblait plus écouter. Il observait le trafic des voitures avec des yeux fascinés. Parfois, il plissait les paupières, comme s'il s'accoutumait à une lumière nouvelle. Il ressemblait à un taulard en liberté conditionnelle.

Une demi-heure plus tard, Paul franchit le pont de Suresnes et remonta le long boulevard Sellier puis le boulevard de la République. Il traversa ainsi la ville de Saint-Cloud avant d'atteindre la lisière de Garches.

Au sommet de la colline, l'hôpital apparut enfin. Six hectares de bâtiments, de blocs opératoires et de chambres blanches ; une véritable ville, peuplée de médecins, d'infirmières et de milliers de patients, victimes pour la plupart d'accidents de la route.

Paul prit la direction du pavillon Vésale. Le soleil était haut et flattait les façades des immeubles, tous construits en briques. Chaque mur proposait une nouvelle nuance de rouge, de rose, de crème, comme soigneusement cuite au four.

Au hasard des allées, des groupes de visiteurs, portant des fleurs ou des pâtisseries, apparaissaient. Ils marchaient avec une raideur sentencieuse, presque mécanique, comme s'ils avaient été contaminés par la *rigor mortis* qui habitait cette enceinte.

Ils parvinrent dans la cour intérieure du pavillon. Le bâtiment gris et rose, avec son avancée soutenue par de minces colonnes, évoquait un sanatorium, ou un édifice thermal abritant de mystérieuses sources de guérison.

Ils pénétrèrent dans la morgue et suivirent un couloir de faïence blanche. Quand Schiffer découvrit la salle d'attente, il demanda :

– Où on est, là ?

C'était peu de chose mais Paul était heureux de l'étonner avec cela.

Quelques années auparavant, l'institut médico-légal de Garches avait été rénové d'une manière très originale. La première salle était entièrement peinte en bleu turquoise ; la couleur recouvrait indistinctement le sol, les murs, le plafond et annulait toute échelle, tout repère. On plongeait ici dans une mer cristallisée, distillant une limpidité vivifiante.

– Les toubibs de Garches ont fait appel à un artiste contemporain, expliqua Paul. Nous ne sommes plus dans un hôpital. Nous sommes dans une œuvre d'art.

Un infirmier apparut et désigna une porte sur la droite :

— Le Dr Scarbon va vous rejoindre dans la salle des départs.

Ils lui emboîtèrent le pas et croisèrent d'autres pièces. Toujours bleues, toujours vides, surmontées parfois d'un liseré de lumière blanche, projeté à quelques centimètres du plafond. Dans le couloir, des vases de marbre étaient disposés en hauteur, déployant un dégradé de tons pastel : rose, pêche, jaune, écru, blanc... Une étrange volonté de pureté semblait partout à l'œuvre.

La dernière salle arracha au Chiffre un sifflement d'admiration.

C'était un rectangle d'un seul tenant, d'environ cent mètres carrés, absolument vierge, habité seulement par le bleu. A gauche de la porte d'entrée, trois baies élevées découpaient la clarté du dehors. Face à ces figures de lumière, trois arches se creusaient dans le mur opposé, comme des voûtes d'église grecque. A l'intérieur, des blocs de marbre alignés, sortes de gros lingots, également peints en bleu, semblaient avoir poussé directement du sol.

Sur l'un d'entre eux, un drap épousait la forme d'un corps.

Schiffer s'approcha d'une jarre de marbre blanc qui siégeait au centre de la pièce. Lourde et polie, remplie d'eau, elle évoquait un bénitier épuré, aux lignes antiques. Agitée par un moteur, l'eau frémissante distillait un parfum d'eucalyptus destiné à atténuer la puanteur des morts et l'odeur du formol.

Le policier y trempa ses doigts.

— Tout ça me rajeunit pas.

A ce moment, les pas du Dr Claude Scarbon se firent entendre. Schiffer se retourna. Les deux hommes se toisèrent. En un coup d'œil, Paul comprit qu'ils se connaissaient. Il avait appelé le médecin depuis l'hospice sans lui parler de son nouveau partenaire.

– Merci d'être venu, docteur, dit-il en le saluant.

Scarbon eut un bref hochement de tête, sans quitter le Chiffre du regard. Il portait un manteau de laine sombre et tenait encore ses gants de chevreau à la main. C'était un vieil homme décharné. Ses yeux cillaient en permanence, comme si les lunettes qu'il portait à bout de nez ne lui étaient d'aucune utilité. De grosses moustaches de Gaulois laissaient filtrer une voix traînante de film d'avant-guerre.

Paul fit un geste vers son acolyte :

– Je vous présente...

– On se connaît, intervint Schiffer. Salut, docteur.

Scarbon ôta son manteau sans répondre et enfila une blouse suspendue sous une des voûtes puis glissa ses mains dans des gants de latex dont la couleur vert pâle s'harmonisait avec le grand bleu qui les environnait.

Alors seulement, il écarta le drap. L'odeur de chair en décomposition se répandit dans la pièce, coupant court à toute autre préoccupation.

Malgré lui, Paul détourna les yeux. Lorsqu'il eut le courage de regarder, il aperçut le corps lourd et blanc, à demi caché par le drap replié.

Schiffer s'était glissé sous l'arcade ; il enfilait des gants chirurgicaux. Pas le moindre trouble ne se lisait sur son visage. Derrière lui, une croix de bois et deux chandeliers de fer noir se détachaient sur le mur. Il murmura d'une voix vide :

– OK, docteur, vous pouvez commencer.

– La victime est de sexe féminin, de race caucasienne. Son tonus musculaire indique qu'elle avait entre vingt et trente ans. Plutôt boulotte. Soixante-dix kilos pour un mètre soixante. Si on ajoute qu'elle possédait la carnation blanche spécifique des rousses et la chevelure qui va avec, je dirais qu'elle correspond, physiquement, au profil des deux premières. Notre homme les aime ainsi : la trentaine, rousses, grassouillettes.

Scarbon parlait sur un ton monocorde. Il paraissait lire mentalement les lignes de son rapport, des lignes inscrites sur sa propre nuit blanche. Schiffer interrogea :

– Aucun signe particulier ?

– Comme quoi ?

– Tatouages. Oreilles percées. Marque d'alliance. Des trucs que le tueur n'aurait pas pu effacer.

– Non.

Le Chiffre saisit la main gauche du cadavre et la retourna, côté paume. Paul frémit : jamais il n'aurait osé un tel geste.

– Pas de traces de henné ?

– Non.

– Nerteaux m'a dit que les doigts trahissaient un boulot de couturière. Qu'est-ce que vous en pensez ?

Scarbon confirma d'un signe de tête :

– Ces femmes ont longtemps pratiqué des travaux manuels, c'est évident.

– Vous êtes d'accord pour la couture ?

– Difficile d'être vraiment précis. Des traces de piqûres marquent les sillons digitaux. Il y a aussi des cals entre le pouce et l'index. Peut-être l'utilisation d'une machine à coudre ou d'un fer à repasser. (Il leva son regard au-dessus de ses carreaux.) Elles ont bien été retrouvées près du quartier du Sentier, non ?

– Et alors ?

– Ce sont des ouvrières turques.

Schiffer ne releva pas ce ton de certitude. Il observait le torse. Malgré lui, Paul se rapprocha. Il vit les lacérations noires qui s'étiraient sur les flancs, les seins, les épaules et les cuisses. Plusieurs d'entre elles étaient si profondes qu'elles révélaient le blanc des os.

– Parlez-nous de ça, ordonna le Chiffre.

Le médecin compulsa rapidement plusieurs feuillets agrafés.

– Sur celle-ci, j'ai dénombré vingt-sept entailles. Parfois superficielles, parfois profondes. On peut imaginer que le tueur a intensifié sa torture au fil des heures. Il y en avait à peu près autant sur les deux autres. (Il abaissa sa liasse pour observer ses interlocuteurs.) D'une façon générale, tout ce que je vais décrire ici est valable pour les précédentes victimes. Les trois femmes ont été suppliciées de la même manière.

– Avec quelle arme ?

– Un couteau de combat, chromé, doté d'une lamescie. On discerne nettement l'empreinte des dents sur plusieurs plaies. Pour les deux premiers corps, j'avais demandé une recherche d'après la taille et l'espace des pics, mais on n'a rien obtenu de significatif. Du matériel militaire standard, correspondant à des dizaines de modèles.

Le Chiffre se pencha sur d'autres plaies qui se multipliaient sur le buste – de curieuses auréoles noires, suggérant des morsures ou des baisers de braise. Quand Paul avait remarqué ce détail sur le premier cadavre, il avait pensé au diable. Un être de fournaise qui se serait délecté de ce corps innocent.

– Et ça ? demanda Schiffer en tendant l'index. Qu'est-ce que c'est au juste ? Des morsures ?

– A première vue, on dirait des suçons de feu. Mais j'ai trouvé une explication rationnelle à ces marques. Je pense que le meurtrier se sert d'une batterie de voiture pour leur infliger des chocs électriques. Plus précisément, j'imagine qu'il utilise les pinces crantées qu'on emploie d'ordinaire pour envoyer le jus. Les marques de lèvres ne sont que les empreintes de ces pinces. A mon avis, il mouille les corps pour accentuer les décharges. Ce qui explique les stigmates noirs. Il y en a plus d'une vingtaine sur celui-ci. (Il brandit ses feuilles.) Tout est dans mon rapport.

Paul connaissait ces informations ; il avait lu et relu les deux premiers bilans d'autopsie. Mais chaque fois il éprouvait la même répulsion, le même rejet. Aucun moyen d'entrer en empathie avec une telle folie.

Schiffer se plaça à la hauteur des jambes du cadavre – les pieds, bleu-noir, étaient pliés selon un angle impossible.

– Et là ?

Scarbon s'approcha à son tour, de l'autre côté du corps. Ils ressemblaient à deux topographes étudiant les reliefs d'une carte.

– Les radiographies sont spectaculaires. Tarses, métatarses, phalanges : tout est bousillé. On a compté environ soixante-dix esquilles d'os enfoncées dans les tissus. Aucune chute n'aurait pu provoquer de tels dégâts. Le tueur s'est acharné sur ces membres avec un objet contondant. Barre de fer ou batte de base-ball. Les deux autres ont subi le même traitement. Je me suis renseigné : c'est une technique de torture spécifique à la Turquie. La felaka, ou le felika, je ne sais plus.

Schiffer cracha avec un accent guttural :

– Al-Falaqua.

Paul se souvint que le Chiffre parlait couramment le turc et l'arabe.

– De mémoire, poursuivit-il, je peux vous citer dix pays qui pratiquent cette méthode.

Scarbon repoussa ses lunettes sur son nez.

– Oui. Bon. Enfin, on nage en plein exotisme, quoi.

Schiffer remonta vers l'abdomen. De nouveau, il saisit l'une des mains. Paul aperçut les doigts noircis et boursouflés. L'expert commenta :

– Les ongles ont été arrachés à la tenaille. Les extrémités ont été brûlées à l'acide.

– Quel acide ?

– Impossible à dire.

– Ça ne peut pas être une technique post mortem, pour détruire les empreintes ?

– Si c'est ça, le tueur a raté son coup. Les dermatoglyphes sont parfaitement visibles. Non, je pense plutôt à une torture supplémentaire. L'assassin n'est pas du genre à rater quoi que ce soit.

Le Chiffre avait reposé la main. Toute son attention se focalisait maintenant sur le sexe béant. Le toubib regardait aussi la plaie. Les topographes commençaient à ressembler à des charognards.

– Elle a été violée ?

– Pas au sens sexuel du terme.

Pour la première fois, Scarbon hésita. Paul baissa les yeux. Il vit l'orifice béant, dilaté, lacéré. Les parties internes – grandes lèvres, petites lèvres, clitoris – étaient retournées vers l'extérieur, en une révolution de chairs insoutenable. Le médecin se racla la gorge et se lança :

– Il lui a enfoncé un genre de matraque, tapissée de lames de rasoir. On voit bien les lacérations, ici, à l'intérieur de la vulve, et là, le long des cuisses. Un vrai carnage. Le clitoris est sectionné. Les lèvres sont coupées. Cela a provoqué une hémorragie interne. La première victime affichait exactement les mêmes blessures. La deuxième...

Il hésita de nouveau. Schiffer chercha son regard :

– Quoi ?

– La seconde, c'était différent. Je pense qu'il a utilisé quelque chose de... vivant.

– De vivant ?

– Un rongeur, oui. Une bestiole de ce genre. Les organes génitaux externes étaient mordus, déchirés, jusqu'à l'utérus. Il paraît que des tortionnaires ont utilisé ce type de technique, en Amérique latine...

Paul avait la tête dans un étau. Il connaissait ces détails, mais chacun d'eux le blessait, chaque mot lui soulevait le cœur. Il recula jusqu'à la jarre de marbre. Machinalement, il trempa ses doigts dans l'eau parfumée et se souvint que son comparse avait effectué le même geste quelques minutes auparavant. Il les retira vivement.

– Continuez, ordonna Schiffer d'une voix rauque.

Scarbon ne répondit pas aussitôt ; le silence emplit la salle turquoise. Les trois hommes paraissaient comprendre qu'ils ne pouvaient plus reculer : ils allaient devoir affronter le visage.

– C'est la partie la plus complexe, reprit enfin le légiste, en encadrant de ses deux index la face défigurée. Il y a eu plusieurs étapes dans la violence.

– Expliquez-vous.

– D'abord les contusions. Le visage n'est qu'un énorme hématome. Le tueur a frappé longuement, sauvagement. Peut-être avec un poing américain. Quelque chose de métallique, en tout cas, et de plus précis qu'une barre ou une matraque. Ensuite, il y a les entailles et les mutilations. Ces plaies n'ont pas saigné. Elles ont été pratiquées post mortem.

Ils étaient maintenant au plus près du masque d'horreur. Ils discernaient, dans toute leur sauvagerie, et sans la distance habituelle des photographies, les plaies profondes. Les entailles qui traversaient le visage, rayaient le front, les tempes ; les crevasses qui perçaient les joues ; et les mutilations : le nez tranché, le menton biseauté, les lèvres meurtries...

– Vous voyez comme moi ce qu'il a coupé, limé, arraché. Ce qui est intéressant, ici, c'est son application. Il a peaufiné l'œuvre. C'est sa signature. Nerteaux pense qu'il cherche à copier...

– Je sais ce qu'il pense. Que pensez-vous, vous ?

Scarbon se recula, les mains dans le dos :

– Le meurtrier est obsédé par ces visages. Ils constituent pour lui à la fois une source de fascination et de colère. Il les sculpte, les façonne, et en même temps il détruit leur caractère humain.

Schiffer eut un mouvement d'épaules qui marquait son scepticisme.

– De quoi est-elle morte au final ?

– Je vous l'ai dit. Hémorragie interne. Provoquée par le charcutage des organes génitaux. Elle a dû se vider sur le sol.

– Et les deux autres ?

– La première, une hémorragie également. A moins que le cœur ait lâché avant. La seconde, je ne sais pas au juste. De terreur, peut-être, tout simplement. On peut résumer en disant que ces trois femmes sont mortes de souffrance. L'empreinte ADN et la toxico sont en cours pour celle-ci mais je ne pense pas que ces analyses donneront plus de résultats que les fois précédentes.

Scarbon remonta le drap d'un geste sec, trop empressé. Schiffer fit quelques pas avant de reprendre :

– Pouvez-vous déduire une chronologie des faits ?

– Je ne me lancerais pas dans un emploi du temps détaillé, mais on peut supposer que cette femme a été enlevée il y a trois jours, soit jeudi soir. Elle sortait sans doute de son boulot.

– Pourquoi ?

– Elle avait le ventre vide. Comme les deux premières. Il les surprend quand elles rentrent à leur domicile.

– Evitons les suppositions.

Le praticien souffla avec irritation :

– Ensuite, elle a subi de vingt à trente heures de tortures, sans discontinuer.

– Comment évaluez-vous cette durée ?

– Elle s'est débattue. Ses liens lui ont brûlé la peau, se sont enfoncés dans ses chairs. Les plaies ont suppuré. On peut remonter le temps grâce à ces infections. Vingt à trente heures : je ne dois pas être loin du compte. De toute façon, à ce régime, c'est le seuil de la tolérance humaine.

Tout en marchant, Schiffer scrutait le miroir bleuté du sol :

– Avez-vous un indice qui pourrait nous renseigner sur le lieu du crime ?

– Peut-être.

Paul intervint :

– Quoi ?

Scarbon fit claquer ses lèvres, à la manière d'un clap de cinéma :

– Je l'avais déjà remarqué sur les deux autres, mais c'est flagrant sur la dernière. Le sang de la victime contient des bulles d'azote.

– Qu'est-ce que ça veut dire ?

Paul sortit son carnet.

– C'est assez singulier. Cela pourrait signifier que son corps a été soumis, de son vivant, à une pression supérieure à celle qui règne à la surface de la Terre. La pression qu'on trouve par exemple dans les fonds sous-marins.

C'était la première fois que le médecin évoquait cette particularité.

– Je ne suis pas plongeur, poursuivit-il, mais le phénomène est connu. A mesure que vous plongez, la pression augmente. L'azote contenu dans le sang se dissout. Si vous remontez trop vite, sans respecter les paliers de décompression, l'azote revient brutalement à son état de gaz et forme des bulles dans le corps.

Schiffer paraissait vivement intéressé :

– Et c'est ce qui est arrivé à la victime ?

– Aux trois victimes. Des bulles d'azote ont afflué et explosé à travers leur organisme, provoquant des lésions et, bien sûr, de nouvelles souffrances. Ce n'est pas une certitude à cent pour cent, mais ces femmes pourraient avoir eu un « accident de plongée ».

Paul interrogea encore, tout en notant :

– Elles auraient été immergées à une grande profondeur ?

– Je n'ai pas dit ça. D'après l'un de nos internes qui pratique la plongée sous-marine, elles ont subi une pression d'au moins quatre bars. Ce qui équivaut à une profondeur d'environ quarante mètres. Cela me semble un peu compliqué de trouver une telle masse d'eau à Paris. Je pense plutôt qu'on les a placées dans un caisson à haute pression.

Paul écrivait avec fébrilité :

– Où trouve-t-on ce genre de trucs ?

– Il faudrait se renseigner. Il y a les caissons qu'utilisent les plongeurs professionnels pour décompresser, mais je doute qu'il en existe en Ile-de-France. Il y a aussi les caissons utilisés dans les hôpitaux.

– Les hôpitaux ?

– Oui. Pour oxygéner des patients qui souffrent d'une mauvaise vascularisation. Diabète, excès de cholestérol... La surpression permet de mieux diffuser l'oxygène dans l'organisme. Il doit y avoir quatre ou cinq engins de ce type à Paris. Mais je ne vois pas notre tueur avoir accès à un hosto. Il vaudrait mieux s'orienter vers l'industrie.

– Quels secteurs utilisent cette technique ?

– Aucune idée. Cherchez : c'est votre boulot. Et, encore une fois, je ne suis sûr de rien. Ces bulles ont peut-être une tout autre explication. Si c'est le cas, je sèche.

Schiffer reprit la parole :

– Sur les trois cadavres, il n'y a rien qui puisse nous renseigner, physiquement, sur notre homme ?

– Rien. Il les lave avec grand soin. De toute façon, je suis sûr qu'il les manipule avec des gants. Il n'a pas de rapport sexuel avec elles. Il ne les caresse pas. Ne les embrasse pas. Ce n'est pas son truc. Pas du tout. Il donne plutôt dans le clinique. Le robotique. Ce tueur est... désincarné.

– Est-ce que sa folie monte en régime au fil des meurtres ?

– Non. Les tortures sont chaque fois appliquées avec la même rigueur. C'est un obsédé du mal, mais il ne perd jamais les pédales. (Il eut un sourire usé.) Un tueur ordonné, comme disent les manuels de criminologie.

– Qu'est-ce qui le fait bander, à votre avis ?

– La souffrance. La souffrance pure. Il les torture avec application, avec minutie, jusqu'à ce qu'elles meurent. C'est cette douleur qui l'excite, qui nourrit sa jouissance. Il y a au fond de tout ça une haine viscérale des femmes. De leur corps, de leur visage.

Schiffer se tourna vers Paul et ricana :

– Décidément, j'ai affaire à des psychologues aujourd'hui.

Scarbon s'empourpra :

– La médecine légale, c'est toujours de la psychologie. Les violences qui nous passent sous les doigts ne sont que les manifestations d'esprits malades...

Le policier acquiesça sans cesser de sourire. Il attrapa les feuillets dactylographiés que l'autre avait posés sur un des blocs.

– Merci, docteur.

Il se dirigea vers une porte qui se dessinait sous les trois baies de lumière. Lorsqu'il l'ouvrit, une violente giclée de soleil pénétra dans la salle, tel un flot de lait lancé à travers le grand bleu.

Paul saisit un autre exemplaire du rapport d'autopsie :

– Je peux prendre celui-ci ?

Le médecin le fixa sans répondre, puis :

– Pour Schiffer, vos supérieurs sont au courant ?

Paul se fendit d'un large sourire :

– Ne vous en faites pas. Tout est sous contrôle.

– Je m'en fais pour vous. C'est un monstre.

Paul tressaillit. Le légiste assena :

– Il a tué Gazil Hemet.

Le nom ralluma ses souvenirs. Octobre 2000 : le Turc broyé sous le Thalys, l'accusation pour homicide volontaire contre Schiffer. Avril 2001 : la chambre d'accusation abandonne mystérieusement les poursuites. Il répliqua d'une voix gelée :

– Le corps était écrasé. L'autopsie n'a rien pu prouver.

– C'est moi qui ai réalisé la contre-expertise. Le visage comportait des blessures atroces. Un œil avait été arraché. Les tempes avaient été vrillées avec des mèches de perceuse. (Il désigna le drap.) Rien à envier à celui-ci.

Paul sentit ses jambes flageoler ; il ne pouvait admettre un tel soupçon sur l'homme avec qui il allait travailler :

– Le rapport mentionnait seulement des lésions et...

– Ils ont fait disparaître mes autres commentaires. Ils le couvrent.

– Qui ça, ils ?

– Ils ont peur. Ils ont tous peur.

Paul recula dans la blancheur du dehors. Claude Scarbon souffla, en ôtant ses gants élastiques :

– Vous faites équipe avec le diable.

13

– Ils appellent ça l'Iskele. Bien prononcer : « is-ké-lé ».

– Quoi ?

– On pourrait traduire par « embarcadère » ou « quai de départ ».

– De quoi vous parlez ?

Paul avait rejoint Schiffer dans la voiture, mais n'avait pas encore démarré. Ils se trouvaient toujours dans la cour du pavillon Vésale, à l'ombre des fines colonnes. Le Chiffre continua :

– La principale organisation mafieuse qui contrôle les voyages des clandestins turcs en Europe. Ils s'occupent aussi de leur trouver un boulot et un logement. Ils se débrouillent en général pour former des groupes de même origine dans chaque atelier. Certaines boîtes, à Paris, reconstituent carrément tout un village du fond de l'Anatolie.

Schiffer s'arrêta, pianota sur la paroi de la boîte à gants, puis enchaîna :

– Les tarifs sont variables. Les plus riches s'offrent l'avion et la complicité des douaniers. Ils débarquent en France avec un permis de travail fictif ou un faux passeport. Les plus pauvres se tapent le trajet en cargo, par la Grèce, ou en camion, par la Bulgarie. Dans tous les cas, il faut compter un minimum de deux cent mille balles. La famille au village se cotise et réunit à peu près un tiers de la somme. L'ouvrier trime dix années pour rembourser le reste.

Paul observait Schiffer, son profil très net sur la vitre ensoleillée. On lui avait parlé à des dizaines de reprises de ces réseaux, mais c'était la première fois qu'il entendait une description d'une telle précision.

Le flic au crâne d'argent poursuivit :

— Tu te doutes pas à quel point ces gars-là sont organisés. Ils possèdent un registre où tout est répertorié. Le nom, l'origine, l'atelier et l'état de la dette de chaque clandestin. Ils communiquent par e-mails avec leurs alter ego en Turquie, qui maintiennent la pression sur les familles. Ils s'occupent de tout à Paris. Ils prennent en charge l'envoi des mandats ou les communications téléphoniques à prix réduits. Ils se substituent à la poste, aux banques, aux ambassades. Tu veux envoyer un jouet à un de tes gosses ? Tu t'adresses à l'Iskele. Tu cherches un gynécologue ? L'Iskele te donne le nom d'un toubib pas trop regardant sur ton statut en France. Tu as un problème avec ton atelier ? C'est encore l'Iskele qui règle le litige. Il ne se passe pas un événement dans le quartier turc sans qu'ils en soient informés et qu'ils le consignent dans leurs fiches.

Paul comprit enfin où le Chiffre voulait en venir :

— Vous pensez qu'ils sont au courant pour les meurtres ?

— Si ces filles sont vraiment des clandestines, leurs patrons se sont tournés en priorité vers l'Iskele. Un, pour savoir ce qui se passait. Deux, pour remplacer les disparues. Ces gonzesses trucidées, c'est avant tout du pognon qui se perd.

Un espoir prit forme dans sa conscience :

– Vous... Vous pensez qu'ils possèdent un moyen d'identifier ces ouvrières ?

– Chaque dossier comprend une photographie de l'immigré. Son adresse à Paris. Le nom et les coordonnées de son employeur.

Paul risqua une autre question, mais il savait déjà la réponse :

– Vous connaissez ces mecs ?

– Le patron de l'Iskele à Paris s'appelle Marek Cesiuz. Tout le monde l'appelle Marius. Il possède une salle de concerts sur le boulevard de Strasbourg. J'ai vu naître un de ses fils.

Il lui fit un clin d'œil :

– Tu démarres ou quoi ?

Paul contempla un instant encore Jean-Louis Schiffer. *Vous faites équipe avec le diable*. Peut-être Scarbon avait-il raison, mais pour le genre de gibier qu'il traquait, pouvait-il souhaiter meilleur partenaire ?

TROIS

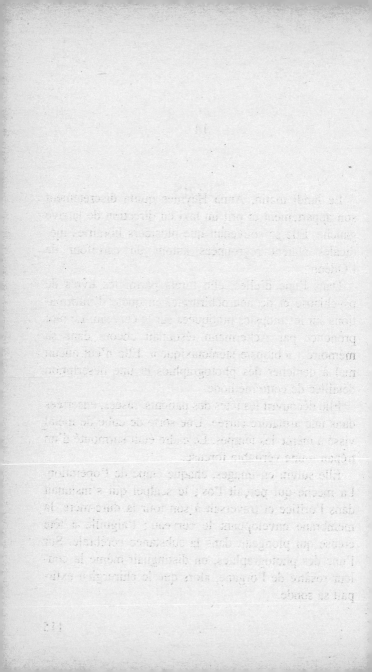

14

Le lundi matin, Anna Heymes quitta discrètement son appartement et prit un taxi en direction de la rive gauche. Elle se souvenait que plusieurs librairies médicales étaient regroupées autour du carrefour de l'Odéon.

Dans l'une d'elles, elle fureta parmi les livres de psychiatrie et de neurochirurgie, en quête d'informations sur les biopsies pratiquées sur le cerveau. Le mot prononcé par Ackermann résonnait encore dans sa mémoire : « biopsie stéréotaxique ». Elle n'eut aucun mal à dénicher des photographies et une description détaillée de cette méthode.

Elle découvrit les têtes des patients, rasées, enserrées dans une armature carrée. Une sorte de cube de métal vissé à même les tempes. Le cadre était surmonté d'un trépan – une véritable foreuse.

Elle suivit, en images, chaque étape de l'opération. La mèche qui perçait l'os ; le scalpel qui s'insinuait dans l'orifice et traversait à son tour la dure-mère, la membrane enveloppant le cerveau ; l'aiguille à tête creuse qui plongeait dans la substance cérébrale. Sur l'une des photographies, on distinguait même la couleur rosâtre de l'organe, alors que le chirurgien extirpait sa sonde.

Tout sauf ça.

Anna avait pris sa résolution : il lui fallait chercher un autre diagnostic ; consulter un deuxième spécialiste, de toute urgence, qui lui proposerait une alternative, un traitement différent.

Elle se précipita dans une brasserie, boulevard Saint-Germain, plongea dans la cabine téléphonique du sous-sol et feuilleta un annuaire. Après plusieurs tentatives malheureuses auprès de médecins absents ou débordés, elle tomba enfin sur Mathilde Wilcrau, psychiatre et psychanalyste, qui semblait plus disponible.

La voix de la femme était grave, mais le ton léger, presque malicieux. Anna évoqua brièvement ses « problèmes de mémoire » et insista sur l'urgence de sa démarche. La psychiatre accepta de la recevoir aussitôt. Près du Panthéon, à cinq minutes de l'Odéon.

Anna patientait maintenant dans une petite salle d'attente décorée de meubles anciens, vernis et ciselés, qui semblaient tout droit sortis du château de Versailles. Seule dans la pièce, elle observait les photographies encadrées qui décoraient les murs : des clichés d'exploits sportifs, dans des contextes les plus extrêmes.

Sur l'un des tirages, une silhouette s'envolait d'un versant montagneux, suspendue à un parapente ; sur le suivant, un alpiniste encapuchonné escaladait une muraille de glace ; dans un autre cadre, un tireur cagoulé et gainé d'une combinaison de ski braquait un fusil à lunette sur une cible invisible.

– Mes exploits sur le retour.

Anna se tourna vers la voix.

Mathilde Wilcrau était une grande femme aux épaules larges, au sourire rayonnant. Ses bras jaillissaient de son tailleur d'une manière brutale, presque inconvenante. Ses jambes, longues et très fuselées, dessinaient des courbes de puissance. « Entre quarante et cinquante ans », estima Anna, remarquant les paupières flétries, les sillons autour des yeux. Mais on n'appréhendait pas cette femme athlétique en termes d'âge : plutôt d'énergie ; ce n'était pas une question d'années, mais de kilojoules.

La psychiatre s'effaça :

– Par ici.

Le bureau était assorti à l'antichambre ; du bois, du marbre, de l'or. Anna pressentait que la vérité de la femme ne se situait pas dans cette décoration précieuse mais plutôt dans les photographies de ses exploits.

Elles s'assirent de part et d'autre d'un bureau couleur de feu. Le médecin saisit un stylo-plume et inscrivit sur un bloc quadrillé les renseignements d'usage. Nom, âge, adresse... Anna était tentée de mentir sur son identité, mais elle s'était juré de jouer franc jeu.

Tout en répondant, elle observait encore son interlocutrice. Elle était frappée par son allure brillante, ostentatoire, presque américaine. Sa chevelure brune ruisselait sur ses épaules ; ses traits amples, réguliers, s'épanouissaient autour d'une bouche très rouge, sensuelle, qui attirait le regard. L'image qui lui vint fut celle d'une pâte de fruits, gorgée de sucre et d'énergie. Spontanément, cette femme lui inspirait confiance.

– Alors, quel est le problème ? demanda-t-elle d'un ton enjoué.

Anna s'efforça d'être concise :

– Je souffre de défaillances de la mémoire.

– Quel genre de défaillances ?

– Je ne reconnais plus les visages qui me sont familiers.

– Tous les visages familiers ?

– Surtout celui de mon mari.

– Soyez plus précise : vous ne le reconnaissez plus du tout ? Plus jamais ?

– Non. Ce sont des absences très courtes. Sur l'instant, son visage ne m'évoque rien. Un parfait inconnu. Puis le déclic s'effectue. Jusqu'à maintenant, ces trous noirs ne duraient qu'une seconde. Mais ils me semblent de plus en plus longs.

Mathilde tapotait sa page avec l'extrémité de son stylo ; un Mont-Blanc laqué noir. Anna remarqua qu'elle avait discrètement ôté ses chaussures.

– C'est tout ?

Elle hésita :

– Il m'arrive parfois aussi le contraire...

– Le contraire ?

– Il me semble reconnaître des visages qui me sont étrangers.

– Donnez-moi un exemple.

– Cela survient surtout avec une personne. Je travaille à la Maison du Chocolat, rue du Faubourg-Saint-Honoré, depuis environ un mois. Il y a un client régulier. Un homme d'une quarantaine d'années. Chaque fois qu'il pénètre dans la boutique, j'éprouve une sensation familière. Mais je ne parviens jamais à préciser mon souvenir.

– Et lui, qu'est-ce qu'il dit ?

– Rien. A l'évidence, il ne m'a jamais vue ailleurs que derrière mon comptoir.

Sous le bureau, la psychiatre agitait ses orteils au

bout de ses collants noirs. Il y avait une note espiègle, pétillante, dans toute son attitude.

– Si je résume, vous ne reconnaissez pas les gens que vous devriez reconnaître, mais vous reconnaissez ceux que vous ne connaissez pas, c'est ça ?

Elle prolongeait les dernières syllabes d'une manière singulière, un véritable vibrato de violoncelle.

– On peut présenter les choses de cette façon, oui.

– Vous avez essayé une bonne paire de lunettes ?

Anna fut soudain prise de fureur. Elle sentit une chaleur aiguë lui monter au visage. Comment pouvait-elle se moquer de sa maladie ? Elle se leva, attrapant son sac. Mathilde Wilcrau la retint avec empressement :

– Excusez-moi. C'était une plaisanterie. C'est idiot. Restez, je vous en prie.

Anna s'immobilisa. Le sourire rouge l'enveloppait comme un halo bienfaisant. Sa résistance s'évanouit. Elle se laissa tomber dans le fauteuil.

La psychiatre reprit place à son tour et modula encore :

– Poursuivons, s'il vous plaît. Eprouvez-vous parfois un malaise face à d'autres visages ? Je veux dire : ceux que vous croisez chaque jour, dans la rue, les lieux publics ?

– Oui. Mais c'est une autre sensation. Je subis... des sortes d'hallucinations. Dans le bus, dans les dîners, n'importe où. Les figures se brouillent, se mélangent, forment des masques atroces. Je n'ose plus regarder personne. Je ne vais bientôt plus sortir de chez moi...

– Quel âge avez-vous ?

– Trente et un ans.

– Depuis combien de temps souffrez-vous de ces troubles ?

– Un mois et demi environ.

– Sont-ils accompagnés de malaises physiques ?

– Non... Enfin, si. Des signes d'angoisse, surtout. Des tremblements. Mon corps devient lourd. Mes membres s'ankylosent. J'étouffe aussi, parfois. Récemment, j'ai saigné du nez.

– Votre état de santé est bon, en général ?

– Excellent. Rien à signaler.

La psychiatre marqua un temps. Elle écrivait maintenant sur le bloc.

– Souffrez-vous d'autres troubles de la mémoire, qui concerneraient des épisodes de votre passé par exemple ?

Anna pensa « à ciel ouvert » et répondit :

– Oui. Certains de mes souvenirs perdent en consistance. Ils me paraissent s'éloigner, s'effacer.

– Lesquels ? Ceux qui concernent votre mari ?

Elle se raidit contre le dossier de bois :

– Pourquoi vous me demandez ça ?

– A l'évidence, c'est surtout son visage qui provoque vos crises. Le passé que vous partagez avec lui pourrait aussi vous poser un problème.

Anna soupira. Cette femme l'interrogeait comme si son mal était influencé par ses sentiments ou son inconscient ; comme si elle refoulait volontairement sa mémoire dans une direction donnée. Cette lecture était totalement différente de celle d'Ackermann. N'était-ce pas ce qu'elle était venue chercher ici ?

– C'est vrai, concéda-t-elle. Mes souvenirs avec Laurent s'effritent, disparaissent. (Elle s'arrêta, puis reprit d'un ton plus vif :) Mais d'une certaine façon, c'est logique.

– Pourquoi ?

– Laurent est au centre de ma vie, de ma mémoire. Il occupe la plupart de mes souvenirs. Avant la Maison du Chocolat, j'étais une simple femme au foyer. Mon couple était ma seule préoccupation.

– Vous n'avez jamais travaillé ?

Anna prit un ton acide, se moquant d'elle-même :

– J'ai une licence de droit mais je n'ai jamais mis les pieds dans un cabinet d'avocat. Je n'ai pas d'enfant. Laurent est mon « grand tout », si vous voulez, mon seul horizon...

– Vous êtes mariée depuis combien d'années ?

– Huit ans.

– Avez-vous des relations sexuelles normales ?

– Qu'est-ce que vous appelez : normales ?

– Ternes. Ennuyeuses.

Anna ne comprit pas. Le sourire s'accentua :

– Encore de l'humour. Je vous demande simplement si vous avez des rapports réguliers.

– Tout va bien de ce côté-là. Au contraire, j'ai... enfin, je ressens un désir très fort pour lui. De plus en plus fort même. C'est si étrange.

– Peut-être pas tant que ça.

– Qu'est-ce que vous voulez dire ?

Un silence en guise de réponse.

– Quel est le métier de votre mari ?

– Il est policier.

– Pardon ?

– Haut fonctionnaire. Laurent dirige le Centre des études et bilans du ministère de l'Intérieur. Il supervise des milliers de rapports, de statistiques concernant les problèmes criminels de la France. Je n'ai jamais compris son job, mais cela a l'air important. Il est très proche du ministre.

Mathilde enchaîna, comme si tout cela allait de soi :

– Pourquoi n'avez-vous pas d'enfants ? Un problème de ce côté-là ?

– Pas physiologique, en tout cas.

– Alors, pourquoi ?

Anna hésita. La nuit du samedi lui revint : le cauchemar, les révélations de Laurent, le sang sur son visage...

– Je ne sais pas au juste. Il y a deux jours, j'ai posé la question à mon mari. Il m'a répondu que je n'en ai jamais voulu. J'aurais même exigé un serment de sa part à ce sujet. Mais je ne m'en souviens pas. (Sa voix monta d'un cran.) Comment je peux avoir oublié ça ? (Elle détacha chaque syllabe.) Je-ne-m'en-sou-viens-pas !

Le médecin écrivit quelques lignes, puis demanda :

– Et vos souvenirs d'enfance ? Ils s'effacent, eux aussi ?

– Non. Ils me semblent lointains mais bien présents.

– Des souvenirs de vos parents ?

– Non. J'ai perdu ma famille très tôt. Un accident de voiture. J'ai grandi en pension, près de Bordeaux, sous la tutelle d'un oncle. Je ne le vois plus. Je ne l'ai jamais beaucoup vu.

– De quoi vous souvenez-vous alors ?

– Des paysages. Les grandes plages des Landes. Les forêts de pins. Ces vues sont intactes dans mon esprit. Elles gagnent même en présence, en ce moment. Ces paysages me semblent plus réels que tout le reste.

Mathilde écrivait toujours. Anna s'aperçut qu'elle griffonnait en réalité des hiéroglyphes. Sans lever les yeux, la spécialiste repartit à l'assaut.

— Comment dormez-vous ? Vous souffrez d'insomnie ?

— Au contraire. Je dors tout le temps.

— Quand vous faites un effort de mémoire, ressentez-vous une somnolence ?

— Oui. Une espèce de torpeur.

— Parlez-moi de vos rêves.

— Depuis le début de ma maladie, je fais un rêve... bizarre.

— Je vous écoute.

Elle décrivit le songe qui hantait ses nuits. La gare et les paysans. L'homme en manteau noir. Le drapeau frappé de quatre lunes. Les sanglots d'enfants. Puis la bourrasque du cauchemar : le torse vide, le visage en lambeaux...

La psy émit un sifflement admiratif. Anna n'était pas certaine d'apprécier ces manières familières, mais elle éprouvait une sensation de réconfort auprès de cette femme. Soudain Mathilde la glaça :

— Vous avez consulté quelqu'un d'autre, n'est-ce pas ? (Anna tressaillit.) Un neurologue ?

— Je... Qu'est-ce qui vous fait croire ça ?

— Vos symptômes sont plutôt cliniques. Ces défaillances, ces distorsions font penser à une maladie neuro-dégénérative. Dans de tels cas, le patient préfère consulter un neurologue. Un médecin qui localise clairement la maladie et qui soigne avec des médicaments.

Anna capitula :

– Il s'appelle Ackermann. C'est un ami d'enfance de mon mari.

– Eric Ackermann ?

– Vous le connaissez ?

– On était à la fac ensemble.

Anna demanda avec anxiété :

– Qu'est-ce que vous pensez de lui ?

– Un homme très brillant. Quel a été son diagnostic ?

– Il m'a surtout fait subir des examens. Des scanners. Des radios. Une IRM.

– Il n'a pas utilisé le Petscan ?

– Si. Nous avons effectué des tests samedi dernier. Dans un hôpital plein de soldats.

– Le Val-de-Grâce ?

– Non, l'institut Henri-Becquerel, à Orsay.

Mathilde nota le nom dans un coin de sa feuille.

– Quels ont été les résultats ?

– Rien de très clair. D'après Ackermann je souffre d'une lésion située dans l'hémisphère droit, dans la partie ventrale du temporal...

– La zone de reconnaissance des visages.

– Exactement. Il suppose qu'il s'agit d'une nécrose infime. Mais la machine ne l'a pas localisée.

– Quelle serait la cause de cette lésion, selon lui ?

Anna parla plus vite, ces aveux la soulageaient :

– Il n'en sait rien, justement. Il tient à effectuer de nouveaux examens. (Sa voix se fêla.) Une biopsie pour analyser cette partie de mon cerveau. Il veut étudier mes cellules nerveuses, je ne sais quoi. Je... (Elle reprit son souffle.) Il dit qu'à cette seule condition, il pourra mettre au point un traitement.

La psychiatre posa son stylo-plume et croisa les bras. Pour la première fois, elle parut considérer Anna sans ironie, sans malice :

– Vous lui avez parlé de vos autres troubles ? Les souvenirs qui s'effacent ? Les visages qui se mélangent ?

– Non.

– Pourquoi vous méfiez-vous de lui ?

Anna ne répondit pas. Mathilde insista :

– Pourquoi êtes-vous venue me consulter ? Pourquoi me déballer tout ça, à moi ?

Anna eut un geste vague, puis elle prononça, les paupières baissées :

– Je refuse de subir cette biopsie. Ils veulent entrer dans mon cerveau.

– De qui parlez-vous ?

– Mon mari et Ackermann. Je suis venue vous voir dans l'espoir que vous auriez une autre idée. Je ne veux pas qu'on me fasse un trou dans la tête !

– Calmez-vous.

Elle releva les yeux, elle était au bord des larmes :

– Je... Je peux fumer ?

La psychiatre hocha la tête. Elle alluma aussitôt une cigarette. Quand la fumée se dissipa, le sourire était revenu sur les lèvres de son interlocutrice.

Un souvenir d'enfance la traversa, inexplicable. Les longues randonnées dans les landes, avec sa classe, le retour au pensionnat, les bras chargés de coquelicots. On leur expliquait alors qu'il fallait brûler les tiges des fleurs pour faire durer leur couleur...

Le sourire de Mathilde Wilcrau lui rappelait cette alliance mystérieuse entre le feu et la vivacité des pétales. Quelque chose était brûlé à l'intérieur de cette femme et soutenait le rouge de ses lèvres.

La psychiatre marqua une nouvelle pause puis demanda d'un ton calme :

– Ackermann vous a-t-il expliqué qu'une amnésie pouvait être provoquée par un choc psychologique, et pas seulement par une lésion physique ?

Anna exhala la fumée avec violence.

– Vous voulez dire... Mes troubles pourraient être causés par un traumatisme... psychique ?

– C'est une possibilité. Une vive émotion aurait pu déclencher un refoulement.

Une onde de soulagement l'envahit tout entière. Elle savait maintenant qu'elle était venue entendre ces mots ; elle avait choisi une psychanalyste pour revenir à une version purement psychique de sa maladie. Elle peinait à maîtriser son excitation :

– Mais ce choc, dit-elle entre deux bouffées, je m'en souviendrais, non ?

– Pas forcément. La plupart du temps, l'amnésie efface sa propre source. L'événement fondateur.

– Et ce traumatisme concernerait les visages ?

– C'est probable, oui. Les visages, et aussi votre mari.

Anna bondit de sa chaise :

– Comment ça, mon mari ?

– Si j'en juge par les signes que vous me décrivez, ce sont vos deux points de blocage.

– Laurent serait à l'origine de mon choc émotionnel ?

– Je n'ai pas dit ça. Mais à mon avis, tout est lié. Le choc que vous avez éprouvé, s'il existe, a favorisé un amalgame entre votre amnésie et votre époux. C'est tout ce qu'on peut dire pour l'instant.

Silence d'Anna. Elle fixait le bout incandescent de sa cigarette.

— Pouvez-vous gagner du temps ? relança Mathilde.

— Gagner du temps ?

— Avant la biopsie.

— Vous... Vous acceptez de vous occuper de moi ?

Mathilde saisit son stylo et le pointa vers Anna.

— Pouvez-vous gagner du temps avant ces examens, oui ou non ?

— Je pense. Quelques semaines. Mais si mes troubles...

— Êtes-vous d'accord pour plonger dans votre mémoire par la parole ?

— Oui.

— Êtes-vous d'accord pour venir ici d'une manière intensive ?

— Oui.

— Pour tenter des techniques de suggestion, comme l'hypnose, par exemple ?

— Oui.

— Des injections de sédatif ?

— Oui. Oui. Oui.

Mathilde lâcha son stylo. L'étoile blanche du Mont-Blanc scintilla :

— On va déchiffrer votre mémoire, faites-moi confiance.

15

Le cœur en arc-en-ciel.

Elle ne s'était pas sentie aussi heureuse depuis long-temps. La simple hypothèse que ses symptômes soient causés par un traumatisme psychologique, et non par une détérioration physique, lui redonnait espoir ; cela lui laissait supposer en tout cas que son cerveau n'était pas altéré, ni rongé par une nécrose qui se répandait parmi ses cellules nerveuses.

Dans le taxi du retour, elle se félicita encore d'avoir pris un tel virage. Elle tournait le dos aux lésions, aux machines, aux biopsies. Elle ouvrait les bras à la compréhension, la parole, la voix suave de Mathilde Wilcrau... Ce timbre si bizarre lui manquait déjà.

Quand elle parvint rue du Faubourg-Saint-Honoré, aux environs de 13 heures, tout lui semblait plus vif, plus précis. Elle savourait chaque détail de son quartier. C'étaient de véritables îlots, des archipels de spécialités qui se côtoyaient le long de la rue.

Au croisement de la rue du Faubourg-Saint-Honoré et de l'avenue Hoche, la musique régnait en maître : aux danseuses de la salle Pleyel répondaient les laques des pianos Hamm, situés juste en face. Puis c'était la Russie qui jaillissait entre la rue de la Neva et la rue Daru, avec leurs restaurants moscovites et leur église orthodoxe. Enfin, on accédait au monde des douceurs : les thés de Mariage Frères, les friandises de la Maison du Chocolat ; deux façades d'acajou brun, deux miroirs vernis, qui ressemblaient à des cadres dans un musée des saveurs.

Anna surprit Clothilde qui s'affairait à nettoyer les étagères. Elle s'acharnait sur des vases de céramique, des vasques de bois, des assiettes de porcelaine qui ne partageaient avec le chocolat qu'une familiarité de ton bistre, une nuance mordorée, ou simplement une certaine idée du bien-être, du bonheur. Une vie de confort, qui tinte et se boit chaud...

Clothilde se retourna, debout sur son tabouret :

– Te voilà ! Tu me donnes une heure ? Il faut que j'aille au Monoprix.

C'était de bonne guerre. Anna avait disparu toute la matinée, elle pouvait monter la garde durant le déjeuner. Le passage de relais se fit sans un mot, mais avec le sourire. Anna, armée d'un chiffon, reprit le travail aussitôt et se mit à frotter, lustrer, astiquer avec toute l'énergie de sa bonne humeur retrouvée.

Puis, soudain, sa vigueur retomba, lui laissant un trou noir au creux du torse. En quelques secondes, elle mesura à quel point sa joie était factice. Qu'y avait-il de si positif dans son rendez-vous de la matinée ? Lésion ou choc psychologique, qu'est-ce que cela changeait à son état, à ses angoisses ? Que pouvait faire de plus Mathilde Wilcrau pour la soigner ? Et en quoi tout cela la rendrait-elle moins folle ?

Elle s'écroula derrière le comptoir principal. L'hypothèse de la psychiatre était peut-être pire encore que celle d'Ackermann. L'idée d'un événement, d'un choc psychologique qui aurait provoqué son amnésie renforçait maintenant sa terreur. Qu'est-ce qui se cachait derrière une telle zone morte ?

Quelques phrases ne cessaient de tourner dans sa tête, et surtout cette réponse. : « Les visages, et aussi votre mari. » En quoi Laurent pouvait-il être lié à tout cela ?

– Bonjour.

La voix coïncida avec le carillon de la porte ; elle n'eut pas besoin de lever les yeux pour savoir que c'était lui.

L'homme en veste usée s'avançait, de sa démarche lente. A cet instant, d'une manière infaillible, elle *sut* qu'elle le connaissait. Cela ne dura qu'un éclair de seconde, mais l'impression fut aussi puissante, aussi blessante qu'une tête de flèche. Pourtant, sa mémoire lui refusait le moindre indice.

Monsieur Velours s'approcha encore. Il ne manifestait aucune gêne, aucune attention particulières à l'égard d'Anna. Son regard distrait, à la fois mauve et doré, survolait les rangs serrés des chocolats. Pourquoi ne la reconnaissait-il pas ? Jouait-il un rôle ? Une idée folle cingla sa conscience : et s'il était un ami, un complice de Laurent chargé de l'épier, de la tester ? Mais pourquoi ?

Il sourit face à son silence puis déclara d'un ton désinvolte :

– Je crois que je vais prendre comme d'habitude.

– Je vous sers tout de suite.

Anna se dirigea vers le comptoir, sentant ses mains trembler le long de son corps. Elle dut s'y reprendre à plusieurs fois pour saisir un sachet et glisser à l'intérieur les chocolats. Enfin, elle posa les Jikola sur la balance :

– Deux cents grammes. Dix euros cinquante, monsieur.

Elle lui lança un nouveau coup d'œil. Déjà, elle n'était plus aussi sûre... Mais l'écho de l'angoisse, du malaise, demeurait. La sourde impression que cet homme, comme Laurent, avait modifié son visage, avait fait appel à la chirurgie esthétique. C'était le visage de son souvenir et ce n'était pas lui...

L'homme sourit encore et posa sur elle ses iris songeurs. Il paya, puis disparut en soufflant un « au revoir » à peine audible.

Anna demeura immobile un long moment, pétrifiée de stupeur. Jamais la crise n'avait été aussi violente. Comme si elle expiait tous ses espoirs de la matinée. Comme si, après avoir cru guérir, elle devait retomber plus bas encore. A la manière des prisonniers qui tentent de s'échapper et se retrouvent, une fois repris, au fond d'un cachot, plusieurs mètres sous terre.

Le carillon sonna de nouveau.

– Salut.

Clothilde traversa la salle, trempée de pluie, les bras chargés de sacs volumineux. Elle s'éclipsa quelques instants dans la réserve puis réapparut, dans un sillage de fraîcheur.

– Qu'est-ce que t'as ? On dirait que t'as vu un zombie.

Anna ne répondit pas. L'envie de vomir et celle de pleurer se disputaient sa gorge.

– Ça va pas ? insista Clothilde.

Anna la regarda, abasourdie. Elle se leva et dit simplement :

– Je dois faire un tour.

16

Dehors, l'averse redoublait. Anna plongea dans la tourmente. Elle se laissa emporter par les rondes du vent détrempé, par les cerceaux de pluie. A travers son hébétude, elle contemplait Paris qui chavirait, qui dérivait sous les stries grises. Les nuages se pressaient comme des vagues au-dessus des toits ; les façades des immeubles ruisselaient ; les têtes sculptées des balcons et des fenêtres ressemblaient à des faces de noyés, verdâtres ou bleuies, englouties par les flots du ciel.

Elle remonta la rue du Faubourg-Saint-Honoré, puis l'avenue Hoche, à gauche, jusqu'au parc Monceau. Là, elle longea les grilles noir et or des jardins, et emprunta la rue Murillo.

Le trafic était intense. Les voitures bruissaient de gerbes et d'éclairs. Les motards encapuchonnés filaient comme des petits Zorros en caoutchouc. Les passants luttaient contre les rafales, moulés, façonnés par le vent qui plaquait leurs vêtements tels des linges humides sur des sculptures inachevées.

Tout dansait dans les bruns, dans les noirs, dans des brillances d'huile sombre, infectées d'argent et de lumière maladive.

Anna suivit l'avenue de Messine, encadrée d'immeubles clairs et d'arbres massifs. Elle ne savait pas où ses pas la menaient, mais elle s'en moquait. Elle marchait dans les rues comme dans sa tête : à perte.

C'est alors qu'elle le vit.

Sur le trottoir opposé, une vitrine exhibait un portrait coloré. Anna traversa la chaussée. C'était la reproduction d'un tableau. Un visage troublé, tordu, meurtri, aux couleurs violentes. Elle s'avança encore, comme hypnotisée : cette toile lui rappelait, trait pour trait, ses hallucinations.

Elle chercha le nom du peintre. Francis Bacon. Un autoportrait datant de 1956. Une exposition de l'artiste se déroulait au premier étage de cette galerie. Elle trouva l'entrée, à quelques portes sur la droite, dans la rue de Téhéran, puis monta l'escalier.

Des tentures rouges séparaient les salles blanches et donnaient à l'exposition un caractère solennel, presque religieux. Une foule nombreuse se pressait autour des tableaux. Pourtant, le silence était total. Une sorte de respect glacé emplissait l'espace, imposé par les œuvres elles-mêmes.

Dans la première salle, Anna découvrit des toiles hautes de deux mètres, représentant toujours le même sujet : un ecclésiastique assis sur un trône. Vêtu d'une robe pourpre, il hurlait comme s'il était en train de griller sur une chaise électrique. Une fois, il était peint en rouge ; une autre fois en noir ; ou encore en bleu-violet. Mais des détails identiques revenaient toujours. Les mains crispées aux accoudoirs, brûlant déjà, comme collées au bois carbonisé. La bouche hurlante, ouverte sur un trou qui ressemblait à une plaie, alors que les flammes violacées s'élevaient de toutes parts...

Anna passa le premier rideau.

Dans la pièce suivante, des hommes nus, recroquevillés, étaient pris au piège dans des flaques de couleur ou des cages primitives. Leurs corps lovés, difformes, évoquaient des bêtes sauvages. Ou des créatures zoomorphes, à mi-chemin entre plusieurs espèces. Leurs visages n'étaient plus que des rosaces écarlates, des groins sanglants, des figures tronquées. Derrière ces monstres, les aplats de peinture rappelaient les carrelages d'une boucherie, d'un abattoir. Un lieu de sacrifice où les corps étaient réduits à l'état de carcasses, de masses écorchées, de charognes à vif. Chaque fois, le trait était tremblé, agité, comme des images documentaires filmées à l'épaule, saccadées par l'urgence.

Anna sentait grandir son malaise mais elle ne trouvait pas ce qu'elle était venue chercher : les visages de souffrance.

Ils l'attendaient dans la dernière salle.

Une douzaine de toiles de dimension plus modeste, protégées par des cordons de velours rouge. Des portraits violentés, déchirés, fracassés ; des chaos de lèvres, de nez, d'ossatures, où des yeux cherchaient désespérément leur chemin.

Les tableaux étaient regroupés en triptyques. Le premier, intitulé *Trois études de la tête humaine*, datait de 1953. Des faces bleues, livides, cadavériques, qui portaient les traces de premières blessures. Le deuxième tryptique apparaissait comme la suite naturelle du précédent, franchissant un nouveau cran dans la violence. *Etude pour trois têtes, 1962*. Des visages blancs qui se dérobaient au regard pour mieux revenir en force et exhiber leurs cicatrices, sous un fard de clown. Obscurément, ces blessures paraissaient vouloir faire rire, comme ces enfants qu'on défigurait au Moyen Âge afin de produire des pitres, des bouffons sans retour.

Anna avança encore. Elle ne reconnaissait pas ses hallucinations. Elle était simplement entourée de masques d'horreur. Les bouches, les pommettes, les regards tournoyaient, vrillant leurs difformités en spirales insoutenables. Le peintre semblait s'être acharné sur ces faciès. Il les avait attaqués, taillés, avec ses armes les plus affûtées. Pinceaux, brosse, spatule, couteau : il avait ouvert les plaies, écorché les croûtes, déchiré les joues...

Anna marchait la tête dans les épaules, courbée par la peur. Elle ne regardait plus les toiles que par à-coups, les paupières frémissantes. Une série d'études, consacrées à une dénommée « Isabel Rawsthorne », culminait dans la cruauté. Les traits de la femme volaient littéralement en éclats. Anna recula, cherchant désespérément une expression humaine dans cet affolement des chairs. Mais elle ne repérait que des fragments épars, des bouches-blessures, des yeux exorbités dont les cernes rougeoyaient comme des coupures.

Soudain, elle céda à la panique et tourna les talons, se hâtant vers la sortie. Elle traversait l'antichambre de la galerie quand elle aperçut le catalogue de l'exposition, posé sur un comptoir blanc. Elle s'arrêta.

Il fallait qu'elle le voie – qu'elle voie son visage à lui.

Elle feuilleta fébrilement l'ouvrage, passa les photographies de l'atelier, les reproductions des œuvres, et tomba, enfin, sur un portrait de Francis Bacon lui-même. Un cliché en noir et blanc, où le regard intense de l'artiste brillait plus intensément que le papier glacé.

Anna plaqua ses deux mains sur les pages pour bien lui faire face.

Ses yeux étaient brûlants, avides, dans une face large, presque lunaire, soutenue par de solides mâchoires. Un nez court, des cheveux rebelles, un front de falaise complétaient le visage de cet homme qui semblait de taille à tenir tête, chaque matin, aux masques écorchés de ses tableaux.

Mais un détail surtout retint l'attention d'Anna.

Le peintre possédait une arcade sourcilière plus haute que l'autre. Un œil de rapace, fixe, étonné, comme écarquillé sur un point fixe. Anna comprit l'incroyable vérité : Francis Bacon ressemblait, physiquement, à ses toiles. Sa physionomie partageait leur folie, leur distorsion. Cet œil asymétrique avait-il inspiré au peintre ses visions déformées, ou les tableaux avaient-ils fini au contraire par éclabousser leur auteur ? Dans les deux cas, les œuvres fusionnaient avec les traits de l'artiste...

Cette simple constatation provoqua dans son esprit une révélation.

Si les difformités des toiles de Bacon possédaient une source réelle, pourquoi ses propres hallucinations n'auraient-elles pas un fondement de vérité ? Pourquoi ses délires ne puiseraient-ils pas leur origine dans un signe, un détail existant dans la réalité ?

Un nouveau soupçon la glaça. Et si, au fond de sa folie, elle avait raison ? Si Laurent, ainsi que Monsieur Velours, avaient *réellement* changé de visage ?

Elle s'appuya contre le mur et ferma les yeux. Tout

se mettait en place. Laurent, pour une raison qu'elle ne pouvait imaginer, avait profité de sa crise d'amnésie pour modifier ses traits. Il avait fait appel à la chirurgie esthétique afin de se cacher à l'intérieur de son propre visage. Monsieur Velours avait effectué la même opération.

Les deux hommes étaient complices. Ils avaient commis ensemble un acte atroce et avaient, pour cette raison, changé leur physionomie. Voilà pourquoi elle éprouvait un malaise face à leurs visages.

En un frémissement, elle rejeta toutes les impossibilités, toutes les absurdités que recouvrait un tel raisonnement. Elle sentait simplement qu'elle effleurait la vérité, aussi cinglée qu'elle puisse paraître.

C'était son cerveau contre les autres.

Contre tous les autres.

Elle courut vers la porte. Sur le palier, elle aperçut une toile qu'elle n'avait pas remarquée, au-dessus de la rampe.

Un amas de cicatrices qui tentaient de lui sourire.

17

Au bas de l'avenue de Messine, Anna repéra un café-brasserie. Elle commanda un Perrier au bar puis descendit directement au sous-sol, en quête d'un annuaire.

Elle avait déjà vécu cette scène – le matin même, lorsqu'elle avait cherché le numéro de téléphone d'un psychiatre, boulevard Saint-Germain. C'était peut-être un rituel, un acte à répéter, comme on franchit des cercles d'initiation, des épreuves récurrentes, pour accéder à la vérité...

Feuilletant les pages fripées, elle chercha la rubrique « Chirurgie esthétique ». Elle ne regarda pas les noms, mais les adresses. Il lui fallait trouver un médecin dans les environs immédiats. Son doigt s'arrêta sur la ligne : « Didier Laferrière, 12, rue Boissy-d'Anglas ». D'après ses souvenirs, cette rue se situait à proximité de la place de la Madeleine, soit à cinq cents mètres de là.

Six sonneries, puis la voix d'un homme. Elle demanda :

– Docteur Laferrière ?

– C'est moi.

La chance était avec elle. Elle n'avait pas même à franchir le barrage d'un standard.

– Je vous téléphone pour prendre rendez-vous.

– Ma secrétaire n'est pas là aujourd'hui. Attendez...
(Elle perçut le bruit d'un clavier d'ordinateur.) Quand
voulez-vous venir ?

La voix était étrange : feutrée, sans timbre. Elle
répondit :

– Tout de suite. C'est une urgence.

– Une urgence ?

– Je vous expliquerai. Recevez-moi.

Il y eut une pause, une seconde de retenue, comme
chargée de méfiance. Puis la voix ouatée demanda :

– Dans combien de temps pouvez-vous être ici ?

– Une demi-heure.

Anna perçut un infime sourire dans la voix. Finalement, cet empressement avait l'air de l'amuser :

– Je vous attends.

18

– Je ne comprends pas. Quelle intervention vous intéresse au juste ?

Didier Laferrière était un petit homme aux traits neutres, aux cheveux crépus et gris, qui cadraient parfaitement avec sa voix atone. Un personnage discret, aux gestes furtifs, insaisissables. Il parlait comme à travers une paroi de papier de riz. Anna comprit qu'elle devrait percer ce voile si elle voulait obtenir les informations qui l'intéressaient.

– Je ne suis pas encore fixée, répliqua-t-elle. Je voudrais d'abord connaître les opérations qui permettent de modifier un visage.

– Modifier jusqu'à quel point ?

– En profondeur.

Le chirurgien commença sur un ton d'expert :

– Pour effectuer des améliorations importantes, il faut s'attaquer à la structure osseuse. Il existe deux techniques principales. Les opérations de meulage, qui visent à atténuer les traits proéminents, et les greffes osseuses, qui au contraire mettent en valeur certaines régions.

– Comment procédez-vous, précisément ?

L'homme prit une inspiration, se ménageant un

temps de réflexion. Son bureau était plongé dans la pénombre. Les fenêtres étaient voilées par des stores. Une faible lueur caressait les meubles de facture asiatique. Il régnait ici une ambiance de confessionnal.

– Pour le meulage, reprit-il, nous réduisons les reliefs osseux en passant sous la peau. Pour la greffe, nous prélevons d'abord des fragments, le plus souvent sur l'os pariétal, au sommet du crâne, puis nous les intégrons aux régions visées. Parfois aussi, nous utilisons des prothèses.

Il ouvrit ses mains et sa voix s'adoucit :

– Tout est possible. Seule compte votre satisfaction.

– Ces interventions doivent laisser des traces, non ?

Il eut un bref sourire :

– Pas du tout. Nous travaillons par endoscopie. Nous glissons des tubes optiques et des micro-instruments sous les tissus. Ensuite nous opérons sur écran. Les incisions pratiquées sont infimes.

– Pourrais-je voir des photographies de ces cicatrices ?

– Bien sûr. Mais commençons par le début, voulez-vous ? Je voudrais que nous définissions ensemble le type d'opération qui vous intéresse.

Anna comprit que cet homme ne lui montrerait que des clichés édulcorés, où aucune marque ne serait visible. Elle prit un autre cap :

– Et le nez ? Quelles sont les possibilités pour le nez ?

Il plissa le front, sceptique. Le nez d'Anna était droit, étroit, menu. Rien à changer.

– C'est une région que vous voudriez modifier ?

– J'envisage toutes les possibilités. Que pourriez-vous faire sur cette zone ?

– Dans ce domaine, nous avons beaucoup progressé. Nous pouvons, littéralement, sculpter le nez de vos rêves. Nous en dessinerons ensemble la ligne, si vous voulez. J'ai là un logiciel qui permet...

– Mais l'intervention, en quoi consiste-t-elle ?

Le médecin s'agita, dans le spencer blanc qui lui tenait lieu de blouse.

– Après avoir assoupli toute cette zone...

– Comment ? En brisant les cartilages, non ?

Le sourire était toujours là, mais les yeux devenaient inquisiteurs. Didier Laferrière cherchait à déceler les intentions d'Anna.

– Nous devons bien sûr passer par une étape assez... radicale. Mais tout se déroule sous anesthésie.

– Ensuite, comment faites-vous ?

– Nous disposons les os et les cartilages en fonction de la ligne décidée. Encore une fois : je peux vous offrir du sur-me-su-re.

Anna ne lâchait pas sa direction :

– Une telle opération doit laisser des traces, non ?

– Aucune. Les instruments sont introduits par les narines. Nous ne touchons pas la peau.

– Et pour les liftings, enchaîna-t-elle, quelle technique utilisez-vous ?

– L'endoscopie, toujours. Nous tirons la peau et les muscles grâce à des pinces minuscules.

– Donc, pas de marques non plus ?

– Pas l'ombre d'une trace. Nous passons par le lobe supérieur de l'oreille. C'est absolument indécelable. (Il agita la main.) Oubliez ces problèmes de cicatrices : ils appartiennent au passé.

– Et les liposuccions ?

Didier Laferrière fronça les sourcils :

– Vous m'avez parlé du visage.

– Il existe bien des liposuccions de la gorge, non ?

– C'est vrai. C'est même une des opérations les plus faciles à pratiquer.

– Provoque-t-elle des cicatrices ?

C'était la question de trop. Le chirurgien prit un ton hostile :

– Je ne comprends pas, ce sont les améliorations qui vous intéressent ou les cicatrices ?

Anna perdit contenance. En une seconde, elle sentit revenir la panique qu'elle avait éprouvée à la galerie. La chaleur montait sous sa peau, de la gorge jusqu'au front. A cette minute, son visage devait être marbré de rouge.

Elle murmura, parvenant tout juste à lier ses mots :

– Excusez-moi. Je suis très craintive. Je... J'aimerais... Enfin, avant de me décider, j'aimerais voir des photographies des interventions.

Laferrière radoucit sa voix : un peu de miel dans le thé de l'ombre.

– C'est hors de question. Ce sont des images très impressionnantes. Nous devons seulement nous préoccuper des résultats, vous comprenez ? Le reste, c'est mon affaire.

Anna serra les accoudoirs de son siège. D'une manière ou d'une autre, elle devait arracher la vérité à ce médecin.

143

– Je ne me laisserai jamais opérer si je ne vois pas, de mes yeux, ce que vous allez me faire.

Le médecin se leva, effectuant un geste d'excuse :

– Je suis désolé. Je ne crois pas que vous soyez prête, psychologiquement, pour une intervention de ce type.

Anna ne bougea pas.

– Qu'est-ce que vous avez donc à cacher ?

Laferrière se figea.

– Je vous demande pardon ?

– Je vous parle de cicatrices. Vous me répondez qu'elles n'existent pas. Je demande à voir des images d'opérations. Vous refusez. Qu'est-ce que vous avez à cacher ?

Le chirurgien se pencha et appuya ses deux poings sur le bureau :

– J'opère plus de vingt personnes par jour, madame. J'enseigne la chirurgie plastique à l'hôpital de la Salpêtrière. Je connais mon métier. Un métier qui consiste à apporter du bonheur aux gens en améliorant leur visage. Pas à les traumatiser en leur parlant de balafres ou en leur montrant des photographies d'os broyés. Je ne sais pas ce que vous cherchez, mais vous vous êtes trompée d'adresse.

Anna soutint son regard :

– Vous êtes un imposteur.

Il se redressa, éclatant d'un rire incrédule :

– Qu... quoi ?

– Vous refusez de montrer votre travail. Vous mentez sur vos résultats. Vous voulez vous faire passer pour un magicien mais vous n'êtes qu'un escroc de plus. Comme il y en a des centaines dans votre profession.

Le mot « escroc » provoqua le déclic espéré. Le visage de Laferrière se mit à blanchir au point de briller dans la pénombre. Il pivota et ouvrit une armoire à lamelles souples. Il en sortit un classeur de fiches plastifiées et le plaqua sur le bureau avec violence.

– C'est ça que vous voulez voir ?

Il ouvrit le classeur sur la première photographie. Un visage retourné comme un gant, la peau écartelée par des pinces hémostatiques.

– Ou ça ?

Il dévoila le deuxième cliché : des lèvres retroussées, un ciseau chirurgical enfoncé dans une gencive sanglante.

– Ou ça, peut-être ?

Troisième intercalaire : un marteau plantant un burin à l'intérieur d'une narine. Anna se forçait à regarder, le cœur violenté.

Sur la photo suivante, un bistouri tranchait une paupière, au-dessus d'un œil exorbité.

Elle releva la tête. Elle avait réussi à piéger le médecin, il n'y avait plus qu'à continuer.

– Il est impossible que de telles opérations ne laissent aucune trace, dit-elle.

Laferrière soupira. Il fouilla de nouveau dans son armoire puis posa sur la table un second classeur. Il commenta d'une voix épuisée le premier tirage :

– Un meulage du front. Par endoscopie. Quatre mois après l'opération.

Anna observa avec attention le visage opéré. Trois traits verticaux, de quinze millimètres chacun, se dessinaient sur le front, à la racine des cheveux. Le chirurgien tourna la page :

– Prélèvement de l'os pariétal, pour une greffe. Deux mois après l'intervention.

La photographie montrait un crâne surmonté de cheveux en brosse, sous lesquels on distinguait nettement une cicatrice rosâtre en forme de S.

– Les cheveux recouvrent aussitôt la marque, qui finit elle-même par s'effacer, ajouta-t-il.

Il fit claquer le feuillet en le tournant :

– Triple lifting, par endoscopie. La suture est intradermique, les fils résorbables. Un mois après, on ne voit pratiquement plus rien.

Les deux plans d'une oreille, de face et de profil, se partageaient la page. Anna repéra, sur la crête supérieure du lobe, un mince zigzag.

– Liposuccion de la gorge, poursuivit Laferrière, dévoilant un nouveau cliché. Deux mois et demi après l'opération. La ligne qu'on aperçoit ici va disparaître. C'est l'intervention qui cicatrise le mieux.

Il tourna encore une page et insista, sur un ton de provocation, presque sadique :

– Et si vous voulez la totale, voici le scanner d'un visage ayant subi une greffe des pommettes. Sous la peau, les traces de l'intervention restent toujours...

C'était l'image la plus impressionnante. Une tête de mort bleutée, dont les parois osseuses exhibaient des vis et des fissures.

Anna referma le classeur.

– Je vous remercie. Il fallait absolument que je voie ça.

Le médecin contourna le bureau et l'observa avec

intensité, comme s'il cherchait encore à discerner sur ses traits le mobile caché de cette visite.

– Mais... mais enfin, je ne comprends pas, qu'est-ce que vous cherchez ?

Elle se leva et enfila son manteau souple et noir. Pour la première fois, elle sourit :

– Je dois d'abord juger sur pièces.

Il est 2 heures du matin.

La pluie, toujours ; un roulement, une cadence, un martèlement ténu. Avec ses accents, ses syncopes, ses résonances différentes sur les vitres, les balcons, les parapets de pierre.

Anna se tient debout face aux fenêtres du salon. En sweat-shirt et pantalon de jogging, elle grelotte de froid dans cet appartement.

Dans l'obscurité, elle scrute à travers les vitres la silhouette noire du platane centenaire. Elle songe à un squelette d'écorce flottant dans l'air. Des os brûlés, marqués de filaments de lichen, presque argentés dans l'éclat des réverbères. Des griffes nues qui attendent leur revêtement de chair – le feuillage du printemps.

Elle baisse les yeux. Sur la table, devant elle, sont posés les objets qu'elle a achetés dans l'après-midi, après sa visite au chirurgien. Une torche électrique miniature, de marque Maglite ; un appareil photo polaroïd permettant des prises de vue nocturnes.

Depuis plus d'une heure, Laurent dort dans la chambre. Elle est restée à ses côtés, à guetter son sommeil. Elle a épié ses légers tressaillements, décharges du corps révélant les débuts de l'endormissement. Puis elle a écouté sa respiration devenue régulière, inconsciente.

Le premier sommeil.

Le plus profond.

Elle regroupe son matériel. Mentalement, elle dit adieu à l'arbre du dehors, à cette vaste pièce aux parquets moirés, aux canapés blancs. Et à toutes ses habitudes attachées à cet appartement. Si elle a raison, si ce qu'elle a imaginé est réel, alors il lui faudra fuir. Et tenter de comprendre.

Elle remonte le couloir. Elle marche avec tant de précaution qu'elle perçoit la respiration de la maison – les craquements du parquet, le bourdonnement de la chaudière, le frémissement des fenêtres, harcelées par la pluie...

Elle se glisse dans la chambre.

Parvenue près du lit, elle pose en silence l'appareil photographique sur la table de chevet puis incline sa lampe vers le sol. Elle place sa main dessus avant de déclencher le petit faisceau halogène, qui chauffe sa paume.

Alors seulement, elle se penche sur son mari, en retenant son souffle.

Elle discerne, dans le rayon de sa lampe, le profil immobile ; le corps dessiné en replis flous sous les couvertures. A cette vue, sa gorge se serre. Elle manque de flancher, de tout abandonner, mais elle se ressaisit.

Elle passe une première fois le faisceau sur le visage.

Aucune réaction : elle peut commencer.

D'abord, elle soulève légèrement les cheveux et observe le front : elle ne trouve rien. Aucune trace des trois cicatrices aperçues sur le cliché de Laferrière.

Elle descend sa torche vers les tempes ; aucune marque. Elle balaie la partie inférieure du visage, sous les mâchoires, le menton : pas l'ombre d'une anomalie.

Ses tremblements la reprennent. Et si tout cela n'était qu'un délire de plus ? Un nouveau chapitre de sa folie ? Elle se contracte et poursuit son examen.

Elle s'approche des oreilles, appuie très doucement sur le lobe supérieur afin d'en scruter la crête. Pas la moindre faille. Elle soulève très légèrement les paupières, en quête d'une incision. Il n'y a rien. Elle scrute les ailes du nez, l'intérieur des parois nasales. Rien.

Elle est maintenant trempée de sueur. Elle tente encore d'atténuer le bruit de sa respiration, mais son souffle lui échappe, par les lèvres, par les narines.

Elle se souvient d'une autre cicatrice possible. La suture en S sur le crâne. Elle se redresse, plonge lentement la main dans la chevelure de Laurent, relevant chaque mèche, pointant sa lampe sur chaque racine. Il n'y a rien. Pas de fissure. Pas de relief irrégulier. Rien. Rien. Rien.

Anna retient ses sanglots, fourrageant maintenant sans précaution dans cette tête qui la trahit, qui lui démontre qu'elle est folle, qu'elle est...

La main lui saisit brutalement le poignet.

– Qu'est-ce que tu fous ?

Anna bondit en arrière. Sa torche roule à terre. Laurent s'est déjà redressé. Il allume la lampe de chevet en répétant :

– Qu'est-ce que tu fous ?

Laurent aperçoit la Maglite sur le sol, l'appareil polaroïd sur la table :

150

– Qu'est-ce que ça veut dire ? souffle-t-il, les lèvres crispées.

Anna ne répond pas, prostrée contre le mur. Laurent écarte les couvertures et se lève, ramassant la torche électrique. Il considère l'objet, l'air dégoûté, puis le lui brandit à la face.

– Tu m'observais, c'est ça ? En pleine nuit ? Bon Dieu : qu'est-ce que tu cherches ?

Silence d'Anna.

Laurent se passe la main sur le front et souffle avec lassitude. Il est seulement vêtu d'un caleçon. Il ouvre la pièce adjacente qui fait office de dressing et attrape un jean, un pull qu'il enfile sans un mot. Puis il sort de la chambre, abandonnant Anna à sa solitude, à sa folie.

Elle se laisse glisser contre le mur, se recroqueville sur la moquette. Elle ne pense rien, ne perçoit rien. A l'exception des coups dans son torse, qui semblent s'amplifier chaque fois davantage.

Laurent réapparaît sur le seuil, son téléphone portable à la main. Il arbore un curieux sourire, hochant la tête avec compassion, comme s'il s'était calmé, raisonné, en quelques minutes.

Il prononce d'une voix douce, en désignant le téléphone :

– Ça va aller. J'ai appelé Eric. Je t'emmène demain à l'institut.

Il se penche sur elle, la relève, puis l'entraîne lentement vers le lit. Anna n'oppose aucune résistance. Il l'assoit avec précaution, comme s'il avait peur de la briser – ou au contraire de libérer en elle quelque force dangereuse.

– Tout ira bien, maintenant.

Elle acquiesce, fixant la torche électrique qu'il a posée sur la table de nuit, près de l'appareil photographique. Elle balbutie :

– Pas la biopsie. Pas la sonde. Je ne veux pas être opérée.

– Dans un premier temps, Eric va juste effectuer de nouveaux examens. Il fera le maximum pour éviter le prélèvement. Je te le promets. (Il l'embrasse.) Tout ira bien.

Il lui propose un somnifère. Elle refuse.

– S'il te plaît, insiste-t-il.

Elle consent à l'avaler. Il la glisse ensuite dans les draps puis s'installe à ses côtés, l'enlaçant avec tendresse. Il n'exprime pas un mot sur sa propre inquiétude. Pas une réflexion sur son propre bouleversement face à la folie définitive de sa femme.

Que pense-t-il réellement ?

N'est-il pas soulagé de s'en débarrasser ?

Bientôt, elle perçoit sa respiration, gagnée par la régularité du sommeil. Comment peut-il se rendormir dans un tel moment ? Mais peut-être de longues heures sont-elles déjà passées... Anna a perdu la notion du temps. Joue posée contre le torse de son mari, elle écoute le battement de son cœur. La calme pulsation des gens qui ne sont pas fous, qui n'ont pas peur.

Elle sent les effets du calmant l'envahir peu à peu.

Une fleur de sommeil en train d'éclore à l'intérieur de son corps...

Elle éprouve maintenant la sensation que le lit dérive et quitte la terre ferme. Elle flotte, lentement, dans les ténèbres. Il n'y a plus à opposer la moindre résistance, à tenter quoi que ce soit pour lutter contre ce courant. Il faut seulement se laisser porter par l'onde filante...

Elle se blottit encore contre Laurent et songe au platane luisant de pluie devant les fenêtres du salon. Ses rameaux nus qui attendent de se couvrir de bourgeons et de feuilles. Un printemps qui s'amorce et qu'elle ne verra pas.

Elle vient de vivre sa dernière saison chez les êtres de raison.

20

– Anna ? Qu'est-ce que tu fais ? On va être en retard !

Sous le jet brûlant de la douche, Anna percevait à peine la voix de Laurent. Elle fixait simplement les gouttes qui explosaient à ses pieds, savourant les lignes qui crépitaient sur sa nuque, redressant parfois son visage sous les tresses liquides. Tout son corps était amolli, alangui, gagné par la fluidité de l'eau. A l'image de son esprit, parfaitement docile.

Grâce au somnifère, elle avait réussi à dormir quelques heures. Ce matin elle se sentait lisse, neutre, indifférente à ce qui pouvait lui arriver. Son désespoir se confondait avec un calme étrange. Une sorte de paix distanciée.

– Anna ? Dépêche-toi, enfin !

– Voilà ! J'arrive.

Elle sortit de la cabine de douche et sauta sur le caillebotis posé devant le lavabo. 8 heures 30 : Laurent, habillé, parfumé, trépignait derrière la porte de la salle de bains. Elle s'habilla rapidement, se glissant dans ses sous-vêtements puis dans une robe de laine noire. Un fourreau sombre, signé Kenzo, qui évoquait un deuil stylisé et futuriste.

Tout à fait de circonstance.

Elle attrapa une brosse et se coiffa. A travers la vapeur de la douche, elle ne voyait dans le miroir qu'un reflet troublé : elle préférait cela.

Dans quelques jours, quelques semaines peut-être, sa réalité quotidienne serait à l'image de cette glace opaque. Elle ne reconnaîtrait rien, ne verrait rien, deviendrait étrangère à tout ce qui l'entourait. Elle ne s'occuperait même plus de sa propre démence, la laissant détruire ses dernières parcelles de raison.

– Anna ?

– Voilà !

Elle sourit à la hâte de Laurent. Peur d'être en retard au bureau ou pressé de larguer son épouse cinglée ?

La buée s'estompait sur la glace. Elle vit apparaître son visage, rougi, gonflé par l'eau chaude. Mentalement, elle dit adieu à Anna Heymes. Et aussi à Clothilde, à la Maison du Chocolat, à Mathilde Wilcrau, la psychiatre aux lèvres coquelicot...

Elle s'imaginait déjà à l'institut Henri-Becquerel. Une chambre blanche, fermée, sans contact avec la réalité. Voilà ce qu'il lui fallait. Elle était presque impatiente de s'en remettre à des mains étrangères, de s'abandonner aux infirmières.

Elle commençait même à apprivoiser l'idée d'une biopsie, d'une sonde qui descendrait, lentement, dans son cerveau et trouverait peut-être l'origine de son mal. En réalité, elle se moquait de guérir. Elle voulait simplement disparaître, s'évaporer, ne plus gêner les autres...

Anna se coiffait toujours quand tout s'arrêta.

Dans le miroir, sous sa frange, elle venait de remarquer trois cicatrices verticales. Elle ne put y croire. De

155

sa main gauche, elle effaça les dernières traces de buée et s'approcha, la respiration coupée. Les marques étaient infimes, mais bien là, alignées sur son front.

Les cicatrices de chirurgie esthétique.

Celles qu'elle avait vainement cherchées cette nuit.

Elle se mordit le poing pour ne pas hurler et se plia en deux, sentant son ventre se soulever en un jet de lave.

– Anna ! Mais qu'est-ce que tu fous ?

Les appels de Laurent lui semblaient provenir d'un autre monde.

Secouée de tremblements, Anna se releva, scruta de nouveau son reflet. Elle tourna la tête et abaissa d'un doigt son oreille droite. Elle trouva la ligne blanchâtre qui s'étirait sur la crête du lobe. Derrière l'autre oreille, elle découvrit exactement le même sillon.

Elle recula, tentant de maîtriser ses tremblements, les deux mains en appui sur le lavabo. Puis elle leva le menton, à la recherche d'un autre indice, la trace minuscule qui révélerait une opération de liposuccion. Elle n'eut aucun mal à la repérer.

Un vertige s'ouvrait en elle.

Une chute libre au fond de son ventre.

Elle baissa la tête, écarta ses cheveux en quête du dernier signe : la suture en forme de S, qui trahissait un prélèvement osseux. Le serpent rosâtre l'attendait sur le cuir chevelu, à la manière d'un reptile intime, immonde.

Elle se cramponna un peu plus pour ne pas défaillir, alors que la vérité éclatait dans son esprit. Elle ne se lâchait plus du regard, tête baissée, mèches ruisselantes, mesurant l'abîme dans lequel elle venait de tomber.

La seule personne qui avait changé de visage, c'était elle.

21

– Anna ? Bon sang, réponds-moi !

La voix de Laurent résonnait dans la salle de bains, planant à travers les dernières vapeurs, rejoignant l'air humide du dehors, par le vasistas ouvert. Ses appels se déployaient dans la cour de l'immeuble, poursuivant Anna jusque sur la corniche qu'elle venait d'atteindre.

– Anna ? Ouvre-moi !

Elle se déplaçait latéralement, dos au mur, en équilibre sur le parapet. Le froid de la pierre lui collait aux omoplates ; la pluie ruisselait sur son visage, le vent plaquait ses cheveux trempés sur ses yeux.

Elle évitait de regarder la cour, à vingt mètres sous ses pieds, et maintenait son regard droit devant elle, se concentrant sur la paroi de l'immeuble opposé.

– OUVRE-MOI !

Elle entendit la porte de la salle de bains craquer. Une seconde plus tard, Laurent s'encadrait dans la lucarne par laquelle elle avait fui – ses traits étaient décomposés, ses yeux injectés.

A la même seconde, elle atteignit le claustra qui délimitait le balcon. Elle attrapa la bordure de pierre, l'enjamba en un seul mouvement, et retomba de l'autre côté, à genoux, sentant claquer le kimono noir qu'elle avait enfilé sur sa robe.

A travers les colonnes de la balustrade, elle aperçut son mari qui la cherchait du regard. Elle se releva, courut le long de la terrasse, contourna la cloison suivante et se plaqua au mur, afin d'attaquer la nouvelle corniche.

A partir de cet instant, tout devint fou.

Entre les mains de Laurent, un émetteur VHF se matérialisa. Il hurla d'une voix paniquée :

– Appel à toutes les unités : elle est en fuite. Je répète : elle est en train de se tirer !

Quelques secondes plus tard, deux hommes surgirent dans la cour. Ils étaient en civil mais portaient des brassards rouges de la police. Ils braquaient dans sa direction des fusils de guerre.

Presque aussitôt, une fenêtre de vitrail s'ouvrit, dans l'immeuble qui lui faisait face, au troisième étage. Un homme apparut, les deux bras tendus sur un pistolet chromé. Il lança plusieurs coups d'œil avant de la repérer, cible parfaite dans sa ligne de mire.

Un nouveau galop retentit en bas. Trois hommes venaient de rejoindre les deux premiers. Parmi eux, il y avait Nicolas, le chauffeur. Ils serraient tous les mêmes fusils mitrailleurs au chargeur courbe.

Elle ferma les yeux et ouvrit les bras pour assurer son équilibre. Un grand silence l'habitait, qui anéantissait toute pensée et lui apportait une sérénité étrange.

Elle continua d'avancer, paupières closes, bras écartés. Elle entendait Laurent qui hurlait encore :

– Ne tirez pas ! Bon Dieu : il nous la faut vivante !

Elle rouvrit les yeux. Avec une distance incompréhensible, elle admira la symétrie parfaite du ballet. A droite, Laurent, peigné avec soin, criant dans sa radio, tendant vers elle son index. En face, le tireur immobile, les poings verrouillés sur son pistolet – elle discernait maintenant son micro fixé près des lèvres. En bas, les cinq hommes en position de tir, le visage levé, le geste arrêté.

Et au beau milieu de cette armée : elle. Forme de craie drapée de noir, dans la position du Christ.

Elle sentit la courbe d'une gouttière. Elle se cambra, glissa sa main de l'autre côté, puis se coula au-dessus de l'obstacle. Quelques mètres plus loin, une fenêtre l'arrêta. Elle se remémora la configuration de l'immeuble : cette fenêtre s'ouvrait sur l'escalier de service.

Elle releva son coude et le rabattit violement en arrière. La vitre résista. Elle reprit son élan, balança de nouveau son bras, de toutes ses forces. Le verre éclata. Elle poussa sur ses pieds et bascula en arrière.

Le châssis céda sous la pression. Le cri de Laurent l'accompagna dans sa chute :

– NE TIREZ PAS !

Il y eut un suspens d'éternité, puis elle rebondit sur une surface dure. Une flamme noire traversa son corps. Des chocs l'assaillirent. Dos, bras, talons claquèrent sur des arêtes dures alors que la douleur explosait en mille résonances dans ses membres. Elle roula sur elle-même. Ses jambes passèrent au-dessus de sa tête. Son menton s'écrasa sur sa cage thoracique et lui brisa le souffle.

Puis ce fut le néant.

Le goût de la poussière, d'abord. Celui du sang, ensuite. Anna reprenait conscience. Elle se tenait recroquevillée, en chien de fusil, au bas d'un escalier. Levant les yeux, elle aperçut un plafond gris, un globe de lumière jaune. Elle se trouvait bien là où elle l'espérait : l'escalier de service.

Elle attrapa la rampe et se remit debout. A priori, elle n'avait rien de cassé. Elle découvrit seulement une entaille le long de son bras droit – un morceau de verre avait déchiré le tissu et s'était enfoncé près de l'épaule. Elle était aussi blessée à la gencive, sa bouche était emplie de sang, mais ses dents semblaient en place.

Elle extirpa lentement le tesson, puis, d'un geste sec, déchira le bas de son kimono et se fabriqua une sorte de garrot-pansement.

Elle rassemblait déjà ses pensées. Elle avait dévalé un étage sur le dos, ce palier était donc celui du second. Ses poursuivants n'allaient pas tarder à surgir du rez-de-chaussée. Elle gravit les marches quatre à quatre, dépassant son propre étage, puis les quatrième et cinquième.

La voix de Laurent explosa soudain dans la spirale de l'escalier :

– Magnez-vous ! Elle va rejoindre l'autre immeuble par les chambres de bonne !

Elle accéléra et atteignit le septième, remerciant mentalement Laurent pour l'information.

Elle plongea dans le couloir des chambres de service et courut, croisant des portes, des verrières, des lavabos, puis, enfin, un autre escalier. Elle s'y précipita, franchit de nouveau plusieurs paliers quand, en un flash, elle comprit le piège. Ses poursuivants communiquaient par radio. Ils allaient l'attendre en bas de cet immeuble, pendant que d'autres surgiraient dans son dos.

Au même instant, elle perçut le bruit d'un aspirateur, sur sa gauche. Elle ne savait plus à quel étage elle se trouvait mais c'était sans importance : cette porte s'ouvrait sur un appartement, qui donnerait lui-même accès à un nouvel escalier.

Elle frappa contre la paroi de toutes ses forces.

Elle ne sentait rien. Ni les coups dans sa main, ni les battements dans sa cage thoracique.

Elle frappa encore. Une cavalcade résonnait déjà au-dessus d'elle, se rapprochant à grande vitesse. Il lui semblait aussi percevoir d'autres pas, en bas, qui montaient. Elle se rua de nouveau sur la porte, lançant ses poings comme des masses, hurlant des appels au secours.

Enfin, on ouvrit.

Une petite femme en blouse rose apparut dans l'entrebâillement. Anna la poussa de l'épaule puis referma la paroi blindée. Elle tourna deux fois la clé dans la serrure et la fourra dans sa poche.

Elle pivota et découvrit une vaste cuisine, à la blancheur immaculée. Stupéfaite, la femme de ménage se cramponnait à son balai. Anna lui cria près du visage :

– Vous ne devez plus ouvrir, vous comprenez ?

Elle lui attrapa les épaules et répéta :

– Plus ouvrir, tu piges ?

On cognait déjà, de l'autre côté.

– Police ! ouvrez !

Anna s'enfuit à travers l'appartement. Elle remonta un couloir, dépassa plusieurs chambres. Elle mit quelques secondes à comprendre que cet appartement était agencé comme le sien. Elle vira à droite pour trouver le salon. Des grands tableaux, des meubles en bois rouge, des tapis orientaux, des canapés plus larges que des matelas. Elle devait encore tourner à gauche pour rejoindre le vestibule.

Elle s'élança, se prit les pieds dans un chien – un gros caramel placide – puis tomba sur une femme en peignoir, une serviette éponge sur la tête.

– Qui... qui êtes-vous ? hurla-t-elle, en tenant son turban comme une jarre précieuse.

Anna faillit éclater de rire – ce n'était pas la question à lui poser aujourd'hui. Elle la bouscula, atteignit l'entrée, ouvrit la porte. Elle allait sortir quand elle vit des clés et un bipeur sur une desserte d'acajou : le parking. Ces immeubles accédaient tous au même parc souterrain. Elle attrapa la télécommande et plongea dans l'escalier tapissé de velours pourpre.

Elle pouvait les avoir – elle le sentait.

Elle descendit directement au sous-sol. Son torse lui cuisait. Sa gorge happait l'air par brèves aspirations. Mais son plan s'ordonnait dans sa tête. La souricière des flics allait se refermer au rez-de-chaussée. Pendant ce temps, elle sortirait par la rampe du parking. Cette issue s'ouvrait de l'autre côté du bloc, rue Daru. Il y avait fort à parier qu'ils n'avaient pas encore pensé à cette sortie...

Une fois dans le parking, elle courut à travers l'espace de béton, sans allumer, en direction de la porte basculante. Elle braquait son bipeur quand la paroi s'ouvrit d'elle-même. Quatre hommes armés dévalaient la pente. Elle avait sous-estimé l'ennemi. Elle n'eut que le temps de se planquer derrière une voiture, les deux mains sur le sol.

Elle les vit passer, sentit dans sa chair la vibration de leurs semelles lourdes, et faillit éclater en sanglots. Les hommes furetaient entre les voitures, balayant le sol de leurs lampes torches.

Elle s'écrasa contre le mur et prit conscience que son bras était poisseux de sang. Le garrot s'était dénoué. Elle le resserra en tirant le tissu avec ses dents alors que ses pensées couraient encore, en quête d'une inspiration.

Les poursuivants s'éloignaient lentement, fouillant, inspectant, scrutant chaque parcelle du périmètre. Mais ils allaient revenir sur leurs pas et finir par la découvrir. Elle lança encore un regard circulaire et aperçut, à quelques mètres sur la droite, une porte grise. Si ses souvenirs étaient exacts, cette issue débouchait sur un immeuble qui donnait également sur la rue Daru.

Sans plus réfléchir, elle se faufila entre le mur et les pare-chocs, atteignit la porte et l'entrouvrit juste assez pour s'y glisser. Quelques secondes plus tard, elle jaillissait dans un hall clair et moderne : personne. Elle vola au-dessus des marches et bondit dehors.

Elle s'élançait sur la chaussée, savourant le contact de la pluie, quand un hurlement de freins la stoppa net. Une voiture venait de piler à quelques centimètres d'elle, frôlant son kimono.

Elle recula, cassée, apeurée. L'automobiliste baissa sa vitre et gueula :

– Ho, cocotte ! Faut regarder quand tu traverses !

Anna ne prêta aucune attention à lui. Elle jetait de brefs coups d'œil de droite à gauche, à l'affût de nouveaux flics. Il lui semblait que l'air était saturé d'électricité, de tension, comme lorsqu'un orage menace.

Et l'orage, c'était elle.

Le conducteur la dépassa avec lenteur.

– Faut te faire soigner, ma grande !

– Casse-toi.

L'homme freina.

– Quoi ?

Anna le menaça de son index rougi de sang :

– Tire-toi, je te dis !

L'autre hésita, un tremblement passa sur ses lèvres. Il semblait deviner que quelque chose ne cadrait pas, que la situation dépassait la simple altercation de rue. Il haussa les épaules et accéléra.

Une nouvelle idée. Elle s'enfuit à toutes jambes vers l'église orthodoxe de Paris, située quelques numéros plus haut. Elle longea la grille, traversa une cour de gravier et grimpa les marches qui menaient au portail. Elle poussa une vieille porte de bois verni et se jeta dans les ténèbres.

La nef lui parut plongée dans le noir absolu mais en réalité, c'étaient les palpitations de ses tempes qui obscurcissaient sa vision. Peu à peu, elle discerna des ors brunis, des icônes roussâtres, des dos de chaise cuivrés qui ressemblaient à autant de flammes lasses.

Elle avança avec retenue et repéra d'autres éclats atténués, tout en discrétion. Chaque objet se disputait ici les quelques gouttes de lumière distillées par les vitraux, les cierges, les lustres de fer forgé. Même les personnages des fresques paraissaient vouloir s'arracher à leurs ténèbres pour boire quelque clarté. L'espace tout entier était nimbé d'une lumière d'argent ; un clair-obscur moiré, où une sourde lutte s'était engagée entre la lumière et la nuit.

Anna reprenait son souffle. Une brûlure consumait sa poitrine. Sa chair et ses vêtements étaient trempés de sueur. Elle s'arrêta, s'appuya contre une colonne et savoura la fraîcheur de la pierre. Bientôt, les pulsations de son cœur s'apaisèrent. Chaque détail ici lui semblait posséder des vertus apaisantes : les cierges qui vacillaient sur leurs chandeliers, les visages du Christ, longs et fondus comme des pains de cire, les lampes mordorées, suspendues à la manière de fruits lunaires.

– Ça ne va pas ?

Elle se retourna et découvrit Boris Godounov en personne. Un pope géant, vêtu d'une robe noire, portant une longue barbe blanche en guise de plastron. Malgré elle, elle se demanda de quel tableau il sortait. Il répéta de sa voix de baryton :

– Vous vous sentez bien ?

Elle lança un coup d'œil à la porte puis demanda :

– Vous avez une crypte ?

– Je vous demande pardon ?

Elle s'efforça d'articuler chaque mot :

– Une crypte. Une salle pour les cérémonies funéraires.

Le religieux crut comprendre le sens de la requête. Il se forgea une mine de circonstance et glissa ses mains dans ses manches :

– Qui enterrez-vous, mon enfant ?

– Moi.

22

Quand elle pénétra dans le service des urgences de l'hôpital Saint-Antoine, elle comprit qu'une nouvelle épreuve l'attendait. Une épreuve de force contre la maladie et la démence.

Les rampes fluorescentes de la salle d'attente se reflétaient sur les murs de carrelage blanc et annulaient toute lumière venue du dehors. Il aurait pu tout aussi bien être 8 heures du matin que 11 heures du soir. La chaleur renforçait encore cette atmosphère de sas. Une force étouffante, inerte, s'abattait sur les corps comme une masse plombée, chargée d'odeurs d'antiseptiques. On entrait ici dans une zone de transit située entre la vie et la mort, indépendante de la succession des heures et des jours.

Sur les sièges vissés au mur s'entassaient des échantillons hallucinants d'humanité malade. Un homme au crâne rasé, la tête entre les mains, ne cessait de se gratter les avant-bras, déposant sur le sol une poussière jaunâtre ; son voisin, un clochard sanglé sur un siège roulant, injuriait les infirmières d'une voix de gorge tout en suppliant qu'on lui remette les tripes en place ; non loin d'eux, une vieillarde, debout, vêtue d'une blouse de papier, ne cessait de se déshabiller en murmurant des mots inintelligibles, révélant un corps gris, aux plis d'éléphant, ceinturé par une couche de bébé. Un seul personnage paraissait normal ; il se tenait assis, de profil, près d'une fenêtre. Pourtant, lorsqu'il se tournait, il révélait une moitié de visage incrustée de bris de verre et de filaments de sang séché.

Anna n'était ni étonnée ni effrayée par cette cour des Miracles. Au contraire. Ce bunker lui paraissait le lieu idéal pour passer inaperçue.

Quatre heures auparavant, elle avait entraîné le pope au fond de la crypte. Elle lui avait expliqué qu'elle était d'origine russe, fervente pratiquante, qu'elle était atteinte d'une maladie grave et qu'elle voulait être inhumée dans ce lieu sacré. Le religieux s'était montré sceptique mais l'avait tout de même écoutée durant plus d'une demi-heure. Il l'avait ainsi abritée malgré lui pendant que les hommes aux brassards rouges écumaient le quartier.

Lorsqu'elle était revenue à la surface, la voie était libre. Le sang de sa blessure avait coagulé. Elle pouvait évoluer dans les rues, le bras glissé sous son kimono, sans trop attirer l'attention. Avançant au pas de course, elle bénissait Kenzo et les fantaisies de la mode qui permettaient qu'on porte une robe de chambre en ayant l'air, tout simplement, dans le coup.

Durant plus de deux heures, elle avait erré ainsi, sans repères, sous la pluie, se perdant dans la foule des Champs-Elysées. Elle s'efforçait de ne pas réfléchir, de ne pas s'approcher des gouffres béants qui cernaient sa conscience.

Elle était libre, vivante.

Et c'était déjà beaucoup.

A midi, place de la Concorde, elle avait pris le métro. La ligne n° 1, direction Château de Vincennes. Assise au fond d'un wagon, elle avait décidé, avant même d'envisager la moindre solution de fuite, d'obtenir une confirmation. Elle avait énuméré, mentalement, les hôpitaux qui se trouvaient sur sa ligne et s'était décidée pour Saint-Antoine, tout proche de la station Bastille.

Elle attendait maintenant depuis vingt minutes, quand un médecin apparut, tenant une grande enveloppe de radiographie. Il la déposa sur un comptoir désert puis se pencha pour fouiller dans un des tiroirs du bureau. Elle bondit à sa rencontre :

– Je dois vous voir tout de suite.

– Attendez votre tour, jeta-t-il par-dessus son épaule sans même la regarder. Les infirmières vous appelleront.

Anna lui saisit le bras :

– Je vous en prie. Je dois faire une radiographie.

L'homme se retourna avec humeur mais son expression changea lorsqu'il la découvrit.

– Vous êtes passée à l'accueil ?

– Non.

– Vous n'avez pas donné votre carte Vitale ?

– Je n'en ai pas.

L'urgentiste la contempla des pieds à la tête. C'était un grand gaillard très brun, en chasuble blanche et sabots de liège. Avec sa peau bronzée, sa blouse en V ouverte sur un torse velu et une chaîne en or, il ressemblait à un dragueur de comédie italienne. Il la détailla sans aucune gêne, un sourire de connaisseur collé aux lèvres. D'un geste, il désigna le kimono déchiré, le sang coagulé :

– C'est pour votre bras ?

– Non. Je... J'ai mal au visage. Je dois faire une radiographie.

Il fronça un sourcil, se gratta les poils du torse – le crin dur de l'étalon.

– Vous avez fait une chute ?

– Non. Je dois avoir une névralgie faciale. Je ne sais pas.

– Ou simplement une sinusite. (Il lui fit un clin d'œil.) Il y en a plein en ce moment.

Il lança un regard sur la salle et ses pensionnaires : le junkie, le saoulard, la grand-mère... La troupe habituelle. Il soupira ; il paraissait tout à coup disposé à s'accorder une petite trêve en compagnie d'Anna.

Il la gratifia d'un large sourire, modèle Côte d'Azur, et susurra d'une voix chaude :

– On va vous passer au scanner, la miss. Un panoramique. (Il attrapa sa manche déchirée.) Mais d'abord, pansement.

Une heure plus tard, Anna se tenait sous la galerie de pierre qui borde les jardins de l'hôpital ; le médecin lui avait permis d'attendre là les résultats de son examen.

Le temps avait changé, des flèches de soleil se diluaient dans l'averse, la transformant en une brume d'argent, à la clarté irréelle. Anna observait avec attention les soubresauts de la pluie sur les feuilles des arbres, les flaques miroitantes, les fins ruisseaux qui se dessinaient entre les graviers et les racines des bosquets. Ce petit jeu lui permettait de maintenir encore le vide dans son esprit et de maîtriser sa panique latente. Surtout pas de questions. Pas encore.

Des sabots claquèrent sur sa droite. Le médecin revenait, longeant les arcades de la galerie, clichés en main. Il ne souriait plus du tout.

– Vous auriez dû me parler de votre accident.

Anna se leva.

– Mon accident ?

– Qu'est-ce qui vous est arrivé ? Un truc en voiture, non ?

Elle recula avec frayeur. L'homme secoua la tête, incrédule :

– C'est dingue ce qu'ils font maintenant en chirurgie plastique. Jamais j'aurais pu deviner en vous voyant...

Anna lui arracha le scanner des mains.

L'image montrait un crâne fissuré, suturé, recollé en tous sens. Des lignes noires révélaient des greffes, à hauteur du front et des pommettes ; des failles autour de l'orifice nasal trahissaient une refonte complète du nez ; des vis, au coin des maxillaires et des tempes, maintenaient des prothèses.

Anna partit d'un rire brisé, un rire-sanglot, avant de s'enfuir sous les arcades.

Le scanner virevoltait dans sa main comme une flamme bleue.

QUATRE

23

Depuis deux jours, ils sillonnaient le quartier turc.

Paul Nerteaux ne comprenait pas la stratégie de Schiffer. Dès le dimanche soir, ils auraient dû foncer chez Marek Cesiuz, alias Marius, responsable de l'Iskele, principal réseau d'immigrés clandestins turcs. Ils auraient dû secouer le négrier et dénicher les fiches d'identité des trois victimes.

Au lieu de cela, le Chiffre avait voulu renouer avec « son » quartier ; retrouver ses marques, disait-il. Depuis deux jours, il flairait, frôlait, observait son ancien territoire, sans jamais interroger qui que ce soit. Seule la pluie battante leur avait permis de rester invisibles au fond de leur bagnole – de voir sans être vus.

Paul rongeait son frein mais il devait admettre qu'en quarante-huit heures, il en avait plus appris sur la Petite Turquie qu'en trois mois d'enquête.

Jean-Louis Schiffer lui avait d'abord présenté les diasporas annexes. Ils s'étaient rendus dans le passage Brady, boulevard de Strasbourg, au cœur du monde indien. Sous une longue verrière, des boutiques minuscules et bigarrées, des restaurants obscurs et tendus de paravents s'alignaient ; des serveurs haranguaient les passants, alors que des femmes en sari laissaient la parole à leur nombril, parmi de puissantes odeurs d'épices. Par ce temps pluvieux, alors que les bouffées d'averse s'engouffraient et vivifiaient chaque senteur, on aurait pu se croire dans un bazar de Bombay, en pleine mousson.

Schiffer lui avait montré les échoppes qui servaient de points de rencontre aux Hindis, aux Bengalis, aux Pakistanais. Il lui avait désigné les chefs de chaque confession : hindouistes, musulmans, jaïns, sikhs, bouddhistes... En quelques pas-de-portes, il avait détaillé ce concentré d'exotisme qui, selon lui, ne demandait qu'à se diluer.

– Dans quelques années, avait-il ricané, ce sont les sikhs qui feront la circulation dans le 10e arrondissement.

Puis ils s'étaient postés, rue du Faubourg-Saint-Martin, face aux commerces des Chinois. Des épiceries qui ressemblaient à des cavernes, saturées d'odeurs d'ail et de gingembre ; des restaurants aux rideaux tirés qui s'entrouvraient comme des écrins de velours ; des boutiques de traiteurs, scintillantes de vitrines et de comptoirs chromés, colorées de salades et de beignets rissolés. A distance, Schiffer lui avait présenté les principaux responsables de la communauté ; des marchands dont la boutique ne représentait que cinq pour cent de leur véritable activité.

– Jamais se fier à ces enfoirés, avait-il grincé. Pas un seul qui marche droit. Leur tête est comme leur bouffe. Pleine de trucs coupés en quatre. Bourrée de glutamate, pour t'endormir la tête.

Plus tard encore, ils étaient retournés sur le boulevard de Strasbourg où les coiffeurs antillais et africains se disputaient le trottoir avec les grossistes de produits cosmétiques et les vendeurs de farces et attrapes. Des groupes de Noirs, sous les auvents des magasins, s'abritaient de la pluie et offraient un parfait kaléidoscope des ethnies qui hantaient le boulevard. Baoulés et Mbochis et Bétés de Côte-d'Ivoire, Laris du Congo, Ba Congos et Baloubas, de l'ex-Zaïre, Bamélékés et Ewondos du Cameroun...

Paul était intrigué par ces Africains, toujours présents, et parfaitement oisifs. Il savait que la plupart étaient trafiquants ou escrocs mais il ne pouvait se défendre d'une certaine tendresse à leur égard. Leur légèreté d'esprit, leur humour, et cette vie tropicale qu'ils imposaient à même l'asphalte, l'exaltaient. Les femmes, surtout, le fascinaient. Leurs regards lisses et noirs lui semblaient entretenir une complicité mystérieuse avec leur chevelure lustrée, tout juste défrisée chez Afro 2000 ou Royal Coiffure. Des fées de bois brûlé, des masques de satin aux grands yeux sombres...

Schiffer lui avait servi une description plus réaliste – et circonstanciée :

– Les Camerounais sont les rois du faux, billets et cartes bleues. Les Congolais ne marchent que dans la sape : fringues volées, marques détournées, etc. Les Ivoiriens, on les surnomme « 36 15 ». Spécialisés dans les fausses associations caritatives. Ils trouveront toujours le moyen de te taper pour les affamés d'Ethiopie ou les orphelins d'Angola. Bel exemple de solidarité. Mais les plus dangereux sont les Zaïrois. Leur empire, c'est la drogue. Ils règnent sur tout le quartier. Les Blacks sont les pires de tous, avait-il conclu. Des purs parasites. Ils n'ont qu'une raison d'être : nous sucer le sang.

Paul ne répondait à aucune de ses réflexions racistes. Il avait décidé de se fermer à tout ce qui ne concernait pas directement l'enquête. Il ne visait que les résultats, écartant toute autre considération. D'ailleurs, il avançait en douce sur d'autres fronts. Il avait engagé deux enquêteurs du SARIJ, Naubrel et Matkowska, afin qu'ils creusent la piste des caissons à haute pression. Les deux lieutenants avaient déjà visité trois hôpitaux, pour n'obtenir que des réponses négatives. Ils enquêtaient maintenant sur les terrassiers qui travaillent dans les profondeurs de Paris, en surpression, pour empêcher les nappes phréatiques d'inonder leurs chantiers. Chaque soir, ces ouvriers utilisent un caisson de décompression. Les ténèbres, les souterrains... Paul sentait bien cette voie. Il attendait un rapport des OPJ dans la journée.

Il avait aussi chargé un jeune type de la BAC, la Brigade anti-criminalité, de collecter pour lui d'autres guides, d'autres catalogues archéologiques sur la Turquie. Le flic lui avait déposé la veille la première livraison à son domicile, rue du Chemin-Vert, dans le 11e arrondissement. Une liasse qu'il n'avait pas encore eu le temps d'étudier mais qui peuplerait bientôt ses insomnies.

Le deuxième jour, ils avaient pénétré le territoire turc proprement dit. Ce périmètre était délimité, au sud, par les boulevards Bonne-Nouvelle et Saint-Denis ; à l'ouest, par la rue du Faubourg-Poissonnière et, à l'est, par la rue du Faubourg-Saint-Martin. Au nord, une pointe dessinée par la rue La Fayette et le boulevard

Magenta coiffait le district. L'épine dorsale du quartier était le boulevard de Strasbourg, qui montait droit jusqu'à la gare de l'Est et partait en ramifications nerveuses sur ses côtés : rue des Petites-Ecuries, rue du Château-d'Eau... Le cœur de la zone battait au fond de la station de métro Strasbourg-Saint-Denis, qui irriguait ce fragment d'Orient.

D'un point de vue architectural, le quartier n'offrait rien de particulier : des immeubles gris, vétustes, parfois restaurés, souvent décrépits, qui semblaient avoir vécu mille vies. Ils possédaient toujours la même topographie : le rez-de-chaussée et le premier étage accueillaient les boutiques ; le deuxième et le troisième les ateliers ; les étages supérieurs, jusqu'aux combles, abritaient les habitations – des appartements surpeuplés, coupés en deux, en trois, en quatre, qui dépliaient leur surface comme de petits papiers.

Il régnait dans ces rues une atmosphère de transit, une impression de passage. De nombreux commerces semblaient voués au mouvement, au nomadisme, à une existence précaire, toujours sur le qui-vive. On trouvait des cahutes de sandwichs, pour manger sur le pouce, à fleur de trottoir ; des agences de voyages, pour mieux arriver ou repartir ; des boutiques de change, pour acquérir des euros ; des stands de photocopie, pour dupliquer ses papiers d'identité... Sans compter les innombrables agences immobilières et panneaux : BAIL À CÉDER, À VENDRE...

Paul percevait dans tous ces indices la puissance d'un exode permanent, d'un fleuve humain, à la source lointaine, qui coulait sans trêve ni cohérence à l'intérieur de ces rues. Pourtant, ce quartier possédait une autre raison d'être : la confection de vêtements. Les Turcs ne contrôlaient pas ce métier, tenu par la communauté juive du Sentier, mais ils s'étaient imposés, depuis les grandes migrations des années 50, comme un maillon essentiel de la chaîne. Ils fournissaient les grossistes grâce à leurs centaines d'ateliers et d'ouvriers à domicile ; des milliers de mains travaillant des milliers d'heures, qui pouvaient – presque – concurrencer les Chinois. Les Turcs avaient en tout cas le bénéfice de l'ancienneté et une position sociale un rien plus légale.

Les deux policiers avaient plongé dans ces rues encombrées, agitées, étourdissantes. Au gré des livreurs, des camions ouverts, des sacs, des ballots, des vêtements passant de main en main. Le Chiffre avait joué encore au guide. Il connaissait les noms, les propriétaires, les spécialités. Il évoquait les Turcs qui lui avaient servi d'indics, les coursiers qu'il « tenait » pour telle ou telle raison, les restaurateurs qui lui « devaient ». La liste semblait infinie. Paul avait d'abord tenté de prendre des notes, puis il avait abandonné. Il s'était laissé porter par les explications de Schiffer tout en observant l'agitation qui les entourait, en s'imprégnant des cris, des klaxons, des odeurs de pollution – de tout ce qui composait le grain du quartier.

Enfin, le mardi à midi, ils avaient franchi l'ultime frontière pour accéder au noyau central. Le bloc compact qu'on appelait « la Petite Turquie », couvrant la rue des Petites-Ecuries, la cour et le passage du même nom, la rue d'Enghien, la rue de l'Echiquier et la rue du Faubourg-Saint-Denis. Quelques hectares seulement, où la plupart des immeubles, des combles, des caves étaient strictement peuplés de Turcs.

Cette fois, Schiffer avait procédé à un véritable décryptage, lui livrant les codes et les clés de ce village unique. Il avait révélé les raisons d'être de chaque porche, de chaque bâtiment, de chaque fenêtre. Cette arrière-cour qui s'ouvrait sur un hangar et abritait en réalité une mosquée ; ce local non meublé, au fond d'un patio, qui était un foyer d'extrême gauche... Schiffer avait éclairé toutes les lanternes de Paul, levant les mystères qui le taraudaient depuis des semaines. Comme l'énigme de ces types blonds vêtus de noir toujours postés dans la cour des Petites-Ecuries :

– Des Lazes, avait expliqué le Chiffre, originaires de la mer Noire, au nord-est de la Turquie. Des guerriers, des bagarreurs. Mustafa Kemal lui-même recrutait ses gardes du corps parmi eux. Leur légende vient de loin. Dans la mythologie grecque, ce sont eux qui gardaient la Toison d'or, en Colchide.

Ou encore ce bar obscur, rue des Petites-Ecuries, où trônait la photographie d'un gros moustachu :

– Le quartier général des Kurdes. Le portrait, c'est Apo. Tonton. Abdullah Oçalan, le chef du PKK, actuellement en taule.

Le Chiffre s'était alors lancé dans une tirade d'envergure, presque un hymne national.

– Le plus grand peuple sans pays. Vingt-cinq millions en tout, dont douze en Turquie. Comme les Turcs, ils sont musulmans. Comme les Turcs, ils portent la moustache. Comme les Turcs, ils bossent dans les ateliers de confection. Le seul problème, c'est qu'ils ne sont pas turcs. Et que rien ni personne ne pourra les assimiler.

Schiffer lui avait aussi présenté les Alevis, qui se réunissaient rue d'Enghien.

– Les « Têtes Rouges ». Des musulmans de confession chiite, qui pratiquent le secret de l'appartenance. Des coriaces, tu peux me croire... Des rebelles, souvent de gauche. Et aussi une communauté très soudée, sous le signe de l'initiation et de l'amitié. Ils choisissent un « frère juré », un « compagnon initié » et s'avancent à deux devant Dieu. Une vraie force de résistance face à l'islam traditionnel.

Quand Schiffer parlait ainsi, il semblait éprouver un respect obscur pour ces peuples qu'il ne cessait en même temps de honnir. En réalité, il oscillait entre la haine et la fascination pour le monde turc. Paul se souvenait même d'une rumeur selon laquelle il avait failli épouser une Anatolienne. Que s'était-il passé ? Comment avait fini cette histoire ? C'était en général au moment où il imaginait une sublime intrigue romantique entre Schiffer et l'Orient que ce dernier attaquait le pire discours raciste.

Les deux hommes étaient maintenant tassés dans leur bagnole banalisée, une vieille Golf que l'Hôtel de Police avait bien voulu fournir à Paul au début de l'enquête. Ils étaient stationnés au coin de la rue des Petites-Ecuries et de la rue du Faubourg-Saint-Denis, juste devant la brasserie Le Château d'Eau.

La nuit tombait et se mêlait à la pluie pour fondre le paysage en un bourbier, un limon sans couleur. Paul regarda sa montre. 20 heures 30.

– Qu'est-ce qu'on fout, là, Schiffer ? On devait s'attaquer à Marius aujourd'hui et...

– Patience. Le concert va commencer.

– Quel concert ?

Schiffer se trémoussa sur son siège, lissant les plis de son Barbour :

– Je te l'ai déjà dit. Marius possède une salle sur le boulevard de Strasbourg. Un ancien cinéma porno. Ce soir, il y a un concert. Ses gardes du corps s'occupent du service d'ordre. (Il fit un clin d'œil.) Le moment idéal pour le cueillir.

Il désigna l'axe qui s'ouvrait devant eux :

– Démarre et prends la rue du Château-d'Eau.

Paul s'exécuta avec humeur. Mentalement, il avait donné une seule chance au Chiffre. En cas d'échec chez Marius, il le ramènerait illico à Longères, dans son hospice. Mais il était aussi impatient d'observer l'animal à l'œuvre.

– Gare-toi au-delà du boulevard de Strasbourg, ordonna Schiffer. En cas de pépin, on sortira par une issue de secours que je connais.

Paul traversa l'artère perpendiculaire, dépassa un bloc, puis se parqua au coin de la rue Bouchardon.

– Il n'y aura pas de pépin, Schiffer.

– File-moi les photos.

Il hésita puis lui donna l'enveloppe contenant les clichés des cadavres. L'homme sourit en ouvrant sa portière :

– Si tu me laisses faire, tout se passera bien.

Paul sortit à son tour, pensant : « Une chance, mon canard. Pas deux. »

24

Dans la salle, la pulsation était si forte qu'elle occultait toute autre sensation. L'onde de choc vous passait dans les tripes, vous écorchait les nerfs, puis vous descendait dans les talons jusqu'à remonter par les vertèbres, les faisant trembler telles les lames d'un vibraphone.

Instinctivement, Paul rentra la tête dans les épaules et se plia en deux, comme pour éviter les coups qui lui tombaient dessus, l'atteignant à l'estomac, à la poitrine et sur les deux côtés du visage, là où ses tympans prenaient feu.

Il cligna les yeux pour se repérer dans les ténèbres enfumées, alors que les projecteurs de la scène tournoyaient à travers l'espace.

Enfin, il aperçut le décor. Des balustrades ciselées d'or, des colonnes de stuc, des lustres de faux cristal, de lourdes tentures carmin... Schiffer avait parlé d'un ancien cinéma mais ce décor rappelait plutôt le kitsch usé d'un vieux cabaret, une espèce de caf'conc' pour opérettes à jabots, où des fantômes gominés auraient refusé de céder la place aux furieux groupes néo-métal.

Sur la scène, les musiciens s'agitaient, psalmodiant des « *fuckin'* » et des « *killin'* » comme s'il en pleuvait.

Torse nu, luisants de sueur et de fièvre, ils maniaient guitares, micros et platines à la manière d'armes d'assaut, soulevant les premiers rangs en ondulations saccadées.

Paul quitta le bar et descendit vers le parterre. Plongeant dans la foule, il sentit naître en lui une nostalgie familière. Les concerts de sa jeunesse ; le pogo furieux, à sauter comme un ressort sur les riffs rageurs des Clash ; les quatre accords appris sur sa guitare d'occasion, qu'il avait ensuite revendue quand les cordes lui avaient trop vivement rappelé les zébrures ensanglantées du siège de son père.

Il prit conscience qu'il avait perdu de vue Schiffer. Il pivota, scruta les spectateurs restés en haut des marches, près du bar. Ils se tenaient dans une attitude condescendante, un verre à la main, daignant répondre aux martèlements de la scène par un discret déhanchement. Paul passa en revue ces visages d'ombre, auréolés de faisceaux colorés ; pas de Schiffer.

Soudain, une voix éclata à son oreille :

– Tu veux gober ?

Paul se retourna pour découvrir un visage livide, brillant sous une casquette.

– Quoi ?

– J'ai des Black Bombay d'enfer.

– Des quoi ?

Le type se pencha et noua sa main sur l'épaule de Paul.

– Des Black Bombay. Des Bombay hollandais. D'où tu sors, mec ?

Paul se dégagea et extirpa sa carte tricolore.

– Voilà d'où je sors. Casse-toi avant que je t'embarque.

Le mec disparut comme une flamme qu'on souffle. Paul observa un instant son porte-carte frappé du sceau de la police, et mesura le gouffre entre les concerts de jadis et son profil d'aujourd'hui ; un flic intransigeant, un représentant de l'ordre public implacable, qui remuait la fange. Avait-il imaginé cela quand il avait vingt ans ?

Il reçut un coup dans le dos.

– Ça va pas, non ? hurla Schiffer. Range-moi ça.

Paul était en nage. Il tenta de déglutir, sans y parvenir. Tout vacillait autour de lui ; les éclats de lumière cassaient les visages, les froissaient comme des feuilles d'aluminium.

Le Chiffre lui fila un nouveau direct, plus amical, dans le bras.

– Viens. Marius est là. On va le choper dans son trou.

Ils s'enfoncèrent parmi les corps serrés, mouvants, oscillants ; un flot frénétique d'épaules et de hanches trépignant en cadence, réponse brutale, instinctive, aux rythmes crachés par la scène. Les deux flics, jouant des coudes et des genoux, parvinrent à atteindre l'estrade.

Schiffer bifurqua à droite, sous les couinements suraigus des guitares qui jaillissaient des enceintes. Paul avait du mal à le suivre. Il l'aperçut qui s'entretenait avec un videur, sous le souffle furieux de la sono. L'homme acquiesça et ouvrit une porte invisible. Paul eut juste le temps de se glisser dans la faille.

Ils débouchèrent dans un boyau étroit, à peine éclairé. Des affiches brillaient sur les murs. Sur la plupart d'entre elles, le croissant turc, associé au marteau communiste, formait un symbole politique éloquent. Schiffer expliqua :

– Marius dirige un foyer d'extrême gauche, rue Jarry. Ce sont ses petits copains qui ont foutu le feu aux prisons turques l'année dernière.

Paul avait vaguement entendu parler de ces émeutes, mais il ne posa aucune question. Il n'était pas d'humeur géopolitique. Les deux hommes se mirent en marche. L'écho sourd de la musique frappait dans leur dos. Schiffer ricana, sans ralentir :

– Le coup des concerts, c'est bien vu. Un vrai marché captif !

– Comprends pas.

– Marius bricole aussi dans la drogue. Ecstasy. Amphètes. Tout ce qui est à base de speed (Paul tiqua), ou de LSD. Il développe sa propre clientèle avec ses concerts. Il gagne sur tous les tableaux.

Sur une impulsion, Paul demanda :

– Un Black Bombay, vous savez ce que c'est ?

– Un truc qui se fait beaucoup, ces dernières années. Un Ecstasy coupé avec de l'héroïne.

Comment un bonhomme de cinquante-neuf ans, tout juste sorti de l'hospice, pouvait-il connaître les dernières tendances en matière d'Ecstasy ? Encore un mystère.

– C'est idéal pour te faire redescendre, ajouta-t-il. Après l'excitation du speed, l'héroïne te ramène au calme. Tu passes en douceur des yeux en soucoupes aux pupilles en têtes d'épingle.

– En têtes d'épingle ?

– Mais oui, l'héroïne fait dormir. Un junk pique toujours du nez. (Il s'arrêta.) Je comprends pas. T'as jamais travaillé sur une affaire de drogue ou quoi ?

– J'ai fait quatre ans à la répression des drogues. Ça ne fait pas de moi un défoncé.

Le Chiffre lui servit son plus beau sourire :

– Comment tu veux combattre le mal si t'y as pas goûté ? Comment tu veux comprendre l'ennemi si tu connais pas ses atouts ? Il faut savoir ce que les mômes cherchent dans cette merde. La force de la drogue, c'est que c'est bon. Putain, si tu sais pas ça, c'est même pas la peine de t'attaquer à la défonce.

Paul se souvint de sa première idée : Jean-Louis Schiffer, le père de tous les flics. Mi-héros, mi-démon. Le meilleur et le pire réunis en un seul homme.

Il ravala sa colère. Son partenaire s'était remis en marche. Un dernier virage et deux colosses en manteau de cuir apparurent, encadrant une porte peinte en noir.

Le flic peigné en brosse brandit une carte tricolore. Paul tressaillit : d'où sortait-il ce vestige ? Ce détail lui parut confirmer la nouvelle donne : c'était maintenant le Chiffre qui tenait la barre. Comme pour l'achever, il se mit à parler turc.

Le garde du corps hésita, puis leva la main pour frapper à la porte. Schiffer l'arrêta d'un geste et actionna lui-même la poignée. En entrant, il cracha à Paul par-dessus son épaule :

– Pendant l'interrogatoire, je veux pas t'entendre.

Paul voulut balancer une vanne bien sentie mais il n'était plus temps de répondre. Cette entrevue allait être son laboratoire.

25

– *Salaam aleikoum*, Marius !

L'homme affalé dans son fauteuil faillit tomber à la renverse.

– Schiffer... ? *Aleikoum salaam*, mon frère !

Marek Cesiuz s'était déjà ressaisi. Il se leva et contourna son bureau de fer, affichant un large sourire. Il portait un maillot de football rouge et or, les couleurs du club de Galatasaray. Décharné, il flottait dans l'étoffe satinée à la manière d'une banderole sur la tribune d'un stade. Impossible de lui donner un âge précis. Ses cheveux roux-gris évoquaient des cendres mal éteintes ; ses traits étaient crispés en une expression de joie froide qui lui donnait un air sinistre d'enfant-vieillard ; sa peau cuivrée accentuait son faciès d'automate et se confondait avec sa chevelure de rouille.

Les deux hommes s'embrassèrent avec effusion. Le bureau sans fenêtre, encombré de paperasses, était saturé de fumée. Des brûlures de mégots constellaient la moquette du sol. Les objets de décoration semblaient tous dater des années 70 : armoires argentées et lucarnes arrondies, tabourets tam-tam, lampes suspendues comme des mobiles, à abat-jour coniques.

Paul repéra, dans un coin, du matériel d'imprimerie.

Une photocopieuse, deux relieuses, un massicot – le parfait nécessaire du militant politique.

Le rire gras de Marius couvrait les battements lointains de la musique :

– Y a combien de temps ?

– A mon âge, j'évite de compter.

– Tu nous manquais, mon frère. Tu nous manquais vraiment.

Le Turc parlait un français sans accent. Ils s'embrassèrent de nouveau ; la comédie jouait à plein.

– Et les enfants ? fit Schiffer d'un ton goguenard.

– Ils grandissent trop vite. J'les quitte pas des yeux. Trop peur de rater quelque chose !

– Et mon petit Ali ?

Marius envoya un crochet vers le ventre de Schiffer qu'il arrêta net avant de le toucher.

– C'est le plus rapide !

Soudain, il parut remarquer Paul. Ses yeux se glacèrent alors que ses lèvres souriaient toujours.

– Tu reprends du service ? demanda-t-il au Chiffre.

– Simple consultation. Je te présente Paul Nerteaux, capitaine à la DPJ.

Paul hésita, tendit la main, mais personne ne la lui saisit en retour. Il contempla ses doigts en suspens, dans cette pièce trop éclairée, pleine de sourires en toc et d'odeurs de clope, puis, pour garder une contenance, hasarda un coup d'œil sur la pile de tracts posée à sa droite.

– Toujours ta prose de bolchevik ? remarqua Schiffer.

– Les idéaux, c'est ce qui nous maintient vivants.

Le policier attrapa une feuille et traduisit à voix haute :

– « Quand les travailleurs maîtriseront leur outil de production... » (Il s'esclaffa.) Je crois que t'as passé l'âge pour ce genre de conneries.

– Schiffer, mon ami, ces conneries nous survivront.

– A condition que quelqu'un les lise encore.

Marius avait retrouvé son sourire complet, lèvres et pupilles à l'unisson :

– Un çay, les amis ?

Sans attendre la réponse, il s'empara d'un gros thermos et remplit trois tasses de terre cuite. Des acclamations firent trembler les murs.

– T'en as pas marre de tes zoulous ?

Marius s'installa de nouveau derrière son bureau, calant son fauteuil à roulettes contre le mur. Il porta doucement la tasse à ses lèvres :

– La musique est un berceau de paix, mon frère. Même celle-là. Au pays, les jeunes écoutent les mêmes groupes que les gamins d'ici. Le rock, c'est ce qui réunira les générations futures. Ce qui fera sauter nos dernières différences.

Schiffer s'appuya sur le massicot et leva sa tasse :

– Au hard rock !

Marius eut un drôle de mouvement ondulant sous son maillot, exprimant à la fois l'amusement et la lassitude.

– Schiffer, tu n'as pas ramené tes fesses ici, accompagné de ce garçon de surcroît, pour me parler de musique ou de nos vieux idéaux.

Le Chiffre s'assit sur un coin du bureau, toisant un instant le Turc, puis il sortit les clichés macabres de leur enveloppe. Les visages meurtris s'étalèrent sur les brouillons d'affiches. Marek Cesiuz eut un recul dans son fauteuil.

– Mon frère, qu'est-ce que tu me sors là ?

– Trois femmes. Trois corps découverts dans ton quartier. Entre novembre et aujourd'hui. Mon collègue pense qu'il s'agit d'ouvrières clandestines. J'ai pensé que tu pourrais nous en dire plus.

Le ton avait changé. Schiffer semblait avoir cousu chaque syllabe avec du fil barbelé.

– J'ai rien entendu là-dessus, nia Marius.

Schiffer eut un sourire entendu :

– Depuis le premier meurtre, le quartier ne doit parler que de ça. Dis-nous ce que tu sais, on gagnera du temps.

Le trafiquant saisit machinalement un paquet de Karo, les sans-filtre locales, et en sortit une.

– Frère, je sais pas de quoi tu parles.

Schiffer se remit debout et prit le ton d'un bonimenteur de foire :

– Marek Cesiuz. Empereur du faux et du mensonge. Roi du trafic et de la combine...

Il éclata d'un rire bruyant qui était aussi un rugissement, puis coula un regard noir vers son interlocuteur :

– Accouche, mon salaud, avant que je m'énerve.

Le visage du Turc se durcit comme du verre. Parfaitement droit dans son fauteuil, il alluma sa cigarette :

– Schiffer, tu n'as rien. Pas un mandat, pas un témoin, pas un indice. Rien. Tu es juste venu me demander un conseil que je ne peux pas te donner. J'en suis désolé. (Il désigna la porte d'un long trait de fumée grise.) Maintenant, il vaudrait mieux que tu partes avec ton ami et qu'on arrête ici ce malentendu.

Schiffer planta ses talons dans la moquette cramée, face au bureau :

– Il n'y a qu'un malentendu ici, et c'est toi. Tout est faux dans ton putain de bureau. Faux, tes tracts à la con. Tu te bats les couilles des derniers cocos qui croupissent en taule dans ton pays.

– Tu...

– Fausse, ta passion pour la musique. Un musulman comme toi pense que le rock est une émanation de Satan. Si tu pouvais foutre le feu à ta propre salle, tu te gênerais pas.

Marius fit mine de se lever mais Schiffer le repoussa.

– Faux, tes meubles bourrés de paperasses, tes petits airs débordés. Putain. Tout ça ne cache que tes trafics de négrier !

S'approchant du massicot, il en caressa la lame.

– Et on sait bien toi et moi que cet engin ne te sert qu'à séparer les acides que tu reçois sous forme de ruban imprégné de LSD.

Il ouvrit les bras, dans un geste de comédie musicale, prenant à partie le plafond crasseux :

– Ô mon frère, parle-moi de ces trois femmes avant que je retourne ton bureau et que j'y trouve de quoi t'envoyer à Fleury pour des années !

Marek Cesiuz ne cessait de lancer des regards vers la porte. Le Chiffre se plaça derrière lui, se pencha vers son oreille :

– Trois femmes, Marius. (Il lui massait les deux épaules.) En moins de quatre mois. Torturées, défigurées, larguées sur le trottoir. C'est toi qui les as fait passer en France. Tu me files leurs dossiers et on se casse.

La pulsation lointaine du concert emplissait le silence. On aurait pu croire qu'il s'agissait du cœur du Turc, battant au creux de sa carcasse. Il murmura :

— Je les ai plus.

— Pourquoi ?

— Je les ai détruits. A la mort de chaque fille j'ai balancé la fiche. Pas de traces, pas d'emmerdes.

Paul sentait monter la frousse en lui mais il apprécia la révélation. Pour la première fois, l'objet de son enquête devenait réel. Les trois victimes existaient en tant que femmes : elles étaient en train de naître sous ses yeux. Les Corpus étaient bien des clandestines.

Schiffer se plaça de nouveau face au bureau.

— Surveille la porte, dit-il à Paul, sans lui jeter un regard.

— Qu... quoi ?

— La porte.

Avant que Paul ait pu réagir, Schiffer bondit sur Marius et lui écrasa le visage contre le coin de la table. L'os du nez péta comme une noix sous une pince. Le flic lui releva la tête en une giclée de sang et le plaqua contre le mur :

— Tes fiches, salopard.

Paul se précipita mais Schiffer le repoussa d'une bourrade. Paul porta la main à son arme mais la gueule noire d'un Manhurin 44 Magnum le pétrifia. Le Chiffre avait lâché le Turc et dégainé dans la même seconde :

— Tu surveilles la porte.

Paul resta sidéré. D'où sortait ce flingue ? Déjà,

Marius glissait sur sa chaise à roulettes et ouvrait un tiroir.

— Derrière vous !

Schiffer pivota et lui balança son canon en pleine face. Marius fit un tour complet sur son siège et se fracassa parmi des piles de tracts. Le Chiffre l'attrapa par le maillot et lui enfonça le calibre sous la gorge :

— Les fiches, raclure de Turc. Sinon, je te le jure, je te laisse pour mort.

Marek tremblait par secousses ; le sang moussait entre ses dents brisées, alors que son expression joyeuse persistait toujours. Schiffer rengaina et le traîna jusqu'au massicot.

Paul dégaina à son tour et hurla :

— Arrêtez ça !

Schiffer leva la guillotine et y fourra la main droite de l'homme :

— File-moi ces dossiers, sac à merde !

— ARRÊTEZ ÇA OU JE TIRE !

Le Chiffre ne leva même pas les yeux. Il appuya lentement sur la lame. La peau des phalanges se plissa sous le couperet. Le sang jaillit par petites bulles noires. Marius hurla, mais moins fort que Paul :

— SCHIFFER !

Il se cramponnait à deux mains sur la crosse de son arme, plaçant le Chiffre dans sa mire. Il fallait qu'il tire. Il fallait...

La porte s'ouvrit violemment derrière lui. Il se sentit propulsé en avant, roula sur lui-même et se retrouva coincé au pied du bureau de ferraille, la nuque à angle droit.

Les deux gardes du corps dégainaient quand des

gouttes de sang les éclaboussèrent. Un sifflement d'hyène emplit la pièce. Paul comprit que Schiffer avait fini le boulot. Il se releva sur un genou et cria, agitant son flingue dans la direction des Turcs :

– Reculez !

Les hommes ne bougeaient pas, hypnotisés par la scène qui se déroulait sous leurs yeux. Tremblant des pieds à la tête, Paul tendit son 9 millimètres à hauteur de leurs gueules :

– Reculez, putain de Dieu !

Il les frappa au torse avec son canon et parvint à leur faire franchir le seuil à reculons. Il referma la porte avec son dos et put contempler, enfin, le cauchemar à l'œuvre.

Marius sanglotait, à genoux, la main toujours prisonnière du massicot. Ses doigts n'étaient pas complètement tranchés mais les phalanges étaient à nu, les chairs retroussées sur les os. Schiffer tenait toujours le manche, le visage déformé par un rictus sardonique.

Paul rengaina. Il fallait maîtriser ce malade. Il s'apprêtait à charger quand le Turc tendit sa main valide vers une des armoires argentées, à côté de la photocopieuse.

– Les clés ! hurla Schiffer.

Marius tenta de saisir le trousseau fixé à sa ceinture. Le Chiffre le lui arracha et égrena sous son nez chacune des clés ; d'un signe de tête, le Turc désigna celle qui devait ouvrir la serrure.

Le vieux flic s'attaqua au bloc de rangement. Paul en profita pour libérer le supplicié. Il leva, avec précaution, la lame poissée de franges rougeâtres. Le Turc s'écroula au pied du meuble et se roula en chien de fusil, gémissant :

– Hôpital... hôpital...

Schiffer se retourna, l'air halluciné. Il tenait un dossier cartonné, scellé par une courroie de tissu. Il l'ouvrit en un geste désordonné et trouva les fiches ainsi que les polaroïds des trois victimes.

En état de choc, Paul comprit qu'ils avaient gagné.

26

Ils empruntèrent la sortie de secours et coururent jusqu'à la Golf. Paul démarra à l'arraché et manqua de se
prendre une bagnole qui passait au même instant.

Il fila à fond, braquant à droite dans la rue Lucien-
Sampaix. Il comprit avec un temps de retard qu'il
s'était engagé dans un sens interdit. D'un coup de
coude, il tourna une nouvelle fois, à gauche toute : le
boulevard de Magenta.

La réalité dansait devant ses yeux. Des larmes se
mêlaient à la pluie du pare-brise pour tout troubler. Il
apercevait tout juste les feux de signalisation qui saignaient comme des plaies dans l'averse.

Il franchit un premier carrefour, sans freiner, puis un
deuxième, provoquant un chaos de dérapages et de
coups de klaxon. Au troisième feu, enfin, il pila.
Durant quelques secondes, un bourdonnement retentit
dans sa tête, puis il sut ce qu'il devait faire.

Vert.

Il accéléra sans débrayer, cala, jura.

Il tournait la clé de contact quand la voix de Schiffer
s'éleva :

— Où tu vas ?

— Au poste, haleta-t-il. Je t'arrête, salopard.

De l'autre côté de la place, la gare de l'Est brillait comme un paquebot de croisière. Il démarrait de nouveau quand le Chiffre passa la jambe de son côté et écrasa la pédale d'accélérateur.

– Putain de...

Schiffer attrapa le volant et braqua sur la droite. Ils s'engouffrèrent dans la rue Sibour, une ruelle oblique qui longe l'église Saint-Laurent. Toujours d'une main, il tourna encore une fois, forçant la Golf à cahoter sur les plots de la piste cyclable et à s'écraser contre le trottoir.

Paul se prit le volant dans les côtes. Il hoqueta, toussa, puis se liquéfia en une suée brûlante. Il noua son poing et se tourna vers son passager, prêt à lui défoncer la mâchoire.

La pâleur de l'homme l'en dissuada. Jean-Louis Schiffer avait de nouveau pris vingt ans. Tout son profil se coulait dans la ligne de son cou flasque. Ses yeux étaient vitreux au point de paraître transparents. Une vraie tête de mort.

– Vous êtes un cinglé, souffla-t-il, utilisant de nouveau le vouvoiement comme une marque de dégoût. Un putain de malade. Comptez sur moi pour vous charger au maximum. Vous allez crever en taule, salopard de tortionnaire !

Sans répondre, Schiffer trouva un vieux plan de Paris dans la boîte à gants et en arracha plusieurs pages pour nettoyer sa veste maculée de sang. Ses mains tavelées tremblaient, les mots sifflèrent entre ses dents :

– Y a pas trente-six manières de traiter avec ces enculés.

– Nous sommes des flics.

– Marius est une ordure. Il asservit ses putes ici en faisant mutiler leurs enfants là-bas, au pays. Un bras, une jambe : ça calme les mamans turques.

– Nous sommes la loi.

Paul retrouvait son souffle, son assurance. Son champ de vision se rétablissait : le mur plein et noir de l'église ; les gargouilles au-dessus de leur tête, dressées comme des potences ; et la pluie, toujours, qui assiégeait la nuit.

Schiffer balança les pages rougeâtres, baissa sa vitre et cracha.

– Il est trop tard pour te débarrasser de moi.

– Si vous croyez que j'ai peur de répondre de mes actes... Vous vous gourez complètement. Vous irez au trou, même si je dois partager votre cellule !

D'une main, Schiffer alluma le plafonnier puis ouvrit le dossier à courroie posé sur ses genoux. Il saisit les fiches des trois ouvrières ; de simples feuilles volantes, imprimées laser, sur lesquelles était agrafé un portrait polaroïd. Il arracha les clichés et les disposa sur le tableau de bord, comme s'il s'agissait de cartes de tarot.

Il se racla de nouveau la gorge et demanda :

– Qu'est-ce que tu vois ?

Paul ne bougea pas. Les lumières des réverbères faisaient miroiter les trois photos, au-dessus du volant. Depuis deux mois, il cherchait ces visages. Il les avait imaginés, dessinés, effacés, cent fois recommencés... Maintenant, face à eux, il éprouvait un trac de puceau.

Schiffer l'attrapa par la nuque et le força à se pencher :

– Qu'est-ce que tu vois ? fit-il avec un bruit de gorge.

Paul écarquilla les yeux. Trois femmes aux traits doux le regardaient, l'air légèrement hébété par le flash. Des chevelures rousses encadraient leur visage plein.

– Qu'est-ce que tu remarques ? insista le Chiffre.

Paul hésita :

– Elles se ressemblent, non ?

Schiffer répéta en éclatant de rire :

– Elles se ressemblent ? Tu veux dire que c'est chaque fois la même !

Paul se tourna vers lui. Il n'était pas certain de saisir :

– Et alors ?

– Et alors, tu avais raison. Le tueur traque un seul et même visage. Un visage qu'il aime et qu'il déteste à la fois. Un visage qui l'obsède, qui provoque en lui des pulsions contradictoires. Sur ses motivations, on peut tout supposer. Mais on sait maintenant qu'il poursuit un but.

La colère de Paul se transforma en sentiment de victoire. Ainsi, ses intuitions étaient justes : des ouvrières clandestines, des traits identiques... Avait-il raison aussi pour la statuaire antique ?

Schiffer renchérit :

– Ces visages, c'est un sacré pas en avant, crois-moi. Parce qu'ils nous donnent une information essentielle. Le meurtrier connaît ce quartier comme sa poche.

– Ce n'est pas une découverte.

– On supposait qu'il était turc, pas qu'il connaissait

le moindre atelier, la moindre cave. Tu te rends compte de la patience et de l'acharnement qu'il faut pour trouver des filles qui se ressemblent à ce point-là ? Ce salaud a ses entrées partout.

Paul prononça d'une voix plus calme :

– Okay. J'admets que sans vous, je n'aurais jamais mis la main sur ces photos. Alors, je vous fais grâce du dépôt. Je vous ramène directement à Longères, sans passer par la case police.

Il tourna la clé de contact, mais Schiffer lui agrippa le bras :

– Tu fais erreur, petit. Plus que jamais, t'as besoin de moi.

– C'est fini pour vous.

Le Chiffre souleva l'une des fiches, l'agita à la lueur de la lampe :

– On n'a pas seulement leur visage et leur identité. On possède aussi les coordonnées de leurs ateliers. Et ça, c'est du solide.

Paul lâcha sa clé :

– Leurs collègues auraient pu voir quelque chose ?

– Souviens-toi de ce qu'a dit le légiste. Elles avaient le ventre vide. Elles rentraient du boulot. Il faut interroger les ouvrières qui prenaient le même chemin chaque soir. Et aussi les patrons des ateliers. Mais pour ça tu as besoin de moi, mon garçon.

Schiffer n'avait pas à insister : déjà trois mois que Paul se cognait contre les mêmes murs. Il s'imaginait déjà reprendre l'enquête en solo pour obtenir un zéro à l'infini.

– Je vous donne une journée, concéda-t-il. On visite les ateliers. On interroge les collègues, les voisins, les conjoints, s'il y en a. Ensuite, retour à l'hospice. Et je vous préviens : à la moindre merde, je vous tue. Cette fois, je n'hésiterai pas.

L'autre s'efforça de rire mais, Paul le sentait, il avait peur. La trouille les tenait désormais tous les deux. Il allait démarrer quand il s'immobilisa de nouveau – il voulait en avoir le cœur net.

– Chez Marius, cette violence, pourquoi ?

Schiffer observa les sculptures des gargouilles, qui s'élevaient dans les ténèbres. Des diables lovés sur leur perchoir ; des incubes au mufle retroussé ; des démons aux ailes de chauve-souris. Il conserva le silence un moment puis murmura :

– Y avait pas d'autre moyen. Ils ont décidé de rien dire.

– Qui ça : « ils » ?

– Les Turcs. Le quartier est verrouillé, putain ! On va devoir arracher chaque parcelle de vérité.

La voix de Paul se fêla, montant dans l'aigu :

– Mais pourquoi font-ils ça ? Pourquoi ne veulent-ils pas nous aider ?

Le Chiffre scrutait toujours les gueules de pierre. Sa pâleur concurrençait le plafonnier :

– T'as pas encore compris ? Ils protègent le tueur.

CINQ

27

Entre ses bras, elle avait été une rivière.

Une force fluide, souple, déployée. Elle avait effleuré les nuits et les jours comme l'onde caresse les herbes englouties, sans jamais en altérer l'élan, la langueur. Elle s'était coulée entre ses mains, traversant le clair-obscur des forêts, le lit des mousses, l'ombre des rochers. Elle s'était cambrée face aux clairières de lumière qui éclataient sous ses paupières, quand survenait le plaisir. Puis elle s'était abandonnée de nouveau, en un mouvement lent, translucide sous ses paumes...

Au fil des années, il y avait eu des saisons distinctes. Des roucoulements d'eau, légers, rieurs. Des crinières d'écume secouées de colère. Des gués aussi, des trêves durant lesquelles ils ne se touchaient plus. Mais ces repos étaient suaves. Ils avaient la légèreté des roseaux, la douceur des galets mis à nu.

Lorsque le flux reprenait, les poussant de nouveau jusqu'aux rives ultimes, au-dessus des soupirs, des lèvres entrouvertes, c'était toujours pour mieux atteindre la jouissance unique, où tout n'était qu'un – et l'autre était tout.

– Vous comprenez, docteur ?

Mathilde Wilcrau sursauta. Elle regarda le sofa

Knoll, à deux mètres de là – le seul meuble dans la pièce qui ne datât pas du XVIIIe siècle. Un homme y était allongé. Un patient. Perdue dans ses rêveries, elle l'avait complètement oublié, et n'avait pas entendu un mot de son discours.

Elle dissimula son trouble en rétorquant :

– Non, je ne vous comprends pas. Votre formulation n'est pas assez précise. Essayez de traduire cela avec d'autres mots. S'il vous plaît.

L'homme reprit ses explications, nez au plafond, mains croisées sur la poitrine. Mathilde saisit discrètement dans un tiroir une crème hydratante. La fraîcheur du produit sur ses mains la ramena à elle-même. Ses absences étaient de plus en plus fréquentes, de plus en plus profondes. Elle poussait désormais la neutralité du psychanalyste à son point extrême : littéralement, elle n'était plus là. Jadis, elle écoutait les paroles de ses patients avec attention. Elle traquait leurs lapsus, leurs hésitations, leurs dérapages. Petits cailloux blancs qui lui permettaient de remonter la piste de la névrose, du traumatisme... Mais aujourd'hui ?

Elle rangea le tube de crème et continua à s'en enduire les doigts. Nourrir. Irriguer. Apaiser. La voix de l'homme n'était déjà plus qu'une rumeur, qui berçait sa propre mélancolie.

Oui : entre ses bras, elle avait été une rivière. Mais les gués s'étaient multipliés, les trêves étaient devenues plus longues. Elle avait d'abord refusé de s'inquiéter, de discerner dans ces pauses les premiers signes d'une dégradation. Elle s'était aveuglée, à la seule force de son espoir, de sa foi en l'amour. Puis un goût de poussière était né sur sa langue, une courbature lancinante s'était emparée de ses membres. Bientôt, ses propres veines avaient paru s'assécher, rappelant des travées minérales, sans vie. Elle s'était sentie vide. Avant même que les cœurs n'aient mis un nom sur la situation, les corps avaient parlé.

Puis la rupture avait franchi les consciences, et les mots avaient achevé le mouvement : la séparation était devenue officielle. L'ère des formalités avait commencé. Il avait fallu rencontrer le juge, calculer la pension, organiser le déménagement. Mathilde avait été irréprochable. Toujours alerte. Toujours responsable. Mais son esprit était déjà ailleurs. Dès qu'elle le pouvait, elle cherchait à se souvenir, à voyager en elle-même, dans sa propre histoire, étonnée de trouver dans sa mémoire si peu de traces, si peu d'empreintes de jadis. Tout son être ressemblait à un désert brûlé, un site antique où seuls quelques malheureux sillons, à la surface de pierres trop blanches, évoquaient encore le passé.

Elle s'était rassurée en songeant à ses enfants. Ils étaient l'incarnation de son destin, ils seraient sa dernière source. Elle se donna à fond dans cette voie. Elle s'oublia, s'effaça devant ces dernières années d'éducation. Mais ils avaient fini par la quitter, eux aussi. Son fils se perdit dans une ville étrange, à la fois minuscule et immense, constituée uniquement de puces et de microprocesseurs. Sa fille, au contraire, se « trouva » dans les voyages et l'ethnologie. Du moins le prétendait-elle. Ce dont elle était sûre, c'était que sa route était loin de ses parents.

Il lui fallut donc s'intéresser à la dernière personne restée à bord : elle-même. Elle s'accorda tous ses caprices, vêtements, meubles, amants. Elle s'offrit des croisières, des escapades dans des lieux qui l'avaient toujours fait rêver. En pure perte. Ces fantaisies lui semblaient accélérer encore son effondrement, précipiter sa vieillesse.

La désertification poursuivait ses ravages. La morsure du sable ne cessait de s'étendre en elle. Non seulement dans son corps, mais aussi dans son cœur. Elle devenait plus dure, plus âpre envers les autres. Ses jugements étaient péremptoires ; ses positions tranchées, abruptes. La générosité, la compréhension, la compassion la quittaient. Le moindre mouvement d'indulgence lui demandait un effort. Elle souffrait d'une véritable paralysie des sentiments, qui la rendait hostile aux autres.

Elle finit par se fâcher avec ses amis les plus proches et se retrouva seule, vraiment seule. Faute d'adversaire, elle se mit au sport, afin de se confronter à elle-même. Les chemins de la performance passèrent par l'alpinisme, l'aviron, le parapente, le tir... L'entraînement devint pour elle un défi permanent, une obsession qui drainait ses angoisses.

Aujourd'hui, elle était revenue de tous ces excès mais son existence était encore ponctuée d'épreuves récurrentes. Stages de parapente dans les Cévennes ; ascension annuelle des « Dalles », près de Chamonix ; épreuve de triathlon, dans le Val d'Aoste. A cinquante-deux ans, elle possédait une forme physique à faire pâlir d'envie n'importe quelle adolescente. Et elle contemplait chaque jour, avec un soupçon de vanité, les trophées qui scintillaient sur sa commode authentifiée de l'école d'Oppenordt.

En vérité, c'était une autre victoire qui la comblait ; une prouesse intime et secrète. Pas une seule fois, durant ces années de solitude, elle n'avait eu recours aux médicaments. Jamais elle n'avait avalé un anxiolytique ou le moindre antidépresseur.

Chaque matin elle s'observait dans son miroir et se rappelait cette performance. Le joyau de son palmarès. Un brevet personnel d'endurance qui lui prouvait qu'elle n'avait pas épuisé ses réserves de courage et de volonté.

La plupart des gens vivent dans l'espoir du meilleur.

Mathilde Wilcrau ne craignait plus le pire.

Bien sûr, au milieu de ce désert, il lui restait le travail. Ses consultations à l'hôpital Sainte-Anne, les séances à son cabinet privé. Le style dur et le style souple, comme on dit dans les arts martiaux, qu'elle avait également pratiqués. Les soins psychiatriques et l'écoute psychanalytique. Mais les deux pôles, à la longue, avaient fini par se confondre dans la même routine.

Son emploi du temps était maintenant ponctué de quelques rituels, stricts et nécessaires. Une fois par semaine, elle déjeunait avec ses enfants, qui ne parlaient plus que de réussite pour eux, et de défaite pour elle et leur père. Chaque week-end, elle visitait les antiquaires, entre deux séances d'entraînement. Et puis, le mardi soir, elle se rendait aux séminaires de la Société de Psychanalyse, où elle croisait encore quelques visages familiers. Des anciens amants, surtout, dont elle avait oublié parfois jusqu'au nom et qui lui avaient toujours paru fades. Mais peut-être était-ce elle qui avait perdu le goût de l'amour. Comme lorsqu'on se brûle la langue et qu'on ne discerne plus la saveur des aliments...

Elle lança un coup d'œil à son horloge ; plus que cinq minutes avant la fin de la séance. L'homme parlait toujours. Elle s'agita dans son fauteuil. Son corps fourmillait déjà des sensations à venir : la sécheresse de sa gorge, quand elle prononcerait les mots de conclusion après le long silence ; la douceur de son stylo-plume sur l'agenda, quand elle noterait le prochain rendez-vous ; le bruissement du cuir quand elle se lèverait...

Un peu plus tard, dans le vestibule, le patient se retourna et demanda, d'une voix angoissée :

— Je n'ai pas été trop loin, docteur ?

Mathilde nia d'un sourire et ouvrit la porte. Qu'avait-il donc pu lâcher de si important aujourd'hui ? Ce n'était pas grave : il se surpasserait la prochaine fois. Elle sortit sur le palier et actionna le commutateur.

Elle poussa un cri quand elle la découvrit.

La femme se tenait blottie contre le mur, serrée dans un kimono noir. Mathilde la reconnut aussitôt : Anna quelque chose. Celle qui avait besoin d'une bonne paire de lunettes. Elle tremblait des pieds à la tête, livide. Qu'est-ce que c'était que ce délire ?

Mathilde poussa l'homme dans l'escalier et se retourna avec colère vers la petite brune. Jamais elle ne tolérerait qu'un de ses patients survienne comme ça, sans prévenir, sans rendez-vous. Un bon psy devait toujours faire le ménage devant sa porte.

Elle s'apprêtait à lui passer un savon quand la femme la prit de vitesse, braquant sous son nez un scanner facial :

— Ils ont effacé ma mémoire. Ils ont effacé mon visage.

28

Psychose paranoïaque.

Le diagnostic était clair. Anna Heymes prétendait avoir été manipulée par son époux et par Eric Ackermann, ainsi que par d'autres hommes, appartenant aux forces de police françaises. Elle aurait subi, à son insu, un lavage de cerveau qui la privait d'une partie de sa mémoire. On aurait modifié son visage grâce à la chirurgie esthétique. Elle ne savait pas pourquoi ni comment, mais elle avait été la victime d'un complot, d'une expérience, qui avait mutilé sa personnalité.

Elle avait expliqué tout cela d'un ton précipité, brandissant sa cigarette comme une baguette de chef d'orchestre. Mathilde l'avait écoutée avec patience, remarquant au passage sa maigreur – l'anorexie pouvait être un symptôme de la paranoïa.

Anna Heymes avait achevé son conte à dormir debout. Elle avait découvert la machination le matin même, dans sa salle de bains, en remarquant des cicatrices sur son visage alors que son mari s'apprêtait à l'emmener dans la clinique d'Ackermann.

Elle s'était enfuie par la fenêtre, avait été poursuivie par des policiers en civil armés jusqu'aux dents, équipés de récepteurs radio. Elle s'était cachée dans une église orthodoxe puis s'était fait radiographier le visage à l'hopital Saint-Antoine afin de posséder une preuve tangible de son opération. Ensuite, elle avait erré jusqu'au soir, attendant la nuit pour se réfugier chez la seule personne en qui elle avait confiance : Mathilde Wilcrau. Et voilà.

Psychose paranoïaque.

Mathilde avait soigné des centaines de cas similaires à l'hôpital Sainte-Anne. La priorité était de calmer la crise. A force de paroles réconfortantes, elle était parvenue à injecter à la jeune femme 50 milligrammes de Tranxène en intramusculaire.

Anna Heymes dormait maintenant sur le sofa. Mathilde se tenait, assise derrière son bureau, dans sa position habituelle.

Elle n'avait plus qu'à téléphoner à Laurent Heymes. Elle pouvait même s'occuper de l'internement d'Anna à l'hôpital, ou prévenir directement Eric Ackermann, le médecin traitant. En quelques minutes, tout serait réglé. Une simple affaire de routine.

Alors, pourquoi n'appelait-elle pas ? Depuis plus d'une heure, elle demeurait là, sans décrocher son téléphone. Elle contemplait les fragments de mobilier qui miroitaient dans l'obscurité, à la lueur de la fenêtre. Depuis des années, Mathilde était entourée par ces antiquités de style rocaille, des objets dont la plupart avaient été achetés par son mari et qu'elle s'était battue pour conserver au moment du divorce. D'abord pour l'emmerder, puis, elle s'en était rendu compte, pour conserver quelque chose de lui. Elle ne s'était jamais résolue à les vendre. Elle vivait aujourd'hui dans un sanctuaire. Un mausolée rempli de vieilleries vernies qui lui rappelaient les seules années qui aient vraiment compté.

Psychose paranoïaque. Un vrai cas d'école.

Sauf qu'il y avait les cicatrices. Ces failles qu'elle avait observées sur le front, les oreilles, le menton de la jeune femme. Elle avait même pu sentir, sous la peau, les vis et les implants qui soutenaient la structure osseuse de la face. Le scanner effrayant lui avait fourni les détails des interventions.

Mathilde avait croisé beaucoup de paranoïaques dans sa carrière et il était rare qu'ils se promènent avec les preuves concrètes de leur délire creusées dans leur visage. Anna Heymes portait un véritable masque cousu sur la figure. Une croûte de chair, façonnée, suturée, qui dissimulait ses os brisés et ses muscles atrophiés.

Se pouvait-il qu'elle dise simplement la vérité ? Que des hommes – des policiers de surcroît – lui aient fait subir un tel traitement ? Qu'ils lui aient fracassé les os de la figure ? Lui aient trafiqué la mémoire ?

Un autre élément la troublait dans cette affaire : la présence d'Eric Ackermann. Elle se souvenait du grand rouquin au visage éclaboussé de taches et d'acné. Un de ses innombrables prétendants à l'université, mais surtout un type d'une intelligence remarquable, qui se tenait aux confins de l'exaltation.

A l'époque, il se passionnait pour le cerveau et les « voyages intérieurs ». Il avait suivi les expériences de Timothy Leary sur le LSD, à l'université d'Harvard, et prétendait explorer, par cette voie, des régions inconnues de la conscience. Il consommait toutes sortes de drogues psychotropes, analysant ses propres délires. Il lui arrivait même de glisser du LSD dans le café des autres étudiants, juste « pour voir ». Mathilde souriait en se remémorant ces délires. Toute une époque : le rock psychédélique, les libertés contestataires, le mouvement hippie...

Ackermann prédisait qu'un jour des machines permettraient de voyager dans le cerveau et d'observer son activité en temps réel. Le temps lui avait donné raison. Le neurologue lui-même était devenu un des meilleurs spécialistes de cette discipline, grâce à des technologies telles que la caméra à positons ou la magnéto-encéphalographie.

Etait-il possible qu'il ait mené une expérience sur la jeune femme ?

Elle chercha dans son agenda les coordonnées d'une étudiante qui avait suivi ses cours, en 1995, à la faculté de Sainte-Anne. A la quatrième sonnerie, on répondit.

— Valérie Rannan ?

— C'est moi.

— Je suis Mathilde Wilcrau.

— Le professeur Wilcrau ?

Il était plus de 23 heures mais le ton était alerte.

— Mon appel va sans doute vous paraître étrange, surtout à cette heure...

— Qu'est-ce que vous voulez ?

— Je souhaitais juste vous poser quelques questions, vous savez, sur votre thèse de doctorat. Votre travail portait bien sur les manipulations mentales et l'isolation sensorielle ?

— Ça n'avait pas l'air de vous intéresser, à l'époque.

Mathilde discerna une inflexion agressive dans cette réponse. Elle avait refusé de diriger les travaux de l'étudiante. Elle ne croyait pas à ce thème de recherche. Pour elle, le lavage de cerveau s'apparentait plutôt à un fantasme collectif, une légende urbaine. Elle adoucit sa voix d'un sourire :

— Oui, je sais. J'étais assez sceptique. Mais j'ai besoin aujourd'hui de renseignements pour un article que je rédige en urgence.

— Demandez toujours.

Mathilde ne savait pas par quoi commencer. Elle n'était même pas sûre de ce qu'elle voulait savoir. Elle lança, un peu au hasard :

— Dans le synopsis de votre thèse, vous écriviez qu'il est possible d'effacer la mémoire d'un sujet. C'est... Enfin, c'est vrai ?

— Ces techniques se sont développées dans les années 50.

— Ce sont les Soviétiques qui pratiquaient cela, non ?

— Les Russes, les Chinois, les Américains, tout le monde. C'était un des principaux enjeux de la guerre froide. Anéantir la mémoire. Détruire les convictions. Modeler les personnalités.

— Quelles méthodes utilisaient-ils ?

— Toujours les mêmes : électrochocs, drogues, isolation sensorielle.

Il y eut un silence.

— Quelles drogues ? reprit Mathilde.

— J'ai surtout travaillé sur le programme de la CIA : le MK-Ultra. Les Américains employaient des sédatifs. Phénotrazine. Sodium amytal. Chlorpromazine.

Mathilde connaissait ces noms ; l'artillerie lourde de la psychiatrie. Dans les hôpitaux, on englobait ces produits sous le terme générique de « camisole chimique ». Mais il s'agissait en réalité de véritables broyeurs, de machines à moudre l'esprit.

215

– Et l'isolation sensorielle ?

Valérie Rannan ricana :

– Les expériences les plus poussées se sont déroulées au Canada, à partir de 1954, dans une clinique de Montréal. Les psychiatres interrogeaient d'abord leurs patientes, des dépressives. Ils les forçaient à avouer des fautes, des désirs qui leur faisaient honte. Ensuite, ils les enfermaient dans une pièce totalement noire, où on ne pouvait plus repérer ni le sol, ni le plafond, ni les murs. Puis ils leur fixaient un casque de footballeur sur la tête, dans lequel étaient diffusés en boucle des extraits de leur confession. Les femmes entendaient en permanence les mêmes mots, les passages les plus pénibles de leurs aveux. Leurs seuls répits étaient les séances d'électro-chocs et les cures de sommeil chimique.

Mathilde lança un bref regard vers Anna, endormie sur le divan. Sa poitrine se soulevait doucement, au fil de sa respiration. L'étudiante poursuivait :

– Quand la patiente ne se souvenait plus ni de son nom ni de son passé, qu'elle n'avait plus aucune volonté, le véritable conditionnement commençait. On changeait les bandes dans le casque : des ordres étaient donnés, des injonctions répétées, qui devaient façonner sa nouvelle personnalité.

Comme tous les psychiatres, Mathilde avait entendu parler de ces aberrations, mais elle ne pouvait se persuader de leur réalité, ni surtout de leur efficacité.

– Quels étaient les résultats ? demanda-t-elle d'une voix blanche.

– Les Américains n'ont réussi qu'à produire des zombies. Les Russes et les Chinois semblent avoir obtenu plus de résultats, avec des méthodes à peu près

216

identiques. Après la guerre de Corée, plus de sept mille prisonniers américains sont revenus au pays totalement acquis aux valeurs communistes. Leur personnalité avait été conditionnée.

Mathilde se frotta les épaules ; un froid de sépulcre remontait le long de ses membres.

— Vous pensez que depuis cette époque des laboratoires continuent à travailler dans ces domaines ?

— Bien sûr.

— Quel genre de laboratoires ?

Valérie éclata d'un rire sarcastique :

— Vous êtes vraiment à la masse. On est en train de parler de centres d'études militaires. Toutes les forces armées travaillent sur la manipulation du cerveau.

— En France aussi ?

— En France, en Allemagne, au Japon, aux Etats-Unis. Partout où on possède des moyens technologiques suffisants. Il y a toujours de nouveaux produits. En ce moment, on parle beaucoup d'une substance chimique, le GHB, qui efface le souvenir des douze dernières heures qu'on a vécues. On appelle ça la « drogue du violeur » parce que la fille droguée ne se souvient de rien. Je suis sûr que les militaires travaillent actuellement sur ce genre de produits. Le cerveau reste l'arme la plus dangereuse du monde.

— Je vous remercie, Valérie.

Elle parut étonnée :

— Vous ne voulez pas des sources plus précises ? Une bibliographie ?

— Merci. Je vous rappellerai en cas de besoin.

29

Mathilde s'approcha d'Anna, toujours assoupie. Elle ausculta ses bras, en quête de marques d'injections : aucune trace. Elle observa ses cheveux, l'absorption répétée de sédatifs provoquant une inflammation électrostatique du cuir chevelu : aucun signe particulier.

Elle se redressa, stupéfaite d'apporter quelque crédit à l'histoire de cette femme. Non, vraiment, elle se mettait à déjanter elle aussi... A cet instant, elle remarqua de nouveau les cicatrices sur le front – trois traits verticaux, infimes, espacés de quelques centimètres. Malgré elle, elle tâta les tempes, les mâchoires : les prothèses bougeaient sous la peau.

Qui avait fait cela ? Comment Anna pouvait-elle avoir oublié une telle opération ?

Lors de sa première visite, elle avait évoqué l'institut où elle avait effectué ses tests tomographiques. *C'est à Orsay. Un hôpital plein de soldats.* Mathilde avait noté le nom quelque part dans ses notes.

Elle fouilla rapidement dans son bloc et tomba sur une page couverte de ses idéogrammes habituels. Dans un coin, à droite, elle avait écrit « Henri-Becquerel ».

Mathilde attrapa une bouteille d'eau dans le réduit qui jouxtait son bureau puis, après avoir bu une longue rasade, décrocha son téléphone. Elle composa un numéro :

– René ? C'est Mathilde. Mathilde Wilcrau.

Légère hésitation. L'heure. Les années passées. La surprise... La voix grave demanda enfin :

– Comment ça va ?

– Je ne te dérange pas ?

– Tu plaisantes. C'est toujours un plaisir de t'entendre.

René Le Garrec avait été son maître et professeur lorsqu'elle était interne à l'hôpital du Val-de-Grâce. Psychiatre des armées, spécialiste des traumatismes de guerre, il avait fondé les premières cellules d'urgence médico-psychologiques ouvertes aux victimes d'attentats, de guerres, de catastrophes naturelles. Un pionnier qui avait prouvé à Mathilde qu'on pouvait porter des galons sans être forcément un con.

– Je voulais juste te poser une question. Tu connais l'institut Henri-Becquerel ?

Elle perçut une brève hésitation.

– Je connais, oui. Un hôpital militaire.

– Sur quoi ils bossent, là-bas ?

– Au départ, ils faisaient de la médecine atomique.

– Et maintenant ?

Nouvelle hésitation. Mathilde n'avait plus de doute : elle mettait les pieds là où il ne fallait pas.

– Je ne sais pas exactement, dit le médecin. Ils soignent certains traumatismes.

– Des traumatismes de guerre ?

– Je crois. Il faudrait que je me renseigne.

Mathilde avait travaillé trois années dans le service de Le Garrec. Jamais il n'avait mentionné cet institut.

Comme pour rattraper la maladresse de son mensonge, le militaire passa à l'attaque :

– Pourquoi ces questions ?

Elle ne chercha pas à esquiver :

– J'ai une patiente qui a subi des examens là-bas.

– Quel genre d'examens ?

– Des tests tomographiques.

– Je ne savais pas qu'ils avaient un Petscan.

– C'est Ackermann qui aurait dirigé les tests.

– Le cartographe ?

Eric Ackermann avait écrit un ouvrage sur les techniques d'exploration du cerveau, réunissant les travaux des différentes équipes du monde entier. Le livre était devenu une référence. Depuis cette parution, le neurologue passait pour un des plus grands topographes du cerveau humain. Un voyageur qui sillonnait cette région anatomique comme s'il s'agissait d'un sixième continent.

Mathilde confirma. Le Garrec remarqua :

– C'est étrange qu'il travaille avec nous.

Le « nous » l'amusa. L'armée était plus qu'une corporation : une famille.

– Comme tu dis, confirma-t-elle. J'ai connu Ackermann à la fac. Un vrai rebelle. Objecteur de conscience, drogué jusqu'aux yeux. Je le vois mal travailler avec des militaires. Il avait même été condamné, je crois, pour « fabrication illégale de stupéfiants ».

Le Garrec laissa échapper un rire :

– Ça pourrait être une raison, au contraire. Tu veux que je les contacte ?

– Non. Merci. Je voulais savoir si tu avais entendu parler de ces travaux, c'est tout.

– Comment s'appelle ta patiente ?

Mathilde comprit à cet instant qu'elle s'était aventurée trop loin. Le Garrec allait peut-être mener sa propre enquête ou, pire encore, en « référer » à ses supérieurs. Tout à coup, le monde de Valérie Rannan lui parut possible. Un univers d'expériences secrètes, insondables, menées au nom d'une raison supérieure.

Elle tenta de désamorcer la tension :

– Ne t'en fais pas. C'était juste un détail.

– Comment s'appelle-t-elle ? insista l'officier.

Mathilde sentit le froid s'insinuer plus avant dans son corps.

– Merci, répliqua-t-elle. Je... J'appellerai directement Ackermann.

– Comme tu voudras.

Le Garrec reculait lui aussi : ils réintégraient tous les deux leur rôle habituel, leur ton désinvolte. Mais ils le savaient : le temps de quelques répliques, ils avaient traversé le même champ de mines. Elle raccrocha, après avoir promis de le rappeler pour un déjeuner.

C'était donc une certitude : l'institut Henri-Becquerel abritait un secret. Et la présence d'Eric Ackermann dans cette affaire renforçait encore la profondeur de l'énigme. Les « délires » d'Anna Heymes lui paraissaient de moins en moins psychotiques...

Mathilde passa dans la partie privée de son appartement. Elle marchait selon sa manière particulière : épaules hautes, bras le long du corps, poings relevés, et surtout, hanches légèrement de biais. Lorsqu'elle était jeune, elle avait longuement peaufiné cette démarche oblique, qui lui semblait flatter sa silhouette. Aujourd'hui, ce maintien était devenu une seconde nature.

Une fois dans sa chambre, elle ouvrit un secrétaire verni orné de palmes et de faisceaux de joncs. Meissonnier, 1740. Elle utilisa une clé miniature, qu'elle conservait toujours sur elle, et déverrouilla un tiroir.

Elle y trouva un coffret de bambou tressé, incrusté de nacre. Au fond, il y avait une peau de chamois. Du pouce et de l'index, elle écarta les pans du tissu et dévoila, dans un chatoiement doré, l'objet interdit.

Un pistolet automatique de marque Glock, calibre 9 millimètres.

Une arme d'une extrême légèreté, à verrouillage mécanique, dotée d'une sûreté de détente Safe-Action. Jadis, ce pistolet avait été un instrument de tir sportif, autorisé par une licence d'Etat. Mais l'engin, chargé de seize balles blindées, ne faisait plus l'objet d'aucune autorisation. Il était devenu un simple instrument de mort, oublié dans les dédales de l'administration française...

Mathilde soupesa l'arme dans sa paume, songeant à sa propre situation. Une psychiatre divorcée, en panne de pénis, cachant dans son secrétaire un calibre automatique. Elle murmura en souriant : « Je vous laisse juge du symbole... »

De retour dans son cabinet, elle passa un nouvel appel téléphonique, puis s'approcha du sofa. Elle dut secouer rudement Anna pour obtenir quelques signes d'éveil.

Enfin, la jeune femme se déroula avec lenteur. Elle considéra son hôtesse, sans étonnement, la tête penchée de côté. Mathilde demanda à voix basse :

– Tu n'as parlé à personne de ta visite chez moi ?

Elle fit « non » de la tête.

– Personne ne sait que nous nous connaissons ?

Même réponse. Mathilde songea qu'elle avait peut-être été suivie – c'était quitte ou double.

Anna se frotta les yeux avec ses deux paumes, accentuant encore son regard étrange : cette paresse des paupières, cette langueur étirée vers les tempes, au-dessus des pommettes. Elle portait encore sur la joue les marques de la couverture.

Mathilde songea à sa propre fille, celle qui était partie avec un idéogramme chinois tatoué sur l'épaule signifiant : « la Vérité ».

– Viens, chuchota-t-elle. On s'en va.

30

— Qu'est-ce qu'ils m'ont fait ?

Les deux femmes filaient à pleine vitesse sur le boulevard Saint-Germain, en direction de la Seine. La pluie s'était arrêtée mais avait laissé partout ses empreintes : des moires, des paillettes, des taches bleues dans le vibrato du soir.

Mathilde prit son ton de professeur pour mieux masquer ses incertitudes :

— Un traitement, assena-t-elle.

— Quel traitement ?

— Sans doute une méthode inédite, qui a permis d'affecter une partie de ta mémoire.

— C'est possible ?

— A priori, non. Mais Ackermann doit avoir inventé quelque chose de... révolutionnaire. Une technique liée à la tomographie et aux localisations cérébrales.

Tout en conduisant, elle ne cessait de jeter de brefs coups d'œil à Anna, qui se tenait prostrée, regard fixe, les deux mains glissées entre ses cuisses jointes.

— Un choc peut provoquer une amnésie partielle, poursuivit-elle. J'ai soigné un joueur de football après une commotion lors d'un match. Il se souvenait d'une partie de son existence, mais absolument pas d'une autre. Peut-être Ackermann a-t-il trouvé le moyen de provoquer le même phénomène grâce à une substance chimique, une irradiation ou n'importe quoi d'autre. Une sorte d'écran dressé dans ta mémoire.

– Mais pourquoi m'ont-ils fait ça ?

– A mon avis, la clé est à chercher dans le métier de Laurent. Tu as vu quelque chose que tu ne devais pas voir, ou tu connais des informations liées à son activité, ou peut-être simplement as-tu subi une expérience, à titre de cobaye... Tout est possible. Nous sommes dans une histoire de cinglés.

Au bout du boulevard Saint-Germain, l'Institut du Monde Arabe apparut sur la droite. Les nuages voyageaient dans ses parois de verre.

Mathilde s'étonnait de son propre calme. Elle roulait à cent kilomètres-heure, un pistolet automatique dans son sac, avec cette poupée morbide à ses côtés, et elle n'éprouvait pas la moindre peur. Plutôt une curiosité distanciée, mêlée à une certaine excitation d'enfant.

– Ma mémoire, elle peut revenir ?

Anna parlait d'une voix butée. Mathilde connaissait cette inflexion : mille fois, elle l'avait entendue lors de ses consultations à Sainte-Anne. C'était la voix de l'obsession. La voix de la démence. Sauf qu'ici, la folie coïncidait avec la vérité.

Elle choisit ses mots avec parcimonie :

– Je ne peux pas te répondre sans connaître la méthode qu'ils ont utilisée. S'il s'agit de substances chimiques, il existe peut-être un antidote. S'il s'agit de chirurgie, je serais plus... pessimiste.

La petite Mercedes longeait les grilles noires du zoo du Jardin des Plantes. Le sommeil des animaux, l'immobilité du parc semblaient s'unir à l'obscurité pour creuser des abysses de silence.

Mathilde s'aperçut qu'Anna pleurait ; des sanglots de petite fille, ténus, aigus. Au bout d'un long moment, sa voix reprit, mêlée de larmes :

– Mais pourquoi m'ont-ils changé le visage ?

– C'est incompréhensible. Je peux admettre que tu te sois trouvée au mauvais endroit, au mauvais moment. Mais je ne vois aucune raison de transformer ton visage. Ou bien alors, c'est une histoire plus dingue encore : ils ont modifié ton identité.

– J'aurais été quelqu'un d'autre avant tout ça ?

– L'opération de chirurgie esthétique pourrait le laisser supposer.

– Je... je ne serais pas la femme de Laurent Heymes ?

Mathilde ne répondit pas. Anna surenchérit :

– Mais... mes sentiments ? Mon... intimité avec lui ?

La colère s'empara de Mathilde. Au milieu de ce cauchemar, Anna songeait encore à sa propre histoire d'amour. Il n'y avait rien à faire : pour les femmes, en cas de naufrage, c'était toujours « le désir et les sentiments d'abord ».

– Tous mes souvenirs avec lui : je ne peux pas les avoir inventés !

Mathilde eut un haussement d'épaules, comme pour atténuer la gravité de ce qu'elle allait dire :

– Tes souvenirs ont peut-être été implantés. Tu m'as dit toi-même qu'ils s'effritaient, qu'ils n'avaient aucune réalité... A priori, une telle manœuvre est impossible. Mais la personnalité d'Ackermann prête à toutes les suppositions. Et les flics ont dû lui accorder des moyens illimités.

– Les flics ?

– Réveille-toi, Anna. L'institut Henri-Becquerel. Les soldats. Le métier de Laurent. A part la Maison du Chocolat, ton univers n'était composé que de policiers ou d'uniformes. Ce sont eux qui t'ont fait ça. Et ce sont eux qui te recherchent.

Elles parvenaient aux abords de la gare d'Austerlitz, en pleine rénovation. Une des façades révélait son propre vide, à la manière d'un décor de cinéma. Les fenêtres béant sur le ciel évoquaient les vestiges d'un bombardement. Sur la gauche, à l'arrière-plan, la Seine coulait. Limon sombre aux flots lents...

Au bout d'un long silence, Anna reprit :

– Il y a quelqu'un dans cette histoire qui n'est pas flic.

– Qui ?

– Le client de la boutique. Celui que je reconnaissais. Avec ma collègue, on l'appelait « Monsieur Velours ». Je ne sais pas comment t'expliquer, mais je sens que ce type est extérieur à toute l'histoire. Qu'il appartient à la période de ma vie qu'ils ont effacée.

– Et pourquoi serait-il sur ta route ?

– Peut-être par hasard.

Mathilde secoua la tête :

– Ecoute. S'il y a quelque chose dont je suis sûre, c'est qu'il n'y a aucun hasard dans cette affaire. Ce type est avec les autres, tu peux en être certaine. Et si son visage te dit quelque chose, c'est que tu l'as aperçu avec Laurent.

– Ou qu'il aime les Jikola.

– Les quoi ?

– Des chocolats fourrés à la pâte d'amandes. Une spécialité de la boutique. (Elle rit dans un souffle, en essuyant ses larmes.) Dans tous les cas, il est logique qu'il ne m'ait pas reconnue, puisque mon visage n'est plus le même. (Elle ajouta, sur un ton d'espoir :) Il faudrait le retrouver. Il doit savoir quelque chose sur mon passé !

Mathilde s'abstint de tout commentaire. Elle remontait maintenant le boulevard de l'Hôpital, le long des arches d'acier du métro aérien.

– Où on va, là ? s'écria Anna.

Mathilde traversa en diagonale, et se gara à contresens devant le campus de l'hôpital de La Pitié-Salpêtrière. Elle coupa le contact, serra le frein à main puis se tourna vers la petite Cléopâtre :

– La seule manière de comprendre cette histoire, c'est de découvrir qui tu étais « avant ». Si j'en juge par tes cicatrices, ton opération date d'environ six mois. D'une façon ou d'une autre, on doit remonter avant cette période. (Elle appuya de l'index sur son front.) Tu dois te souvenir de ce qui s'est passé avant cette date.

Anna lança un regard au panneau de l'hôpital universitaire :

– Tu veux... Tu veux m'interroger sous hypnose ?

– On n'a plus le temps pour ça.

– Qu'est-ce que tu veux faire ?

Mathilde replaça une mèche noire derrière l'oreille d'Anna :

– Si ta mémoire ne peut plus rien nous dire, si ton visage est détruit, il reste une chose qui peut se souvenir pour toi.

– Quoi ?

– Ton corps.

31

L'unité de recherche en biologie de La Pitié-Salpê-trière est installée dans le bâtiment de la faculté de médecine. Un long bloc de six étages, égrenant des centaines de fenêtres, étourdissant par le nombre de laboratoires qu'il suppose.

Cet immeuble caractéristique des années 60 rappelait à Mathilde les universités et hôpitaux où elle avait suivi ses études. Elle possédait une sensibilité particulière à l'égard des lieux, et ce type d'architecture était à jamais associé dans son esprit au savoir, à l'autorité, à la connaissance.

Elles marchèrent en direction du portail. Leurs pas claquaient sur le trottoir argenté. Mathilde composa le code d'entrée. A l'intérieur, l'obscurité et le froid les accueillirent. Elles traversèrent un hall immense et gagnèrent un ascenseur d'acier, sur la gauche, qui res-semblait à un coffre-fort.

Dans ce monte-charge aux odeurs de graisse, Mathilde éprouva la sensation de s'élever dans la tour même du savoir, le long des superstructures de la science. Malgré son âge, son expérience, elle se sentait écrasée par ce lieu qui évoquait pour elle un temple. Un territoire sacré.

L'ascenseur n'en finissait pas de monter. Anna alluma une cigarette. Les sens de Mathilde étaient si exacerbés qu'elle crut percevoir le grésillement du papier qui brûlait. Elle avait habillé sa protégée avec les vêtements de sa fille, oubliés chez elle après une soirée de jour de l'an. Les deux femmes avaient la même taille, mais aussi le même ton : le noir.

Anna portait maintenant un manteau en velours cintré, aux manches étroites et longues, un pantalon pattes d'ef' en soie, des souliers vernis. Cette tenue de soirée lui donnait l'air d'une petite fille en deuil.

Au cinquième étage, enfin, les portes s'ouvrirent. Elles remontèrent un couloir tapissé de carreaux rouges, ponctué de portes aux lucarnes de verre dépoli. Une lumière vague filtrait au fond du corridor. Elles s'approchèrent.

Mathilde ouvrit la porte sans frapper. Le professeur Alain Veynerdi les attendait, debout près d'une paillasse blanche.

De petite taille, la soixantaine allègre, il avait le teint sombre d'un Hindou et la sécheresse d'un papyrus. Sous la blouse immaculée, on devinait une tenue de ville plus impeccable encore. Ses mains étaient manucurées ; ses ongles paraissaient plus clairs que sa peau, petites pastilles nacrées surmontant les phalanges ; ses cheveux gris gominés étaient bien coiffés en arrière. Il ressemblait à une figurine peinte tout droit sortie des bandes dessinées de *Tintin*. Son nœud papillon brillait comme la clé d'un mécanisme secret, prêt à être remonté.

Mathilde fit les présentations et reprit les grandes lignes du mensonge qu'elle avait déjà servi au biologiste par téléphone. Anna avait eu un accident de voiture, huit mois auparavant. Son véhicule avait été carbonisé, ses papiers brûlés, sa mémoire anéantie. Ses blessures au visage avaient exigé une importante intervention chirurgicale. Le mystère de son identité était donc total.

L'histoire était à peine crédible mais Veynerdi n'évoluait pas dans un univers rationnel. Seul comptait pour lui le défi scientifique que représentait le cas d'Anna.

Il désigna la table en inox :

– Nous allons commencer tout de suite.

– Attendez, protesta Anna. Il serait peut-être temps de me dire de quoi il s'agit, non ?

Mathilde s'adressa à Veynerdi :

– Professeur, expliquez-lui.

Il se tourna vers la jeune femme :

– Je crains qu'il ne faille passer par un petit cours d'anatomie...

– Lâchez vos grands airs avec moi.

Il eut un bref sourire, acide comme un zeste.

– Les éléments qui composent le corps humain se régénèrent selon des cycles spécifiques. Les globules rouges se reproduisent en cent vingt jours. La peau mue intégralement en cinq jours. La paroi intestinale se renouvelle en seulement quarante-huit heures. Pourtant, au fil de cette perpétuelle reconstruction, il existe dans le système immunitaire des cellules qui conservent pendant très longtemps la trace des contacts avec les éléments extérieurs. On les appelle des cellules à mémoire.

Il avait une voix de fumeur, grave et éraillée, qui jurait avec son apparence soignée :

– Au contact des maladies, ces cellules créent des molécules de défense ou de reconnaissance qui portent la marque de l'agression. Quand elles se renouvellent, elles transmettent ce message de protection. Une sorte de souvenir biologique, si vous voulez. Le principe du vaccin repose entièrement sur ce système. Il suffit de mettre une seule fois le corps humain en contact avec l'agent pathogène pour que les cellules produisent durant des années des molécules protectrices. Ce qui est valable pour une maladie est valable pour n'importe quel élément extérieur. Nous conservons toujours l'empreinte de notre vie passée, des innombrables contacts avec le monde. Il est possible d'étudier ces empreintes, leur origine et leur date.

Il s'inclina, en une courte révérence :

– Ce domaine, encore mal connu, est ma spécialité.

Mathilde se souvenait de sa première rencontre avec Veynerdi, lors d'un séminaire sur la mémoire, à Majorque, en 1997. La plupart des invités étaient des neurologues, des psychiatres, des psychanalystes. Ils avaient parlé de synapses, de réseaux, d'inconscient, et avaient tous évoqué la complexité de la mémoire. Puis, le quatrième jour, un biologiste à nœud papillon était intervenu et tous les repères avaient changé. Derrière son pupitre, Alain Veynerdi ne parlait plus de la mémoire du cerveau mais de celle du corps.

Le savant avait présenté une étude qu'il avait effectuée sur les parfums. L'imprégnation permanente d'une substance alcoolisée sur la peau finit par « graver » certaines cellules, formant une marque identifiable même après que le sujet a arrêté de porter le parfum. Il avait cité l'exemple d'une femme qui avait utilisé le nº 5 de Chanel durant dix années et dont la peau portait encore, quatre ans plus tard, la signature chimique.

Ce jour-là, les auditeurs de la conférence étaient ressortis éblouis. Tout à coup, la mémoire se traduisait d'une manière physique et pouvait être soumise à l'analyse, à la chimie, au microscope... Tout à coup, cette entité abstraite, qui ne cessait d'échapper aux instruments de la technologie moderne, se révélait matérielle, tangible, observable. Une science humaine devenait science exacte.

Le visage d'Anna était éclairé par la lampe basse. Malgré sa fatigue, ses yeux brillaient d'un éclat singulier. Elle commençait à comprendre :

– Dans mon cas, qu'est-ce que vous pouvez trouver ?

– Faites-moi confiance, répliqua le biologiste. Votre corps, dans le secret de ses cellules, a conservé des marques de votre passé. Nous allons débusquer les vestiges du milieu physique dans lequel vous viviez avant votre accident. L'air que vous respiriez. Les traces de vos habitudes alimentaires. La signature du parfum que vous portiez. D'une manière ou d'une autre, j'en suis sûr, vous êtes encore celle de jadis...

32

Veynerdi actionna plusieurs machines. La lueur des voyants et des écrans d'ordinateurs révéla les véritables dimensions du laboratoire : une grande pièce, dont les cloisons se répartissaient en baies vitrées et murs tapissés de liège, encombrée d'instruments d'analyse. La paillasse et la table en inox reflétaient chaque source de lumière, les étirant en filaments verts, jaunes, roses, rouges.

Le biologiste désigna une porte sur la gauche :

– Déshabillez-vous dans cette cabine, s'il vous plaît.

Anna s'éclipsa. Veynerdi enfila des gants de latex, disposa des sachets stériles sur le carrelage du comptoir, puis se plaça derrière une batterie de tubes à essai alignés. Il ressemblait à un musicien s'apprêtant à jouer d'un xylophone de verre.

Quand Anna réapparut, elle ne portait plus qu'une culotte noire. Son corps était d'une maigreur maladive. Ses os semblaient près d'écorcher sa peau au moindre geste.

– Allongez-vous, s'il vous plaît.

Anna se hissa sur la table. Lorsqu'elle faisait un effort, elle semblait plus robuste. Ses muscles secs bombaient sa peau, déclenchant une étrange impression de force, de puissance. Cette femme abritait un mystère, une énergie contenue. Mathilde songea à la coquille d'un œuf révélant en transparence la silhouette d'un tyrannosaure.

Veynerdi dégagea une aiguille et une seringue d'un conditionnement stérile :

– Nous allons commencer par une prise de sang.

Il enfonça l'aiguille dans le bras gauche d'Anna, sans déclencher la moindre réaction. Il demanda à Mathilde, le sourcil froncé :

– Vous lui avez donné des calmants ?

– Du Tranxène, oui. En intramusculaire. Elle était agitée ce soir et...

– Combien ?

– 50 milligrammes.

Le biologiste fit la grimace. Cette injection devait gêner ses analyses. Il retira l'aiguille, colla un pansement dans le creux du coude puis se glissa derrière la paillasse.

Mathilde suivait chacun de ses gestes. Il mélangea le sang recueilli avec une solution hypotonique, afin de détruire les globules rouges et obtenir un concentré de globules blancs. Il plaça l'échantillon dans un cylindre noir qui ressemblait à un petit réchaud : la centrifugeuse. Tournant à mille tours-seconde, l'appareil séparait les globules blancs des derniers résidus. Quelques instants plus tard, Veynerdi y puisa un dépôt translucide.

– Vos cellules immunitaires, commenta-t-il à l'intention d'Anna. Ce sont elles qui contiennent les traces qui m'intéressent. Nous allons les regarder de plus près...

Il dilua le concentré avec du sérum physiologique puis le versa dans un cytomètre de flux – un bloc gris dans lequel chaque globule était isolé et soumis à un rayon laser. Mathilde connaissait la procédure : la machine allait repérer les molécules de défense et les identifier, grâce à un catalogue d'empreintes que Veynerdi avait constitué.

– Rien de significatif, dit-il après plusieurs minutes. Je repère seulement un contact avec des maladies et des agents pathogènes ordinaires. Bactéries, virus... En quantité inférieure à la moyenne. Vous meniez une existence très saine, madame. Je ne vois pas non plus de trace d'agents exogènes. Pas de parfum, ni d'imprégnation singulière. Un véritable terrain neutre.

Anna se tenait immobile sur la table, les bras croisés autour des genoux. Sa peau diaphane refléchissait les couleurs des voyants, à la manière d'un fragment de glace, presque bleuté à force d'être blanc. Veynerdi s'approcha, tenant une aiguille beaucoup plus longue :

– Nous allons effectuer une biopsie.

Anna se redressa.

– N'ayez pas peur, souffla-t-il. C'est sans douleur. Je vais simplement prélever un peu de lymphe dans un ganglion situé sous l'aisselle. Levez votre bras droit s'il vous plaît.

Anna plaça son coude au-dessus de sa tête. Il insinua l'aiguille, en murmurant de sa voix de fumeur :

– Ces ganglions sont en contact avec la région pulmonaire. Si vous avez respiré des poussières particulières, un gaz, un pollen ou quoi que ce soit de significatif, ces globules blancs s'en souviendront.

Toujours engourdie par l'anxiolytique, Anna n'esquissa pas le moindre sursaut. Le biologiste retourna derrière son comptoir et procéda à de nouvelles opérations.

Plusieurs minutes passèrent encore avant qu'il ne dise :

– Je discerne de la nicotine, ainsi que du goudron. Vous fumiez dans votre vie antérieure.

Mathilde intervint :

– Elle fume aussi dans sa vie actuelle.

Le biologiste accepta la remarque d'un hochement de tête, puis ajouta :

– Pour le reste, aucune trace significative d'un milieu, d'une atmosphère.

Il saisit un petit flacon et s'approcha de nouveau d'Anna :

– Vos globules n'ont pas conservé les souvenirs que j'espérais, madame. Nous allons passer à un autre type d'analyses. Des régions du corps conservent non pas l'empreinte mais directement des parcelles des agents extérieurs. Nous allons fouiller ces « microstocks ». (Il brandit le flacon.) Je vais vous demander de faire pipi dans ce récipient.

Anna se leva lentement et rejoignit la cabine. Une vraie somnambule. Mathilde reprit la parole :

– Je ne vois pas ce que vous espérez trouver dans l'urine. Nous cherchons des traces datant de près d'une année et...

Le savant la coupa d'un sourire :

– L'urine est produite par les reins, qui agissent comme des filtres. Des cristaux s'entassent à l'intérieur de ces filtres. Je peux déceler la trace de ces concrétions. Elles datent de plusieurs années et peuvent nous renseigner, par exemple, sur les habitudes alimentaires du sujet.

Anna revint dans la pièce, son flacon à la main. Elle paraissait de plus en plus absente, étrangère aux travaux dont elle était l'objet.

Veynerdi utilisa une nouvelle fois la centrifugeuse pour séparer les éléments puis se tourna vers une nouvelle machine, plus imposante encore : un spectromètre de masse. Il déposa le liquide doré à l'intérieur de la cuve, puis lança le processus d'analyse.

Des oscillations verdâtres s'affichèrent sur l'écran d'un ordinateur. Le scientifique fit entendre un clappement de langue réprobateur :

– Rien. Voilà une jeune personne qui ne se laisse pas facilement déchiffrer...

Il changea d'attitude. Redoublant de concentration, il multiplia les prélèvements, les analyses, plongeant, littéralement, dans le corps d'Anna.

Mathilde suivait chacun de ses mouvements et écoutait ses commentaires.

Il recueillit d'abord des parcelles de dentine, tissu vivant situé à l'intérieur des dents qui accumule certains produits, comme les antibiotiques, drainés par le sang. Il s'intéressa ensuite à la mélatonine produite par le cerveau. Selon lui, le taux de cette hormone, secrétée en priorité la nuit, pouvait révéler les anciennes habitudes « veille/sommeil » d'Anna.

Puis il détacha avec précaution quelques gouttes de l'humeur située dans l'œil, où peuvent s'agglomérer d'infimes résidus issus de la nourriture. Enfin, il coupa quelques cheveux, qui conservent en mémoire des substances exogènes, au point de les sécréter à leur tour.

Le phénomène est connu : un cadavre empoisonné à l'arsenic continue d'exsuder, après la mort, ce produit par la racine des cheveux.

Après trois heures de recherche, le scientifique battit en retraite : il n'avait rien découvert, ou presque. Le portrait qu'il pouvait dresser de l'ancienne Anna était insignifiant. Une femme qui fumait, menant par ailleurs une vie très saine ; qui devait souffrir d'insomnies, si on en jugeait par son taux irrégulier de mélatonine ; qui avait consommé depuis l'enfance de l'huile d'olive – il avait trouvé des acides gras au fond de son œil. Le dernier point était qu'elle se teignait les cheveux en noir ; au départ, elle était plutôt châtain, tirant sur le roux.

Alain Veynerdi ôta ses gants et se lava les mains dans l'évier creusé au fond de la paillasse. De minuscules gouttelettes de sueur perlaient sur son front. Il semblait déçu et épuisé.

Une dernière fois, il s'approcha d'Anna, à nouveau endormie. Il tourna autour d'elle, paraissant chercher encore, traquant une trace, un signe, un soupçon, qui lui permettrait de déchiffrer ce corps diaphane.

Soudain, il se pencha sur ses mains. Il saisit ses doigts et les observa avec attention. D'un geste, il la réveilla. Dès qu'elle ouvrit les yeux, il lui demanda, avec une excitation à peine contenue :

— Je vois sur votre ongle une tache brune. Savez-vous d'où elle vient ?

Anna lança des regards égarés autour d'elle. Puis elle contempla sa main et haussa les sourcils.

– Je sais pas, marmonna-t-elle. De la nicotine, non ?

Mathilde s'approcha. Elle aperçut à son tour une infime pointe ocre, à la pointe de l'ongle.

— Vous vous coupez les ongles selon quelle fréquence ? interrogea le biologiste.

— Je sais pas. Je... Toutes les trois semaines environ.

— Avez-vous le sentiment qu'ils poussent vite ?

Anna bâilla sans répondre. Veynerdi retourna vers sa paillasse, murmurant : « Comment n'ai-je pas vu ça ! » Il saisit des ciseaux minuscules, une boîte transparente, puis revint vers Anna et coupa le fragment qui semblait si intéressant.

— S'ils poussent normalement, commenta-t-il à voix basse, ces extrémités cornées datent de la période qui a précédé votre accident. Cette tache appartient à votre vie passée.

Il ralluma ses machines. Pendant que les moteurs bourdonnaient de nouveau, il dilua l'échantillon dans un tube contenant du solvant.

— Nous avons eu chaud, ricana-t-il. A quelques jours près, vous vous coupiez les ongles et nous perdions ce précieux vestige.

Il plaça le tube stérile dans la centrifugeuse et lança le mécanisme.

— Si c'est de la nicotine, risqua Mathilde, je ne vois pas ce que vous pouvez...

Veynerdi plaça le liquide dans le spectromètre :

— Je vais peut-être en déduire la marque de cigarettes que cette jeune personne fumait avant son accident.

Mathilde ne comprenait pas son enthousiasme ; un tel détail n'apporterait rien de palpitant. Sur l'écran de la machine, Veynerdi observait les diagrammes luminescents. Les minutes passaient.

– Professeur, s'impatienta Mathilde, je ne vous comprends pas. Il n'y a vraiment pas de quoi en faire un plat. Je...

– C'est extraordinaire.

La lumière du moniteur fixait sur le visage du biologiste une expression d'émerveillement :

– Ce n'est pas de la nicotine.

Mathilde s'approcha du spectromètre. Anna se redressa sur la table métallique. Veynerdi fit pivoter son siège vers les deux femmes.

– Du henné.

Le silence s'ouvrit comme une mer.

Le chercheur arracha le papier millimétré que la machine venait d'imprimer, puis pianota des coordonnées sur un clavier d'ordinateur. L'écran afficha en retour une liste de composants chimiques.

– D'après mon catalogue de substances, cette tache correspond à une composition végétale spécifique. Un henné très rare, cultivé dans les plaines d'Anatolie.

Alain Veynerdi posa son regard triomphant sur Anna. Il semblait n'avoir vécu que pour cet instant :

– Madame, dans votre vie précédente, vous étiez turque.

SIX

33

Une gueule de bois de cauchemar.

Toute la nuit, Paul Nerteaux avait rêvé d'un monstre de pierre, un titan maléfique sillonnant le 10e arrondissement ; un Moloch qui tenait sous sa coupe le quartier turc et exigeait ses victimes sacrificielles.

Dans son rêve, le monstre portait un masque mi-humain, mi-animal, d'origine à la fois grecque et perse. Ses lèvres minérales étaient chauffées à blanc, son sexe dardé de lames. Chacun de ses pas provoquait un tremblement qui soulevait la poussière et fissurait les immeubles.

Il avait fini par se réveiller à 3 heures du matin, couvert de sueur. Grelottant, dans son petit trois-pièces, il s'était fait du café et s'était plongé dans les nouveaux documents archéologiques que le gars de la BAC avait laissés devant sa porte la veille au soir.

Jusqu'à l'aube, il avait feuilleté les catalogues de musées, les brochures touristiques, les livres scientifiques, observant, détaillant chaque sculpture, la comparant avec ses clichés d'autopsie – et aussi, inconsciemment, avec le masque de son rêve. Sarcophages d'Antalya. Fresques de Cilicie. Bas-reliefs de Karatepe. Bustes d'Ephèse...

Il avait traversé les âges, les civilisations, sans obtenir le moindre résultat.

Paul Nerteaux pénétra dans la brasserie Les Trois Obus, porte de Saint-Cloud. Il affronta les odeurs de café et de tabac, s'efforçant de verrouiller ses sens et de réprimer sa nausée. Son humeur de chien n'était pas seulement liée à ses cauchemars. On était mercredi et, comme presque tous les mercredis, il avait dû appeler Reyna aux aurores pour lui annoncer qu'il ne pourrait pas s'occuper de Céline.

Il repéra Jean-Louis Schiffer, debout à l'extrémité du comptoir. Rasé de près, enveloppé dans un imperméable Burberry's, l'homme avait repris du poil de la bête. Il trempait avec morgue un croissant dans son café-crème.

En voyant Paul, il afficha un large sourire :

– Bien dormi ?

– Génial.

Schiffer contempla sa mine chiffonnée mais s'abstint de toute réflexion.

– Café ?

Paul acquiesça. Aussitôt, un concentré noir aux bordures de mousse brune se matérialisa sur le zinc. Le Chiffre prit la tasse et désigna une table libre, le long de la vitre.

– Viens t'asseoir. T'as pas l'air dans ton assiette.

Une fois installé, il lui tendit la corbeille de croissants. Paul refusa. A l'idée d'avaler quelque chose, des morsures acides lui montaient jusqu'aux sinus. Mais il était forcé de constater que Schiffer la jouait « ami » ce matin. Il demanda en retour :

– Et vous, bien dormi ?

– Comme une pierre.

Paul revit les doigts cisaillés, le massicot ensanglanté. Après ce carnage, il avait raccompagné le Chiffre jusqu'à la porte de Saint-Cloud où ce dernier possédait un appartement, rue Gudin. Depuis ce moment, une question le taraudait :

– Si vous avez cet appart (il désignait, au-delà des vitres, la place grise), qu'est-ce que vous foutiez à Longères ?

– L'instinct grégaire. Le goût de la flicaille. Seul, je m'emmerdais trop.

L'explication sonnait creux. Paul se rappela que Schiffer s'était inscrit à la maison de retraite sous un pseudonyme, le nom de jeune fille de sa mère. Un type de l'IGS lui avait refilé le tuyau. Encore une énigme. Se cachait-il ? Mais de qui ?

– Sors les fiches, ordonna le Chiffre.

Paul ouvrit son dossier et posa les documents sur la table. Ce n'étaient pas les originaux. Il était passé au bureau, très tôt, pour effectuer des photocopies. Il avait étudié chacune des fiches, armé de son dictionnaire turc. Il était parvenu à saisir le patronyme des victimes et les principales informations les concernant.

La première s'appelait Zeynep Tütengil. Elle travaillait dans un atelier adjacent au hammam La Porte bleue, appartenant à un certain Talat Gurdilek. Vingt-sept ans. Mariée à Burba Tütengil. Sans enfant. Domiciliée 34, rue de la Fidélité. Originaire d'un village au nom imprononçable, proche de la ville de Gaziantep, au sud-est de la Turquie. Installée à Paris depuis le mois de septembre 2001.

La deuxième se nommait Ruya Berkes. Vingt-six

ans. Célibataire. Elle bossait à son domicile, au 58, rue d'Enghien, pour le compte de Gozar Halman – un nom que Paul avait vu passer plusieurs fois dans des procès-verbaux : un négrier spécialisé dans les cuirs et les fourrures. Ruya Berkes venait d'une grande ville, Adana, située au sud de la Turquie. Elle n'était parisienne que depuis huit mois.

La troisième était Roukiyé Tanyol. Trente ans. Célibataire. Ouvrière de confection dans la société Sürelik, située dans le passage de l'Industrie. Débarquée à Paris au mois d'août précédent. Aucune famille dans la capitale. Vivait incognito dans un foyer de femmes, au 22, rue des Petites-Ecuries. Née, comme la première victime, dans la province de Gaziantep.

Ces renseignements n'offraient aucun recoupement possible. Pas le moindre point commun qui pût dévoiler, par exemple, comment le meurtrier les repérait ou les approchait. Mais surtout, ces informations ne donnaient aucune chair, aucune présence à ces femmes. Les noms turcs renforçaient même leur caractère indéchiffrable. Pour se persuader de leur réalité, Paul avait dû revenir aux portraits polaroïds. Des traits larges, aux contours polis, qui laissaient deviner des corps aux rondeurs généreuses. Il avait lu quelque part que les canons de la beauté turque correspondaient à ces formes, à ces visages de pleine lune...

Schiffer étudiait toujours les données, lunettes sur le nez. Paul hésitait à boire son café, toujours en proie à la nausée. Le brouhaha de voix, les tintements de verre et de métal lui montaient à la tête. Les paroles des poivrots, surtout, cramponnés à leur comptoir, lui vrillaient la cervelle. Il ne pouvait supporter ces mecs à la dérive, qui mouraient sur pied en buvant des petits coups...

Combien de fois était-il allé chercher ses parents, ensemble ou séparément, à l'ombre de ces comptoirs de zinc ? Combien de fois les avait-il ramassés dans la sciure et les mégots, alors que lui-même luttait contre l'envie de gerber sur ses géniteurs ?

Le Chiffre ôta ses montures et conclut :

— On va commencer par le troisième atelier. La victime la plus récente. C'est le meilleur moyen de moissonner des souvenirs frais. On remontera ensuite jusqu'au premier. Après ça, on se fera les domiciles, les voisins, les itinéraires. Il faut bien qu'il les ait chopées quelque part, et personne n'est invisible.

Paul avala son café d'un coup. Il déclara, dans une brûlure de bile :

— Schiffer, je vous le répète : à la moindre merde...

— Tu me fumes. On a compris. Mais ce matin, on change de méthode.

Il agita les doigts comme s'il manipulait les ficelles d'une marionnette :

— On travaille en souplesse.

Ils filèrent sur la voie express, gyrophare en action. Le gris de la Seine, ajouté au granit du ciel et des berges, tissait un univers lisse et atone. Paul aimait ce temps, écrasant d'ennui et de tristesse. Un obstacle supplémentaire à surmonter, grâce à sa volonté de flic énergique.

En route, il écouta les messages de son téléphone portable. Le juge Bomarzo venait aux nouvelles. La voix était tendue. Il donnait deux jours à Paul avant d'ameuter la Brigade criminelle et saisir de nouveaux enquêteurs. Naubrel et Matkowska continuaient leurs recherches. Ils avaient passé la journée précédente chez les « tubistes », les terrassiers qui creusent le sol parisien et décompressent chaque soir dans des caissons adaptés. Ils avaient interrogé les responsables de huit sociétés différentes, sans résultat. Ils avaient également visité le principal constructeur de ces caissons, à Arcueil. Selon le patron, l'idée d'une cabine à pressurisation, pilotée par un homme sans formation d'ingénieur, était une pure absurdité. Cela signifiait-il que le tueur possédait de telles connaissances, ou au contraire qu'ils faisaient fausse route ? Les OPJ poursuivaient leurs investigations dans d'autres domaines d'industrie.

Parvenu place du Châtelet, Paul repéra une voiture de patrouille qui s'engageait sur le boulevard de Sébastopol. Il la rattrapa à hauteur de la rue des Lombards et fit signe au chauffeur de stopper.

– Juste une minute, dit-il à Schiffer.

Il saisit, dans sa boîte à gants, les Kinder Surprise et les Carambar qu'il avait achetés une heure auparavant. Dans la précipitation, le sac en papier s'ouvrit et se vida sur le sol. Paul ramassa les friandises et sortit de la bagnole, rouge de confusion.

Les policiers en uniforme s'étaient arrêtés et attendaient près de leur voiture, pouces en crochet dans la ceinture. Paul leur expliqua en quelques mots ce qu'il attendait d'eux puis tourna les talons. Quand il s'installa derrière le volant, le Chiffre brandissait un Carambar :

– Mercredi, le jour des enfants.

Paul démarra sans répondre.

– Moi aussi, j'utilisais les îlots comme courriers. Pour apporter des cadeaux à mes copines...

– Vos employées, vous voulez dire.

– C'est ça, petit. C'est ça...

Schiffer dépiauta la barre de caramel et la plia dans sa bouche :

– Combien t'as d'enfants ?

– Une fille.

– Quel âge ?

– Sept ans.

– Comment elle s'appelle ?

– Céline.

– Plutôt snob, pour une fille de flic.

Paul était d'accord. Il n'avait jamais compris pourquoi Reyna, marxiste en quête d'absolu, avait donné à leur enfant ce prénom de sac à main.

Schiffer mâchonnait à grands coups de maxillaires :

– Et la mère ?

– Divorcé.

Paul brûla un feu et dépassa la rue Réaumur.

Son fiasco conjugal était bien le dernier sujet qu'il voulait évoquer avec Schiffer. Il aperçut avec soulagement l'enseigne rouge et jaune du McDonald's qui marquait le début du boulevard de Strasbourg.

Il accéléra encore, ne donnant pas le temps à son partenaire de lui poser une nouvelle question.

Leur territoire de chasse était en vue.

34

À 10 heures, la rue du Faubourg-Saint-Denis ressemblait à un champ de bataille, au plus fort du feu. Trottoirs et chaussées se confondaient en un seul torrent frénétique de passants, qui se faufilaient dans un labyrinthe de véhicules bloqués et rugissants. Tout cela sous un ciel sans couleur, tendu comme une bâche gonflée d'eau, près de crever d'un instant à l'autre.

Paul préféra se garer au coin de la rue des Petites-Ecuries et suivit Schiffer qui se frayait déjà un chemin parmi les cartons transportés à dos d'homme, les brassées de costumes, les chargements oscillant sur des chariots. Ils s'engagèrent dans le passage de l'Industrie et se retrouvèrent sous une voûte de pierre donnant sur une ruelle.

L'atelier Sürelik était un bloc de briques soutenu par une charpente de métal riveté. La façade arborait un pignon en arc brisé, des tympans vitrés, des frises ouvragées de terre cuite. L'édifice, rouge vif, respirait une sorte d'enthousiasme, une foi allègre en l'avenir industriel, comme si on venait d'inventer derrière ces murs le moteur à explosion.

A quelques mètres de la porte, Paul saisit brutalement Schiffer par les revers de son imper et le poussa sous un porche. Il se livra à une fouille en règle, en quête d'une arme.

Le vieux flic lâcha un « tss, tss » réprobateur :

– Tu perds ton temps, petit. En souplesse, j't'ai dit.

Paul se releva sans un mot et se dirigea vers l'atelier.

Ils poussèrent ensemble la porte de fer et pénétrèrent dans un grand espace carré aux murs blancs et au parterre de ciment peint. Tout était propre, net, rutilant. Les structures de métal vert pâle, ponctuées de rivets bombés, renforçaient encore l'impression de solidité de l'ensemble. De grandes fenêtres distribuaient des rais de lumière obliques, alors que des coursives filaient le long de chaque mur, rappelant les ponts d'un long-courrier.

Paul s'attendait à un gourbi, il découvrait un loft d'artiste. Une quarantaine d'ouvriers, uniquement des hommes, travaillaient, à bonne distance les uns des autres, derrière leurs machines à coudre, entourés d'étoffes et de cartons ouverts. Vêtus de blouses, ils ressemblaient à des agents des transmissions tricotant des projets codés pendant la guerre ; une radiocassette diffusait de la musique turque ; une cafetière grésillait sur un réchaud. Le paradis de l'artisanat.

Schiffer frappa le sol du talon :

– Ce que tu imagines est là-dessous. Dans les caves. Des centaines d'ouvriers, serrés comme des crêpes. Tous clandestins. Nous sommes à l'intérieur. Ici, c'est encore la vitrine.

Il entraîna Paul vers les pupitres, passant entre les travailleurs qui s'efforçaient de ne pas les regarder.

– Y sont pas mignons ? Des ouvriers modèles, mon garçon. Bosseurs. Obéissants. Disciplinés.

– Pourquoi ce ton ironique ?

– Les Turcs ne sont pas travailleurs, ils sont profiteurs. Ils ne sont pas obéissants, ils sont indifférents. Ils ne sont pas disciplinés, ils suivent leurs propres règles. Des putains de vampires, ouais. Des pilleurs, qui prennent même pas la peine d'apprendre notre langue... A quoi bon ? Ils sont ici pour gagner le maximum et se casser aussi vite que possible. Leur devise, c'est : « Tout à prendre, rien à laisser. »

Schiffer empoigna le bras de Paul :

– C'est une lèpre, fils.

Paul le repoussa violemment :

– Ne m'appelez jamais comme ça.

L'autre leva les mains comme si Paul venait de le menacer avec une arme ; son regard était narquois. Paul eut envie de lui arracher cette expression du visage mais une voix retentit dans leur dos :

– Que puis-je pour vous, messieurs ?

Un homme trapu, vêtu d'une blouse bleue impeccable, s'avançait vers eux, un sourire onctueux collé aux moustaches.

– Monsieur l'Inspecteur ? dit-il sur un ton d'étonnement. Cela fait longtemps que nous n'avions pas eu le plaisir de vous voir.

Schiffer éclata de rire. La musique avait cessé. L'activité des machines s'était arrêtée. Un silence de mort régnait autour d'eux.

– Tu me sers plus du Schiffer ? Ni du « tu » ?

En guise de réponse, le chef d'atelier posa un regard méfiant sur Paul.

– Paul Nerteaux, enchaîna le flic. Capitaine à la première DPJ. Mon supérieur hiérarchique, mais avant tout un ami. (Il frappa le dos de Paul d'un air goguenard.) Parler devant lui, c'est parler devant moi.

Puis, s'avançant vers le Turc, il lui glissa le bras autour des épaules. Le ballet était réglé dans ses moindres pas :

– Ahmid Zoltanoï, fit-il à l'intention de Paul, le meilleur chef d'atelier de la Petite Turquie. Aussi raide que sa blouse, mais un bon fond, à l'occasion. Ici, on l'appelle Tanoï.

Le Turc se fendit d'une courbette. Sous ses sourcils de charbon, il paraissait jauger le nouveau venu. Ami ou ennemi ? Il revint sur Schiffer, usant de son accent huilé :

– On m'avait dit que vous étiez parti à la retraite.

– Cas de force majeure. Quand il y a urgence, qui on appelle ? Tonton Schiffer.

– Quelle urgence, monsieur l'Inspecteur ?

Le Chiffre balaya des morceaux d'étoffe sur une table de coupe et posa le portrait de Roukiyé Tanyol :

– Tu la connais ?

L'homme se pencha, mains glissées dans ses poches, pouces sortis en chiens de revolver. Il semblait tenir en équilibre sur les plis amidonnés de sa blouse.

– Jamais vue.

Schiffer retourna le polaroïd. On pouvait lire distinctement sur la bordure blanche, inscrit au marqueur indélébile, le nom de la victime et l'adresse des ateliers Sürelik.

– Marius s'est mis à table. Et vous allez tous y passer, crois-moi.

Le Turc se décomposa. Il saisit la photographie avec réticence, chaussa des lunettes et se concentra :

– Elle me dit quelque chose, en effet.

– Elle te dit beaucoup plus que ça. Elle était ici depuis août 2001. Correct ?

Tanoï reposa le cliché avec précaution.

– Oui.

– Quel était son job ?

– Mécanicienne en confection.

– Tu l'avais installée en bas ?

Le chef d'atelier haussa les sourcils en rangeant ses lunettes. Derrière eux, les ouvriers avaient repris leur travail. Ils semblaient avoir compris que les flics n'étaient pas là pour eux, que seul leur chaouch avait des problèmes.

– En bas ? répéta-t-il.

– Dans tes caves, s'irrita Schiffer. Réveille-toi, Tanoï. Sinon, je vais vraiment me fâcher.

Le Turc oscillait légèrement sur ses talons. Malgré son âge, il ressemblait à un petit écolier contrit :

– Elle travaillait dans les ateliers inférieurs, oui.

– Quelle était son origine, Gaziantep ?

– Pas exactement Gaziantep, un village à côté. Elle parlait un dialecte du Sud.

– Qui a son passeport ?

– Pas de passeport.

Schiffer soupira, comme s'il se résignait à ce nouveau mensonge :

– Parle-moi de sa disparition.

– Il n'y a rien à dire. La fille a quitté l'atelier jeudi matin. Elle n'est jamais arrivée chez elle.

– Jeudi matin ?

– 6 heures, oui. Elle travaillait de nuit.

Les deux flics échangèrent un regard. La femme rentrait bien de son travail lorsqu'elle avait été surprise, mais tout s'était passé à l'aube. Ils avaient vu juste, à l'exception des horaires inversés.

— Tu dis qu'elle est jamais arrivée chez elle, reprit le Chiffre. Qui te l'a dit ?

— Son fiancé.

— Ils rentraient pas ensemble ?

— Il travaillait de jour.

— Où on peut le trouver ?

— Nulle part. Il est rentré au pays.

Les réponses de Tanoï étaient aussi raides que les coutures de sa blouse.

— Il a pas cherché à récupérer le corps ?

— Il n'avait pas de papiers. Il ne parlait pas français. Il a fui avec son chagrin. Un destin de Turc. Un destin d'exil.

— Pas de violons. Où sont les autres collègues ?

— Quels collègues ?

— Ceux qui rentraient avec elle. Je veux les interroger.

— Impossible. Tous partis. Evaporés.

— Pourquoi ?

— Ils ont peur.

— De l'assassin ?

— De vous. De la police. Personne ne veut être mêlé à cette affaire.

Le Chiffre se planta face au Turc, mains nouées dans le dos.

— Je crois que tu sais beaucoup plus de choses que tu veux bien le dire, mon gros. Alors, on va descendre ensemble dans tes caves. Ça va peut-être t'inspirer.

L'autre ne bougeait pas. Les machines à coudre crépitaient. La musique serpentait sous les charpentes d'acier. Il hésita encore quelques secondes puis se dirigea vers un escalier de fer situé sous une des coursives.

Les policiers le suivirent. Au bas des marches, ils plongèrent dans un couloir obscur, dépassèrent une porte de métal puis empruntèrent un nouveau corridor, au sol en terre battue. Ils durent se baisser pour continuer. Des ampoules nues, suspendues entre les canalisations du plafond, balisaient leur chemin. Deux rangées de portes, constituées seulement de planches, numérotées à la craie se faisaient face. Un bourdonnement s'élevait au fond de ces entrailles.

A un angle, leur guide s'arrêta et s'empara d'une barre de fer, glissée derrière un vieux sommier aux ressorts apparents. Marchant d'un pas prudent, il se mit ensuite à frapper les tuyaux du plafond, déclenchant des résonances graves.

Tout à coup les ennemis invisibles apparurent. Des rats, agglutinés sur un arc de fonte, postés au-dessus de leur tête. Paul se souvint des paroles du médecin légiste : *La deuxième, c'était différent. Je pense qu'il a utilisé quelque chose de... vivant.*

Le chef d'atelier jura en turc et frappa de toutes ses forces dans leur direction ; les rongeurs disparurent. Le couloir vibrait maintenant dans toute sa longueur. Chaque porte tremblait sur ses gonds. Enfin, Tanoï stoppa devant le numéro 34.

Il joua de l'épaule, ouvrit la porte avec difficulté. Le vrombissement explosa. La lumière se fit sur un atelier en modèle réduit. Une trentaine de femmes étaient assises devant des machines à coudre tournant à plein régime, comme emballées par leur propre vitesse. Penchées sous les rampes fluorescentes, les ouvrières poussaient des pièces de tissu sous les aiguilles sans prêter la moindre attention aux visiteurs.

La pièce n'excédait pas vingt mètres carrés et ne possédait aucune ventilation. L'air était si épais – odeur de teinture, particules d'étoffe, relents de solvants – qu'on pouvait à peine respirer. Certaines femmes portaient leur foulard sur la bouche. D'autres tenaient des nourrissons sur leurs genoux, dans un châle. Des enfants travaillaient aussi, groupés sur des monceaux de tissus, pliant les pièces, les glissant dans des cartons. Paul suffoquait. Il était comme ces personnages de films qui se réveillent en pleine nuit pour s'apercevoir que leur cauchemar est réel.

Schiffer prit son ton de Monsieur Loyal :

– Le vrai visage des entreprises Sürelik ! Douze à quinze heures de boulot, plusieurs milliers de pièces par jour et par ouvrière. Les « trois-huit » version turque, avec deux équipes seulement, quand ce n'est pas une seule. Et nous avons le même topo dans chaque cave, mon garçon. (Il semblait jouir de la cruauté du spectacle.) Mais attention : tout cela se fait avec la bénédiction de l'Etat. Tout le monde ferme les yeux. Le milieu de la confection est fondé sur l'esclavagisme.

Le Turc s'efforçait de prendre l'air honteux mais une flamme de fierté brillait au fond de ses prunelles. Paul observa les ouvrières. Quelques yeux se levèrent en retour mais les mains continuaient leur manège, comme si rien ni personne ne pouvait enrayer le mouvement.

Il superposa les visages mats et les longues entailles, les craquelures de sang des victimes. Comment le tueur accédait-il à ces femmes souterraines ? Comment avait-il surpris leur ressemblance ?

Le Chiffre reprit son interrogatoire, à tue-tête :

– Quand les équipes changent, c'est le moment où les livreurs embarquent le boulot effectué, non ?

– Exact.

– Si on ajoute les ouvriers qui sortent de l'atelier, ça fait pas mal de monde dans la rue à 6 heures du matin. Personne n'a rien vu ?

– Je vous le jure.

Le flic s'appuya contre le mur de parpaings :

– Ne jure pas. Ton Dieu est moins clément que le mien. Tu as parlé avec les patrons des autres victimes ?

– Non.

– Tu mens, mais c'est pas grave. Qu'est-ce que tu sais sur la série de meurtres ?

– On dit que les femmes ont été torturées, que leur visage a été détruit. Je sais rien de plus.

– Aucun flic n'est venu te voir ?

– Non.

– Votre milice, qu'est-ce qu'elle fout ?

Paul tressaillit... Il n'avait jamais entendu parler de cela. Le quartier possédait donc sa propre police. Tanoï criait pour couvrir le bruit des machines :

– Je sais pas. Ils ont rien trouvé.

Schiffer désigna les ouvrières :

– Et elles, qu'est-ce qu'elles en pensent ?

– Elles n'osent plus sortir. Elles ont peur. Allah ne peut permettre cela. Le quartier est maudit ! Azraël, l'ange de la mort, est là !

Le Chiffre sourit, frappa amicalement le dos de l'homme et désigna la porte :

260

– A la bonne heure. Enfin de la bonne vieille fibre humaine...

Ils sortirent dans le couloir. Paul leur emboîta le pas puis referma les planches sur l'enfer des machines. Il n'avait pas achevé son geste qu'il entendit un râle étouffé. Schiffer venait de plaquer Tanoï contre les canalisations.

– Qui tue les filles ?

– Je... je sais pas.

– Qui couvrez-vous, enfoirés ?

Paul n'intervint pas. Il devinait que Schiffer n'irait pas plus loin. Juste un dernier coup de colère, un baroud d'honneur. Tanoï ne répondait pas, les yeux hors de la tête.

Le Chiffre lâcha prise, le laissant retrouver son souffle, sous l'ampoule crue qui se balançait comme un pendule obsédant, puis il murmura :

– Tu tournes le verrou sur tout ça, Tanoï. Pas un mot de notre visite à qui que ce soit.

Le chef d'atelier leva ses yeux vers Schiffer. Il avait déjà retrouvé son expression servile.

– Le verrou est tourné depuis toujours, monsieur l'Inspecteur.

35

La deuxième victime, Ruya Berkes, ne travaillait pas dans un atelier mais à son domicile, au 58, rue d'Enghien. Elle cousait à la main des doublures de manteaux qu'elle livrait ensuite à l'entrepôt du fourreur Gozar Halman, au 77, rue Sainte-Cécile, une rue perpendiculaire à l'axe du Faubourg-Poissonnière. Ils auraient pu commencer par l'appartement de l'ouvrière mais Schiffer préférait interroger d'abord l'employeur qu'il semblait connaître de longue date.

Conduisant en silence, Paul goûtait son retour à l'air libre. Mais déjà, il appréhendait les nouvelles réjouissances. Il voyait les vitrines s'assombrir, s'alourdir de matières brunes, de plis languides à mesure qu'ils s'éloignaient des rues du Faubourg-Saint-Denis et du Faubourg-Saint-Martin. Dans chaque boutique, les étoffes et les tissus cédaient la place aux peaux et aux fourrures.

Il tourna à droite, dans la rue Sainte-Cécile.

Schiffer l'arrêta : ils étaient parvenus au 77.

Paul s'attendait cette fois à un cloaque rempli de peaux écorchées, de cages croûtées de sang, d'odeurs de viande morte. Il eut droit à une petite cour, claire et fleurie, dont le sol pavé semblait avoir été ciré par la bruine du matin. Les deux flics la traversèrent jusqu'à atteindre, au fond, un bâtiment percé de fenêtres grillagées, la seule façade qui évoquât un entrepôt industriel.

– Je te préviens, fit Schiffer en franchissant le seuil, Gozar Halman est fanatique de Tansu Ciller.

– Qui c'est ? Un footballeur ?

Le flic gloussa. Ils empruntèrent un grand escalier de bois gris.

– Tansu Ciller est l'ancien Premier ministre de Turquie. Etudes à Harvard, diplomatie internationale, ministère des Affaires étrangères. Puis la direction du gouvernement. Un modèle de réussite.

Paul prit une intonation blasée :

– Le parcours classique d'un homme politique.

– Sauf que Tansu Ciller est une femme.

Ils franchirent le second étage. Chaque palier était vaste et sombre comme une chapelle. Paul remarqua :

– Ça doit pas être fréquent en Turquie qu'un homme prenne une femme pour modèle.

Le Chiffre éclata de rire :

– Toi, si t'existais pas, je suis pas sûr qu'il faudrait t'inventer. Mais Gozar *aussi* est une femme ! C'est une « teyze ». Une « tante », une marraine au sens large. Elle veille sur ses frères, ses neveux, ses cousins et sur tous les ouvriers qui bossent pour elle. Elle s'occupe de régulariser leur situation. Elle leur envoie des mecs pour rénover leurs taudis. Elle prend en charge l'expédition de leurs colis, de leurs mandats. Et elle arrose les flics à l'occasion, pour qu'on leur foute la paix. C'est une négrière, mais une négrière bienveillante.

Troisième étage. L'entrepôt de Halman était une grande salle aux parquets peints en gris, parsemés de pains de polystyrène et de papiers de soie froissés. Au centre de la pièce, des planches posées sur des tréteaux faisaient office de comptoirs. Dessus s'étalaient des cartons kraft, des cabas acryliques, des sacs de vichy rose frappés du logo TATI, des housses de costume...

Des hommes en extrayaient des manteaux, des blousons, des étoles. Ils palpaient, lissaient, vérifiaient les doublures, puis suspendaient les vêtements sur des cintres soutenus par des portiques. En face d'eux, des femmes, foulards serrés et jupes longues, visages d'écorce sombre, semblaient attendre leur verdict, l'air épuisé.

Une mezzanine vitrée, voilée par un rideau blanc, surplombait l'espace : un point de vue idéal pour observer ce petit monde à l'œuvre. Sans hésiter ni saluer personne, Schiffer attrapa la rampe et s'attaqua aux marches escarpées qui menaient à la plate-forme.

En haut, ils durent affronter une muraille de plantes vertes avant d'entrer dans une pièce mansardée, presque aussi grande que la salle inférieure. Des fenêtres encadrées de rideaux s'ouvraient sur un paysage d'ardoises et de zinc : les toits de Paris.

Malgré ses dimensions, l'atelier rappelait plutôt par sa décoration surchargée un boudoir des années 1900. Paul s'avança et capta les premiers détails. Des napperons protégeaient les appareils modernes – ordinateur, chaîne hi-fi, télévision... – ou mettaient en valeur des cadres photographiques, des bibelots de verre, de grandes poupées noyées dans des frou-frous de dentelles. Les murs étaient parsemés de posters touristiques faisant la part belle à Istanbul. Des petits kilims aux couleurs vives étaient suspendus aux cloisons comme des stores. Des drapeaux turcs en papier, plantés un peu partout, répondaient aux cartes postales épinglées en grappes sur les colonnes de bois qui soutenaient les combles.

Un bureau en chêne massif, couvert d'un sous-main cuir, occupait la droite de la pièce, laissant la place centrale à un divan de velours vert qui trônait sur un vaste tapis. Il n'y avait personne ici.

Schiffer se dirigea vers une embrasure dissimulée par un rideau de perles et roucoula :

– Ma princesse, c'est moi, Schiffer. Pas la peine de te refaire une beauté.

Seul le silence lui répondit. Paul fit quelques pas et observa de près plusieurs photographies. A chaque fois une rousse aux cheveux courts, plutôt jolie, souriait en compagnie d'illustres présidents : Bill Clinton, Boris Elstine, François Mitterrand. Sans doute la fameuse Tansu Ciller...

Un cliquetis lui fit tourner la tête. Le rideau de perles s'ouvrit sur la femme des photographies, bien réelle, mais en version plus massive.

Gozar Halman avait accentué sa ressemblance avec la ministre, sans doute pour s'assurer une autorité supplémentaire. Ses vêtements, tunique et pantalon noirs, tout juste rehaussés de quelques bijoux, jouaient la sobriété. Ses gestes, sa démarche s'affirmaient dans le même registre, trahissant une distance hautaine de femme d'affaires. Son apparence semblait tracer autour d'elle une ligne invisible. Le message était clair : toute tentative de séduction était à bannir.

Pourtant, le visage misait sur un autre registre, presque opposé. C'était une grande face blanche de pierrot lunaire, encadrée de cheveux vermeils, dont les yeux scintillaient avec violence : les paupières de Gozar étaient crayonnées d'orange, constellées de paillettes.

– Schiffer, dit-elle d'une voix rauque, je sais pourquoi tu es là.

– Enfin un esprit vif !

Elle rangea quelques papiers sur son bureau, avec distraction :

– Je me doutais bien qu'ils finiraient par te sortir des cartons.

Elle n'avait pas de véritable accent – seulement un léger roulis qui venait chahuter chaque fin de phrase, qu'elle semblait cultiver avec coquetterie.

Schiffer fit les présentations, abandonnant au passage son ton grinçant. Paul pressentit qu'il faisait jeu égal avec la femme.

– Qu'est-ce que tu sais ? interrogea-t-il sans préambule.

– Rien. Moins que rien.

Elle se pencha encore quelques secondes sur le bureau, puis alla s'asseoir dans le canapé, croisant doucement les jambes.

– Le quartier a peur, souffla-t-elle. On raconte n'importe quoi.

– C'est-à-dire ?

– Des rumeurs. Des bruits contradictoires. J'ai même entendu dire que l'assassin serait des vôtres.

– Des nôtres ?

– Un policier, oui.

Schiffer balaya cette idée d'un revers de la main.

– Parle-moi de Ruya Berkes.

Gozar caressa le napperon qui couvrait l'accoudoir du canapé :

– Elle livrait ses articles tous les deux jours. Elle est venue le 6 janvier 2001. Pas le 8. C'est tout ce que je peux dire.

Schiffer sortit un carnet de sa poche et fit semblant d'y lire quelque chose. Paul devinait là un geste de pure contenance. La « teyze » lui tenait décidément la dragée haute.

– Ruya est la deuxième victime du tueur, continua-t-il, yeux baissés sur ses pages. Le corps que nous avons retrouvé le 10 janvier.

– Que Dieu ait son âme. (Ses doigts jouaient toujours avec la dentelle.) Mais ça ne me regarde pas.

– Ça vous regarde tous. Et j'ai besoin de renseignements.

Le ton montait, mais Paul sentait une étrange familiarité dans cet échange. Une complicité entre le feu et la glace, qui n'avait rien à voir avec l'enquête.

– Je n'ai rien à dire, répéta-t-elle. Le quartier se refermera sur cette histoire. Comme sur toutes les autres.

Les mots, la voix, le ton incitèrent Paul à mieux observer la Turque. Elle braquait son regard noir surplombé d'or rouge vers le Chiffre. Il songea à des lamelles de chocolat fourrées aux écorces d'orange. Mais surtout, il comprit à cet instant une vérité implicite : Gozar Halman était la femme ottomane que Schiffer avait failli épouser. Que s'était-il passé ? Pourquoi l'histoire avait-elle tourné court ?

La marchande de fourrures alluma une cigarette. Longue bouffée de lassitude bleutée.

– Qu'est-ce que tu veux savoir ?

– Quand livrait-elle ses manteaux ?

– En fin de journée.

– Toute seule ?

– Toute seule. Toujours.

– Tu sais quel chemin elle prenait ?

– La rue du Faubourg-Poissonnière. A cette heure, c'est la foule, si c'est ta question.

Schiffer passa aux généralités :

– Quand Ruya Berkes est-elle arrivée à Paris ?

– Mai 2001. Tu n'as pas vu Marius ?

Il ignora la question :

– Quel genre de femme c'était ?

– Une paysanne, mais elle avait connu la ville.

– Adana ?

– D'abord Gaziantep, puis Adana.

Schiffer se pencha, il parut intéressé par ce détail :

– Elle était originaire de Gaziantep ?

– Je crois, oui.

Il marcha dans la pièce, frôlant les bibelots :

– Alphabétisée ?

– Non. Mais moderne. Pas une esclave des traditions.

– Elle se baladait dans Paris ? Elle sortait ? Elle allait en boîte ?

– J'ai dit moderne, pas dévoyée. Elle était musulmane. Tu sais aussi bien que moi ce que ça signifie. De toute façon, elle ne parlait pas un mot de français.

– Comment s'habillait-elle ?

– A l'occidentale. (Elle monta le ton.) Schiffer : qu'est-ce que tu cherches ?

– Je cherche à savoir comment elle a pu être surprise par le tueur. Une fille qui ne sort pas de chez elle, ne parle à personne, n'a aucune distraction, c'est pas facile à approcher.

L'interrogatoire tournait en rond. Les mêmes questions qu'une heure auparavant, les mêmes réponses attendues. Paul se posta devant la baie vitrée, côté atelier, et écarta le voilage. Les Turcs continuaient leur manège ; l'argent changeait de mains, au-dessus des fourrures lovées comme des bêtes assoupies.

La voix de Schiffer poursuivait dans son dos :

– Quel était l'état d'esprit de Ruya ?

– Comme les autres. « Mon corps est ici, ma tête est là-bas. » Elle ne pensait qu'à rentrer au pays, se marier, avoir des enfants. Elle vivait ici en transit. Le quotidien d'une fourmi, rivée sur sa machine à coudre, partageant un deux-pièces avec deux autres femmes.

– Je veux voir ses colocataires...

Paul n'écoutait plus. Il observait les va-et-vient de l'étage inférieur. Ces manœuvres avaient l'évidence d'un troc, d'un rite ancestral. Les paroles du Chiffre revinrent percer sa conscience :

– Et toi, sur le meurtrier, qu'est-ce que tu penses ?

Il y eut un silence. Assez prolongé pour que Paul se tourne à nouveau vers la pièce.

Gozar s'était levée et scrutait les toitures à travers les vitres. Sans bouger, elle murmura :

– Je pense que c'est plus... politique.

Schiffer s'approcha d'elle :

– Qu'est-ce que tu veux dire ?

Elle fit volte-face :

– L'affaire pourrait dépasser les intérêts d'un seul tueur.

– Gozar, bon sang, explique-toi !

– Je n'ai rien à expliquer. Le quartier a peur et je ne fais pas exception à la règle. Tu ne trouveras personne pour t'aider.

Paul frémit. Le Moloch de son cauchemar, tenant le quartier sous sa coupe, lui parut plus que jamais réel. Un dieu de pierre qui venait chercher ses proies dans les caves et les taudis de la Petite Turquie.

La « teyze » conclut :

– L'entrevue est terminée, Schiffer.

Le flic empocha son carnet et recula, sans insister. Paul jeta un dernier regard vers les négociations d'en bas.

C'est à cet instant qu'il le repéra.

Un livreur – moustache noire et veste bleue Adidas – venait de pénétrer dans l'entrepôt, les bras chargés d'un carton. Son regard se leva machinalement vers la mezzanine. En apercevant Paul, son expression se pétrifia.

Il posa son chargement, dit quelques mots à un manœuvre, près des cintres, puis recula jusqu'à la porte. Son dernier coup d'œil vers la plate-forme confirma l'intuition de Paul : la peur.

Les deux policiers rejoignirent la salle du bas. Schiffer lâcha :

– Elle m'emmerde, cette bourrique, avec ses fines allusions. Putains de Turcs. Tous tordus, tous...

Paul accéléra le pas et bondit sur le seuil. Il plongea son regard dans la cage d'escalier : la main brune filait sur la rampe. L'homme fuyait à toutes jambes.

Il murmura à Schiffer, qui parvenait sur le palier :

– Venez. Vite.

36

Paul courut jusqu'à la voiture. Il s'installa au volant et tourna la clé de contact d'un seul mouvement. Schiffer eut juste le temps de monter à bord.

– Qu'est-ce qui se passe ? bougonna-t-il.

Paul démarra sans répondre. La silhouette venait d'obliquer à droite, au bout de la rue Sainte-Cécile. Il accéléra et tourna dans la rue du Faubourg-Poissonnière, affrontant de nouveau le trafic et la cohue.

L'homme marchait d'un pas rapide, se faufilant entre les livreurs, les passants, les fumées des vendeurs de crêpes et de pitas, jetant des regards-déclics par-dessus son épaule. Il remontait la rue en direction du boulevard Bonne-Nouvelle. Schiffer fit avec mauvaise humeur :

– Tu vas t'expliquer, ouais ?

Paul murmura, en passant la troisième :

– Chez Gozar, un homme. Quand il nous a vus, il s'est enfui.

– Et alors ?

– Il a flairé le flic. Il a eu peur d'être interrogé. Il sait peut-être quelque chose sur notre affaire.

Le « client » tourna à gauche, dans la rue d'Enghien. Coup de chance : il marchait dans le sens du trafic.

– Ou il a pas sa carte de séjour, marmonna Schiffer.

– Chez Gozar ? Qui a sa carte ? Ce mec a une raison spéciale d'avoir peur. Je le sens.

Le Chiffre cala ses genoux contre le tableau de bord. Il demanda d'une voix maussade :

– Où il est ?

– Trottoir de gauche. La veste Adidas.

Le Turc remontait toujours la rue. Paul s'efforçait de rouler avec discrétion. Un feu rouge. La tache bleue moirée s'éloigna. Paul devinait le regard de Schiffer qui le suivait aussi. Le silence dans l'habitacle prit une épaisseur particulière : ils s'étaient compris, partageant le même calme, la même attention, concentrés sur leur cible.

Vert.

Paul démarra, jouant des pédales en douceur, sentant une chaleur intense courir le long de ses jambes. Il accéléra, juste à temps pour voir le Turc se glisser à droite, dans la rue du Faubourg-Saint-Denis, toujours dans le sens de la circulation.

Paul suivit le mouvement, mais la rue était à l'arrêt. Bloquée, asphyxiée par la multitude, lançant dans l'air grisâtre sa rumeur de cris et de klaxons.

Il tendit le cou et plissa les yeux. Au-dessus des carrosseries et des têtes, les enseignes se superposaient – gros, demi-gros, détail... La veste Adidas avait disparu. Il regarda plus loin encore. Les façades des immeubles se fondaient dans la brume de pollution. Au fond, l'arche de la porte Saint-Denis flottait dans la lumière enfumée.

– Je le vois plus.

Schiffer ouvrit sa vitre. Le vacarme s'engouffra dans l'habitacle. Il passa les épaules au-dehors.

– Plus haut, avertit-il. A droite.

La circulation reprit. Le point bleu se détacha d'un groupe de piétons. Nouvel arrêt. Paul se convainquit que l'embouteillage jouait leur jeu ; rouler au pas pour suivre la marche d'un homme...

Le Turc disparut de nouveau, puis se matérialisa, entre deux camionnettes en livraison, juste devant le café Le Sully. Il ne cessait de lancer des coups d'œil derrière lui. Les avait-il repérés ?

– Il crève de trouille, commenta Paul. Il sait quelque chose.

– Ça veut rien dire. Il y a une chance sur mille pour...

– Faites-moi confiance. Juste une fois.

Paul passa de nouveau la première. Sa nuque lui brûlait, le col de sa parka était humide de sueur. Il gagna en vitesse et se retrouva à la hauteur du Turc, alors que la rue du Faubourg-Saint-Denis s'achevait.

Soudain, au pied de l'arche, l'homme traversa la chaussée, leur passant pratiquement sous le nez, sans les remarquer. Il s'engagea au pas de course dans le boulevard Saint-Denis.

– Merde, jura Paul. C'est à sens unique.

Schiffer se redressa :

– Gare-toi. On va continuer à... Putain. Il prend le métro !

Le fuyard avait traversé le boulevard, disparaissant dans la bouche de métro Strasbourg-Saint-Denis. Paul braqua avec violence et stoppa la bagnole devant le bar de l'Arcade, dans le lacet qui contourne l'arc de triomphe.

Schiffer était déjà dehors.

Paul baissa le pare-soleil frappé du sigle POLICE et jaillit de la Golf.

L'imperméable du Chiffre virevoltait entre les voitures comme une oriflamme. Paul ressentit une flambée de fièvre. En une seconde, il capta tout, le frémissement de l'air, la rapidité de Schiffer, la détermination qui les unissait en cet instant.

Il zigzagua à son tour parmi la circulation du boulevard et rattrapa son partenaire au moment où il descendait les escaliers.

Les deux flics s'engouffrèrent dans le hall de la station. Une foule pressée s'agitait sous la voûte orangée. Paul scanna le tableau : à gauche, les cabines vitrées de la RATP ; à droite, les panneaux bleus des lignes de métro ; en face, les portillons automatiques.

Pas de Turc.

Schiffer plongea parmi les voyageurs, pratiquant un slalom fulgurant en direction des portes pneumatiques. Paul se hissa sur la pointe des pieds et entrevit leur mec obliquer à droite.

— Ligne 4 ! hurla-t-il à l'intention de son partenaire, invisible dans la cohue.

Déjà, au fond du couloir de céramique, les soupirs d'ouverture des portes du métro résonnaient. Une onde d'affolement secoua la foule. Que se passait-il ? Qui criait ? Qui bousculait ? Tout à coup, un rugissement déchira le brouhaha.

— Les portes, bordel !

C'était la voix de Schiffer.

Paul se précipita vers les guichets d'accueil, juste à sa gauche. Tout près de la vitre, il haleta :

– Ouvrez les portillons !

L'agent de la RATP se figea :

– Hein ?

Au loin, la sirène signalait le départ de la rame. Paul plaqua sa carte de police sur la vitre :

– Putain de Dieu : tu vas ouvrir tes portes, ouais ?

Les barrières s'écartèrent.

Paul joua des coudes, trébucha, parvint à se glisser de l'autre côté. Schiffer courait sous la voûte rouge, qui lui semblait maintenant palpiter comme une gorge.

Il le rattrapa dans les escaliers. Le flic dévalait les marches quatre à quatre. Ils n'avaient pas couvert la moitié de la distance que le claquement des portes retentit.

Schiffer hurla, sans arrêter sa course. Il allait atteindre le quai quand Paul le saisit par le col, l'obligeant à demeurer en retrait. Le Chiffre resta muet de stupeur. Les lumières de la rame filèrent sur ses rides figées. Il avait l'air d'un fou.

– Il doit pas nous voir ! hurla Paul dans son visage.

Schiffer le fixa encore, éberlué, incapable de reprendre son souffle. Paul ajouta plus bas, alors que le sifflement du métro s'éloignait :

– On a quarante secondes pour atteindre la prochaine station. On le chope à Château-d'Eau.

En un regard, ils se comprirent. Ils remontèrent les escaliers, traversèrent à petites foulées le boulevard, se jetèrent dans leur véhicule.

Vingt secondes étaient passées.

Paul contourna l'arc de triomphe, braqua à droite,

tout en baissant sa vitre. Il colla le gyrophare magnétique sur son toit et s'engouffra dans le boulevard de
Strasbourg en déclenchant sa sirène.

Ils couvrirent les cinq cents mètres en sept secondes.
Parvenus au croisement de la rue du Château-d'Eau,
Schiffer fit mine de sortir. Paul le retint encore une
fois :

– On l'attend en surface. Y a que ces deux sorties.
Côtés pair et impair du boulevard.

– Qui te dit qu'il va descendre ici ?

– On laisse passer vingt secondes. S'il est resté dans
la rame, on aura encore vingt secondes pour le serrer
Gare de l'Est.

– Et s'il descend pas à la prochaine ?

– Il ne sortira pas du quartier turc. Soit il va se planquer, soit il va prévenir quelqu'un. Dans tous les cas,
ça se passera ici, sur *notre* territoire. On doit le suivre
jusqu'à son but. Voir où il va.

Le Chiffre regarda sa montre :

– Fonce.

Paul fit un dernier tour de piste, droite-gauche, pair-
impair, puis repartit à fond. Il pouvait sentir dans ses
veines la vibration du métro qui filait sous ses roues.

Dix-sept secondes plus tard, il stoppait devant les
grilles du parvis de la gare de l'Est, en arrêtant la sirène
et le gyrophare. De nouveau, Schiffer voulut bondir.
De nouveau, Paul ordonna :

– On reste ici. On a vue sur presque toutes les sorties. La centrale, sur le parvis. A droite, celle de la rue
du Faubourg-Saint-Martin. A gauche, celle de la rue
du 8-Mai-1945. Ça nous fait trois chances sur cinq.

– Les deux autres, elles sont où ?

— Sur les côtés de la gare. Rue du Faubourg-Saint-Martin et rue d'Alsace.

— Et s'il prend l'une de celles-là ?

— Ce sont les plus éloignées de la ligne. Il lui faudra plus d'une minute pour les atteindre. On attend trente secondes ici. S'il n'apparaît pas, je vous largue rue d'Alsace, je prends Saint-Martin. On reste en contact avec nos portables. Il ne peut pas nous échapper.

Schiffer conserva le silence. Des rides de réflexion creusaient son front :

— Les sorties. Comment tu sais ça ?

Paul sourit à travers sa fièvre :

— Je les ai apprises par cœur. En cas de poursuite.

Le visage d'écailles grises lui rendit son sourire :

— Si le mec n'apparaît pas, je t'éclate la tête.

Dix, douze, quinze secondes.

Les plus longues de son existence. Paul détaillait les silhouettes qui surgissaient de chaque bouche de métro, froissées par le vent : pas de veste Adidas.

Vingt, vingt-deux secondes.

Le flux des passagers se saccadait sous ses yeux, tressautant au rythme de ses propres battements cardiaques.

Trente secondes.

Il enclencha la première et souffla :

— Je vous dépose rue d'Alsace.

Il fit crisser ses pneus, prit la rue du 8-Mai par la gauche et largua le Chiffre au début de la rue d'Alsace, sans lui laisser le temps de dire quoi que ce soit. Il effectua un demi-tour puis gagna, pied au plancher, la rue du Faubourg-Saint-Martin.

Dix nouvelles secondes s'étaient consumées.

La rue du Faubourg-Saint-Martin à cette hauteur était très différente de sa partie inférieure, côté turc : elle n'offrait ici que trottoirs vides, zones d'entrepôts et bâtiments administratifs. Une voie de sortie idéale.

Paul scruta sa trotteuse ; chaque déclic écorchait sa chair. La foule anonyme s'émiettait, se perdait dans cette rue trop vaste. Il coula un œil vers l'intérieur de la gare. Il aperçut la grande verrière et songea à une serre botanique, remplie de germes vénéneux et de plantes carnivores.

Dix secondes.

Les chances de voir apparaître la veste Adidas se réduisaient presque à néant. Il songea aux rames de métro qui couraient sous la terre ; aux départs des grandes lignes et des trains de banlieue, qui se dispersaient à ciel ouvert ; aux milliers de visages et de consciences qui se pressaient sous les charpentes grises.

Il ne pouvait pas s'être trompé : ce n'était tout simplement pas possible.

Trente secondes.

Toujours rien.

Son téléphone portable sonna. Il entendit la voix gutturale de Schiffer :

— Bougre de con.

Paul le rejoignit au pied de l'escalier qui coupe la rue d'Alsace en son milieu pour l'élever au-dessus de l'immense fosse aux rails. Le policier grimpa dans la bagnole en répétant :

— Connard.

— On va tenter la gare du Nord. On sait jamais. On...

— Ta gueule. C'est cuit. On l'a perdu.

Paul accéléra et s'orienta tout de même vers le nord.

— Jamais j'aurais dû t'écouter, reprit Schiffer. T'as aucune expérience. Tu connais rien à rien. Tu...

— Il est là.

A droite, au bout de la rue des Deux-Gares, Paul venait d'apercevoir la veste Adidas. L'homme trottinait dans la partie supérieure de la rue d'Alsace, juste au-dessus des voies ferrées.

— L'enculé, fit le Chiffre. Il a utilisé l'escalier extérieur de la SNCF. Il est sorti par les quais.

Il tendit son index :

— Roule droit devant. Pas de sirène. Pas d'accélération. On le chope à la prochaine rue. En douceur.

Paul rétrograda en seconde et respecta la vitesse de vingt kilomètres-heure, les mains tremblantes. Ils croisaient la rue La Fayette quand le Turc jaillit cent mètres plus haut. Il lança un regard circulaire et se pétrifia.

— Merde ! cria Paul, se souvenant soudain qu'il avait conservé le gyrophare magnétique sur le toit de la voiture.

L'homme se mit à courir comme si le bitume avait pris feu. Paul écrasa l'accélérateur. Le pont monumental qui s'ouvrait devant eux lui apparut comme un symbole. Un géant de pierre ouvrant ses croisées noires sur le ciel d'orage.

Il accéléra encore et dépassa le Turc au milieu de la passerelle. Schiffer bondit au-dehors alors que la voiture roulait encore. Paul freina et vit dans son rétroviseur la silhouette de Schiffer qui plaquait le Turc à la manière d'un demi de mêlée.

Il jura, coupa le moteur, sortit de la Golf. Le flic avait déjà empoigné le fugitif par les cheveux et le cognait contre les grilles du pont. Paul eut un flash de la main de Marius sous le massicot. Plus jamais ça.

Il dégaina son Glock, en courant vers les deux hommes :

– Arrêtez !

Schiffer poussait maintenant sa victime au-dessus de la grille. Sa force et sa célérité étaient sidérantes. L'homme en survêtement battait mollement des jambes, coincé entre deux pics de métal.

Paul était certain qu'il allait le balancer dans le vide. Mais le Chiffre grimpa à ses côtés, attrapa la première croisée de pierre puis, dans un même mouvement, hissa le Turc à son niveau.

L'opération n'avait pris que de quelques secondes, et la prouesse physique ajoutait encore au crédit maléfique de Schiffer. Quand Paul parvint à leur hauteur, les deux hommes étaient déjà hors de portée, perchés au creux de la fourche de béton. Le fuyard beuglait alors que son tortionnaire l'acculait dans le vide, lui assenant pêle-mêle des coups et des sentences en turc.

Paul escaladait les tiges de métal quand il se figea à mi-hauteur.

– BOZKURT ! BOZKURT ! BOZKURT !

Les cris du Turc résonnaient dans l'air détrempé. Il crut d'abord à un appel au secours, mais il vit Schiffer lâcher sa victime et le repousser du côté du trottoir, comme s'il avait obtenu ce qu'il attendait.

Le temps que Paul attrape ses menottes, l'homme détalait en boîtant.

– Laisse-le partir !

– Qu-quoi ?

Schiffer se laissa choir à son tour sur le bitume. Il

se ramassa sur le flanc gauche, grimaça, puis se releva sur un genou.

— Il a dit ce qu'il avait à dire, cracha-t-il entre deux toux.

— Quoi ? Qu'est-ce qu'il a dit ?

Il se remit debout. Hors d'haleine, il se tenait l'aine gauche. Sa peau était violacée, pigmentée de points blancs.

— Il habite le même immeuble que Ruya. Il les a vus embarquer la fille, dans la cage d'escalier. Le 8 janvier, à 20 heures.

— « Les » ?

— Les Bozkurt.

Paul ne comprenait rien. Il se concentra sur le regard bleu chromé de Schiffer et songea à son autre surnom : le Fer.

— Les Loups Gris.

— Les quoi ?

— Les Loups Gris. Un clan d'extrême droite. Les tueurs de la mafia turque. On a tout faux depuis le départ. Ce sont eux qui tuent les femmes.

37

Les voies ferrées se déployaient à perte de vue, ne laissant aucune paix au regard. C'était un enchevêtrement figé et dur, qui emprisonnait l'esprit et les sens. Des traits d'acier qui se gravaient dans les pupilles comme des fils barbelés ; des aiguillages qui dessinaient de nouvelles directions, sans jamais se libérer de leurs rivets ni de leurs fers ; des échappées qui se perdaient à l'horizon, mais évoquaient toujours la même sensation d'enracinement, inéluctable. Et les ponts, qu'ils soient de pierre sale ou de métal noir, avec leurs échelles, leurs balustres, leurs lanterneaux, caparaçonnaient encore l'ensemble.

Schiffer avait emprunté un escalier interdit pour rejoindre les rails. Paul l'avait rattrapé, se tordant les chevilles sur les traverses.

– Les Loups Gris, qui sont-ils ?

Schiffer marchait sans répondre, aspirant de lentes bouffées d'air. Les pierres noires roulaient sous ses pieds.

– Ce serait trop long à t'expliquer, dit-il enfin. Tout ça appartient à l'histoire de la Turquie.

– Bon Dieu, parlez ! Vous me *devez* ces explications.

Le Chiffre avança encore, se tenant toujours le flanc gauche, puis il attaqua d'une voix creuse :

– Dans les années 70, il régnait en Turquie la même atmosphère surchauffée qu'en Europe. Les idées de gauche avaient tous les suffrages. Une sorte de Mai 68 se préparait... Mais là-bas, la tradition est toujours la plus forte. Un groupe de réaction s'est créé. Des hommes d'extrême droite, dirigés par un homme qui s'appelait Alpaslan Turkes, un vrai nazi. Ils ont d'abord formé des petits clans, dans les universités, puis ils ont enrôlé des jeunes paysans dans les campagnes. Ces recrues se sont fait appeler les « Loups Gris » : « Bozkurt ». Ou encore les « Jeunes Idéalistes » : « Ülkü Ocaklari ». Tout de suite, leur argument principal a été la violence.

Malgré la chaleur de son corps, Paul claquait des dents au point d'entendre ses mâchoires résonner sous son crâne.

– A la fin des années 70, poursuivit Schiffer, l'extrême droite et l'extrême gauche ont pris les armes. Attentats, pillages, meurtres : on comptait à cette époque près de trente morts par jour. Une vraie guerre civile. Les Loups Gris s'entraînaient dans des camps. On les prenait de plus en plus jeunes. On les endoctrinait. On les transformait en machines à tuer.

Schiffer arpentait toujours les rails. Sa respiration devenait plus régulière. Il gardait les yeux rivés sur les axes luisants comme s'ils dessinaient la direction de ses pensées :

– En 1980, enfin, l'armée turque a pris le pouvoir. Tout est rentré dans l'ordre. Les combattants des deux fronts ont été arrêtés. Mais les Loups Gris ont été rapidement relâchés : leurs convictions étaient les mêmes que celles des militaires. Seulement, ils étaient au chômage. Et ces mômes qui avaient été formés dans les camps ne savaient faire qu'une seule chose : tuer. En toute logique, ils ont été enrôlés par ceux qui avaient besoin d'hommes de main. Le gouvernement d'abord, toujours heureux de trouver des gars pour éliminer discrètement des leaders arméniens ou des terroristes kurdes. La mafia turque ensuite, qui était en train de s'imposer dans le trafic de l'opium du Croissant d'Or. Pour les mafieux, les Loups Gris étaient une aubaine. Une force vive, armée, expérimentée. Et surtout : alliée du pouvoir en place.

» Depuis cette époque, les Loups Gris exécutent des contrats. Ali Agça, l'homme qui a tiré sur le pape en 1981, était un Bozkurt. La plupart sont aujourd'hui devenus des mercenaires, qui ont laissé leurs opinions politiques au vestiaire. Mais les plus dangereux sont restés des fanatiques, des terroristes capables du pire. Des illuminés qui croient à la suprématie de la race turque, au grand retour d'un empire turcophone.

Paul écoutait, abasourdi. Il ne voyait aucun lien entre ces histoires lointaines et son enquête. Il finit par lancer :

– Et ce seraient ces mecs-là qui ont tué les femmes ?

– La veste Adidas les a vus enlever Ruya Berkes.

– Il a vu leurs visages ?

– Ils étaient cagoulés, en tenue commando.

– En tenue commando ?

Le Chiffre ricana :

– Ce sont des guerriers, garçon. Des soldats. Ils sont repartis dans une berline noire. Le Turc ne se souvient ni de l'immatriculation, ni de la marque. Ou ne veut pas s'en souvenir.

— Pourquoi est-il sûr que ce sont des Loups Gris ?

— Ils ont hurlé des slogans. Ils ont des signes distinctifs. Il n'y a aucun doute. D'ailleurs, ça colle avec le reste. Le silence de la communauté. La réflexion de Gozar à propos d'une « affaire politique ». Les Loups Gris sont à Paris. Et le quartier crève de trouille.

Paul ne pouvait accepter une orientation aussi différente, aussi inattendue, en rupture complète avec sa propre interprétation. Il avait travaillé trop longtemps sur la piste d'un tueur unique. Il insista :

— Mais pourquoi de telles violences ?

Schiffer suivait toujours les barres qui brillaient sous la bruine.

— Ils viennent de terres lointaines. Des plaines, des déserts, des montagnes où ce genre de tortures est la règle. Tu es parti d'une hypothèse, celle d'un tueur en série. Avec Scarbon, vous avez cru reconnaître dans les blessures des victimes une quête de la souffrance, les traces d'un traumatisme ou je ne sais quoi... Mais vous avez oublié la solution la plus simple : ces femmes ont été torturées par des professionnels. Des experts formés dans les camps d'Anatolie.

— Et les mutilations post mortem ? Les lacérations sur les visages ?

Le Chiffre fit un geste désabusé, ouverture à toutes les cruautés :

— Un des mecs est peut-être plus cinglé que les autres. Ou ils veulent simplement que les victimes ne soient pas identifiables, qu'on ne puisse pas reconnaître le visage qu'ils cherchent.

– Qu'ils cherchent ?

Le flic s'arrêta et se tourna vers Paul :

– T'as pas compris ce qui se passe, mon gars : les Loups Gris ont un contrat. Ils cherchent une femme.

Il fouilla dans son imperméable taché de sang et lui tendit les polaroïds :

– Une femme qui a ce visage-là et répond à ce signalement : rousse, couturière, clandestine, originaire de Gaziantep.

Paul observait en silence les clichés dans la main ridée.

Tout prenait corps. Tout prenait feu.

– Une femme qui sait quelque chose et dont ils doivent obtenir les aveux. Trois fois déjà, ils ont cru qu'ils la tenaient. Trois fois, ils se sont trompés.

– Pourquoi cette certitude ? Comment être certain qu'ils ne l'ont pas trouvée ?

– Parce que si l'une d'elles avait été la bonne, elle aurait parlé, crois-moi. Et ils auraient disparu.

– Vous... Vous pensez que la chasse continue ?

– Ça, tu peux le dire.

Les iris de Schiffer brillaient sous ses paupières basses. Paul pensa aux balles d'argent qui, seules, peuvent tuer les loups-garous.

– Tu t'es trompé d'enquête, petit. Tu cherchais un tueur. Tu pleurais sur des mortes. Mais c'est une femme vivante que tu dois trouver. Bien vivante. La femme que les Loups Gris poursuivent.

Il fit un grand geste vers les immeubles qui encadraient les voies ferrées :

– Elle est là, quelque part, dans ce quartier. Dans les caves. Dans les combles. Au fond d'un squat ou d'un foyer. Elle est poursuivie par les pires tueurs que tu puisses imaginer et t'es le seul à pouvoir la sauver. Mais tu vas devoir courir vite. Très, très vite. Parce que les salopards en face sont entraînés et qu'ils ont tous les droits sur le quartier.

Le Chiffre saisit les deux épaules de Paul et le regarda avec intensité :

— Et puisqu'un malheur arrive jamais seul, j't'annonce une autre tuile : je suis ta seule chance de réussir.

SEPT

38

La sonnerie du téléphone explosa à ses tympans.

– Allô ?

Pas de réponse. Eric Ackermann raccrocha, lentement, puis consulta sa montre : 15 heures. Le douzième
appel anonyme depuis hier. La dernière fois qu'il avait
entendu une voix humaine, c'était la veille au matin,
lorsque Laurent Heymes l'avait appelé pour le prévenir
de la fuite d'Anna. Quand il avait voulu le contacter à
son tour, dans l'après-midi, aucun de ses numéros ne
répondait. Déjà trop tard pour Laurent ?

Il avait tenté d'autres contacts – en vain.

Le soir même, il avait reçu le premier coup de fil
anonyme. Il avait aussitôt vérifié à sa fenêtre : deux
flics se tenaient devant son immeuble, avenue Trudaine. La situation était donc claire : il n'était plus
l'homme qu'on appelle, le partenaire qu'on informe. Il
était maintenant celui qu'on surveille, l'ennemi à
contrôler. En quelques heures, une frontière s'était
déplacée sous ses pas. Il se situait désormais du mauvais côté de la barrière, du côté des responsables du
désastre.

Il se leva et se dirigea vers la fenêtre de sa chambre.
Les deux flics se tenaient toujours en faction devant le

lycée Jacques-Decourt. Il contempla les terre-pleins de pelouse qui partageaient l'avenue dans toute sa longueur, les platanes qui se dressaient, encore nus, dans l'air ensoleillé, les structures grises du kiosque du square d'Anvers. Pas une voiture ne passait et l'artère ressemblait, comme toujours, à une voie oubliée.

Une citation lui traversa l'esprit : « La détresse est physique si le danger est concret, psychologique s'il est instinctuel. » Qui avait écrit cela ? Freud ? Jung ? Comment le danger allait-il se manifester pour lui ? Allait-on l'abattre dans la rue ? Le surprendre dans son sommeil ? Ou seulement l'incarcérer dans une prison militaire ? Le torturer afin d'obtenir tous les documents concernant le programme ?

Attendre. Il fallait attendre la nuit pour appliquer son plan.

Toujours debout près de l'embrasure, il remonta mentalement le chemin qui l'avait conduit jusque-là, dans l'antichambre de la mort.

Tout avait commencé avec la peur.

Tout finirait avec elle.

Son odyssée avait débuté en juin 1985, lorsqu'il avait intégré l'équipe du professeur Wayne C. Drevets, de l'université Washington de Saint Louis, dans l'Etat du Missouri. Ces scientifiques s'étaient fixé une mission d'ampleur : localiser, grâce à la tomographie à émission de positons, la zone de la peur au sein du cerveau. Pour atteindre ce but, ils avaient mis au point un protocole d'expériences très strict visant à susciter, chez des sujets volontaires, la terreur. Apparition de serpents, promesse d'une décharge électrique, qui semblerait d'autant plus forte qu'elle se serait fait attendre...

Au terme de plusieurs séries de tests, ils avaient repéré l'aire mystérieuse. Elle se situait dans le lobe temporal, à l'extrémité du circuit limbique, dans une petite région appelée l'amygdale, une sorte de niche qui correspond à notre « archéocerveau ». La partie la plus ancienne de notre organe – celle que l'homme partage avec les reptiles –, qui abrite également l'instinct sexuel et l'agressivité.

Ackermann se souvenait de ces moments exaltants. Pour la première fois, il contemplait, sur les écrans informatiques, les zones cérébrales en train de s'activer. Pour la première fois, il observait la pensée en marche, surprise dans ses rouages secrets. Il le savait, il avait trouvé sa voie, et son vaisseau. La caméra à positons serait le véhicule de son voyage dans le cortex humain.

Il deviendrait un de ces pionniers, un cartographe du cerveau.

De retour en France, il avait rédigé une demande de fonds à l'attention de l'INSERM, du CNRS, de l'Ecole des Hautes Etudes en Sciences Sociales, et aussi de différentes universités et des Hôpitaux de Paris, multipliant ainsi ses chances d'obtenir un budget.

Une année avait passé sans réponse. Il s'exila en Grande-Bretagne et rejoignit le service du professeur Anthony Jones, à l'université de Manchester. Avec cette nouvelle équipe, il s'embarquait pour une autre région neuronale, celle de la douleur.

Une nouvelle fois, il participa à des séries d'analyses sur des sujets acceptant de subir des stimuli douloureux. Une nouvelle fois, il vit s'allumer sur les moniteurs une région inédite : le pays de la souffrance. Il ne s'agissait pas d'un territoire concentré mais d'un ensemble de points qui s'activaient simultanément, une sorte d'araignée se déployant à travers tout le cortex.

Un an plus tard, le professeur Jones écrivait dans le magazine *Science* : « Une fois enregistrée par le thalamus, la sensation de la douleur est orientée par le cingulum et le cortex frontal vers le plus ou moins négatif. Alors seulement, cette sensation devient souffrance. »

Le fait était d'une importance primordiale. Il confirmait le rôle majeur de la réflexion dans la perception de la douleur. Dans la mesure où le cingulum fonctionne comme un sélecteur d'associations, on pouvait atténuer la sensation de souffrance grâce à une série d'exercices purement psychologiques, diminuer sa « résonance » dans le cerveau et l'orienter. Dans le cas d'une brûlure par exemple, il suffisait de penser au soleil et non à des chairs calcinées pour que la douleur régresse... La souffrance pouvait être combattue par l'esprit : la topographie même du cerveau le démontrait.

Ackermann était revenu en France surexcité. Il s'imaginait déjà aux commandes d'un groupe de recherche pluridisciplinaire, une superstructure associant cartographes, neurologues, psychiatres, psychologues... Maintenant que le cerveau livrait ses clés physiologiques, une collaboration entre toutes les disciplines devenait possible. Le temps des rivalités était dépassé : il suffisait de *regarder la carte* et d'associer ses forces !

Mais ses demandes de fonds restaient lettre morte. Ecœuré, désespéré, il échoua dans un laboratoire minuscule, à Maisons-Alfort, où il eut recours aux amphétamines pour retrouver le moral. Bientôt, regonflé par les cachets de Benzédrine, il se persuada qu'on avait négligé sa requête par simple ignorance, et non par indifférence : les pouvoirs du Petscan étaient trop mal connus.

Il décida de regrouper toutes les études internationales concernant la cartographie du cerveau dans un seul livre exhaustif. Il reprit ses voyages. Tokyo, Copenhague, Boston... Il rencontra des neurologues, des biologistes, des radiologues, décrypta leurs articles, rédigea des synthèses. En 1992, il publia un ouvrage de six cents pages : *Imagerie fonctionnelle et géographie cérébrale,* véritable atlas qui révélait un monde nouveau, une géographie singulière, ponctuée de continents, de mers, d'archipels...

Malgré le succès du livre au sein de la communauté scientifique internationale, les instances françaises lui opposaient toujours le même silence. Pire encore, deux caméras à positons avaient été installées à Orsay et à Lyon, et pas une fois son nom n'avait été mentionné. Pas une fois, il n'avait même été consulté. Explorateur sans vaisseau, Ackermann avait alors plongé plus profondément dans son univers de synthèse. S'il se souvenait, à cette époque, de certaines envolées sous Ecstasy, qui l'avaient emporté au-delà de lui-même, il se rappelait aussi les gouffres qui lui avaient ouvert le crâne à la suite de mauvais trips.

Il était au fond d'un de ces abîmes quand il reçut la lettre du Commissariat à l'Energie Atomique.

Il crut d'abord que son délire continuait. Puis il se rendit à l'évidence : c'était une réponse positive. Dans la mesure où l'utilisation d'une caméra à positons implique des injections de traceur radioactif, le CEA s'intéressait à ses travaux. Une commission spécifique souhaitait même le rencontrer afin de voir dans quelle mesure le CEA pourrait s'impliquer dans le financement de son programme.

Eric Ackermann s'était présenté la semaine suivante au siège de Fontenay-aux-Roses. Surprise : le comité d'accueil était essentiellement composé de militaires. Le neurologue avait souri. Ces uniformes lui rappelaient sa belle époque, en 1968, lorsqu'il était maoïste et qu'il cassait du CRS sur les barricades de la rue Gay-Lussac. Cette vision le gonfla à bloc. D'autant plus qu'il s'était chargé avec une poignée de Benzédrine, en prévision du trac. S'il fallait convaincre ces oiseaux gris, alors il saurait leur parler...

Son exposé dura plusieurs heures. Il commença par expliquer comment l'utilisation du Petscan avait permis, dès 1985, d'identifier la zone de la peur et comment, maintenant que cette région était connue, on allait définir une pharmacopée spécifique pour atténuer son influence sur l'esprit humain.

Il raconta cela à des militaires.

Puis il décrivit les travaux du professeur Jones ; comment le Britannique avait localisé le circuit neuronal de la douleur. Il précisa qu'il devenait possible, en associant ces localisations à un conditionnement psychologique, de limiter la souffrance.

Il dit cela à un comité de généraux et de psychiatres des armées.

Il évoqua ensuite d'autres recherches – sur la schizophrénie, sur la mémoire, sur l'imagination...

A grand renfort de gestes, de statistiques, d'articles, il leur fit miroiter des possibilités uniques : on pourrait désormais, grâce à la cartographie cérébrale, observer, contrôler, façonner le cerveau humain !

Un mois plus tard, il recevait une nouvelle convocation. On acceptait de financer son projet, à la condition expresse qu'il s'installe à l'institut Henri-Becquerel, un hôpital militaire situé à Orsay. Il devrait aussi collaborer avec des confrères des armées, dans une transparence totale.

Ackermann avait éclaté de rire : il allait travailler pour le ministère de la Défense ! Lui, le pur produit de la contre-culture des années 70, le psychiatre déjanté carburant aux amphètes... Il se persuada qu'il saurait être plus malin que ses commanditaires, qu'il saurait manipuler sans être manipulé.

Il se trompait dans les grandes largeurs.

La sonnerie du téléphone retentit de nouveau dans la pièce.

Il ne prit même pas la peine de répondre. Il ouvrit les rideaux et s'exposa à la fenêtre. Les sentinelles étaient toujours là.

L'avenue Trudaine offrait une délicate polychromie de bruns – des tons de boue séchée, d'or fatigué, de métaux vieillis. En la contemplant, il songeait toujours, sans savoir pourquoi, à un temple chinois ou tibétain dont la peinture écaillée, jaune ou rouille, révélerait l'écorce d'une autre réalité.

Il était 16 heures et le soleil était encore haut.

Soudain, il décida de ne pas attendre la nuit.

Trop impatient de fuir.

Il traversa le salon, attrapa son sac de voyage et ouvrit la porte.

Tout avait commencé avec la peur.

Tout finirait avec elle.

39

Il descendit dans le parc de stationnement de son immeuble par l'escalier de secours. Sur le seuil, il scruta la zone obscure : vide. Il traversa le parking puis déverrouilla une porte de tôle noire, dissimulée derrière une colonne. Au bout d'un couloir, il rejoignit la station de métro Anvers. Il jeta un regard derrière lui : personne sur ses pas.

Dans le hall de la station, la foule des voyageurs le fit paniquer un instant, puis il se raisonna : ces passants favorisaient sa fuite. Il se fraya un chemin sans ralentir, le regard rivé sur une nouvelle porte, de l'autre côté de l'espace de céramique.

Là, près de la cabine du photomaton, il fit mine d'attendre sa série de clichés face à la petite lucarne et se servit du passe qu'il s'était procuré. Après quelques hésitations, il dénicha la bonne clé et ouvrit discrètement la paroi sur laquelle était inscrit : RÉSERVÉ AU PERSONNEL.

Il retrouva la solitude avec soulagement. Une odeur insistante planait dans le couloir ; un effluve aigre, prégnant, qu'il ne parvenait pas à identifier et qui semblait l'envelopper tout entier. Il s'enfonça dans le boyau, butant contre des cartons moisis, des câbles oubliés, des conteneurs métalliques. A aucun moment il ne cherchait à allumer. Il tritura plusieurs serrures, ouvrit des cadenas, des parois grillagées, des portes plombées. Il ne prenait pas la peine de les refermer à clé mais les sentait s'accumuler sur son passage comme autant de couches protectrices.

Enfin, il pénétra dans les entrailles du second parking, situé sous le square d'Anvers. La réplique exacte du premier, hormis le sol et les murs peints en vert clair. Tout était désert. Il reprit sa marche. Il était en nage, agité de tremblements, et se sentait alternativement brûlant et glacé, par secousses. Au-delà de l'angoisse, il reconnaissait ces symptômes : le manque.

Enfin, au nº 2033, il repéra le break Volvo. Son allure imposante, sa carrosserie gris métallisé, sa plaque portant l'immatriculation du département du Haut-Rhin lui procurèrent un sentiment de réconfort. Tout son organisme parut se stabiliser, trouver son point d'équilibre.

Dès les premiers troubles d'Anna, il avait compris que la situation allait s'aggraver. Mieux que quiconque, il savait que ces défaillances allaient se multiplier et que le projet, tôt ou tard, tournerait à la catastrophe. Il avait alors imaginé une solution de repli. Dans un premier temps, retourner dans son pays d'origine : l'Alsace. Puisqu'il ne pouvait pas changer de nom, il s'enfouirait parmi les autres Ackermann de la planète – plus de trois cents dans les seuls départements du Bas et du Haut-Rhin. Ensuite, il envisagerait le vrai départ : Brésil, Nouvelle-Zélande, Malaisie...

Il extirpa le bip de sa poche. Il allait l'actionner quand une voix le frappa dans le dos :

– Tu es sûr que tu n'oublies rien ?

Il se retourna et aperçut une créature noire et blanche, serrée dans un manteau de velours, à quelques mètres de lui.

Anna Heymes.

Il ressentit d'abord une bouffée de colère. Il songea à un oiseau de malheur, une malédiction rivée à ses pas. Puis il se ravisa : « La livrer, se dit-il. La livrer, ton seul salut. »

Il lâcha son sac et prit un ton de réconfort :

– Anna, où tu étais, bon sang ? Tout le monde te cherche. (Il avança en ouvrant les bras.) Tu as eu raison de venir me trouver. Tu...

– Ne bouge pas.

Il se figea net et lentement, très lentement, pivota vers la nouvelle voix. Une autre silhouette se détacha d'une colonne, sur sa droite. Il éprouva un tel étonnement que sa vue se brouilla. Des souvenirs se formèrent, confusément, à la surface de sa conscience. Il connaissait cette femme.

– Mathilde ?

Elle s'approcha sans répondre. Il répéta, du même ton hébété :

– Mathilde Wilcrau ?

Elle se planta devant lui, braquant de sa main gantée un pistolet automatique. Il balbutia, passant de l'une à l'autre :

– Vous... Vous vous connaissez ?

– Quand on ne se fie plus au neurologue, où va-t-on ? Chez le psychiatre.

Elle allongeait comme autrefois les syllabes en ondulations graves. Comment oublier une telle voix ?

Un flot de salive inonda sa bouche. Un limon qui portait en lui le même goût que le relent bizarre de tout à l'heure. Cette fois, il l'identifia : le goût de la peur, âcre, profond, malfaisant. Il en était la source unique. Il l'exsudait par tous les pores de sa peau.

– Vous m'avez suivi ? Qu'est-ce que vous voulez ?

Anna s'approcha. Ses yeux indigo brillaient dans la lumière verdâtre du parking. Des yeux d'océan sombre, étirés, presque asiatiques. Elle dit en souriant :

– A ton avis ?

40

Je suis le meilleur, ou du moins l'un des meilleurs, dans les domaines des neurosciences, de la neuropsychologie et de la psychologie cognitive, toutes nationalités confondues. Ce n'est pas de la vanité, simplement un fait reconnu dans la communauté scientifique internationale. A cinquante-deux ans, je suis ce qu'on appelle une valeur, une référence.

Pourtant, je ne suis devenu vraiment important dans ces domaines que lorsque je me suis extrait du monde scientifique, lorsque je suis sorti des sentiers battus pour me dissoudre dans une voie interdite. Une voie que personne d'autre n'avait empruntée avant moi. A ce moment seulement, je suis devenu un chercheur majeur, un pionnier qui marquera son temps.

Sauf qu'il est déjà trop tard pour moi...

Mars 1994.

Au terme de seize mois d'expériences tomographiques sur la mémoire – troisième saison du programme « Mémoire personnelle et Mémoire culturelle » –, la répétition de certaines anomalies m'incite à contacter les laboratoires qui, dans le cadre de leurs recherches, utilisent le même traceur radioactif que ma propre équipe : l'Oxygène-15.

Réponse unanime : ils n'ont rien remarqué.

Cela ne signifie pas que je me trompe. Cela signifie que j'inocule des doses supérieures à mes sujets d'expériences et que la singularité de mes résultats tient, justement, à ce dosage. Je pressens cette vérité : j'ai franchi un seuil, et ce seuil a révélé le pouvoir de la substance.

Il est trop tôt pour publier quoi que ce soit. Je me contente de rédiger un rapport à l'intention de mes bailleurs de fonds, le Commissariat à l'Energie Atomique, dressant le bilan de la saison écoulée. Dans une note annexe, à la dernière page, je mentionne la répétition des faits originaux remarqués au cours des tests. Des faits qui concernent l'influence indirecte de l'O-15 sur le cerveau humain, et qui mériteraient, sans aucun doute, de faire l'objet d'un programme spécifique.

La réaction est immédiate. Je suis convoqué au siège du CEA, au mois de mai. Je suis attendu, dans une vaste salle de conférences, par une dizaine de spécialistes. Coupes en brosse, formules rigides : je les reconnais au premier coup d'œil. Ce sont les militaires qui m'ont reçu deux ans plus tôt, lorsque j'ai présenté pour la première fois mon programme de recherches.

Je commence mon exposé, en bon ordre :

– Le principe de la TEP (Tomographie par Emission de Positons) consiste à injecter un traceur radioactif dans le sang du sujet. Ainsi radioactivé celui-ci émet des positions que la caméra capte en temps réel, ce qui permet de localiser l'activité cérébrale. Pour ma part, j'ai choisi un isotope radioactif classique, l'Oxygène-15, et...

Une voix m'interrompt :

– Dans votre note, vous évoquez des anomalies. Venez-en au fait : que s'est-il passé ?

– J'ai constaté que les sujets, après les tests, confondaient leurs propres souvenirs avec les anecdotes qui leur avaient été soumises durant la séance.

– Soyez plus précis.

– Plusieurs exercices de mon protocole consistent à diffuser des histoires imaginaires, des petites fictions que le sujet doit ensuite résumer oralement. Après les tests, les sujets évoquaient ces histoires comme des faits véridiques. Ils étaient tous convaincus d'avoir vécu, réellement, ces fictions.

– Vous pensez que c'est l'utilisation de l'O-15 qui a provoqué ce phénomène ?

– Je le suppose. La caméra à positons ne peut avoir d'effet sur la conscience : c'est une technique non invasive. L'O-15 est le seul produit administré aux sujets-témoins.

– Comment expliquez-vous cette influence ?

– Je ne l'explique pas. Peut-être l'impact de la radioactivité sur les neurones. Ou un effet de la molécule elle-même sur les neurotransmetteurs. Tout se passe comme si l'expérience exaltait le système cognitif, le rendait perméable aux informations rencontrées durant le test. Le cerveau ne sait plus faire la différence entre les données imaginaires et la réalité vécue.

– Pensez-vous qu'il soit possible, grâce à cette substance, d'implanter dans la conscience d'un sujet des souvenirs, disons... artificiels ?

– C'est beaucoup plus complexe que cela, je...

– Pensez-vous que cela soit possible, oui ou non ?

– Il serait envisageable de travailler dans ce sens, oui.

Silence. Une autre voix :

– Durant votre carrière, vous avez travaillé sur les techniques de lavage de cerveau, non ?

J'éclate de rire, vaine tentative pour désamorcer l'atmosphère d'inquisition qui règne ici :

– Il y a plus de vingt ans. C'était dans ma thèse de doctorat !

– Avez-vous suivi les progrès effectués dans ce domaine ?

– Plus ou moins, oui. Mais dans ce secteur, il y a beaucoup de recherches non publiées. Des travaux classés Secret Défense. Je ne sais pas si...

– Des substances pourraient-elles être utilisées efficacement comme paravent chimique occultant la mémoire d'un sujet ?

– Il existe plusieurs produits, oui.

– Lesquels ?

– Vous êtes en train de parler de manipulations de...

– Lesquels ?

Je réponds à contrecœur :

– On parle beaucoup actuellement de substances comme le GHB, le gamma-hydroxybutyrate. Mais pour atteindre ce type d'objectifs, il vaudrait mieux encore utiliser un produit plus courant : le Valium, par exemple.

– Pourquoi ?

– Parce que le Valium, à certaines doses infra-anesthésiques, provoque non seulement une amnésie partielle, mais aussi des automatismes. Le patient devient

306

perméable à la suggestion. De plus, on possède un anti-dote : le sujet peut ensuite retrouver la mémoire.

Silence. La première voix :

— En admettant qu'un sujet ait subi un tel traitement, peut-on imaginer de lui injecter, ensuite, de nouveaux souvenirs grâce à l'Oxygène-15 ?

— Si vous comptez sur moi pour...

— Oui ou non ?

— Oui.

Nouveau silence. Tous les regards sont verrouillés sur moi.

— Le sujet ne se souviendrait de rien ?

— Non.

— Ni du premier traitement au Valium, ni du second à l'Oxygène-15 ?

— Non. Mais il est trop tôt pour...

— A part vous, qui connaît ces effets ?

— Personne. J'ai contacté les laboratoires qui utilisent l'isotope mais ils n'ont rien remarqué et...

— Nous savons qui vous avez contacté.

— Vous... Je suis surveillé ?

— Avez-vous parlé de vive voix aux responsables de ces laboratoires ?

— Non. Tout s'est passé par e-mail. Je...

— Merci, professeur.

A la fin de l'année 1994, un nouveau budget est voté. Un programme entièrement dédié aux effets de l'Oxygène-15. Telle est l'ironie de l'histoire : moi qui ai rencontré tant de difficultés pour obtenir les fonds d'un programme que j'avais conçu, présenté, défendu, on m'alloue maintenant des moyens financiers pour un projet que je n'ai même pas envisagé.

307

Le cauchemar commence. Je reçois la visite d'un policier, protégé par deux nervis habillés en noir. Un colosse à moustache grise, vêtu de gabardine de laine. Il se présente : Philippe Charlier, commissaire. Il paraît jovial, souriant, débonnaire, mais mon instinct d'ancien hippie me souffle qu'il est dangereux. Je reconnais en lui le casseur de gueules, le briseur de révolte, le salopard sûr de son droit.

– Je suis venu te raconter une histoire, annonce-t-il. Un souvenir personnel. A propos de la vague d'attentats qui a semé la panique en France, de décembre 1985 à septembre 1986. La rue de Rennes, tout ça, tu te souviens ? Au total, treize morts et deux cent cinquante blessés.

» A l'époque, je travaillais pour la DST (Direction de la Surveillance du Territoire). On nous a accordé tous les moyens. Des milliers de gars, des systèmes d'écoute, des gardes à vue illimitées. On a retourné les foyers islamistes, secoué les filières palestiniennes, les réseaux libanais, les communautés iraniennes. Paris était entièrement sous notre contrôle. On a même proposé une prime d'un million de francs à quiconque pourrait nous renseigner. Tout ça pour que dalle. On n'a pas dégoté un indice, une information. Rien. Et les attentats continuaient, tuant, blessant, démolissant, sans qu'on puisse empêcher le massacre.

» Un jour, en mars 86, un petit quelque chose a changé et on a arrêté d'un coup tous les membres de la filière : Fouad Ali Salah et ses complices. Ils stockaient leurs armes et leurs explosifs dans un appartement de la rue de la Voûte, dans le 12e arrondissement. Leur point de ralliement était un restaurant tunisien de la rue de Chartres, dans le quartier de la Goutte d'Or. C'est moi qui ai dirigé l'opération. On les a tous chopés, en quelques heures. Du boulot propre, net, sans bavure. Du jour au lendemain, les attentats ont cessé. Le calme est revenu sur la ville.

» Tu sais ce qui a permis ce miracle ? Le "petit quelque chose" qui a modifié toute la donne ? Un des membres du groupe, Lotfi ben Kallak, avait simplement décidé de retourner sa veste. Il nous a contactés, a balancé ses complices en échange de la récompense. Il a même accepté d'organiser le piège, de l'intérieur.

» Lotfi était fou. Personne ne renonce à la vie pour quelques centaines de milliers de francs. Personne n'accepte de vivre comme une bête traquée, de s'exiler au bout du monde en sachant que, tôt ou tard, le châtiment viendra. Mais j'ai pu mesurer l'impact de sa trahison. Pour la première fois, on était à l'intérieur du groupe. Au cœur du système, tu piges ? Dès cet instant, tout est devenu clair, facile, efficace. C'est la morale de mon histoire. Les terroristes n'ont qu'une force : le secret. Ils frappent n'importe où, quand ça leur chante. Il n'y a qu'un seul moyen de les stopper : pénétrer leur réseau. Pénétrer leur cerveau. Alors seulement, tout devient possible. Comme avec Lofti. Et grâce à toi, on va y arriver pour tous les autres.

Le projet de Charlier est limpide : retourner des hommes proches des réseaux terroristes grâce à l'Oxygène-15, leur injecter des souvenirs artificiels – par exemple un motif de vengeance – afin de les convaincre de coopérer et de trahir leurs frères d'armes.

– Le programme s'appellera Morpho, explique-t-il. Parce qu'on va changer la morphologie psychique des bougnoules. On va modifier leur personnalité, leur géographie cérébrale. Ensuite, on les relâchera dans leur milieu d'origine. Des putains de chiens contaminés dans la meute.

Il conclut, d'une voix à vitrifier le sang :

– Ton choix est simple. D'un côté, des moyens illimités, des sujets à volonté, l'occasion de diriger une révolution scientifique en toute confidentialité. De l'autre, le retour à l'existence merdique de chercheur, la course au fric, les labos en faillite, les publications obscures. Sans compter que nous mènerons, de toute façon, le programme ; avec d'autres, à qui nous refilerons tes travaux, tes notes, tout. Tu peux compter sur ces scientifiques pour exploiter l'influence de l'Oxygène-15 et s'en attribuer la paternité.

Dans les jours qui suivent, je me renseigne. Philippe Charlier est l'un des cinq commissaires de la Sixième Division de la Direction centrale de la Police judiciaire (DCPJ). Un des meneurs de la lutte antiterroriste internationale, agissant sous les ordres de Jean-Paul Magnard, le directeur du « Sixième Bureau ».

Surnommé dans les services le « Géant Vert », il est réputé pour son obsession de l'infiltration, et aussi pour la violence de ses méthodes. Il est même régulièrement écarté par Magnard, connu lui-même pour son intransigeance, mais fidèle aux méthodes traditionnelles, allergique à toute expérimentation.

Pourtant, nous sommes au printemps 95, et les idées

de Charlier ont pris une résonance particulière. La menace d'un réseau terroriste pèse sur la France. Le 25 juillet, une bombe éclate dans la station de RER Saint-Michel, tuant dix personnes. On soupçonne des membres du GIA mais il n'existe pas l'ombre d'une piste pour enrayer la vague d'attentats.

Le ministère de la Défense, associé au ministère de l'Intérieur, décide de financer le projet Morpho. Même si l'opération ne permettra pas d'être efficace sur ce dossier spécifique – « trop court » –, il est temps d'utiliser des armes nouvelles contre le terrorisme d'Etat.

A la fin de l'été 1995, Philippe Charlier me rend une nouvelle visite et évoque déjà la sélection d'un cobaye, parmi les centaines d'islamistes arrêtés dans le cadre du plan Vigipirate.

C'est à ce moment que Magnard remporte une victoire décisive. Alors qu'une bouteille de gaz a été retrouvée sur la ligne du TGV et que les gendarmes lyonnais s'apprêtent à la détruire, Magnard exige l'analyse de l'objet. On y découvre les empreintes d'un suspect, Khaled Kelkal, qui s'avère être l'un des auteurs des attentats. La suite appartient à l'histoire, aux médias : Kelkal, traqué comme une bête dans les bois de la région lyonnaise, est abattu le 29 septembre, puis le réseau démantelé.

C'est le triomphe de Magnard et des bonnes vieilles méthodes à l'ancienne.

Fin du dossier Morpho.

Exit Philippe Charlier.

Pourtant, le budget perdure. Les ministères chargés de la sécurité du pays m'allouent des moyens importants pour poursuivre mes travaux. Dès la première année, mes résultats démontrent que j'ai vu juste. C'est bien l'Oxygène-15, injecté selon des doses significatives, qui rend les neurones perméables aux souvenirs artificiels. Sous cette influence, la mémoire devient poreuse, elle laisse filtrer des éléments de fiction et les intègre comme réalité.

Mon protocole s'affine. Je travaille sur plusieurs dizaines de patients, tous fournis par l'armée, des soldats volontaires. Il s'agit de conditionnements de très faible envergure. Un seul souvenir artificiel chaque fois. J'attends ensuite plusieurs jours pour m'assurer que la « greffe » a pris.

Il reste à tenter l'expérience ultime : occulter la mémoire d'un sujet puis lui implanter des souvenirs tout neufs. Je ne suis pas pressé de tenter une telle lessive. D'autant plus que la police et l'armée semblent m'oublier. Durant ces années-là, Charlier est relégué à des enquêtes de terrain, coupé des sphères du pouvoir. Magnard règne sans partage, avec ses principes traditionnels. J'ai l'espoir qu'on me lâche définitivement la bride. Je rêve d'un retour à la vie civile, d'une publication officielle de mes résultats, d'une application saine de mes expériences...

Tout cela serait possible sans le 11 septembre 2001.

Les attentats des Twin Towers et du Pentagone.

Le souffle de l'explosion pulvérise toutes les certitudes policières, toutes les techniques d'investigation et d'espionnage, à l'échelle du monde entier. Les services secrets, les agences de renseignements, les polices et les armées des pays menacés par Al-Qaïda sont sur les dents. Les responsables politiques sont effarés. Une nouvelle fois, le danger terroriste a démontré sa force majeure : le secret.

On parle de guerre sainte, de menace chimique, d'alerte atomique...

Philippe Charlier revient en première ligne. Il est l'homme de la rage, de l'obsession. Une figure de force, aux méthodes obscures, violentes – et efficaces. Le dossier Morpho est exhumé. Des mots honnis reviennent sur toutes les lèvres : conditionnement, lavage de cerveau, infiltration...

Au milieu du mois de novembre, Charlier débarque à l'institut Henri-Becquerel. Il annonce avec un large sourire :

– Les barbus sont de retour.

Il m'invite au restaurant. Un bouchon lyonnais : saucisson chaud et vin de Bourgogne. Le cauchemar recommence, dans les relents de graisse et de sang cuits.

– Est-ce que tu connais le budget annuel de la CIA et du FBI ? demande-t-il.

Je réponds par la négative.

– Trente milliards de dollars. Les deux agences possèdent des satellites, des sous-marins espions, des engins automatiques de reconnaissance, des centres d'écoute mobiles. La technologie la plus fine dans le domaine de la surveillance électronique. Sans compter la NSA (National Security Agency) et son savoir-faire. Les Américains peuvent tout écouter, tout percevoir. Il n'existe plus de secret sur terre. On en a beaucoup parlé. Le monde entier s'est inquiété. On a même évoqué Big Brother... Seulement, il y a eu le 11 septembre. Quelques gars, armés de couteaux en plastique, ont réussi à détruire les tours du World Trade Center et un bon morceau du Pentagone, atteignant un score de près de trois mille morts. Les Américains écoutent tout, captent tout, sauf les hommes qui sont vraiment dangereux.

Le Géant Vert ne rit plus. Il tourne lentement ses paumes vers le plafond, au-dessus de son assiette :

– Tu imagines les deux plateaux de la balance ? D'un côté, trente milliards de dollars. De l'autre, des couteaux en plastique. Qu'est-ce qui a fait la différence à ton avis ? Qu'est-ce qui a fait pencher cette putain de balance ? (Il frappe la table avec violence.) La volonté. La foi. La folie. Face à l'armada de technologie, aux milliers d'agents américains, une poignée d'hommes déterminés a pu se soustraire à toute surveillance. Parce qu'aucune machine ne sera jamais aussi forte qu'un cerveau humain. Parce que jamais aucun fonctionnaire, menant une existence normale, possédant des ambitions normales, ne pourra coincer un fanatique qui se contrefout de sa propre vie, qui s'incarne totalement dans une cause supérieure.

Il s'arrête, reprend sa respiration, puis poursuit :

– Les pilotes-kamikazes du 11 septembre s'étaient épilé le corps. Tu sais pourquoi ? Pour être parfaitement purs au moment d'entrer au paradis. On ne peut rien contre de tels salopards. Ni les espionner, ni les acheter, ni les comprendre.

Ses yeux brillent d'un éclat ambigu, comme s'il avait prévenu tout le monde de l'imminence de la catastrophe :

– Je te le répète : il n'y a qu'un seul moyen pour choper ces fanatiques. Retourner l'un d'entre eux. Le convertir pour lire l'envers de leur folie. Alors seulement, on pourra se battre.

Le Géant Vert plante ses coudes sur la nappe, arrondit ses lèvres sur son ballon de rouge, puis relève sa moustache d'un sourire :

– J'ai une bonne nouvelle pour toi. A compter d'aujourd'hui, le projet Morpho repart. Je t'ai même trouvé un candidat. (Le rictus poivré s'accentue.) Je devrais plutôt dire : une candidate.

41

– Moi.

La voix d'Anna claqua sur le ciment comme une balle de ping-pong. Eric Ackermann lui adressa un faible sourire, presque un sourire d'excuse. Voilà près d'une heure qu'il parlait sans discontinuer, assis dans la Volvo Break, portière ouverte, les jambes déroulées au-dehors. Il avait la gorge sèche et aurait donné n'importe quoi pour un verre d'eau.

Contre la colonne, Anna Heymes demeurait immobile, aussi fine qu'un graffiti à l'encre de Chine. Mathilde Wilcrau ne cessait d'aller et venir, actionnant la minuterie lorsque les néons s'éteignaient.

Tout en parlant, il les observait l'une et l'autre. La petite, pâle et noire, lui paraissait, malgré sa jeunesse, empreinte d'une raideur très ancienne, presque minérale. La grande, au contraire, était végétale, vibrante d'une fraîcheur intacte. Toujours cette bouche trop rouge, ces cheveux trop noirs, ce heurt de couleurs crues, comme sur un étal de marché.

Comment pouvait-il avoir de telles idées en cet instant ? Les hommes de Charlier devaient maintenant sillonner le quartier, escortés par les flics de l'arrondissement, tous à sa recherche. Des bataillons de policiers armés qui voulaient lui faire la peau. Et ce besoin de drogue qui montait, s'associant à sa soif, irritant la moindre parcelle de son corps...

Anna répéta, quelques notes plus bas :

– Moi...

Elle tira de sa poche un paquet de cigarettes. Ackermann risqua :

– Je... Je peux en avoir une ?

Elle alluma d'abord sa Marlboro puis, après une hésitation, lui en offrit une. Lorsqu'elle fit jouer son briquet, l'obscurité s'abattit. La flamme perça la nuit et imprima la scène en négatif.

Mathilde actionna de nouveau le commutateur.

– La suite, Ackermann. Il nous manque la donnée principale : qui est Anna ?

Le ton était toujours menaçant mais dénué de colère ou de haine. Il savait maintenant que ces femmes ne le tueraient pas. On ne s'improvise pas assassin. Sa confession était volontaire, et le soulageait. Il attendit que le goût du tabac brûlé emplisse sa gorge pour répondre :

– Je ne sais pas tout. Loin de là. D'après ce qu'on m'a dit, tu t'appelles Sema Gokalp. Tu es turque, ouvrière clandestine. Tu viens de la région de Gaziantep, dans le sud de l'Anatolie. Tu travaillais dans le 10e arrondissement. Ils t'ont amenée à l'institut Henri-Becquerel le 16 novembre 2001, après une brève hospitalisation à l'hôpital Sainte-Anne.

Anna demeurait impassible, toujours plaquée contre la colonne. Les mots semblaient la traverser sans effet apparent, comme un bombardement de particules, invisible mais mortel.

– Vous m'avez enlevée ?

– Trouvée plutôt. J'ignore comment ça s'est passé. Un affrontement entre Turcs, un saccage dans un atelier de Strasbourg-Saint-Denis. Une sombre histoire de racket, je ne sais pas au juste. Quand les flics sont arrivés, il n'y avait plus personne dans l'atelier. Sauf toi. Tu étais planquée dans un réduit...

Il inhala une bouffée. Malgré la nicotine, l'odeur de peur persistait.

– L'affaire est revenue aux oreilles de Charlier. Il a tout de suite compris qu'il tenait là un sujet idéal pour tenter le projet Morpho.

– Pourquoi « idéal » ?

– Sans papiers, sans famille, sans attaches. Et surtout, en état de choc.

Ackermann lança un regard à Mathilde ; un regard de spécialiste. Puis il revint à Anna :

– Je ne sais pas ce que tu as vu cette nuit-là, mais cela devait être quelque chose d'atroce. Tu étais totalement traumatisée. Trois jours après, tes membres étaient encore ankylosés par la catalepsie. Tu sursautais au moindre bruit. Mais le plus intéressant, c'est que le trauma avait brouillé ta mémoire. Tu paraissais incapable de te souvenir de ton nom, de ton identité, des quelques informations inscrites sur ton passeport. Tu ne cessais de murmurer des paroles incohérentes. Cette amnésie me préparait le terrain. J'allais pouvoir t'implanter plus rapidement de nouveaux souvenirs. Un cobaye parfait.

Anna cria :

– Salopard !

Il acquiesça en fermant les yeux puis se ravisa ; prenant conscience de son attitude, il ajouta avec cynisme :

– En plus, tu t'exprimais dans un français impeccable. C'est ce détail qui a donné l'idée à Charlier.

– Quelle idée ?

– Au départ, nous voulions simplement injecter des fragments artificiels dans la tête d'un sujet étranger, d'une culture distincte. Nous voulions voir ce que cela donnerait. Par exemple, modifier la conviction religieuse d'un musulman. Ou lui instiller un motif de ressentiment. Mais avec toi, d'autres possibilités se profilaient. Tu parlais parfaitement notre langue. Ton physique était celui d'une Européenne bon teint. Charlier a placé la barre plus haut : un conditionnement total. Effacer ta personnalité et ta culture au profit d'une identité d'Occidentale.

Il s'arrêta. Les deux femmes conservaient le silence. Une invite tacite à poursuivre :

– J'ai d'abord approfondi ton amnésie en t'injectant un surdosage de Valium. Puis j'ai attaqué le travail de conditionnement proprement dit. La construction de ta nouvelle personnalité. Sous Oxygène-15.

Mathilde demanda d'une voix intriguée :

– Cela consistait en quoi ?

Une nouvelle bouffée, puis il répondit, sans pouvoir quitter Anna des yeux :

– Principalement à t'exposer à des informations. Sous toutes les formes. Des discours. Des images filmées. Des sons enregistrés. Avant chaque séance, je t'injectais la substance radioactive. Les résultats étaient incroyables. Chaque donnée se transformait dans ton cerveau en souvenir réel. Tu devenais chaque jour un peu plus la véritable Anna Heymes.

La petite femme se décolla du pylône :

– Tu veux dire qu'elle existe *vraiment* ?

L'odeur intérieure était de plus en plus forte, virant au pourrissement. Oui, il était en train de pourrir sur place. Alors que le manque d'amphétamines levait une lente panique au fond de son crâne.

– Il fallait remplir ta mémoire avec un ensemble cohérent de souvenirs. Le meilleur moyen était de choisir une personnalité existante, d'utiliser son histoire, ses photos, ses films vidéo. Voilà pourquoi nous avons choisi Anna Heymes. Nous possédions ce matériel.

– Qui est-elle ? Où est la véritable Anna Heymes ?

Il recala ses lunettes sur son nez, avant de lâcher :

– A quelques mètres sous terre. Elle est morte. La femme de Heymes s'est suicidée il y a six mois. La place était libre, en quelque sorte. Tous tes souvenirs appartiennent à son histoire. Les parents décédés. La famille dans le Sud-Ouest. Le mariage à Saint-Paul-de-Vence. La licence de droit.

A cet instant, la lumière s'éteignit. Mathilde ralluma. Le retour de sa voix coïncida avec celui de la lumière :

– Vous auriez relâché une telle femme dans les milieux turcs ?

– Non. Ça n'aurait eu aucun sens. C'était une opération à blanc. Juste une tentative de conditionnement... total. Pour voir jusqu'où nous pouvions aller.

– A terme, demanda Anna, qu'est-ce que vous auriez fait de moi ?

– Aucune idée. Ce n'était plus de mon ressort.

Un mensonge de plus. Bien sûr qu'il savait ce qui

attendait cette femme. Que faire d'un cobaye aussi gênant ? Lobotomie ou élimination. Quand Anna reprit la parole, elle paraissait avoir perçu cette sinistre réalité. Sa voix avait la froideur d'une lame :

– Qui est Laurent Heymes ?

– Exactement ce qu'il dit : le directeur des études et bilans du ministère de l'Intérieur.

– Pourquoi s'est-il prêté à cette mascarade ?

– Tout est lié à sa femme. Elle était dépressive, incontrôlable. Les derniers temps, Laurent avait tenté de la faire travailler. Une mission particulière, au ministère de la Défense, qui concernait la Syrie. Anna a volé des documents. Elle a voulu les monnayer auprès des autorités de Damas, pour s'enfuir on ne sait où. Une dingue. L'affaire a été découverte. Anna a flanché et s'est suicidée.

Mathilde tiqua :

– Et cette histoire demeurait un moyen de pression sur Laurent Heymes, même après sa mort ?

– Il a toujours eu peur du scandale. Sa carrière aurait été anéantie. Un haut fonctionnaire marié à une espionne... Charlier possède un dossier complet là-dessus. Il tient Laurent comme il tient tout le monde.

– Tout le monde ?

– Alain Lacroux. Pierre Caracilli. Jean-François Gaudemer. (Il se tourna encore vers Anna.) Les soi-disant hauts fonctionnaires qui partageaient tes dîners.

– Qui sont-ils ?

– Des clowns, des tricards, des policiers corrompus, sur lesquels Charlier possède des informations et qui étaient obligés de se prêter à ces réunions de carnaval.

– Pourquoi ces réunions ?

– Une idée à moi. Je voulais confronter ton esprit au monde extérieur, observer tes réactions. Tout était filmé. Les conversations étaient enregistrées. Il faut que tu comprennes que ton existence entière était fausse : l'immeuble de l'avenue Hoche, la concierge, les voisins... Tout était sous notre contrôle.

– Un rat de laboratoire.

Ackermann se leva et voulut faire quelques pas, mais il se retrouva aussitôt bloqué entre la portière ouverte et le mur du parking. Il s'affaissa sur son siège :

– Ce programme est une révolution scientifique, répliqua-t-il d'un ton rauque. Il n'y avait pas de considérations morales à avoir.

Au-dessus de la porte, Anna lui tendit une nouvelle cigarette. Elle paraissait prête à lui pardonner, à condition qu'il donne tous les détails :

– La Maison du Chocolat ?

En allumant la Marlboro, il s'aperçut qu'il tremblait. Une onde de choc s'annonçait. Le manque allait bientôt hurler sous sa peau.

– Cela a été un des problèmes, dit-il dans un nuage de fumée. Ce job nous a pris de vitesse. Il a fallu resserrer notre surveillance. Des flics t'observaient en permanence. Le voiturier d'un restaurant, je crois...

– La Marée.

– La Marée, c'est ça.

– Quand je travaillais à la Maison du Chocolat, un client venait souvent. Un homme que j'avais l'impression de connaître. C'était un flic ?

– Possible. Je ne connais pas les détails. Tout ce que je sais, c'est que tu nous échappais.

De nouveau, l'obscurité tomba. Mathilde réveilla les rampes de néon.

— Mais le vrai problème, c'était les crises, enchaîna-t-il. J'ai tout de suite pressenti qu'il y avait une faille. Et que cela allait empirer. Le trouble concernant les visages n'était qu'un signe avant-coureur : ta vraie mémoire était en train de refaire surface.

— Pourquoi les visages ?

— Aucune idée. Nous sommes dans la pure expérimentation.

Ses mains tremblaient de plus en plus. Il se concentra sur son discours :

— Quand Laurent t'a surprise à l'observer en pleine nuit, on a compris que tes troubles s'accentuaient. Il fallait t'interner.

— Pourquoi voulais-tu faire une biopsie ?

— Pour en avoir le cœur net. Peut-être que l'injection massive d'Oxygène-15 a provoqué une lésion. Il faut que je comprenne ce phénomène !

Il s'arrêta net, regrettant d'avoir crié. Il avait l'impression que des courts-circuits faisaient crépiter sa peau. Il balança sa cigarette et coinça ses doigts sous ses cuisses. Combien de temps allait-il tenir encore ?

Mathilde Wilcrau passa à la question cruciale :

— Les hommes de Charlier : où cherchent-ils ? Combien sont-ils ?

— Je ne sais pas. Je suis sur la touche. Laurent aussi. Je n'ai même plus de contact avec lui... Pour Charlier, le programme est clos. Il n'y a qu'une urgence : te récupérer et te retirer de la circulation. Vous lisez les journaux. Vous savez ce qui se passe dans les médias, dans l'opinion publique, pour une malheureuse écoute téléphonique non autorisée. Imaginez ce qui arriverait si le projet était connu.

– Je suis donc la femme à abattre ? demanda Anna.

– La femme à soigner, plutôt. Tu ne sais pas ce que tu as dans la tête. Tu dois te rendre, te remettre entre les mains de Charlier. Entre nos mains. C'est la seule solution pour que tu guérisses, et qu'on ait tous la vie sauve !

Il leva les yeux au-dessus de l'arc de ses lunettes. Il les voyait floues, et c'était mieux comme ça. Il renchérit :

– Bon Dieu, vous ne connaissez pas Charlier ! Je suis certain qu'il a agi en toute illégalité. Maintenant, il fait le ménage. A l'heure qu'il est, je ne sais même pas si Laurent est encore vivant. Tout est foutu, à moins qu'on puisse encore te traiter...

Sa voix mourut dans sa gorge. A quoi bon poursuivre ? Lui-même ne croyait plus à cette éventualité. Mathilde énonça de sa voix basse :

– Tout ça ne nous dit pas pourquoi vous avez changé son visage.

Ackermann sentit un sourire monter à ses lèvres : il attendait cette question depuis le début.

– Nous n'avons pas changé ton visage.

– Quoi ?

Il les observa de nouveau à travers ses carreaux. La stupéfaction figeait leurs traits. Il planta ses yeux dans les pupilles d'Anna :

– Tu étais comme ça quand nous t'avons trouvée. Dès les premiers scanners, j'ai découvert les cicatrices, les implants, les pivots. C'était incroyable. Une opération esthétique complète. Un truc qui a dû coûter une fortune. Pas le genre d'intervention que peut se payer une ouvrière clandestine.

– Qu'est-ce que tu veux dire ?

– Que tu n'es pas une ouvrière. Charlier et les autres se sont trompés. Ils ont cru enlever une Turque anonyme. Mais tu es beaucoup plus que ça. Aussi dingue que cela puisse paraître, je crois que tu te cachais déjà dans le quartier turc quand ils t'ont découverte.

Anna éclata en sanglots :

– C'est pas possible... C'est pas possible... Quand tout cela s'arrêtera-t-il ?

– En un sens, continua-t-il avec un étrange acharnement, cette vérité explique le succès de la manipulation. Je ne suis pas un magicien. Je n'aurais jamais pu transformer à ce point une ouvrière débarquée d'Anatolie. Surtout en quelques semaines. Il n'y a que Charlier pour gober un truc pareil.

Mathilde s'arrêta sur ce dernier point :

– Qu'a-t-il dit quand tu lui as annoncé que son visage était modifié ?

– Je ne lui ai pas dit. J'ai caché à tout le monde ce fait délirant. (Il regarda Anna.) Même le dernier samedi, quand tu es venue à Becquerel, j'ai substitué les radios. Tes cicatrices apparaissaient sur tous les clichés.

Anna essuya ses larmes :

– Pourquoi tu as fait ça ?

– Je voulais achever l'expérience. L'occasion était trop belle... Ton état psychique était idéal pour tenter l'aventure. Seul comptait le programme...

Anna et Mathilde demeuraient interdites.

Quand la petite Cléopâtre reprit, sa voix était aussi sèche qu'une feuille d'encens.

– Si je ne suis pas Anna Heymes, ni Sema Gokalp, qui suis-je ?

– Pas la moindre idée. Une intellectuelle, une immigrée politique... Ou une terroriste. Je...

Les néons s'éteignirent encore une fois. Mathilde n'esquissa pas un geste. L'obscurité parut s'approfondir comme une coulée de goudron. Un bref instant, il se dit : « Je me suis trompé, elles vont me tuer. » Mais la voix d'Anna résonna dans les ténèbres :

– Il n'y a qu'un seul moyen pour le savoir.

Personne ne rallumait la lumière. Eric Ackermann devinait la suite. Anna murmura, soudain près de lui :

– Tu vas me rendre ce que tu m'as volé. Ma mémoire.

HUIT

42

Il s'était débarrassé du môme, et c'était déjà ça.

Après la corrida de la gare et ses révélations, Jean-Louis Schiffer avait emmené Paul Nerteaux dans une brasserie, en face de la gare de l'Est, La Strasbourgeoise. Il lui avait de nouveau expliqué les vrais enjeux de l'enquête, qui se résumaient à « cherchez la femme ». Pour l'heure, rien d'autre ne comptait ; ni les victimes ni les tueurs. Il leur fallait débusquer la cible des Loups Gris ; celle que ces derniers cherchaient depuis cinq mois dans le quartier turc et qu'ils avaient manquée jusqu'ici.

Enfin, au bout d'une heure de discussion serrée, Paul Nerteaux avait capitulé et pris un virage à cent quatre-vingts degrés. Son intelligence et sa capacité d'adaptation ne cessaient d'étonner Schiffer ; le môme avait alors défini lui-même la nouvelle stratégie à suivre.

Premier point : élaborer un portrait-robot de la Proie en se fondant sur les photographies des trois mortes, puis diffuser cet avis de recherche dans le quartier turc.

Deuxième point : renforcer les patrouilles, multiplier les contrôles d'identité, les fouilles à travers la Petite Turquie. Un tel ratissage pouvait paraître dérisoire mais, selon Nerteaux, on pouvait aussi tomber sur la femme par hasard. Ça s'était déjà vu : après vingt-cinq ans de cavale, Toto Riina, le chef suprême de Cosa Nostra, avait été arrêté à la suite d'un banal contrôle d'identité, en plein Palerme.

Troisième point : retourner chez Marius, le patron de l'Iskele, et étudier ses fichiers afin de voir si d'autres ouvrières ne correspondaient pas à ce signalement. Cette idée plaisait à Schiffer, mais il ne pouvait débarquer là-bas après le traitement qu'il avait infligé au marchand d'esclaves.

Il se réservait en revanche le quatrième point : rendre visite à Talat Gurdilek, chez qui travaillait la première victime. Il fallait terminer le boulot d'interrogatoire auprès des employeurs des femmes assassinées, et il était candidat.

Enfin, cinquième point, le seul orienté vers les tueurs eux-mêmes : lancer une recherche du côté de l'Immigration et des visas au cas où des ressortissants turcs connus pour leurs relations avec l'extrême droite ou la mafia seraient arrivés en France depuis le mois de novembre 2001. Ce qui supposait d'éplucher toutes les arrivées en provenance d'Anatolie depuis cinq mois, les confronter aux fichiers d'Interpol, et aussi les soumettre aux services de police turcs.

Schiffer ne croyait pas à cette piste, il connaissait trop bien les liens étroits existant entre ses collègues turcs et les Loups Gris, mais il avait laissé parler le jeune flic, tout feu tout flamme.

En vérité, il ne croyait à aucune de ces manœuvres. Mais il s'était montré patient, parce qu'il avait une nouvelle idée derrière la tête...

Alors qu'ils étaient en route vers l'île de la Cité, où

Nerteaux comptait présenter son nouveau plan au juge Bomarzo, il avait tenté sa chance. Il lui avait expliqué que le meilleur moyen d'avancer maintenant serait de séparer les équipes. Pendant que Paul diffuserait les portraits-robots et qu'il « brieferait » les troupes des commissariats du 10e arrondissement, il pourrait, lui, filer chez Gurdilek...

Le jeune capitaine avait réservé sa réponse après sa visite au magistrat. Il l'avait fait poireauter plus de deux heures dans un troquet en face du palais de justice, le plaçant même sous la surveillance d'un planton. Puis il était sorti de son rancart gonflé à bloc : Bomarzo lui laissait les coudées franches pour son petit plan Vigipirate. A l'évidence, cette perspective l'exaltait, il était maintenant d'accord sur tout.

Il l'avait déposé à 18 heures boulevard de Magenta, près de la gare de l'Est et lui avait donné rendez-vous à 20 heures au café Sancak, rue du Faubourg-Saint-Denis, afin de faire le point.

Schiffer marchait maintenant dans la rue de Paradis. Enfin seul ! Enfin libre... A respirer le goût acide du quartier, à sentir la force magnétique de « son » territoire. La fin de journée ressemblait à une fièvre, pâle et engourdissante. Le soleil déposait sur chaque vitrine des particules de lumière, une sorte du talc doré, qui possédait une grâce macabre, un vrai maquillage d'embaumeur.

Il avançait d'un pas rapide, se conditionnant pour affronter celui qui était un des caïds majeurs du quartier : Talat Gurdilek. Un homme qui avait débarqué à Paris dans les années 60, à dix-sept ans, sans le moindre sou, sans le moindre atout, et qui possédait maintenant une vingtaine d'ateliers et d'usines de confection, en France et en Allemagne, ainsi qu'une bonne dizaine de pressings et de laveries automatiques. Un cador qui régnait sur tous les étages du quartier turc, officiels ou officieux, légaux ou illégaux. Quand Gurdilek éternuait, c'était tout le ghetto qui s'enrhumait.

Au 58, Schiffer poussa une porte cochère. Il s'engagea dans une impasse noirâtre traversée par un caniveau central, encadrée d'ateliers et d'imprimeries bourdonnants. Au bout de la ruelle, il atteignit une cour rectangulaire, dallée de losanges. Sur la droite se trouvait un escalier minuscule, qui descendait dans une longue douve surplombée de jardinets à moitié pelés.

Il adorait ce repli du quartier, caché aux regards, inconnu même de la plupart des habitants du bloc ; un cœur dans le cœur, une tranchée qui faussait tous les repères, verticaux et horizontaux. Une paroi de métal rouillé fermait le passage. Il posa sa main sur la cloison : elle était tiède.

Il sourit puis frappa avec violence.

Au bout d'un long moment, un homme vint ouvrir, libérant un nuage de vapeur. Schiffer se fendit de quelques explications en langue turque. Le portier s'effaça pour le laisser entrer. Le flic remarqua qu'il était pieds nus. Nouveau sourire : rien n'avait changé. Il plongea dans la touffeur.

La lumière blanche lui révéla le tableau familier : le couloir de faïence, les gros tuyaux calorifugés suspendus au plafond, revêtus de tissu chirurgical vert pâle ; les ruisseaux de larmes sur les carreaux ; les portes de fer bombées qui ponctuaient chaque sas et ressemblaient à des parois de chaudière, blanchies à la chaux vive.

Ils marchèrent ainsi pendant plusieurs minutes. Schiffer sentait ses chaussures clapoter dans les flaques. Son corps était déjà moite de transpiration. Ils obliquèrent dans un nouveau boyau en carrelage blanc, empli de brouillard. A droite, une embrasure s'ouvrit et dévoila un atelier d'où s'échappait un bruit de respiration géante.

Schiffer prit le temps de contempler le spectacle.

Sous un plafond de canalisations et de gaines éclaboussées de lumière, une trentaine d'ouvrières, pieds nus, portant des masques blancs, s'acharnaient sur des cuves ou des tables à repasser. Des jets de vapeur chuintaient selon une cadence régulière, des odeurs de détergent et d'alcool saturaient l'atmosphère.

Schiffer savait que l'usine de pompage du hammam se trouvait à proximité, quelque part sous leurs pieds, puisant l'eau à plus de huit cents mètres de profondeur, circulant dans les conduits, déferrisée, chlorée, chauffée, avant d'être canalisée soit vers le hammam proprement dit, soit vers cette teinturerie clandestine. Gurdilek avait eu l'idée de jouxter un atelier de nettoyage à ses propres bains-douches, afin d'exploiter un seul système de canalisations pour deux activités distinctes. Une stratégie économe : pas une goutte d'eau n'était perdue.

Au passage, le flic se rinça l'œil, observant les femmes masquées de coton, au front verni de sueur. Les blouses détrempées leur moulaient les seins et les fesses, larges et lâches comme il les aimait. Il s'aperçut qu'il était en érection. Il prit cela comme un bon présage.

Ils reprirent leur marche.

La chaleur, l'humidité s'accentuaient toujours. Un parfum particulier se fit sentir, puis disparut, au point que Schiffer crut l'avoir rêvé. Mais quelques pas plus loin, il réapparut et se précisa.

Cette fois, Schiffer en était sûr.

Il se mit à respirer à bas régime. Des picotements âpres lui attaquaient les narines et la gorge. Des sensations contradictoires assaillaient son système respiratoire. Il avait l'impression de sucer un glaçon alors que sa bouche était en flammes. Cette odeur rafraîchissait et brûlait à la fois, attaquait et purifiait dans le même souffle.

La menthe.

Ils avancèrent encore. L'odeur devint une rivière, une mer dans laquelle Schiffer s'immergeait. C'était pire encore que dans son souvenir. A chaque pas, il se transformait un peu plus en sachet d'infusion au fond d'une tasse. Une froideur d'iceberg figeait ses poumons alors que son visage lui faisait l'effet d'un masque de cire brûlante.

Lorsqu'il parvint au bout du couloir, il était au bord de l'asphyxie, ne respirant plus que par brèves bouffées. Il se dit qu'il avançait maintenant dans un inhalateur géant. Sachant qu'il n'était pas loin de la vérité, il pénétra dans la salle du trône.

C'était une piscine vide, peu profonde, encadrée de fines colonnes blanches qui se découpaient sur le fond flou de la vapeur ; des carreaux bleu de Prusse en marquaient le bord, dans le style des anciennes stations de métro. Des paravents en bois tapissaient la paroi du fond et s'ajouraient en ornements ottomans : des lunes, des croix, des étoiles.

Au centre du bassin, un homme se tenait assis sur un bloc de céramique.

Lourd, épais, une serviette blanche nouée autour de la taille. Son visage était noyé de ténèbres.

Dans la fumigation brûlante, son rire résonna.

Le rire de Talat Gurdilek, l'homme-menthe, l'homme à la voix grillée.

43

Dans le quartier turc, tout le monde connaissait son histoire.

Il était arrivé en Europe en 1961, dans le double fond d'un camion-citerne, selon la méthode classique. En Anatolie, on avait fermé sur lui et ses compagnons de voyage une paroi de fer qu'on avait ensuite boulonnée. Les passagers clandestins devaient rester allongés ainsi, sans air ni lumière, durant tout le temps du périple, environ quarante-huit heures.

La chaleur, le manque d'air les avaient très vite oppressés. Puis, lors de la traversée des cols montagneux, en Bulgarie, le froid, conduit par le métal, les avait transpercés jusqu'aux os. Mais le vrai calvaire avait commencé aux abords de la Yougoslavie, lorsque la citerne, remplie d'acide cadmiumnique, s'était mise à suinter.

Lentement, la cuve avait distillé ses vapeurs toxiques dans le cercueil de métal. Les Turcs avaient hurlé, frappé, secoué la paroi qui les écrasait, mais le camion poursuivait sa route. Talat avait compris que personne ne viendrait les libérer avant leur arrivée, et que crier ou bouger ne faisait qu'amplifier les ravages de l'acide.

Il s'était tenu tranquille, en respirant le plus faiblement possible.

A la frontière italienne, les clandestins s'étaient donné la main et s'étaient mis à prier. A la frontière allemande, la plupart étaient morts. A Nancy, où était prévu le premier débarquement, le chauffeur avait découvert trente cadavres alignés, trempés d'urine et d'excréments, la bouche ouverte sur un dernier spasme.

Seul un adolescent avait survécu. Mais son système respiratoire était détruit. Sa trachée, son larynx et ses fosses nasales étaient irrémédiablement brûlés – le gamin n'aurait plus jamais d'odorat. Ses cordes vocales étaient calcinées – sa voix ne serait plus désormais qu'un grincement de papier de verre. Quant à sa respiration, une inflammation chronique l'obligerait à inhaler en permanence des fumigations chaudes et humides.

A l'hôpital, le docteur fit venir un traducteur pour expliquer ce triste bilan au jeune immigré et lui signaler qu'il repartait dans dix jours, à bord d'un vol charter en direction d'Istanbul. Trois jours plus tard, Talat Gurdilek s'échappait, le visage bandé comme une momie, et rejoignait la capitale à pied.

Schiffer l'avait toujours connu avec son inhalateur. Lorsqu'il n'était qu'un jeune chef d'atelier, il ne le quittait jamais et vous parlait entre deux vaporisations. Plus tard, il avait arboré un masque translucide qui emprisonnait sa voix éraillée. Puis son mal s'était encore aggravé, mais ses moyens financiers avaient augmenté. A la fin des années 80, Gurdilek s'était offert le hammam La Porte bleue, rue du Faubourg-Saint-Denis, et avait aménagé une salle à son usage personnel. Une sorte de poumon géant, un refuge carrelé aux vapeurs chargées de Balsofumine mentholée.

– *Salaam aleikoum*, Talat. Pardon de te déranger dans tes ablutions.

L'homme laissa échapper un nouveau rire, enveloppé d'un panache de vapeur :

– *Aleikoum salaam*, Schiffer. Tu reviens d'entre les morts ?

La voix du Turc évoquait un sifflement de branches en flammes.

– Ce sont plutôt les morts qui m'envoient.

– J'attendais ta visite.

Schiffer ôta son imperméable (il était trempé jusqu'à la moelle) puis il descendit les marches du bassin :

– Tout le monde m'attend, on dirait. Sur les meurtres, qu'est-ce que tu peux me dire ?

Le Turc poussa un profond soupir. Un raclement de ferraille :

– Quand j'ai quitté mon pays, ma mère a versé de l'eau derrière mes pas. Elle a dessiné la route de la chance, qui devait me faire revenir. Je ne suis jamais revenu, mon frère. Je suis resté à Paris et je n'ai cessé de voir les choses empirer. Rien ne va plus ici.

Le flic n'était qu'à deux mètres du nabab mais il ne discernait toujours pas son visage.

– « L'exil est un dur métier », dit le poète. Et moi, j'ajoute qu'il devient de plus en plus dur. Jadis, on nous traitait comme des chiens. On nous exploitait, on nous volait, on nous arrêtait. Maintenant, on tue nos femmes. Où cela s'arrêtera-t-il ?

Schiffer n'était pas d'humeur à se farcir cette philosophie de bazar.

– C'est toi qui fixes les limites, rétorqua-t-il. Trois

ouvrières tuées sur ton territoire, dont une dans ton propre atelier : ça fait beaucoup.

Gurdilek esquissa un geste indolent. Ses épaules d'ombre rappelaient une colline carbonisée.

— Nous sommes sur le territoire français. C'est à votre police de nous protéger.

— Laisse-moi rire. Les Loups sont ici et tu le sais. Qui cherchent-ils ? Et pourquoi ?

— Je ne sais pas.

— Tu ne veux pas le savoir.

Il y eut un silence. La respiration du Turc labourait toujours dans les graves.

— Je suis maître de ce quartier, dit-il enfin. Pas de mon pays. Cette affaire prend ses racines en Turquie.

— Qui les envoie ? demanda Schiffer plus fort. Les clans d'Istanbul ? Les familles d'Antep ? Les Lazes ? Qui ?

— Schiffer, je sais pas. Je le jure.

Le flic s'avança. Aussitôt, un frémissement agita le brouillard au bord de la piscine : les gardes du corps. Il s'arrêta net, tentant encore de discerner les traits de Gurdilek. Il n'aperçut que des fragments d'épaules, de mains, de torse. Une peau mate, noire, fripée par l'eau comme du papier crépon.

— Alors tu comptes laisser se poursuivre le massacre ?

— Il s'arrêtera quand ils auront réglé cette affaire, quand ils auront trouvé la fille.

— Ou quand je l'aurai trouvée, moi.

Les épaules noires se secouèrent :

— C'est à mon tour de rire. Tu n'es pas de taille, mon ami.

– Qui peut m'aider sur ce coup ?

– Personne. Si quelqu'un savait quoi que ce soit, il l'aurait déjà dit. Mais pas à toi. A *eux*. Le quartier n'aspire qu'à la paix.

Schiffer réfléchit un instant. Gurdilek disait vrai. C'était un des mystères de l'histoire qui l'occupait. Comment cette femme, face à une communauté, avait-elle réussi à s'en sortir jusqu'à maintenant ? Et pourquoi les Loups cherchaient-ils encore dans le quartier ? Pourquoi étaient-ils sûrs qu'elle se planquait toujours dans les parages ?

Il changea de chapitre :

– Dans ton atelier, comment ça s'est passé ?

– J'étais à Munich à ce moment-là et...

– Assez de conneries, Talat. Je veux tous les détails.

Le Turc laissa échapper un souffle résigné :

– Ils ont déboulé ici, en plein atelier. La nuit du 13 novembre.

– Quelle heure ?

– 2 heures du matin.

– Combien étaient-ils ?

– Quatre.

– Quelqu'un a vu leurs visages ?

– Ils portaient des cagoules. Selon les filles, ils étaient armés jusqu'aux dents. Des fusils. Des armes de poing. La totale.

La veste Adidas avait décrit le même tableau. Des guerriers en tenue commando, agissant en plein Paris. En quarante ans de carrière, il n'avait jamais entendu un truc aussi dingue. Qui était cette femme pour mériter un tel escadron ?

– La suite, murmura-t-il.

– Ils ont embarqué la fille et se sont tirés, c'est tout. Ça n'a pas duré trois minutes.

– Dans l'atelier, comment l'ont-ils repérée ?

– Ils avaient une photo.

Schiffer se recula et récita à travers la vapeur :

– Elle s'appelait Zeynep Tütengil. Elle avait vingt-sept ans. Mariée à Burba Tütengil. Sans enfant. Elle créchait au 34, rue de la Fidélité. Originaire de la région de Gaziantep. Installée ici depuis septembre 2001.

– Tu as bien bossé, mon frère. Mais cette fois, ça te mènera nulle part.

– Où est le mari ?

– Rentré au pays.

– Les autres ouvrières ?

– Oublie cette affaire. Tu as la tête trop carrée pour ce genre de bourbier.

– Arrête de parler par énigmes.

– A notre époque, les choses étaient simples et franches. Les camps étaient clairement délimités. Ces frontières n'existent plus maintenant.

– Explique-toi, merde !

Talat Gurdilek marqua une pause. Des fumerolles enveloppaient toujours sa silhouette. Il cracha enfin :

– Si tu veux en savoir plus, demande à la police.

Schiffer tressaillit.

– La police ? Quelle police ?

– J'ai déjà raconté tout ça aux gars de Louis-Blanc.

La brûlure de menthe lui parut tout à coup plus aiguë.

– Quand ?

Gurdilek se pencha sur son cube de faïence :

– Ecoute-moi bien, Schiffer : je me répéterai pas. Quand les Loups sont repartis cette nuit-là, ils ont croisé une voiture de patrouille. Il y a eu une poursuite. Les tueurs ont semé vos gars. Mais les flics sont ensuite venus jeter un coup d'œil ici.

Schiffer écoutait cette révélation sans savoir sur quel pied danser. Un bref instant, il se dit que Nerteaux lui avait caché ce procès-verbal. Mais il n'y avait aucune raison pour imaginer cela. Le môme n'était pas au courant, tout simplement.

La voix de cratère continuait :

– Entre-temps, mes filles avaient pris la tangente. Les flics ont simplement constaté l'intrusion et les dégâts. Mon chef d'atelier n'a pas parlé de l'enlève-ment, ni des mecs en tenue commando. En vérité, il n'aurait rien dit du tout s'il n'y avait pas eu la fille.

Schiffer sauta sur ses pieds :

– La fille ?

– Les flics ont découvert une ouvrière, au fond du hammam, planquée dans le local des machines.

Schiffer n'en croyait pas ses oreilles. Depuis le début de cette affaire, une femme avait vu les Loups Gris. Et cette femme avait été interrogée par les condés du 10ᵉ ! Comment Nerteaux n'avait-il jamais entendu parler d'un truc pareil ? C'était maintenant une certitude : les flics du poste avaient enterré ce procès-verbal. *Putain de Dieu.*

– Cette femme : comment s'appelait-elle ?

– Sema Gokalp.

– Quel âge ?

– La trentaine.

– Mariée ?

– Non. Célibataire. Une fille étrange. Solitaire.

– D'où venait-elle ?

– Gaziantep.

– Comme Zeynep Tütengil ?

– Comme toutes les filles de l'atelier. Elle bossait ici depuis quelques semaines. Disons : le mois d'octobre.

– Elle a vu l'enlèvement ?

– Elle était aux premières loges. Les deux filles faisaient un réglage de température dans le local des canalisations. Les Loups ont embarqué Zeynep. Sema s'est planquée dans le réduit. Quand les flics l'ont débusquée, elle était en état de choc. Morte de frousse.

– Ensuite ?

– Jamais eu de nouvelles.

– Ils l'ont renvoyée en Turquie ?

– Aucune idée.

– Réponds, Talat. Tu as dû prendre tes renseignements.

– Sema Gokalp a disparu. Le lendemain, elle était déjà plus à l'hôtel de police. Evaporée pour de bon. *Yemim ederim*. Je le jure !

Schiffer transpirait toujours à grosses gouttes. Il s'efforça de contrôler sa voix :

– Qui dirigeait la patrouille cette nuit-là ?

– Beauvanier.

Christophe Beauvanier était un des capitaines de Louis-Blanc. Un passionné de gonflette qui passait ses journées dans les salles de sport. Pas le genre de flic à prendre une histoire pareille sous son bonnet. Il fallait remonter plus haut... Des frissons d'excitation secouaient ses frusques détrempées.

Le nabab parut suivre ses pensées :

– Ils couvrent les Loups, Schiffer.

– Tu dis n'importe quoi.

– Je dis la vérité et tu le sais. Ils ont effacé un témoin. Une femme qui avait tout vu. Peut-être le visage d'un des tueurs. Peut-être un détail qui aurait pu les identifier. Ils couvrent les Loups, c'est aussi simple que ça. Les autres meurtres ont été commis avec leur bénédiction. Alors, tu peux remballer tes manières de grand justicier. Vous valez pas mieux que nous.

Schiffer évita de déglutir pour ne pas aggraver la brûlure de sa gorge. Gurdilek se trompait : l'influence des Turcs ne pouvait monter aussi haut dans les réseaux de la police française. Il était bien placé pour le savoir : pendant vingt ans, il avait joué les tampons entre les deux mondes.

Il y avait donc une autre explication.

Pourtant, un détail lui trottait dans la tête. Un détail qui pouvait corroborer la version d'une machination en haut lieu. Le fait qu'on ait confié une enquête concernant trois homicides à Paul Nerteaux, capitaine sans expérience, débarqué de la Lune. Il n'y avait que le gosse pour penser qu'on lui faisait confiance à ce point. Tout ça ressemblait fort à une mise au rancart...

Les pensées couraient sous ses tempes brûlantes. Si ce merdier était vrai, si l'affaire tournait à l'alliance franco-turque, si les pouvoirs politiques des deux pays avaient réellement travaillé à leurs intérêts au prix des vies de ces pauvres filles et des espoirs d'un jeune flic, alors Schiffer aiderait le gamin jusqu'au bout.

Deux contre tous : voilà un langage qui lui parlait.

Il recula dans la vapeur, salua le vieux pacha puis, sans un mot, remonta les marches.

Gurdilek brûla un dernier rire :

— C'est l'heure de faire le ménage chez toi, mon frère.

44

D'un coup d'épaule, Schiffer poussa la porte du commissariat.

Tous les regards se fixèrent sur lui. Trempé jusqu'aux os, il les cadra en retour, savourant leurs expressions effarées. Deux groupes d'agents de la voie publique, en ciré, étaient sur le départ. Des lieutenants, blouson de cuir sur le dos, enfilaient leur brassard rouge. Les grandes manœuvres avaient déjà commencé.

Sur le comptoir, Schiffer repéra une pile de portraits-robots. Il eut une pensée pour Paul Nerteaux qui distribuait ses affiches dans tous les hôtels de police du 10e arrondissement comme s'il s'agissait de tracts politiques, sans se douter une seule seconde qu'il était le pigeon de l'affaire. Une nouvelle suée de rage le saisit.

Sans un mot, il grimpa jusqu'au premier étage. Il s'engouffra dans un couloir percé de portes en contre-plaqué et alla droit à la troisième.

Beauvanier n'avait pas changé. Carrure gonflée, veste en cuir noir, baskets Nike surélevées. Le flic souffrait d'une affection étrange, de plus en plus répandue chez les condés : le jeunisme. Il approchait la cinquantaine mais s'obstinait à jouer encore au rappeur affranchi.

Il était en train de fixer son étui de ceinture, en vue de l'expédition nocturne.

– Schiffer ? s'étrangla-t-il. Qu'est-ce que tu fous là ?

– Comment ça va, ma caille ?

Avant qu'il ait pu répondre, Schiffer l'empoigna par les revers de sa veste et le plaqua contre le mur. Des collègues arrivaient déjà à la rescousse. Beauvanier leur adressa un geste d'apaisement, au-dessus de son agresseur :

– Pas de problème, les gars ! C'est un pote !

Schiffer murmura, tout près de son visage :

– Sema Gokalp. 13 novembre dernier. Le hammam de Gurdilek.

Les pupilles s'écarquillèrent. La bouche trembla. Schiffer lui cogna le crâne contre la cloison. Les flics se précipitèrent. Il sentait déjà les poings se serrer sur ses épaules mais Beauvanier agita encore sa main, s'efforçant de rire :

– C'est un ami, j'vous dis. Tout va bien !

L'emprise se relâcha. Les pas reculèrent. Enfin, la porte se referma, lentement, comme à regret. Schiffer desserra à son tour son étreinte et demanda d'un ton plus calme :

– Qu'est-ce que t'as fait de ce témoin ? Comment l'as-tu fait disparaître ?

– Man, ça s'est pas passé comme ça. J'ai rien fait disparaître du tout...

Schiffer recula, pour mieux le contempler. Il avait un visage d'une douceur étrange. Un visage de fille, cerné par des cheveux très noirs, aux yeux très bleus. Il lui rappelait une fiancée irlandaise qu'il avait eue

347

dans sa jeunesse : une « Black-Irish », qui jouait les contrastes en noir et blanc au lieu du classique « blanc et roux ».

Le flic-rappeur portait une casquette de base-ball, visière tournée sur la nuque, sans doute pour faire plus racaille.

Schiffer attrapa une chaise et l'assit de force :

– Je t'écoute. Je veux tous les détails.

Beauvanier tenta de sourire, mais sa tentative resta vaine.

– Cette nuit-là, une voiture-patrouille a croisé une BMW. Des mecs qui sortaient du hammam La Porte bleue et...

– Je sais tout ça. Quand es-tu intervenu ?

– Une demi-heure après. Les gars m'ont appelé. Je les ai rejoints chez Gurdilek. Avec l'Unité de Police technique.

– C'est toi qui as découvert la fille ?

– Non. Ils l'avaient trouvée entre-temps. Elle était trempée. Tu connais le boulot des nanas là-bas. C'est...

– Décris-la-moi.

– Petite. Brune. Maigre comme une arête. Elle claquait des dents. Elle murmurait des trucs incompréhensibles. Du turc.

– Elle vous a raconté ce qu'elle avait vu ?

– Que dalle. Elle nous voyait même pas. Traumatisée, la nana.

Beauvanier ne mentait pas : sa voix sonnait juste. Schiffer allait et venait dans la pièce, sans cesser de le dévisager.

– Selon toi, qu'est-ce qui s'est passé dans le hammam ?

– Je sais pas. Une histoire de racket. Des mecs venus jouer les gros bras.

– Un racket, chez Gurdilek ? Qui se frotterait à lui ?

L'officier rajusta sa veste en cuir, comme si son col le démangeait.

– On sait jamais avec les Turcs. Il y avait peut-être un nouveau clan dans le quartier. Ou alors un coup des Kurdes. Man, c'est leur bizness. Gurdilek a même pas porté plainte. On a fait une procédure à plat et...

Une nouvelle évidence le frappa. Les hommes de La Porte bleue n'avaient pas parlé de l'enlèvement de Zeynep ni des Loups Gris. Beauvanier croyait donc *vraiment* à son hypothèse de racket. Personne n'avait établi de lien entre cette simple « visite » dans le hammam et la découverte du premier corps, deux jours plus tard.

– Qu'est-ce que t'as fait de Sema Gokalp ?

– Au poste, on lui a donné un survêtement, des couvertures. Elle tremblait de partout. On a trouvé son passeport cousu dans sa jupe. Elle avait pas de visa, rien. Du tout cuit pour l'Immigration. Je leur ai balancé un rapport par fax. J'en ai envoyé un aussi à l'état-major, place Beauvau, histoire de me couvrir. Y'avait plus qu'à attendre.

– Ensuite ?

Beauvanier soupira, passant son index sous son col :

– Ses tremblements ont continué. C'est devenu carrément flippant. Elle claquait des dents, elle pouvait rien boire ni manger. A 5 heures du mat, je me suis décidé à l'emmener à Sainte-Anne.

– Pourquoi toi et pas les îlots ?

– Ces cons-là voulaient lui mettre la ceinture de

contention. Et puis... Je sais pas. Cette fille avait quelque chose... J'ai rempli un « 32 13 » et j'l'ai embarquée.

Sa voix s'éteignit. Il ne cessait plus de se gratter la nuque. Schiffer aperçut des traces profondes d'acné. « Toxico », pensa-t-il.

– Le lendemain matin, j'ai appelé les mecs de la VPE. J'les ai orientés sur Sainte-Anne. A midi, ils m'ont rappelé : ils n'avaient pas trouvé la fille.

– Elle s'était tirée ?

– Non. Des flics étaient déjà venus la chercher, à 10 heures du matin.

– Quels flics ?

– Tu vas pas me croire.

– Essaie toujours.

– Selon le toubib de garde, c'étaient des gars de la DNAT.

– La division antiterroriste ?

– Je suis allé vérifier moi-même. Ils avaient présenté un ordre de transfert. Tout était en règle.

Pour son retour au bercail, Schiffer n'aurait pu rêver un plus beau feu d'artifice. Il s'assit sur un coin du bureau. Chacun de ses gestes dégageait encore une bouffée de menthe.

– Tu les as contactés ?

– J'ai essayé, ouais. Mais les mecs sont restés discrets. D'après ce que j'ai cru comprendre, ils avaient intercepté mon rapport, place Beauvau. Ensuite, Charlier a donné des ordres.

– Philippe Charlier ?

Le capitaine hocha la tête. Toute cette histoire semblait le dépasser complètement. Charlier était un des cinq commissaires de la division antiterroriste. Un policier ambitieux que Schiffer connaissait depuis son passage à l'antigang, en 77. Un pur salopard. Peut-être plus malin que lui, mais pas moins brutal.

— Après ?

— Après, rien. J'ai plus jamais eu de nouvelles.

— Te fous pas de ma gueule.

Beauvanier hésita. La sueur perlait sur son front. Ses yeux demeuraient baissés.

— Le lendemain, Charlier en personne m'a appelé. Y m'a posé un tas de questions sur l'affaire. Où la Turque avait été trouvée, dans quelles circonstances, tout ça.

— Qu'est-ce que tu lui as répondu ?

— Ce que je savais.

« C'est-à-dire rien, ducon », pensa Schiffer. Le flic à casquette acheva :

— Charlier m'a prévenu qu'il se chargeait du dossier. Le transfert au parquet, le Service de Contrôle des Etrangers, la procédure habituelle. Il m'a aussi fait comprendre que j'avais intérêt à la boucler.

— Ton rapport, tu l'as toujours ?

Un sourire s'insinua dans son visage effaré.

— A ton avis ? Y sont passés le prendre le jour même.

— Et la main courante ?

Le sourire se transforma en un rire :

— Quelle main courante ? Man, ils ont tout effacé. Même l'enregistrement du trafic radio. Y z'ont fait disparaître le témoin ! Purement et simplement.

— Pourquoi ?

– Qu'est-ce que j'en sais ? Cette fille avait rien à dire. Elle était complètement fêlée.

– Et toi, pourquoi tu l'as fermée ?

Le flic baissa la voix :

– Charlier me tient. Une vieille histoire...

Schiffer lui balança un direct dans le bras, de manière amicale, puis se leva. Il digérait ces informations, marchant de nouveau dans la pièce. Aussi incroyable que cela puisse paraître, l'enlèvement de Sema Gokalp par la DNAT appartenait à une autre affaire. Une affaire qui n'avait rien à voir avec la série des meurtres ni les Loups Gris. Mais cela ne remettait pas en cause l'importance du témoin dans son enquête. Il devait retrouver Sema Gokalp – parce qu'elle avait *vu* quelque chose.

– Tu reprends du service ? risqua Beauvanier.

Schiffer rajusta son froc trempé et ignora la question. Il remarqua un des portraits-robots de Nerteaux, posé sur le bureau. Il l'attrapa, à la manière d'un chasseur de primes, et demanda :

– Tu te souviens du nom du toubib qui a pris en charge Sema à Sainte-Anne ?

– Je veux. Jean-François Hirsch. Y m'a arrangé un coup pour des ordonnances et...

Schiffer n'écoutait plus. Son regard revint se poser sur le portrait. C'était une synthèse habile des visages des trois victimes. Des traits larges et doux, rayonnant timidement sous une chevelure rousse. Un fragment de poème turc lui revint en mémoire : « Le padichah avait une fille / Semblable à la lune du quatorzième jour... »

Beauvanier hasarda encore :

– L'histoire de La Porte bleue, ça a un rapport avec cette bonne femme ?

Schiffer empocha le portrait. Il attrapa la visière du policier et la remit à l'endroit :

– Si on te pose la question, tu trouveras bien quelque chose à nous rapper, « man ».

45

Hôpital Sainte-Anne, 21 heures.

Il connaissait bien la place. Le long mur d'enclos, aux pierres serrées ; la petite porte, 17, rue Broussais, aussi discrète qu'une entrée des artistes ; puis la cité elle-même, vallonnée, alambiquée, immense. Un ensemble de blocs et de pavillons mêlant les siècles et les architectures. Une véritable forteresse, verrouillée sur un univers de démence.

Ce soir, pourtant, la citadelle ne semblait pas aussi bien surveillée que cela. Dès les premiers édifices, des banderoles annonçaient la couleur : « SÉCURITÉ EN GRÈVE », « L'EMBAUCHE OU LA MORT ! » Plus loin, d'autres draps affichaient : « NON AUX HEURES SUP ! », « RTT = ARNAQUE », « JOURS FÉRIÉS ENVOLÉS »...

L'idée du plus grand hôpital psychiatrique de Paris livré à lui-même, laissant les patients galoper en toute liberté, amusa Schiffer. Il imaginait déjà une nef des fous, un bordel généralisé où les malades auraient pris la place des médecins le temps d'une nuit. Mais, pénétrant sur les lieux, il ne découvrit qu'une ville fantôme, totalement déserte.

Il suivit les panneaux rouges, la direction des urgences neurochirurgicales et neurologiques, et remarqua au passage les noms des allées. Il venait d'emprunter l'allée « Guy de Maupassant » et remontait maintenant le sentier « Edgar Allan Poe ». Il se demanda s'il s'agissait d'un trait d'humour de la part des concepteurs de l'hôpital. Maupassant avait sombré dans la folie avant de mourir, et l'auteur du *Chat noir*, alcoolique, n'avait pas dû finir avec les idées très claires non plus. Dans les villes communistes, les avenues s'appelaient « Karl Marx » ou « Pablo Neruda ». A Sainte-Anne, les allées portaient les noms des ténors de la folie.

Schiffer ricana dans son col, s'efforçant de jouer son rôle habituel de flic fort en gueule, mais il sentait déjà la trouille l'envahir. Trop de souvenirs, trop de blessures derrière ces murs...

C'était dans un de ces bâtiments qu'il avait échoué après l'Algérie, alors qu'il avait à peine vingt ans. Névrose de guerre. Il était resté interné plusieurs mois, traqué par ses hallucinations, rongé par ses idées de suicide. D'autres, qui avaient travaillé à ses côtés à Alger, au sein des Détachements Opérationnels de Protection, n'avaient pas tant hésité. Il se souvenait d'un jeune Lillois qui s'était pendu aussitôt rentré chez lui. Et de ce Breton qui s'était coupé la main droite à la hache, dans la ferme familiale – la main qui avait branché les électrodes, qui avait appuyé les nuques dans les baignoires...

Le hall des urgences était désert.

Un grand carré vide, tapissé de carreaux grenat. La pulpe d'une orange sanguine. Schiffer appuya sur la sonnette, puis vit arriver une infirmière à l'ancienne :

blouse cintrée à cordon, chignon et lunettes double foyer.

La femme tiqua devant son allure dépenaillée, mais il montra sa carte d'un geste rapide et expliqua ce qui l'amenait. Sans un mot, l'infirmière partit en quête du docteur Jean-François Hirsch.

Il s'assit sur un des sièges fixés au mur. Les parois de céramique lui parurent s'assombrir. Malgré ses efforts, il ne parvenait pas à endiguer les souvenirs qui sourdaient du fond de son crâne.

1960.

Quand il avait débarqué à Alger, pour devenir « agent de renseignements », il n'avait pas cherché à se défiler, ni à atténuer l'atrocité du boulot par l'alcool ou les cachets de l'infirmerie. Au contraire : il s'était mis à pied d'œuvre, jour et nuit, se persuadant qu'il demeurait maître de son destin. La guerre l'avait acculé au grand choix, le seul, l'unique : le choix de son camp. Il ne pouvait plus reculer, ni se retourner. Et il ne pouvait pas avoir tort, c'était cela ou se faire sauter le caisson.

Il avait pratiqué la torture jour et nuit, arrachant des aveux aux fellouzes. D'abord selon les méthodes habituelles : coups, électrocutions, baignoire. Puis il avait initié ses propres techniques. Il avait organisé des simulacres d'exécution, emmenant des prisonniers cagoulés hors de la ville, les regardant chier dans leur froc quand il écrasait son arme sur leur tempe. Il avait concocté des cocktails à l'acide, qu'il leur administrait de force, à coups d'entonnoir planté dans la gorge. Il avait volé des instruments médicaux à l'hôpital, afin de créer quelques variantes, comme cette pompe stomacale qu'il utilisait pour injecter de l'eau dans les narines...

La peur, il la modelait, la sculptait, lui donnait des formes, toujours plus intenses. Lorsqu'il avait décidé de saigner à blanc ses prisonniers, à la fois pour les affaiblir et pour donner leur sang aux victimes des attentats, il avait ressenti une ivresse étrange. Il s'était senti devenir un dieu, possédant le droit de vie et de mort sur les hommes. Parfois, dans la salle d'interrogatoire, il riait tout seul, aveuglé par son pouvoir, contemplant avec émerveillement le sang qui vernissait ses doigts.

Un mois plus tard, il avait été rapatrié en France, frappé de mutisme complet. Ses mâchoires étaient paralysées : impossible de dire un mot. Il avait été interné à Sainte-Anne, dans un bâtiment occupé exclusivement par des traumatisés de guerre. Ce genre de lieu où les couloirs sourdaient de gémissements, où il était impossible de finir son déjeuner sans être éclaboussé par le vomi d'un de ses voisins de table.

Claquemuré dans son silence, Schiffer vivait en pleine terreur. Dans les jardins, il souffrait de désorientation, ne sachant plus où il se trouvait, se demandant si les autres malades n'étaient pas les détenus qu'il avait torturés. Quand il marchait dans la galerie du pavillon, il rasait les murs pour ne pas « être vu par ses victimes ».

La nuit, les cauchemars prenaient le relais des hallucinations. Des hommes nus révulsés sur leur chaise ;

des testicules qui flambaient sous les électrodes ; des machoires qui se fracassaient contre l'émail des lavabos ; des narines qui saignaient, obstruées par la seringue... En vérité, tout cela n'était pas des visions, mais des souvenirs. Il revoyait surtout cet homme, suspendu la tête en bas, dont il avait fait éclater le crâne d'un coup de pied. Et il se réveillait noyé de sueur, s'imaginant encore éclaboussé de cervelle. Il scrutait l'intérieur de sa chambre et discernait autour de lui les murs lisses d'une cave, la baignoire fraîchement installée et, sur une table centrale, la génératrice de poste radio ANGRC 9 – la fameuse « gégène ».

Les médecins lui expliquèrent qu'il était impossible de refouler de tels souvenirs. Ils lui conseillèrent au contraire de les affronter, de leur consacrer chaque jour un moment d'attention volontaire. Une telle stratégie collait avec son caractère. Il ne s'était pas dégonflé sur le terrain ; il n'allait pas se liquéfier maintenant, dans ces jardins peuplés de fantômes.

Il avait signé son billet de sortie et plongé dans la vie civile.

Il avait postulé pour devenir flic, dissimulant ses antécédents psychiatriques, mettant en avant son grade de sergent et ses distinctions militaires. Le contexte politique jouait en sa faveur. Les attentats de l'OAS se multipliaient à Paris. On manquait de gars pour traquer les terroristes. On manquait de nez pour flairer le terrain... Et cela, il savait faire. Tout de suite, son sens de la rue avait fait merveille. Ses méthodes également. Il travaillait en solitaire, sans l'aide de personne, et ne visait que les résultats. Qu'il obtenait à l'arraché.

Son existence serait désormais à cette image. Il

parierait toujours sur lui-même, et seulement sur lui-même. Il serait au-dessus des lois, au-dessus des hommes. Il serait sa propre et seule loi, puisant dans sa volonté le droit d'exercer sa justice. Une sorte de pacte cosmique : sa parole contre le merdier du monde.

– Qu'est-ce que vous voulez ?

La voix le fit sursauter. Il se leva et photographia le nouvel arrivant.

Jean-François Hirsch était grand – plus d'un mètre quatre-vingts – et étroit. Ses longs bras étaient dotés de mains massives. Deux contrepoids, pensa Schiffer, qui donnaient un équilibre à sa silhouette longiligne. Il possédait aussi une belle tête, auréolée d'une chevelure brune et bouclée. Un autre point d'équilibre... Il ne portait pas de blouse mais un manteau de loden. A l'évidence, il était sur le départ.

Schiffer se présenta, sans sortir sa carte :

– Lieutenant principal Jean-Louis Schiffer. J'ai quelques questions à vous poser. Ça ne prendra que quelques minutes.

– Je quitte le service. Et je suis déjà en retard. Ça ne peut pas attendre demain ?

La voix était un autre contrepoids. Grave. Stable. Solide.

– Désolé, rétorqua le flic. L'affaire est importante.

Le médecin toisa son interlocuteur. L'odeur de menthe se dressait entre eux comme un paravent de fraîcheur. Hirsch soupira et s'assit sur un des sièges boulonnés :

– De quoi s'agit-il ?

Schiffer demeura debout.

– Une ouvrière turque que vous avez examinée le

14 novembre 2001, au matin. Elle avait été amenée par le lieutenant Christophe Beauvanier.

– Et alors ?

– Cette affaire nous paraît comporter des irrégularités de procédure.

– Vous êtes de quel service au juste ?

Le flic la joua au ventre :

– Enquête interne. Inspection Générale des Services.

– Je vous préviens. Je ne dirai pas un mot sur le capitaine Beauvanier. Le secret professionnel, ça vous dit quelque chose ?

Le toubib se trompait sur le mobile de l'investigation. A coup sûr, il avait dû aider « Mister Man » à décrocher d'un de ses problèmes de drogue. Schiffer prit son ton de grand seigneur :

– Mon enquête ne porte pas sur Christophe Beauvanier. Peu importe que vous lui ayez prescrit un traitement à la méthadone.

Le médecin haussa un sourcil – Schiffer avait visé juste – puis se radoucit :

– Qu'est-ce que vous voulez savoir ?

– L'ouvrière turque. Je m'intéresse aux policiers qui sont venus la chercher, *ensuite*.

Le psychiatre croisa les jambes et lissa le pli de son pantalon :

– Ils sont arrivés environ quatre heures après son admission. Ils avaient l'ordre de transfert, l'ordonnance d'expulsion. Tout était parfaitement en ordre. Presque trop, je dirais.

– Trop ?

– Les formulaires étaient tamponnés, signés. Ils

émanaient directement du ministère de l'Intérieur. Tout cela à 10 heures du matin. C'était bien la première fois que je voyais autant de paperasses pour une simple irrégulière.

– Parlez-moi d'elle.

Hirsch observa le bout de ses chaussures. Il regroupait ses idées :

– Quand elle est arrivée, j'ai cru à une hypothermie. Elle tremblait. Elle était à bout de souffle. Après l'avoir examinée, je me suis rendu compte que sa température était normale. Son système respiratoire n'était pas endommagé non plus. Ses symptômes étaient hystériques.

– Qu'est-ce que vous voulez dire ?

Il eut un sourire supérieur :

– Elle avait les signes physiques, mais aucune des causes physiologiques. Tout venait d'ici. (Il pointa son index sur la tempe.) De la tête. Cette femme avait reçu un choc psychologique. Son corps réagissait en conséquence.

– Quel genre de choc, à votre avis ?

– Une peur violente. Elle présentait les stigmates caractéristiques d'une angoisse exogène. L'analyse de sang l'a confirmé. Nous avons détecté les traces d'une décharge importante d'hormones. Et aussi un pic de cortisol, très significatif. Mais cela devient un peu technique pour vous...

Le sourire hautain s'accentua.

Ce type commençait à l'agacer avec ses grands airs. Il parut le sentir et ajouta sur un ton plus naturel :

– Cette femme avait subi un stress intense. A ce niveau, je parlerais même d'un trauma. Elle me rappelait les cas qu'on rencontre après les batailles, sur les fronts armés. Des paralysies inexplicables, des asphyxies subites, des bégaiements, ce type de...

— Je connais. Décrivez-la-moi. Je veux dire : physiquement.

— Brune. Très pâle. Très maigre, à la limite de l'anorexie. Coiffée à la Cléopâtre. Un physique très dur, mais qui n'entamait pas, bizarrement, sa beauté. Au contraire. De ce point de vue, elle était assez... impressionnante.

Schiffer commençait à bien cadrer la fille. D'instinct, il présageait que cette créature n'était pas une simple ouvrière. Ni un simple témoin.

— Vous l'avez soignée ?

— Je lui ai d'abord injecté un anxiolytique. Ses muscles se sont décontractés. Elle s'est mise à ricaner, à bredouiller. Une vraie bouffée délirante. Ses phrases n'avaient aucun sens.

— C'était du turc, de toute façon ?

— Non. Elle parlait français. Comme vous et moi.

Une idée complètement givrée lui traversa l'esprit. Mais il préféra la maintenir à distance afin de conserver son sang-froid.

— Vous a-t-elle dit ce qu'elle avait vu ? Ce qui s'était passé dans le hammam ?

— Non. Elle prononçait des bribes de phrases, des mots incohérents.

— Par exemple ?

— Elle disait que les loups s'étaient trompés. Oui, c'est ça... Elle parlait de loups. Elle répétait qu'ils avaient enlevé la mauvaise fille. Incompréhensible.

Un flash éblouit sa conscience. Son idée revint en

force. Comment cette ouvrière avait-elle deviné que les intrus étaient des Loups Gris ? Comment savait-elle qu'ils s'étaient trompés de cible ? Il n'y avait qu'une seule réponse : la véritable Proie, c'était elle-même.

Sema Gokalp était la femme à abattre.

Schiffer recollait les morceaux sans peine. Les tueurs avaient eu un tuyau : leur cible travaillait, de nuit, dans le hammam de Talat Gurdilek. Ils avaient débarqué dans l'atelier et enlevé la première femme qui ressemblait à leur portrait photographique : Zeynep Tütengil. Mais ils se trompaient : la rousse, la vraie, avait pris ses précautions et s'était teint les cheveux en noir.

Il lui vint une autre idée. Il tira de sa poche le portrait-robot :

– La fille, elle ressemblait à ça ?

L'homme se pencha :

– Pas du tout. Pourquoi cette question ?

Schiffer empocha son affiche sans répondre.

Un deuxième flash. Une nouvelle confirmation. Sema Gokalp – la femme qui se cachait derrière ce nom – avait été plus loin dans la métamorphose : elle avait changé de visage. Elle avait fait appel à la chirurgie esthétique. Une technique classique pour ceux qui larguent définitivement les amarres. Surtout dans l'univers criminel. Puis elle avait endossé la peau d'une ouvrière anonyme, au fond des vapeurs de la Porte bleue. Mais pourquoi être restée à Paris ?

Durant quelques secondes, il tenta de se placer dans la peau de la Turque. Lorsqu'elle avait vu, la nuit du 13 novembre 2001, débouler les Loups cagoulés dans l'atelier, elle avait pensé que tout était fini pour elle.

Mais les tueurs s'étaient précipités sur sa voisine de travail. Une rouquine qui ressemblait à celle qu'elle avait été jadis... *Cette femme avait subi un stress intense.* C'était le moins qu'on puisse dire.

– Qu'a-t-elle raconté d'autre ? reprit-il. Essayez de vous souvenir.

– Je crois... (Il allongea les jambes et fixa encore ses lacets de chaussures.) Je crois qu'elle parlait d'une nuit étrange. Une nuit singulière où brilleraient quatre lunes. Elle parlait aussi d'un homme en manteau noir.

S'il avait eu besoin d'une dernière preuve, c'était celle-ci. Les quatre lunes. Les Turcs qui connaissaient la signification de ce symbole devaient se compter sur les doigts d'une main. La vérité dépassait l'imaginable.

Parce qu'il comprenait maintenant qui était cette Proie.

Et pourquoi la mafia turque avait lâché ses Loups sur elle.

– Passons aux flics du lendemain matin, lança-t-il en cherchant à contrôler son excitation. Qu'est-ce qu'ils ont dit en l'emmenant ?

– Rien. Ils ont juste montré leurs autorisations.

– Quelle allure ils avaient ?

– Des colosses. Avec des costumes de prix. Le genre gardes du corps.

Les cerbères de Philippe Charlier. Où l'avaient-ils emmenée ? Dans un Centre de rétention administrative ? L'avaient-ils réexpédiée dans son pays ? La Division antiterroriste savait-elle qui était réellement Sema Gokalp ? Non, aucun risque de ce côté-là. Ce rapt et ce mystère avaient d'autres raisons.

Il salua le toubib, traversa le carré rouge et se retourna sur le seuil :

– En admettant que Sema soit encore à Paris, où la chercheriez-vous ?

– Dans un asile d'aliénés.

– Elle a eu le temps de se remettre de ses émotions, non ?

Le grand mec se déplia :

– Je me suis mal exprimé. Cette femme n'avait pas eu peur. Elle avait rencontré la Terreur en personne. Elle avait dépassé le seuil de ce qu'un être humain peut supporter.

46

Le bureau de Philippe Charlier était situé au 133, rue du Faubourg-Saint-Honoré, non loin du ministère de l'Intérieur.

A quelques pas des Champs-Elysées, les immeubles de rapport aux allures tranquilles étaient en réalité des bunkers placés sous haute surveillance. Des annexes du pouvoir policier à Paris.

Jean-Louis Schiffer franchit le portail et pénétra dans les jardins. Le parc traçait un grand carré de cailloux gris, lissé, aussi propre et net qu'un jardin zen ; des haies de troènes, taillées avec rigueur, formaient des parois inextricables ; des arbres dressaient leurs branches tronquées comme des moignons. Pas un lieu de combat, pensa Schiffer en traversant l'enceinte : un lieu de mensonge.

Au fond, l'hôtel particulier était un bâtiment au toit d'ardoises, orné d'une véranda vitrée soutenue par des structures de métal noir. Au-dessus, la façade blanche exhibait ses corniches, ses balcons et autres ciselures de pierre. « Empire », décréta Schiffer en repérant les lauriers croisés sur les amphores rondes, au fond de niches. En réalité, il qualifiait ainsi toute architecture qui avait dépassé le stade des créneaux et des donjons.

Sur le perron, deux policiers en uniforme avancèrent à sa rencontre.

Schiffer donna le nom de Charlier. A 22 heures, il était certain que le flic en col blanc échafaudait encore ses complots, à la lumière de sa lampe de bureau.

L'un des plantons passa un appel, sans le quitter des yeux. Il écouta la réponse, scrutant plus intensément son visiteur. Puis les hommes le firent passer dans un portique antimétal et le fouillèrent.

Enfin, il put traverser la véranda et se retrouva dans une grande salle en pierre. « Premier étage », lui dit-on.

Schiffer se dirigea vers l'escalier. Ses pas résonnaient comme au fond d'une église. Entre deux flambeaux de fer forgé, des marches de granit usé surplombées d'une rampe de marbre menaient à l'étage.

Schiffer sourit : les chasseurs de terroristes ne lésinaient pas sur le décor.

Le premier étage cédait à des critères plus modernes : panneaux de bois cérusé, appliques d'acajou, moquette brune. Au fond du couloir, un dernier obstacle restait à franchir : le barrage de contrôle qui renseignait sur le véritable statut du commissaire Philippe Charlier.

Derrière un vitrage blindé, quatre hommes montaient la garde, vêtus de combinaisons noires en Kevlar. Ils portaient une chasuble d'intervention, dans laquelle étaient glissés plusieurs armes de poing, des chargeurs, des grenades et autres joyeusetés de même calibre. Chacun d'eux tenait un fusil mitrailleur à canon court, de marque H&K.

Schiffer se prêta à une nouvelle fouille. On prévint Charlier, par VHF cette fois. Enfin, il put atteindre une double porte de bois clair surmontée d'une plaque de cuivre. Compte tenu de l'ambiance, il était inutile de frapper.

Le Géant Vert était assis derrière un bureau de chêne massif, en bras de chemise. Il se leva et se fendit d'un large sourire.

– Schiffer, mon vieux Schiffer...

Il y eut une poignée de main silencieuse, durant laquelle les deux hommes se jaugèrent. Charlier était immuable. Un mètre quatre-vingt-cinq. Plus de cent kilos. Un roc affable, au nez cassé et à la moustache de nounours, portant encore, en dépit de ses hautes responsabilités, une arme à la ceinture.

Schiffer remarqua la qualité de sa chemise – bleu ciel à col blanc, le célèbre modèle signé Charvet. Mais malgré ses efforts d'élégance, le policier conservait dans sa physionomie quelque chose de terrible ; une puissance physique qui le plaçait sur une autre échelle que les autres humains. Le jour de l'Apocalypse, quand les hommes n'auraient plus que leurs mains pour se défendre, Charlier serait un des derniers à mourir...

– Qu'est-ce que tu veux ? demanda-t-il en s'enfonçant à nouveau dans le cuir de son fauteuil. (Il toisait avec mépris son interlocuteur déguenillé. Il agita les doigts au-dessus des dossiers qui encombraient son bureau.) J'ai pas mal de boulot.

Schiffer sentait que la décontraction était feinte : Charlier était tendu. Il attaqua, ignorant le siège que le commissaire lui désignait :

– Le 14 novembre 2001, tu as fait transférer un

témoin dans une affaire de violation d'entreprise privée. La Porte bleue, un hammam, dans le 10e arrondissement. Le témoin s'appelait Sema Gokalp. Le responsable de l'enquête était Christophe Beauvanier. Le problème, c'est que personne ne sait où tu as transféré la femme. Tu as effacé sa trace, tu l'as fait disparaître. Je me fous de connaître tes raisons. Je ne veux savoir qu'une chose : où est-elle aujourd'hui ?

Charlier bâilla sans répondre. C'était bien imité, mais Schiffer savait lire les sous-titres : l'ogre était sidéré. On venait de déposer une bombe sur son bureau.

— Je ne vois pas de quoi tu parles, fit-il enfin. Pourquoi tu cherches cette femme ?

— Elle est liée à une affaire sur laquelle je travaille.

Le commissaire prit un ton raisonneur :

— Schiffer, t'es à la retraite.

— J'ai repris du service.

— Quelle affaire ? Quel service ?

Schiffer savait qu'il devait lâcher du lest s'il voulait obtenir la moindre information :

— J'enquête sur les trois meurtres du 10e arrondissement.

Le visage cabossé se contracta :

— C'est la DPJ du 10e qui s'en occupe. Qui t'a mis sur le coup ?

— Le capitaine Paul Nerteaux, le responsable du dossier.

— Quel rapport avec ta Sema quelque chose ?

— C'est la même affaire.

Charlier se mit à jouer avec un coupe-papier. Une

sorte de poignard d'origine orientale. Chaque nouveau geste trahissait un peu plus sa nervosité.

– J'ai vu passer un procès-verbal sur cette histoire de hammam, admit-il enfin. Un problème de racket, je crois...

Schiffer était capable de reconnaître la moindre nuance, la moindre vibration d'une voix – le résultat d'années d'interrogatoires. Charlier était sincère sur le fond : l'attaque de la Porte bleue n'était rien à ses yeux. Encore un peu d'appât pour le ferrer pour de bon.

– C'était pas un racket.

– Non ?

– Les Loups Gris sont de retour, Charlier. Ce sont eux qui ont pénétré dans le hammam. Cette nuit-là, ils ont enlevé une fille. Le cadavre qu'on a retrouvé deux jours plus tard.

Les sourcils touffus semblaient dessiner deux points d'interrogation :

– Pourquoi s'amuseraient-ils à trucider une ouvrière ?

– Ils ont un contrat. Ils cherchent une femme. Dans le quartier turc. Tu peux me faire confiance pour ces choses-là. Ça fait déjà trois fois qu'ils se plantent.

– Quel est le lien avec Sema Gokalp ?

Le temps de mentir à demi :

– La nuit du hammam, elle a tout vu. C'est un témoin capital.

Un trouble passa dans les yeux de Charlier. Il ne s'attendait pas à cela. Pas du tout.

– De quoi s'agit-il, à ton avis ? Qu'est-ce qui est en jeu ?

– Je ne sais pas, mentit encore Schiffer. Mais je

cherche ces tueurs. Et Sema peut me mettre sur leur piste.

Charlier se cala profondément dans son siège.

– Donne-moi une seule raison de t'aider.

Le flic s'assit enfin. La négociation commençait.

– Je suis d'humeur large, sourit-il, je vais t'en donner deux. La première, c'est que je pourrais révéler à tes supérieurs que tu subtilises les témoins dans une affaire d'homicide. Ça fait désordre.

Charlier lui rendit son sourire :

– Je peux fournir toute la paperasse. Son ordonnance d'expulsion. Son billet d'avion. Tout est en ordre.

– Ton bras est long, Charlier, mais il ne va pas jusqu'en Turquie. En un seul coup de fil, je prouve que Sema Gokalp n'est jamais arrivée là-bas.

Le commissaire semblait peser moins lourd dans son costume.

– Qui croirait un flic corrompu ? Depuis l'antigang, tu n'as pas cessé de collectionner les casseroles. (Il ouvrit ses mains, désignant la pièce.) Et moi, je suis en haut de la pyramide.

– C'est l'avantage de ma position. J'ai rien à perdre.

– Donne-moi plutôt la seconde raison.

Schiffer appuya ses coudes sur le bureau. Il savait déjà qu'il avait gagné.

– Le plan Vigipirate de 1995. Quand tu te laissais aller sur les suspects maghrébins au poste Louis-Blanc.

– Chantage à un commissaire ?

– Ou soulagement de conscience. Je suis à la retraite. Je pourrais avoir envie de vider mon sac. De me souvenir d'Abdel Saraoui, mort sous tes coups. Si j'ouvre la marche, ils me suivront tous à Louis-Blanc. Les hurlements du mec cette nuit-là, crois-moi, ils les ont encore sur l'estomac.

Charlier observait toujours le coupe-papier entre ses mains énormes. Quand il se remit à parler, sa voix avait changé :

– Sema Gokalp ne peut plus t'aider.

– Vous l'avez... ?

– Non. Elle a subi une expérience.

– Quel genre d'expérience ?

Silence. Schiffer répéta :

– Quel genre d'expérience ?

– Un conditionnement psychique. Une technique nouvelle.

C'était donc ça. La manipulation psychique avait toujours été l'obsession de Charlier. Infiltrer le cerveau des terroristes, conditionner les consciences, ce genre de conneries... Sema Gokalp avait été un cobaye, le sujet d'un délire expérimental.

Schiffer envisagea toute l'absurdité de la situation : Charlier n'avait pas choisi Sema Gokalp, elle lui était seulement tombée dans les mains. Il ignorait qu'elle avait changé de visage. Et à l'évidence, il ignorait qui elle était vraiment.

Il se remit debout, électrisé des pieds à la tête :

– Pourquoi elle ?

– A cause de son état psychique, Sema souffrait d'une amnésie partielle, qui la rendait plus apte à subir notre traitement.

Schiffer se pencha, comme s'il avait mal entendu :

– T'es pas en train de me dire que vous lui avez lavé le cerveau ?

– Le programme comporte un traitement de ce type, oui.

Il frappa des deux poings sur la table :

– Bougre de con, c'était la dernière mémoire à effacer ! Elle avait des choses à me dire !

Charlier fronça un sourcil :

– Je ne comprends pas ton affaire. Qu'est-ce que cette fille a de si important à révéler ? Elle a vu quelques Turcs enlever une femme, et alors ?

Arrière toute :

– Elle possède des informations sur ces tueurs, lâcha Schiffer en marchant dans le bureau comme un fauve en cage. Je pense aussi qu'elle connaît l'identité de la Proie.

– La proie ?

– La femme que les Loups cherchent. Et qu'ils n'ont toujours pas trouvée.

– Est-ce si important ?

– Trois meurtres, Charlier, ça commence à chiffrer, non ? Ils tueront jusqu'à ce qu'ils l'aient chopée.

– Et tu veux la livrer ?

Schiffer sourit sans répondre.

Charlier fit un mouvement des épaules, à en craquer les coutures de sa chemise. Il finit par dire :

– De toute façon, je ne peux rien pour toi.

– Pourquoi ?

– Elle nous a échappé.

– Tu déconnes.

– J'en ai l'air ?

Schiffer ne sut s'il devait rire ou hurler. Il se rassit, attrapant le coupe-papier que Charlier venait de lâcher :

– Toujours aussi cons dans la police. Explique-moi ça.

– Notre expérience visait à changer totalement sa personnalité. Du jamais vu. Nous avons réussi à la transformer en bourgeoise française, en épouse d'énarque. Une simple Turque, tu te rends compte ? Il n'y a maintenant plus aucune limite au conditionnement. Nous allions...

– Je me fous de ton expérience, trancha Schiffer. Dis-moi plutôt comment elle s'est barrée.

Le commissaire se renfrogna :

– Ces dernières semaines, elle manifestait des troubles. Des oublis, des hallucinations. Sa nouvelle personnalité, celle qu'on lui avait injectée, se fissurait. On s'apprêtait à l'hospitaliser mais elle s'est tirée à ce moment-là.

– C'était quand ?

– Hier. Mardi matin.

Incroyable : la proie des Loups Gris était de nouveau dans la nature. Ni turque, ni française, avec le cerveau en passoire. Au fond de ce marasme, une lueur s'allumait :

– Sa mémoire initiale est donc en train de revenir ?

– On n'en sait rien. Elle se méfiait de nous, en tout cas.

– Où en sont tes gars ?

– Nulle part. On ratisse tout Paris. Pas moyen de la choper.

C'était le moment de jouer son va-tout. Il planta le coupe-papier dans la surface de bois :

– Si elle a retrouvé la mémoire, elle va agir comme

une Turque. C'est mon domaine. Je peux la pister mieux que personne.

L'expression du commissaire se modifia. Schiffer insista :

— C'est une Turque, Charlier. Un gibier très particulier. T'as besoin d'un flic qui connaît ce monde-là et qui agira en toute discrétion.

Il pouvait suivre l'idée qui faisait son chemin dans la tête du colosse. Il se recula comme pour mieux ajuster le tir :

— Voilà le marché. Tu me laisses les coudées franches pendant vingt-quatre heures. Si je mets la main dessus, je te la livre. Mais avant ça, je l'interroge.

Nouveau silence, très marqué. Enfin, Charlier ouvrit un tiroir et sortit une liasse de documents :

— Son dossier. Elle s'appelle maintenant Anna Heymes et...

En un seul geste, Schiffer attrapa la chemise cartonnée et l'ouvrit. Il passa en revue les feuilles dactylographiées, les bilans médicaux, et tomba sur le nouveau visage de la cible. Exactement le portrait décrit par Hirsch. Aucun trait commun avec la rousse que les assassins recherchaient. De ce point de vue, Sema Gokalp n'avait plus rien à craindre.

Le guerrier antiterroriste continuait :

— Le neurologue traitant s'appelle Eric Ackermann et...

— Je me fous de sa nouvelle personnalité et des mecs qui lui ont fait ça. Elle va retourner vers ses origines. C'est ça l'important. Qu'est-ce que tu sais sur Sema Gokalp ? Sur la Turque qu'elle était ?

Charlier s'agita dans son fauteuil. Des veines palpitaient à la base de sa gorge, juste au-dessus de son col de chemise :

— Mais... rien ! Juste une ouvrière amnésique et...

— T'as gardé ses fringues, ses papiers, ses effets personnels ?

Il nia d'un revers de main :

— On a tout détruit. Enfin, je crois.

— Vérifie.

— Ce sont des trucs d'ouvrière. Il n'y a rien d'intéressant pour...

— Décroche ton putain de téléphone et vérifie.

Charlier attrapa son combiné. Après deux communications, il grogna :

— Je n'arrive pas y croire. Ces cons-là ont oublié de détruire ses fringues.

— Elles sont où ?

— Au dépôt de la Cité. Beauvanier avait filé de nouvelles frusques à la fille. Les gars de Louis-Blanc ont renvoyé les vieilles à la préfecture. Personne n'a pensé à les récupérer. Voilà ma brigade d'élite.

— Elles sont enregistrées sous quel nom ?

— Sema Gokalp, a priori. Chez nous, on fait pas les conneries à moitié.

Il saisit un nouveau formulaire, vierge cette fois, qu'il commença à remplir. Le sésame pour la préfecture de police.

« Deux prédateurs en train de se partager une proie », pensa Schiffer.

Le commissaire signa la feuille et la fit glisser sur la table :

— Je te donne la nuit. A la moindre embrouille, j'appelle l'IGS.

Il empocha le laissez-passer et se leva :

— Tu scieras pas le plongeoir. On est assis sur le même.

47

Il était temps d'affranchir le môme.

Jean-Louis Schiffer remonta la rue du Faubourg-Saint-Honoré, emprunta l'avenue Matignon, puis repéra une cabine téléphonique sur le rond-point des Champs-Elysées. Son cellulaire était encore à plat.

Après une seule sonnerie, Paul Nerteaux hurla :

– Bon Dieu, Schiffer, où êtes-vous ?

La voix tremblait de fureur.

– 8e arrondissement. Quartier des huiles.

– Il est près de minuit. Qu'est-ce que vous avez foutu ? J'ai poireauté chez Sancak et...

– Une histoire de cinglé, mais j'ai pas mal de nouveau.

– Vous êtes dans une cabine ? J'en trouve une et je vous rappelle : ma batterie est morte.

Schiffer raccrocha, se demandant si les forces de police ne rateraient pas un jour l'arrestation du siècle, faute de recharges d'ions-lithium. Il entrouvrit la porte de la cabine – il s'asphyxiait lui-même avec ses odeurs de menthe.

La nuit était douce, sans pluie ni souffle d'air. Il observa les passants, les galeries commerciales, les immeubles en pierre de taille. Toute une vie de luxe, de confort, qui lui avait échappé mais qui peut-être revenait à portée de main...

La sonnerie retentit. Il ne laissa pas à Nerteaux le temps de parler :

— Où en es-tu avec tes patrouilles ?

— J'ai deux fourgons et trois voitures-radio, répondit-il avec fierté. Soixante-dix îlotiers et flics de la BAC sillonnent le quartier. J'ai déclaré toute la zone « criminogène ». J'ai filé les portraits-robots à tous les commissariats et les unités de police du 10e. Tous les foyers, bars et associations sont retournés. Y a pas un mec de la Petite Turquie qui n'ait pas vu le portrait. Je m'apprête à foncer à l'hotel de police du 2e et...

— Oublie tout ça.

— Quoi ?

— Il est plus temps de jouer au petit soldat. C'est pas le bon visage.

— QUOI ?

Schiffer inspira à fond :

— La femme que nous cherchons a subi une opération de chirurgie esthétique. C'est pour ça que les Loups Gris ne la trouvent pas.

— Vous... Vous avez des preuves ?

— J'ai même son nouveau visage. Tout coïncide. Elle s'est payé une opération de plusieurs centaines de milliers de francs pour effacer son ancienne identité. Elle a totalement changé son apparence physique : elle s'est teinte en brune et a perdu vingt kilos. Puis s'est planquée dans le quartier turc même il y a six mois.

Il y eut un silence. Quand Nerteaux reprit la parole, sa voix avait perdu plusieurs décibels :

– Qui... Qui est-elle ? Où a-t-elle trouvé l'argent pour l'opération ?

– Aucune idée, mentit-il. Mais c'est pas une simple ouvrière.

– Que savez-vous d'autre ?

Schiffer réfléchit quelques secondes. Puis il balança tout. La rafle des Loups Gris, qui s'étaient trompés de proie. Sema Gokalp en état de choc. Sa garde-à-vue à Louis-Blanc, puis son admission à Sainte-Anne. L'enlèvement par Charlier et son programme à la con.

Enfin, la nouvelle identité de la femme : Anna Heymes.

Quand il se tut, Schiffer crut entendre le cerveau du jeune flic tourner à plein régime. Il l'imaginait, totalement sonné, perdu quelque part dans le 10e arrondissement, au fond de sa cabine téléphonique. Comme lui-même. Deux pêcheurs de corail suspendus dans des cages solitaires, au milieu des grands fonds...

Enfin, Paul demanda d'un ton sceptique :

– Qui vous a raconté tout ça ?

– Charlier en personne.

– Il s'est mis à table ?

– On est de vieux complices.

– Foutaises.

Schiffer éclata de rire :

– Je vois que tu commences à comprendre dans quel monde tu évolues. En 1995, après l'attentat du RER Saint-Michel, la DNAT – ça s'appelait encore la Sixième Division – était à cran. Une nouvelle loi permettait de multiplier les gardes à vue, sans motif précis. Un vrai bordel – j'y étais. Il y a eu des rafles dans tous les sens, au sein des milieux islamistes, notamment dans le 10ᵉ arrondissement. Une nuit, Charlier a déboulé à Louis-Blanc. Il était persuadé de tenir un suspect, un homme du nom d'Abdel Saraoui. Il s'est acharné sur lui, à mains nues. J'étais dans le bureau d'à côté. Le gars est mort le lendemain, d'un éclatement du foie, à Saint-Louis. Ce soir, je lui ai rappelé ces beaux souvenirs.

– Vous êtes tous tellement pourris que ça vous donne une sorte de cohérence.

– Qu'est-ce que ça change si on obtient des résultats ?

– J'imaginais ma croisade d'une manière différente, c'est tout.

Schiffer ouvrit de nouveau la porte de sa cabine et aspira une goulée d'air du dehors.

– Maintenant, demanda Paul, où se trouve Sema ?

– C'est la cerise sur le gâteau, garçon. Elle vient de se faire la malle. Elle leur a faussé compagnie hier, dans la matinée. A priori, elle a deviné leur combine. Elle est même en train de retrouver la mémoire.

– Merde...

– Comme tu dis. Une femme court en ce moment dans Paris avec deux identités, deux groupes de salopards à ses trousses, et nous au milieu. A mon avis, elle est en train d'enquêter sur elle-même. Elle cherche à savoir qui elle est vraiment.

Une nouvelle pause, à l'autre bout du fil.

– Qu'est-ce qu'on fait ?

– J'ai conclu un marché avec Charlier. Je lui ai vendu l'idée que j'étais le plus qualifié pour débusquer cette femme. Une Turque, c'est mon domaine. Il m'a confié l'affaire, pour la nuit. Il est sur les dents. Son opération est illégale : ça pue le soufre à plein nez. J'ai le dossier de la nouvelle Sema, et deux pistes. La première est pour toi, si t'es toujours dans la course.

Il perçut des bruits de tissu, de papier. Nerteaux sortait son bloc :

– Allez-y.

– La chirurgie esthétique. Sema s'est offert un des meilleurs plasticiens de Paris. On doit le retrouver, ce type a eu un contact avec la *vraie* cible. Avant son changement de visage. Avant son lavage de cerveau. C'est sans doute le seul gars à Paris qui puisse nous dire quelque chose sur la véritable femme que les Loups recherchent. Tu prends ou non ?

Nerteaux ne répondit pas aussitôt, il devait être en train d'écrire.

– Ma liste va comporter des centaines de noms.

– Pas du tout. Il faut interroger les meilleurs, les virtuoses. Et parmi eux, ceux qui n'ont pas de scrupules. Refaire totalement un visage, c'est jamais innocent. T'as la nuit pour trouver le gars. A l'allure où vont les choses, on va bientôt plus être seuls sur ce coup.

– Les mecs de Charlier ?

– Non. Charlier ne sait même pas que Sema a changé de visage. Je te parle des Loups Gris eux-mêmes. Ça fait trois fois qu'ils se plantent. Ils vont finir par piger qu'ils ne cherchent pas la bonne gueule. Ils vont penser à la chirurgie esthétique, ils vont chercher le toubib. On va se retrouver sur les mêmes rails, je le sens. Je te laisse le dossier de la fille rue de Nancy, avec la photo de son nouveau visage. Tu passes le chercher et tu commences le boulot.

– Le portrait : je le donne aux patrouilles ?

Schiffer se prit une suée glacée :

– Surtout pas. Tu le montres seulement aux toubibs, associé à ton portrait-robot, compris ?

Le silence satura de nouveau la ligne.

Plus que jamais, deux plongeurs perdus dans les grands fonds.

– Et vous ? demanda Nerteaux.

– Je m'occupe de la deuxième piste. Les gars de la DNAT ont oublié de détruire les anciennes fringues de Sema. Un coup de bol. Ces vêtements contiennent peut-être un détail, un indice, quelque chose qui nous conduira à la femme initiale.

Il regarda sa montre : minuit. Le temps pressait, mais il voulait effectuer un dernier balayage.

– Rien de neuf de ton côté ?

– Le quartier turc est à feu et à sang mais maintenant...

– L'enquête de Naubrel et de Matkowska, ça n'a rien donné ?

– Toujours rien, non.

Nerteaux paraissait étonné par la question. Le gosse devait penser qu'il ne s'intéressait pas à la piste des caissons à haute pression. Il avait tort. Depuis le début, cette histoire d'azote l'intriguait.

Quand Scarbon l'avait évoquée, il avait dit : « Je ne suis pas plongeur. » Mais Schiffer, lui, l'était. Il avait passé des années de sa jeunesse à sonder la mer Rouge et la mer de Chine. Il avait même envisagé de tout plaquer pour ouvrir une école de plongée dans le Pacifique.

Il savait donc que la haute pression ne provoque pas

seulement des problèmes de gaz dans le sang, mais produit aussi un effet hallucinogène, un état délirant que tous les plongeurs connaissent sous le nom d'ivresse des profondeurs.

Au début de l'enquête, quand ils pensaient traquer un tueur en série, Schiffer s'était senti mal à l'aise face à cet indice : il ne voyait pas pourquoi un assassin capable de tisonner un vagin avec des lames de rasoir s'emmerderait à produire des bulles d'azote dans les veines de ses victimes. Cela ne collait pas. En revanche, dans le cadre d'un interrogatoire, ce délire des profondeurs prenait un sens.

Un des fondements de la torture consiste à souffler alternativement le froid et le chaud sur le prisonnier. Filer des baffes puis offrir une cigarette. Envoyer des décharges électriques puis proposer un sandwich. C'est dans ces moments de répit que l'homme craque le plus souvent.

Avec le caisson, les Loups n'avaient fait qu'appliquer cette alternance, en la portant à son paroxysme. Après les pires tourments, ils avaient soumis leur victime à une brutale décontraction, une euphorie soudaine, provoquée par la surpression. Ils espéraient sans doute que la violence du contraste ferait flancher leur prisonnière, ou simplement que son délire jouerait le rôle de sérum de vérité...

Derrière cette technique de cauchemar, Schiffer discernait la ligne implacable d'un maître de cérémonie. Un orfèvre de la torture.

Qui ?

Il chassa sa propre trouille et marmonna :

– Un caisson à haute pression, ça doit pas courir les champs à Paris.

– Les OPJ ne trouvent rien. Ils ont visité les sites abritant ce type d'engins. Ils ont interrogé les industriels qui effectuent des tests de résistance. C'est l'impasse.

Schiffer sentit un trouble dans le ton de Nerteaux. Lui cachait-il quelque chose ? Il n'avait pas le temps de s'y attarder.

– Et les masques antiques ? enchaîna-t-il.

– Ça vous intéresse aussi ?

Le scepticisme de Paul redoublait.

– Vu le contexte, rétorqua Schiffer, tout m'intéresse. Un des Loups a peut-être une obsession, une folie particulière. Où tu en es là-dessus ?

– Nulle part. Je n'ai pas eu le temps d'avancer. Je sais même pas si mon gars a trouvé d'autres sites et...

Il coupa, en guise de conclusion :

– Le point dans deux heures. Et démerde-toi pour recharger ton portable.

Il raccrocha. En un éclair, la silhouette de Nerteaux lui passa devant les yeux. Des cheveux d'Indien, des yeux d'amandes grillées. Un flic au visage trop fin, qui ne se rasait pas et s'habillait en noir pour se donner l'air d'un dur. Mais aussi un policier-né, malgré sa naïveté.

Il se rendit compte qu'il aimait bien ce gosse. Il se demanda même s'il n'était pas en train de se ramollir, s'il avait eu raison de l'associer à ce qui était devenu « son » enquête. Lui en avait-il trop dit ?

Il sortit de la cabine et héla un taxi.

Non. Il avait gardé son atout maître.

Il n'avait pas révélé à Nerteaux le fait principal.

Il grimpa dans la voiture et donna l'adresse du Quai des Orfèvres.

Il savait désormais qui était la Proie et pourquoi les Loups Gris la cherchaient.

Pour la simple raison que lui-même la traquait depuis dix mois.

48

Une boîte rectangulaire en bois blanc, de soixante-dix centimètres de long, profonde de trente centimètres, frappée du sceau de cire rouge de la République. Schiffer souffla la poussière sur le couvercle et se dit que les seules preuves d'existence de Sema Gokalp tenaient maintenant dans ce cercueil de nourrisson.

Il sortit son couteau suisse, glissa la lame la plus fine sous le sceau, fit sauter la croûte rouge et souleva la paroi. Une odeur de moisi lui jaillit aux narines. Dès qu'il aperçut les frusques, une certitude l'empoigna aux tripes : il y avait quelque chose pour lui là-dedans.

Machinalement, il jeta un coup d'œil par-dessus son épaule. Il se tenait dans les sous-sols du palais de Justice, dans l'isoloir au rideau sale où les détenus libérés vérifient en toute discrétion les effets personnels qui leur sont rendus.

Le lieu idéal pour exhumer un cadavre.

Il trouva d'abord une blouse blanche et une charlotte de papier plissé – l'uniforme réglementaire des ouvrières de Gurdilek. Puis des vêtements civils : une longue jupe vert pâle, un cardigan framboise tricoté au crochet, un chemisier bleu ardoise à col rond. Des étoffes à quatre sous, en provenance directe des magasins TATI.

Ces vêtements étaient occidentaux mais leurs lignes, leurs couleurs, et surtout leur association, rappelaient l'allure des paysannes turques, qui portent encore des pantalons bouffants mauves et des chemisiers pistache ou citron. Il sentit monter en lui un désir sinistre, attisé encore par l'idée de mise à nu, d'humiliation, de pauvreté asservie. Le corps pâle qu'il imaginait sous ces étoffes lui écorchait les nerfs.

Il passa aux sous-vêtements. Un soutien-gorge couleur chair, petite taille ; une culotte noire, élimée, pelucheuse, dont la moire n'était qu'un effet de l'usure. Ces dessous suggéraient des mensurations d'adolescente. Il songea aux trois cadavres : hanches larges, seins lourds. La femme ne s'était pas contentée de changer de visage : elle avait taillé sa silhouette jusqu'à l'os.

Il poursuivit sa fouille. Des chaussures ratatinées, des collants lustrés, un manteau de mouton râpé. Les poches avaient été vidées. Il palpa le fond de la boîte dans l'espoir que leur contenu aurait été regroupé ailleurs. Un sachet plastique confirma ses espérances. Un trousseau de clés, un carnet de tickets, des produits de maquillage importés d'Istanbul...

Il s'attacha au trousseau. Les clés étaient sa passion. Il en connaissait tous les types : clés plates, clés diamant, clés à pompe ou à branches actives... Il était également incollable sur les serrures. Des mécanismes qui lui rappelaient les rouages humains : ceux qu'il aimait violer, tordre, contrôler.

Il observa les deux clés de l'anneau. L'une ouvrait une serrure à gorges – sans doute celle d'un foyer, d'une chambre d'hôtel ou d'un appartement miteux, investi depuis longtemps par d'autres Turcs. La seconde, une clé plate, correspondait certainement au verrou supérieur de la même porte.

Aucun intérêt.

Schiffer étouffa un juron : son butin était nul. Ces objets, ces vêtements dessinaient le profil d'une ouvrière anonyme. Trop anonyme même. Tout cela puait la panoplie, la caricature.

Il était certain que Sema Gokalp possédait une planque. Lorsqu'on est capable de changer de visage, de perdre vingt kilos, d'adopter volontairement l'existence souterraine d'une esclave, on assure forcément ses arrières.

Schiffer se souvint des paroles de Beauvanier. *On a trouvé son passeport cousu dans sa jupe.* Il palpa chaque vêtement. Il s'attarda sur la doublure du manteau ; le long de l'ourlet inférieur, ses doigts s'arrêtèrent sur un renflement. Une bosse dure, allongée, crénelée.

Il déchira l'étoffe et secoua la pelure.

Une clé tomba dans sa paume.

Une clé à tige forée, frappée d'un numéro : 4C 32.

Il pensa : « A cent contre un, une consigne. »

49

– Pas une consigne, non. Ils utilisent des codes maintenant.

Cyril Brouillard était un serrurier de génie. Jean-Louis Schiffer avait découvert son portefeuille sur les lieux d'un casse où un coffre-fort réputé inviolable avait été ouvert avec virtuosité. Il s'était rendu chez le propriétaire des papiers d'identité et avait surpris un jeune type blond, hirsute et myope. Il l'avait prévenu en lui rendant ses documents : « Avec un nom pareil, tu devrais te concentrer davantage. » Schiffer avait fermé les yeux sur le cambriolage en échange d'une lithographie originale de Bellmer.

– Alors quoi ?

– Du self-stockage.

– Du quoi ?

– Un garde-meuble.

Depuis cette nuit-là, Brouillard ne refusait rien à Schiffer. Ouverture de porte pour perquisitions sans mandat ; violation de serrures pour flagrant délit nocturne ; cassage de coffre pour dégoter des documents compromettants. Le voleur était une parfaite alternative aux autorisations légales.

Il logeait au-dessus de sa boutique, rue de Lancry –

un atelier de serrurerie qu'il était parvenu à se payer avec les butins de ses virées nocturnes.

– Tu peux m'en dire plus ?

Brouillard inclina la clé sous la lampe directionnelle. Ce cambrioleur était unique en son genre : dès qu'il approchait une serrure, le miracle avait lieu. Une vibration, un toucher. Un mystère se mettait à l'œuvre. Schiffer ne se lassait pas de l'observer au travail. Il lui semblait surprendre un versant caché de la nature. L'essence même d'un don inexplicable.

– Surger, souffla le voyou. On voit les lettres en filigrane, là, sur la tranche.

– Tu connais ?

– Je veux. J'ai plusieurs planques là-bas. C'est accessible jour et nuit.

– Où ?

– Château-Landon. Rue Girard.

Schiffer avala sa salive. Elle lui semblait en fusion.

– A l'entrée, y a un code ?

– AB 756. Ta clé porte le numéro 4C 32. Quatrième niveau. L'étage des miniboxes.

Cyril Brouillard leva les yeux, toucha ses montures. Sa voix se fit chantante :

– L'étage des p'tits trésors...

50

Le bâtiment dominait les rails de la gare de l'Est, imposant et solitaire comme un cargo entrant dans un port. Avec ses quatre étages, l'immeuble affichait un air rénové et fraîchement repeint. Un îlot de propreté abritant des biens en transit.

Schiffer franchit la première barrière et traversa le parc de stationnement.

A 2 heures du matin, il s'attendait à voir surgir une sentinelle en combinaison noire marquée du logo SUR-GER, flanquée d'un clebs agressif et d'une matraque électrique.

Mais rien ne vint.

Il composa le code et franchit le portail vitré. Au bout du vestibule, plongé dans un étrange halo rouge, il découvrit un couloir de ciment, ponctué par une série de stores métalliques ; tous les vingt mètres, des allées perpendiculaires croisaient l'axe principal et laissaient deviner un labyrinthe de compartiments.

Il avança droit devant lui, sous les veilleuses de secours, jusqu'à atteindre, au fond, un escalier aux structures apparentes. Chaque pas provoquait un bruit mat, presque imperceptible, sur le ciment gris perle. Schiffer savourait ce silence, cette solitude, cette tension mêlée de puissance de l'intrus.

Il parvint au quatrième niveau et stoppa. Un nouveau couloir s'ouvrait, où les boxes paraissaient plus resserrés. *L'étage des p'tits trésors.* Schiffer fouilla dans sa poche et en sortit la clé. Il lut les numéros des volets, se perdit, puis trouva enfin le 4C 32.

Avant d'actionner la serrure, il demeura immobile. Il pouvait presque sentir la présence de l'Autre, derrière la cloison – celle qui n'avait pas encore de nom.

Il s'agenouilla, fit jouer la clé dans le mécanisme puis, d'un mouvement sec, remonta le rideau de fer.

Une cellule d'un mètre sur un mètre apparut dans la pénombre. Vide. Pas d'affolement : il ne s'attendait pas à découvrir un box bourré de mobilier et de matériel hi-fi.

Il attrapa dans sa poche la lampe qu'il avait piquée à Brouillard. Accroupi sur le seuil, il balaya lentement le cube de ciment, éclairant chaque recoin, chaque parpaing, jusqu'à repérer, tout au fond, un carton kraft.

L'Autre, de plus en plus proche.

Il s'enfonça dans l'obscurité et s'arrêta devant la boîte. Il cala la torche entre ses dents et commença sa fouille.

Des vêtements, uniformément sombres, signés par de grands couturiers. Issey Miyake. Helmut Lang. Fendi. Prada... Ses doigts rencontrèrent des sous-vêtements. Une clarté noire : ce fut l'idée qui lui vint. Les tissus étaient d'une douceur, d'une sensualité presque indécentes. Les moires semblaient retenir leurs propres reflets. Les dentelles frémir au contact de ses doigts... Cette fois, pas de désir, pas d'érection : la prétention de ces lingeries, l'orgueil sournois qu'on pouvait y lire lui coupaient la sauce.

Il poursuivit sa fouille et dégota, dans un carré de soie, une nouvelle clé.

Une clé bizarre, rudimentaire, à tige plate.

Encore du travail pour monsieur Brouillard.

Il lui manquait la dernière certitude.

Il tâtonna encore, souleva, bouleversa.

Soudain, une broche en or, représentant les pétales d'un pavot, accrocha le faisceau de sa torche à la manière d'un scarabée magique. Il lâcha sa lampe trempée de salive, cracha, puis murmura dans les tenèbres :

– *Allaha sükür*[1] ! Tu es revenue.

_____
1. Dieu soit loué.

NEUF

51

Mathilde Wilcrau n'avait jamais approché d'aussi près une caméra à positons.

De l'extérieur, l'engin ressemblait à un scanner traditionnel ; une roue large, blanche, au centre de laquelle s'encastrait une civière d'inox dotée de différents instruments d'analyse et de mesure ; à proximité, un portant soutenait une poche de perfusion ; sur une table à roulettes s'alignaient des seringues sous vide et des flacons plastifiés. Dans la pénombre de la salle, l'ensemble dessinait une construction étrange – un hiéroglyphe grandiose.

Pour débusquer une telle machine, les fugitifs avaient dû se rendre au Centre Hospitalier et Universitaire de Reims, à cent kilomètres de Paris. Eric Ackermann connaissait le directeur du service de radiologie. Le médecin, appelé à son domicile, s'était aussitôt précipité et avait accueilli le neurologue avec effusion. Il ressemblait à un officier de poste-frontière recevant la visite impromptue d'un général de légende.

Depuis six heures, Ackermann s'affairait autour de l'appareil. Dans la cabine de commande, Mathilde Wilcrau l'observait à l'œuvre. Penché au-dessus d'Anna allongée, la tête introduite dans la machine, il pratiquait des injections, réglait la perfusion, projetait des images sur un miroir oblique, situé à l'intérieur de l'arc supérieur du cylindre. Et surtout, il parlait.

En le regardant s'agiter comme une flamme, à travers la vitre, Mathilde ne pouvait se déprendre d'une certaine fascination. Ce grand mec immature, à qui elle n'aurait pas prêté sa voiture, avait réussi, dans un contexte de violence politique extrême, une expérience cérébrale unique. Il avait franchi un cap décisif dans la connaissance et le contrôle du cerveau.

Une avancée qui aurait pu ouvrir, dans d'autres circonstances, sur des développements thérapeutiques majeurs. De quoi inscrire son nom dans les manuels de neurologie et de psychiatrie. La méthode Ackermann aurait-elle une seconde chance ?

Le grand rouquin s'agitait toujours, à grand renfort de mouvements nerveux. Mathilde savait lire entre ces gestes. Au-delà de la fébrilité de la séance, Ackermann était drogué jusqu'à l'os. Accro aux amphétamines ou à d'autres excitants. D'ailleurs, aussitôt arrivé, il avait effectué une pause « ravitaillement » à la pharmacie de l'hôpital. Ces drogues de synthèse lui convenaient parfaitement : un homme à l'esprit brûlé, qui avait vécu pour et par la chimie...

Six heures.

Bercée par le ronronnement des ordinateurs, Mathilde s'était endormie plusieurs fois. Lorsqu'elle se réveillait, elle tentait de rassembler ses pensées. En vain. Une seule idée l'aveuglait, à la manière d'une lampe attirant une phalène.

La métamorphose d'Anna.

La veille, elle avait recueilli une créature amnésique,

vulnérable et nue comme un bébé. La découverte du henné avait tout changé. La femme s'était figée autour de cette révélation comme un cristal de quartz. Elle paraissait avoir compris à cet instant que le pire n'était plus à craindre, mais au contraire à envisager – et à affronter. C'était elle qui avait voulu marcher au-devant de l'ennemi et surprendre Eric Ackermann, malgré les risques encourus.

C'était elle qui tenait désormais la barre.

Puis, à la faveur de l'interrogatoire du parking, Sema Gokalp était apparue. L'ouvrière mystérieuse, aux multiples contradictions. La clandestine venue d'Anatolie, qui parlait parfaitement le français. La prisonnière en état de choc, qui dissimulait derrière son silence et son visage modifié un autre passé...

Qui se cachait derrière ce nouveau nom ? Qui était la créature capable de se transformer à ce point pour devenir une autre ?

Réponse : quand elle retrouverait définitivement la mémoire. Anna Heymes. Sema Gokalp... Elle était comme une poupée russe, aux identités enchâssées, dont chaque nom, chaque silhouette, abritait toujours un autre secret.

Eric Ackermann quitta son siège. Il ôta le cathéter du bras d'Anna, recula le pied de la perfusion et releva le miroir de l'arc. L'expérience était terminée. Mathilde s'étira, puis essaya, une dernière fois, de regrouper ses idées. Elle n'y parvint pas. Une nouvelle image oblitérait son esprit.

Le henné.

Ces lignes rouges qui marquent les mains des femmes musulmanes lui semblaient tracer une frontière radicale entre son univers parisien et le monde lointain de Sema Gokalp. Un monde de déserts, de mariages organisés, de rites ancestraux. Un univers sauvage et effrayant, né à l'ombre des vents brûlants, des rapaces et des rocailles.

Mathilde ferma les yeux.

Des mains tatouées ; des arabesques brunes qui s'enchevêtrent au creux de paumes calleuses, autour de poignets mats, de doigts musclés ; pas un seul centimètre de peau n'est vierge de ces traits ; la ligne rouge ne se rompt jamais : elle se lance, se déploie, revient sur elle-même, en boucles et ciselures, jusqu'à donner naissance à une géographie hypnotique...

– Elle s'est endormie.

Mathilde sursauta. Ackermann se tenait devant elle. Sa blouse flottait sur ses épaules comme un drapeau blanc. Des perles de sueur scintillaient sur son front. Des tics et des tremblements l'agitaient, mais une étrange solidité émanait aussi de sa silhouette, l'assurance du savoir sous la nervosité du drogué.

– Comment ça s'est passé ?

Il attrapa une cigarette sur la console informatique et l'alluma. Il prit le temps d'inhaler une profonde bouffée puis répondit, dans un tunnel de fumée :

– Je lui ai d'abord injecté du Flumazenil, l'antidote du Valium. Ensuite, j'ai effacé mon propre conditionnement, en sollicitant chaque zone de sa mémoire, sous Oxygène-15. J'ai remonté, exactement, le même chemin. (Il dessinait un axe vertical avec sa cigarette.) Avec les mêmes mots, les mêmes symboles. Dommage que je n'aie plus les photographies, ni les vidéos des Heymes. Mais je pense que le travail principal est accompli. Pour l'instant, ses idées sont confuses. Ses vrais souvenirs vont revenir peu à peu. Anna Heymes va s'effacer et céder la place à la première personnalité. Mais attention (il agitait sa cigarette), c'est de l'expérimental pur !

Un vrai cinglé, pensa Mathilde, un mélange de froideur et d'exaltation. Elle ouvrit les lèvres mais un nouvel éclair l'arrêta. Le henné, encore une fois. *Les lignes sur les mains prennent vie ; des anses, des torsades, des volutes serpentent le long des veines, s'enroulent autour des phalanges, jusqu'à atteindre les ongles noircis de pigments...*

– Au début, ça ne sera pas une partie de plaisir, poursuivit Ackermann en tirant sur sa cigarette. Les différents niveaux de sa conscience vont se télescoper. Parfois, elle ne saura plus distinguer ce qui est vrai de ce qui est artificiel. Mais progressivement, sa mémoire initiale reprendra le dessus. Il y a aussi des risques de convulsions, avec le Flumazenil, mais je lui ai donné un autre truc pour atténuer les effets secondaires...

Mathilde repoussa sa chevelure en arrière, elle devait avoir une tête de spectre.

– Et les visages ?

Il balaya la fumée d'un geste vague.

– Ça devrait s'estomper aussi. Ses repères vont s'affirmer. Ses souvenirs, ses références vont se clarifier, et partant, ses réactions vont s'équilibrer. Mais encore une fois, tout ça est très nouveau et...

Mathilde perçut un mouvement de l'autre côté de la vitre. Elle fila aussitôt dans la salle d'imagerie médicale. Anna était déjà assise sur la table du Petscan, les jambes pendantes, les mains appuyées en arrière.

– Comment tu te sens ?

Un sourire flottait sur son visage. Ses lèvres claires marquaient à peine sa peau.

Ackermann revint et éteignit les dernières machines.

– Comment tu te sens ? répéta-t-elle.

Anna lui lança un regard hésitant. A cet instant, Mathilde comprit. Il ne s'agissait plus de la même femme : les yeux indigo lui souriaient de l'intérieur d'une autre conscience.

– T'as une clope ? demanda-t-elle en retour, d'une voix qui cherchait son timbre.

Mathilde lui tendit une Marlboro. Elle suivit du regard la main frêle qui l'attrapait. En surimpression, les dessins au henné revinrent. *Des fleurs, des pics, des serpents s'enroulent autour d'un poing serré. Un poing tatoué, fermé sur un pistolet automatique...*

La femme à frange noire murmura, derrière la volute de sa cigarette :

– Je préférais être Anna Heymes.

52

La gare ferroviaire de Falmières, à dix kilomètres à l'ouest de Reims, était un bloc solitaire posé le long des rails en rase campagne. Une baraque en pierre meulière coincée entre l'horizon noir et le silence de la nuit. Pourtant, avec sa petite lanterne jaune et sa marquise de verre feuilleté, l'édifice possédait une apparence rassurante. Son toit de tuiles, ses murs divisés en deux bandeaux, bleu et blanc, ses barrières de bois lui donnaient un air de jouet verni – un décor de train électrique.

Mathilde stoppa la voiture sur l'aire de stationnement.

Eric Ackermann avait demandé à être déposé dans une gare. « N'importe laquelle, je me débrouillerai. »

Depuis qu'ils avaient quitté l'hôpital, personne n'avait dit un mot. Mais la qualité du silence avait changé. La haine, la colère, la défiance étaient retombées ; une forme de complicité, étrange, s'était même ébauchée entre les trois fuyards.

Mathilde éteignit le moteur. Elle aperçut dans son rétroviseur le visage blême du neurologue, assis à l'arrière. Une véritable lame de nickel. Ils sortirent dans le même mouvement.

Dehors, le vent s'était levé. De violentes bourrasques s'abattaient en plaques sonores sur le bitume. Au loin, des nuages acérés s'éloignaient comme une armée de sagaies, dévoilant une lune très pure, un gros fruit à pulpe bleue.

Mathilde ferma son manteau. Elle aurait donné cher pour un tube de crème hydratante. Il lui semblait que chaque rafale asséchait sa peau, creusait un peu plus les rides de son visage.

Ils marchèrent jusqu'à la barrière fleurie, toujours sans un mot. Elle songea à un échange d'otages, à l'époque de la guerre froide, sur un pont de l'ancien Berlin – aucun moyen de se dire adieu.

Anna demanda soudain :

– Et Laurent ?

Elle avait déjà posé la question, dans le parking de la place d'Anvers. C'était un autre versant de son histoire : la révélation d'un amour qui persistait, malgré la trahison, les mensonges, la cruauté.

Ackermann paraissait trop épuisé pour mentir :

– Honnêtement, il y a très peu de chances pour qu'il soit encore vivant. Charlier ne laissera aucune trace derrière lui. Et Heymes n'était pas fiable. Au moindre interrogatoire, il aurait craqué. Il aurait même été foutu de se livrer lui-même. Depuis la mort de sa femme, il...

Le neurologue s'arrêta. Durant quelques instants, Anna parut tenir tête au vent, puis ses épaules s'affaissèrent. Elle se détourna sans un mot et regagna la voiture.

Mathilde considéra une dernière fois le grand échalas à la tignasse carotte, noyé dans son imperméable.

– Et toi ? demanda-t-elle, presque avec pitié.

— Je pars en Alsace. Je vais me noyer dans la masse des « Ackermann ».

Un ricanement de canard secoua sa carcasse. Puis il ajouta, avec un lyrisme exagéré :

— Ensuite, je trouverai une autre destination. Je suis un nomade !

Mathilde ne répondit pas. Il se dandinait, serrant son cartable sur son torse. Exactement le même qu'à la fac. Il entrouvrit les lèvres, hésita, puis chuchota :

— En tout cas, merci.

Il arma son index, en un salut de cow-boy, et tourna les talons vers la gare isolée, tendant ses épaules contre le vent. Où allait-il au juste ? « Je trouverai une autre destination. Je suis un nomade ! »

Parlait-il d'un pays terrestre ou d'une nouvelle région du cerveau ?

53

– La drogue.

Mathilde se concentrait sur les marques blanches de l'autoroute, que la vitesse saccadait. Les traits scintillaient devant ses yeux, comme certains planctons sous-marins brillent la nuit à l'étrave des navires. Au bout de quelques secondes, elle lança un regard à sa passagère. Un visage de craie, lisse, indéchiffrable.

– Je suis une trafiquante de drogue, reprit Anna d'un ton plat. Ce qu'on appelle, en français, un courrier. Un pourvoyeur. Un passeur.

Mathilde hocha la tête, comme si elle s'attendait à cette révélation. En fait, elle s'attendait à tout. Il n'y avait plus de limite à la vérité. Cette nuit, chaque nouveau pas donnerait lieu à un vertige.

Elle focalisa de nouveau son attention sur la route. De longues secondes passèrent avant qu'elle ne demande :

– Quel genre de drogues ? De l'héroïne ? De la cocaïne ? Des amphétamines ? Quoi ?

Sur les dernières syllabes, elle avait presque crié. Elle fit jouer ses doigts sur le volant. Se calmer. Immédiatement.

La voix reprit :

– Héroïne. Exclusivement de l'héroïne. Plusieurs kilos à chaque voyage. Jamais plus. De la Turquie à l'Europe. Sur moi. Dans mes bagages. Ou par d'autres moyens. Il y a des astuces, des combines. Mon travail consistait à les connaître. Toutes.

Mathilde avait la gorge si sèche que chaque respiration lui était une souffrance.

– Pour... Pour qui tu travaillais ?

– Les règles ont changé, Mathilde. Moins tu en sauras, mieux ça sera.

Anna avait pris un ton étrange, presque condescendant.

– Quel est ton vrai nom ?

– Pas de vrai nom. Cela faisait partie du métier.

– Comment faisais-tu ? Donne-moi des détails.

Anna lui opposa un nouveau silence, dense comme du marbre. Puis, au bout d'un long moment, elle poursuivit :

– Ce n'était pas une existence très grisante. Vieillir dans les aéroports. Connaître les meilleurs lieux d'escale. Les frontières les moins bien gardées. Les correspondances les plus rapides, ou au contraire les plus compliquées. Les villes où les bagages vous attendent sur la piste. Les douanes où on vous fouille et celles où on ne vous fouille pas. La topographie des soutes, des lieux de transit.

Mathilde écoutait, mais captait surtout le grain de la voix : jamais Anna n'avait parlé aussi vrai.

– Une activité de schizophrène. Parler sans cesse des langues différentes, répondre à plusieurs noms, posséder plusieurs nationalités. Avec comme seul foyer

407

le confort standard des salons VIP des aéroports. Et toujours, partout, la peur.

Mathilde cligna des yeux pour chasser le sommeil. Son champ de vision perdait en netteté. Les traits de la route flottaient, se déchiquetaient... Elle questionna encore :

– D'où viens-tu exactement ?

– Pas encore de souvenir précis. Mais cela viendra, j'en suis sûre. Pour l'heure, je m'en tiens au présent.

– Mais qu'est-ce qui s'est passé ? Comment t'es-tu retrouvée à Paris dans la peau d'une ouvrière ? Pourquoi avoir changé ton visage ?

– L'histoire classique. J'ai voulu garder le dernier chargement. Tromper mes employeurs.

Elle s'arrêta. Chaque souvenir semblait lui coûter un effort.

– C'était en juin de l'année dernière. Je devais livrer la drogue à Paris. Un chargement spécial. Très précieux. J'avais un contact ici, mais j'ai choisi une autre voie. J'ai planqué l'héroïne et j'ai consulté un chirurgien esthétique. Je crois, enfin... je pense qu'à ce moment-là, j'avais toutes mes chances... Mais pendant ma convalescence, quelque chose est arrivé que je n'avais pas prévu. Que personne n'avait prévu : l'attentat du 11 septembre. Du jour au lendemain, les douanes sont devenues des murailles. Il y a eu des fouilles, des vérifications partout. Plus question pour moi de repartir avec la drogue, comme je l'avais prévu. Ni de la laisser à Paris. Je devais rester, attendre que la situation se calme, tout en sachant que mes commanditaires allaient tout faire pour me retrouver...

» Je me suis donc planquée là où, a priori, personne

ne chercherait une Turque qui se cache : chez les Turcs eux-mêmes. Parmi les ouvrières clandestines du 10e arrondissement. J'avais un nouveau visage, une nouvelle identité. Personne ne pouvait me repérer.

La voix mourut, comme épuisée. Mathilde tenta de raviver la flamme :

– Qu'est-ce qui s'est passé ensuite ? Comment les flics t'ont-ils trouvée ? Ils étaient au courant pour la drogue ?

– Ça ne s'est pas passé de cette façon. C'est encore vague, mais j'entrevois la scène... Au mois de novembre, je travaillais dans un atelier de teinture. Une sorte de pressing souterrain, dans un hammam. Un lieu comme tu n'en imagines pas. Du moins pas à un kilomètre de chez toi. Une nuit, ils sont venus.

– Les flics ?

– Non. Les Turcs envoyés par mes employeurs. Ils savaient que j'étais planquée là. Quelqu'un a dû me trahir, je ne sais pas... Mais à l'évidence, ils ignoraient que j'avais changé de visage. Ils ont enlevé, sous mes yeux, une fille qui me ressemblait. Zeynep quelque chose... Bon sang, quand j'ai vu débouler ces tueurs... Je ne garde le souvenir que d'un grand flash de peur.

Mathilde tentait de reconstituer l'histoire, de combler les lacunes :

– Comment as-tu atterri chez Charlier ?

– Je n'ai pas de souvenirs précis là-dessus. J'étais en état de choc. Les flics ont dû me découvrir dans le hammam. Je revois un commissariat, un hôpital... D'une façon ou d'une autre, Charlier a été informé de mon existence. Une ouvrière amnésique. Sans statut légal en France. Le parfait cobaye.

Anna parut soupeser sa propre hypothèse, puis murmura :

– Il y a une ironie incroyable dans mon histoire. Parce que les flics n'ont jamais su qui j'étais vraiment. Malgré eux, ils m'ont protégée des autres, les Turcs.

Mathilde commençait à éprouver une douleur aux entrailles – la peur, aggravée encore par la fatigue. Sa vision s'obscurcissait. Les formes blanches de la route devenaient des mouettes, des oiseaux vagues aux envols convulsifs.

A cet instant, les panneaux du boulevard périphérique apparurent. Paris était à l'horizon. Elle se concentra sur la ligne d'asphalte et poursuivit :

– Ces hommes qui te cherchent, qui sont-ils ?

– Oublie tout ça. Je te répète que moins tu en sauras, mieux tu te porteras.

– Je t'ai aidée, répliqua-t-elle les dents serrées. Je t'ai protégée. Parle ! Je veux connaître la vérité.

Anna hésita encore. C'était son monde – un monde qu'elle n'avait sans doute jamais dévoilé à personne.

– La mafia turque a une particularité, dit-elle enfin. Elle utilise des hommes de main venus du front politique. On les appelle les Loups Gris. Des nationalistes. Des fanatiques d'extrême droite qui croient au retour de la Grande Turquie. Des terroristes entraînés dans des camps dès leur enfance. Inutile de te dire qu'à côté d'eux, les sbires de Charlier ressemblent à des scouts armés d'Opinel.

Les panneaux bleus grossissaient. PORTE DE CLIGNAN-COURT. PORTE DE LA CHAPELLE. Mathilde n'avait plus qu'une idée en tête : larguer cette bombe à la première station de taxis. Retrouver son appartement, renouer avec son confort, sa sécurité. Telle était sa voie : dormir vingt heures et se réveiller demain en se disant : « Juste un cauchemar. »

Elle prit la sortie de la Chapelle et déclara :

— Je reste avec toi.

— Non. Impossible. J'ai une chose importante à faire.

— Quoi ?

— Récupérer mon chargement.

— Je viens avec toi.

— Non.

Un noyau se durcit au fond de son ventre. Plutôt de l'orgueil que du courage.

— Où est-il ? Où est cette drogue ?

— Au cimetière du Père-Lachaise.

Mathilde lança un coup d'œil à Anna : elle lui parut ratatinée, mais aussi plus dure, plus dense – le cristal de quartz compressé sur ses strates de vérité...

— Pourquoi là-bas ?

— Vingt kilos. Il fallait trouver une consigne.

— Je ne vois pas le lien avec le cimetière.

Sourire d'Anna, rêveur, comme tourné vers l'intérieur :

— Un peu de poudre blanche parmi la poudre grise...

Un feu rouge les arrêta. Après ce carrefour, la rue de la Chapelle devenait la rue Marx-Dormoy. Mathilde répéta plus fort :

— Quel est le rapport avec le cimetière ?

— C'est vert. Place de la Chapelle, tu prendras la direction de Stalingrad.

54

La ville des morts.

Des avenues amples et rectilignes, bordées d'arbres imposants qui savaient tenir leur rang. Des blocs massifs, des monuments élevés, des tombes lisses et noires.

Dans la nuit claire, cette partie du cimetière distribuait ses parterres avec largesse – un luxe, une opulence d'espace.

Un parfum de Noël flottait dans l'air ; tout semblait cristallisé, enveloppé par le dôme de la nuit, comme sous ces petits globes qu'il faut agiter pour que la neige saupoudre le paysage.

Elles avaient attaqué la forteresse par l'entrée de la rue du Père-Lachaise, près de la place Gambetta. Anna avait guidé Mathilde le long de la gouttière qui borde le portail, puis entre les pics de fer du mur de clôture. La descente, de l'autre côté, avait été plus facile encore : des câbles électriques suivent les pierres à cet endroit.

Elles gravissaient maintenant l'avenue des Combattants-Etrangers. Sous la lune, les tombes et leurs épitaphes se dessinaient avec précision. Un bunker était dédié aux morts tchécoslovaques de la guerre de 14-18 ; un monolithe blanc rappelait la mémoire des soldats belges ; un épi colossal, multipliant les arêtes à la Vasarely, rendait hommage aux défunts arméniens...

Quand Mathilde aperçut, en haut de la côte, le grand édifice surmonté de deux cheminées, elle comprit. *Un peu de poudre blanche parmi la poudre grise.* Le columbarium. Avec un cynisme étrange, Anna la trafiquante avait caché son stock d'héroïne parmi les urnes cinéraires.

A contre-nuit, le bâtiment évoquait une mosquée, crème et or, coiffée d'une large coupole, dominée par ses cheminées comme par des minarets. Quatre longs édifices le cernaient, disposés en quinconce.

Elles pénétrèrent dans l'enceinte et traversèrent des jardins alignés, aux haies carrées et drues. Au-delà, Mathilde distinguait les galeries constellées de casiers et de fleurs. Elle songea à des pages de marbre incrustées d'écritures et de sceaux colorés.

Tout était désert.

Pas un vigile en vue.

Anna gagna le fond du parc, où l'escalier d'une crypte plongeait sous des buissons. En bas des marches, un portail de fonte noire était verrouillé. Durant quelques secondes, elles cherchèrent une voie d'entrée. En guise d'inspiration, un claquement d'ailes leur fit lever les yeux : des pigeons s'ébrouaient, blottis dans une lucarne grillagée, à deux mètres de hauteur.

Anna se recula pour évaluer les dimensions de la niche. Puis elle cala ses pieds dans les ornements de métal de la porte et grimpa. Quelques secondes plus tard, Mathilde perçut le raclement d'un grillage qu'on arrachait puis la gifle brève d'une vitre brisée.

Sans même réfléchir, elle prit le même chemin.

Parvenue en haut, elle se glissa par le vasistas. Elle touchait le sol quand Anna actionna le commutateur.

Le sanctuaire était immense. Agencées autour d'un puits carré, ses galeries rectilignes, creusées dans le granit, s'étiraient à perte de ténèbres. A intervalles réguliers, des lampes diffusaient quelques éclats de lumière.

Elle s'approcha de la balustrade du puits : trois niveaux s'enfonçaient sous leurs pas, multipliant les tunnels. Au fond du gouffre, un bassin de céramique paraissait minuscule. On aurait pu se croire au cœur d'une ville souterraine, construite au plus près d'une source sacrée.

Anna emprunta l'un des deux escaliers. Mathilde la suivit. A mesure qu'elles descendaient, le bourdonnement d'un système d'aération affirmait sa présence. A chaque palier, la sensation de temple, de tombeau géant, devenait plus écrasante.

Au deuxième sous-sol, Anna prit une allée sur la droite, ponctuée de centaines de casiers, dallée de carreaux blancs et noirs. Elles marchèrent longtemps. Mathilde observait la scène avec une distance étrange. Parfois elle remarquait un détail, au fil des lucarnes. Un bouquet de fleurs fraîches posé à terre, enveloppé dans du papier d'aluminium. Un ornement, une décoration, qui distinguait un casier cinéraire. Comme ce visage de femme noire, sérigraphié, dont les cheveux bouclés moussaient à la surface du marbre. L'épitaphe disait : TU ÉTAIS TOUJOURS LÀ. TU SERAS TOUJOURS LÀ. Ou, plus loin, cette photographie d'enfant aux cernes gris, collée sur une simple plaque de plâtre. Dessous, on avait inscrit au feutre : ELLE N'EST PAS MORTE MAIS ELLE DORT. SAINT-LUC.

– Ici, dit Anna.

Un casier plus large fermait le couloir.

– Le cric, ordonna-t-elle.

Mathilde ouvrit le sac qu'elle portait en bandoulière et sortit l'instrument. D'un geste, Anna le coinça entre le marbre et le mur, puis fit levier de toute sa force. Une première fissure traversa la surface. Elle appuya encore à la base du bloc. La plaque s'écrasa à terre, en deux morceaux.

Anna replia le cric et l'utilisa comme un marteau contre la cloison de plâtre, au fond de la niche. Des particules volèrent, s'accrochant à ses cheveux noirs. Elle frappait avec obstination, sans se soucier de la résonance des chocs.

Mathilde ne respirait plus. Les coups lui semblaient retentir jusqu'à la place Gambetta. Combien de temps avant que les gardiens ne rappliquent ?

Le silence retomba. Dans un nuage blanchâtre, Anna plongea dans le casier et dégagea les gravats. De grandes brassées de poussière basculaient le long du mur.

Soudain, un tintement retentit dans leur dos.

Les deux femmes se retournèrent.

A leurs pieds, une clé de métal luisait parmi les débris de plâtre.

– Essaie avec ça. Tu gagneras du temps.

Un homme coiffé en brosse se dressait sur le seuil de la galerie. Sa silhouette se reflétait sur le damier du sol. Il paraissait se tenir debout sur l'eau.

Il demanda, en levant un fusil à pompe :

– Où est-elle ?

Il était vêtu d'un imper fripé qui tordait sa silhouette, mais cela n'altérait en rien l'impression de puissance qu'il libérait. Son visage surtout, flatté de côté par le rayon d'une lampe, dégageait une force de cruauté sidérante.

– Où est-elle ? répéta-t-il en avançant d'un pas.

Mathilde se sentit mal. Un point de douleur creusa son ventre, ses jambes s'affaissèrent. Elle dut se cramponner à un casier pour ne pas tomber. On ne jouait plus. Il ne s'agissait pas de tir sportif, ni de triathlon, ni d'aucun risque calculé.

Elles allaient mourir, tout simplement.

L'intrus avança encore puis, d'un geste précis, arma son fusil :

– Bordel de Dieu : où est la drogue ?

55

L'homme en imperméable prit feu.

Mathilde plongea à terre. Au moment où elle touchait le sol, elle comprit que la flamme avait jailli de son fusil. Elle roula dans les gravats de plâtre. A cet instant, une seconde vérité éclata dans son esprit : c'était Anna qui avait tiré la première – elle avait dû cacher un pistolet automatique dans le casier.

Les détonations se multiplièrent. Mathilde groupa son corps, les poings serrés sur sa tête. Des casiers explosèrent au-dessus d'elle, libérant les urnes et leur contenu. Elle hurla quand les premières cendres la touchèrent. Des nuages gris volèrent, alors que les balles sifflaient, ricochaient. Dans un brouillard de poussière, elle vit des étincelles jaillir des angles de marbre, des filaments de feu sautiller au-dessus des gravats, des vases rouler sur le sol, rebondir en lançant des reflets argentés. Le couloir ressemblait à un enfer sidéral, mêlé d'or et de fer...

Elle se recroquevilla encore. Les impacts fracassaient les cases. Les fleurs se déchiquetaient. Les urnes se brisaient, se vidaient alors que les balles cinglaient l'espace. Elle se mit à ramper, fermant les yeux, sursautant à chaque déflagration.

Soudain, le silence revint.

Mathilde s'arrêta net, et attendit plusieurs secondes pour ouvrir les paupières.

Elle ne vit rien.

La galerie était totalement obstruée par les cendres, comme après une éruption volcanique. Une puanteur de cordite se mêlait aux scories, aggravant encore l'asphyxie.

Mathilde n'osait plus bouger. Elle faillit appeler Anna, mais se retint. Pas question de se faire repérer par le tueur.

Tout en réfléchissant, elle palpa son corps, elle n'était pas blessée. Elle ferma de nouveau les paupières et se concentra. Pas un souffle, pas un frémissement autour d'elle, à l'exception de quelques gravats qui chutaient encore avec un bruit amorti.

Où était Anna ?

Où était l'homme ?

Etaient-ils morts tous les deux ?

Elle plissa les yeux pour tenter d'apercevoir quelque chose. Elle repéra enfin, deux ou trois mètres plus loin, une lampe qui lançait un signal flou. Elle se souvenait que ces luminaires ponctuaient l'allée, tous les dix mètres environ. Mais lequel était-ce ? Celui de l'entrée du couloir ? De quel côté trouver une issue ? A droite ou à gauche ?

Elle réprima une toux, avala sa salive, puis, sans bruit, se leva sur un coude. Elle commença à avancer sur les genoux vers la gauche, évitant les gravats, les douilles, les flaques répandues par les vases...

Soudain, le brouillard se matérialisa devant elle.

Une forme entièrement grise : le tueur.

Ses lèvres s'ouvrirent mais une main écrasa sa bouche. Mathilde lut dans les yeux injectés qui la regardaient : *Tu cries, tu es morte.* Le canon d'un revolver s'enfonçait dans sa gorge. Elle cligna furieusement les paupières en signe d'assentiment. Lentement, l'homme souleva ses doigts. Elle l'implora encore du regard, lui exprimant sa soumission totale.

A cette seconde, elle ressentit une sensation abjecte. Il était survenu quelque chose qui la terrassait plus encore que la peur de mourir : elle avait fait sous elle.

Ses sphincters s'étaient relâchés.

Urine et excréments s'écoulaient entre ses jambes, trempant ses collants.

L'homme l'empoigna par les cheveux et la traîna sur le sol. Mathilde se mordit les lèvres pour ne pas hurler. Ils traversèrent les nappes de brume, parmi les vases, les fleurs et les cendres humaines.

Ils tournèrent plusieurs fois dans les galeries. Toujours tirée brutalement, Mathilde glissait dans la poussière dans un chuintement feutré. Elle battait des jambes mais ses mouvements ne produisaient aucun bruit. Elle ouvrait la bouche mais aucun son n'en sortait. Elle sanglotait, gémissait, sifflait entre ses lèvres, mais le poussier absorbait tout. A travers sa douleur, elle comprenait que ce silence était son meilleur allié. Au moindre bruit, l'homme la tuerait.

La marche ralentit. Elle sentit la pression se relâcher. Puis l'homme l'empoigna de nouveau et attaqua l'ascension de plusieurs marches. Mathilde se cambra. Une onde de souffrance irradia de son crâne jusqu'au bas de son échine. Il lui semblait que des clamps meurtriers lui tiraient la peau du visage. Ses jambes s'agitaient toujours, lourdes, humides, pourries par la honte. Elle sentait la boue immonde qui maculait ses cuisses.

Tout s'arrêta encore une fois.

Cela ne dura qu'une seule seconde, mais ce fut suffisant.

Mathilde se tordit sur elle-même pour voir ce qui se passait. L'ombre d'Anna se découpait dans le brouillard, alors que l'assassin braquait son revolver sans un bruit.

Dans un sursaut, elle se dressa sur un genou pour la prévenir.

Trop tard : il écrasa la détente, provoquant un fracas assourdissant.

Mais rien ne se passa comme prévu. La silhouette explosa en mille éclats, les cendres se transformèrent en grêle blessante. L'homme hurla. Mathilde se libéra et partit à la renverse, dégringolant au bas des marches.

Dans sa chute, elle comprit ce qui s'était passé. Il n'avait pas tiré sur Anna mais sur une porte vitrée, maculée de poussière, qui lui renvoyait son propre reflet. Mathilde s'écrasa sur le dos et découvrit l'impossible. Alors que sa nuque frappait le sol, elle vit la véritable Anna, grise et minérale, accrochée aux lucarnes éventrées. Elle les attendait là, comme en apesanteur au-dessus des morts.

A cet instant, Anna bondit. Cramponnée de sa main gauche à un casier, elle balança son corps de toutes ses forces. Elle tenait dans son autre main un cornet de verre brisé. La bordure tranchante vint se planter dans le visage de l'homme.

Le temps qu'il braque son revolver, Anna avait retiré sa lame. Le coup de feu traversa la poussière. La

420

seconde suivante, elle attaquait encore. Le tesson dérapa sur la tempe et crissa sur les chairs. Une autre balle se perdit dans l'air. Anna était déjà plaquée contre la paroi.

Front, tempes, bouche : elle revint plusieurs fois à la charge. La figure du tueur se déchira en giclées sanglantes. Titubant, il perdit son arme, battant maladroitement des bras, comme s'il était harcelé par des abeilles meurtrières.

Enfin, Anna porta le coup de grâce. De tout son poids, elle se lança sur lui. Ils roulèrent sur le sol. Le cornet s'enfonça dans la joue droite. Anna maintint sa pression, crochetant littéralement la peau, mettant à nu la gencive.

Mathilde rampait sur le dos, s'aidant des coudes. Elle hurlait, sans pouvoir quitter des yeux le combat sauvage.

Anna lâcha enfin sa lame et se redressa. L'homme, gesticulant dans le bourbier de cendres, tentait d'extirper la coupe enfoncée dans son orbite. Anna ramassa le revolver et écarta les mains de l'agonisant. Elle attrapa le goulot et opéra une torsion, l'arrachant de l'arcade – il contenait l'œil rougeoyant. Mathilde voulut encore détourner son regard mais n'y parvint pas. Anna enfonça le canon dans le trou béant et tira.

56

De nouveau, le silence.

De nouveau, l'odeur âcre des cendres.

Les urnes répandues, avec leurs couvercles ouvragés.

Les fleurs de plastique, éparses et colorées.

Le corps s'est abattu à quelques centimètres de Mathilde, l'aspergeant de sang, de cervelle et de débris d'os. Un des bras touche sa jambe mais elle n'a pas la force de s'en écarter. Les battements de son cœur sont si lâches que l'intervalle entre deux pulsations lui semble être, chaque fois, le dernier.

– Il faut partir. Les gardiens vont rappliquer.

Mathilde lève les yeux.

Ce qu'elle découvre lui déchire le cœur.

Le visage d'Anna est devenu pierre. La poussière des morts s'amasse au creux de ses traits, les transformant en sillons craquelés, en rides ravinées. Par contraste, ses yeux paraissent injectés, à vif.

Mathilde songe à l'œil qui a roulé dans le goulot : elle va vomir.

Anna tient à la main un sac de sport, sans doute récupéré dans le casier.

– La drogue est foutue, dit-elle. Plus le temps de pleurer là-dessus.

– Qui es-tu ? Seigneur, qui es-tu ?

Anna pose le sac à terre et l'ouvre :

– Il ne nous aurait pas fait de cadeau, crois-moi.

Elle attrape des liasses de dollars et d'euros, les compte rapidement puis les replace à l'intérieur.

– C'était mon contact à Paris, reprend-elle. Celui qui devait répartir la drogue en Europe. S'occuper des réseaux de distribution.

Mathilde baisse les yeux vers le cadavre. Elle aperçoit une grimace brunâtre d'où jaillit un œil fixe, rivé vers le plafond. Lui donner un nom, en guise d'épitaphe :

– Comment s'appelait-il ?

– Jean-Louis Schiffer. C'était un flic.

– Un flic, ton contact ?

Anna ne répond pas. Elle saisit au fond du sac un passeport, qu'elle feuillette rapidement. Mathilde revient au corps :

– Vous étiez... partenaires ?

– Il ne m'avait jamais vue, mais je connaissais son visage. Nous avions un signe de reconnaissance. Une broche en forme de fleur de pavot. Et aussi une sorte de mot de passe : les quatre lunes.

– Qu'est-ce que ça veut dire ?

– Laisse tomber.

Un genou à terre, elle poursuit sa fouille. Elle découvre plusieurs chargeurs de pistolet automatique. Mathilde l'observe, incrédule. Son visage ressemble à un masque de boue séchée ; une figure rituelle, figée par la glaise. Anna n'a plus rien d'humain.

– Qu'est-ce que tu vas faire ? demande Mathilde.

La femme se redresse et sort de sa ceinture une arme

de poing – sans doute l'automatique qu'elle a trouvé dans le casier. Elle actionne le ressort de la crosse, expulse le chargeur vide. Son assurance trahit les réflexes de l'entraînement :

– Partir. Il n'y a plus d'avenir pour moi à Paris.

– Où ?

Elle glisse un nouveau chargeur dans le magasin.

– Turquie.

– Turquie ? Mais pourquoi ? Si tu vas là-bas, ils te trouveront.

– Où que j'aille, ils me trouveront. Je dois couper la source.

– La source ?

– La source de la haine. L'origine de la vengeance. Je dois retourner à Istanbul. Les surprendre. Ils ne m'attendent pas là-bas.

– C'est qui : ils ?

– Les Loups Gris. Tôt ou tard, ils découvriront ma nouvelle tête.

– Et alors ? Il y a mille endroits où te cacher.

– Non. Quand ils connaîtront mon nouveau visage, ils sauront où me débusquer.

– Pourquoi ?

– Parce que leur chef l'a déjà vu, dans un tout autre contexte.

– Je ne comprends rien.

– Je te le répète : oublie tout ça ! Ils me poursuivront jusqu'à leur mort. Pour eux, ce n'est pas un contrat ordinaire. Ils en font une question d'honneur. Je les ai trahis. J'ai trahi mon serment.

– Quel serment ? De quoi tu parles ?

424

Elle abaisse le cran de sécurité et glisse l'arme dans son dos.

– Je suis des leurs. Je suis une louve.

Mathilde sent sa respiration se figer, l'irrigation de son corps se ralentir. Anna s'agenouille et lui saisit les épaules. Son visage n'a plus de couleur mais quand elle parle, on aperçoit, entre ses lèvres, sa langue rose, presque fluorescente.

Une bouche de viande crue.

– Tu es vivante et c'est un miracle, dit-elle avec douceur. Quand tout sera fini, je t'écrirai. Je te donnerai les noms, les circonstances, tout. Je veux que tu connaisses la vérité, mais à distance. Quand je serai près d'en finir et que tu seras à l'abri.

Mathilde ne répond pas, hagarde. Durant quelques heures – une éternité –, elle a protégé cette femme comme sa propre chair. Elle en a fait sa fille, son bébé.

Et c'est en réalité un tueur.

Un être de violence et de cruauté.

Une sensation atroce se réveille au fond de son corps. Un remous de vase dans un bassin pourri. L'humidité glauque de ses entrailles relâchées, ouvertes.

A cette seconde, l'idée d'une grossesse lui coupe le souffle.

Oui : cette nuit, elle a accouché d'un monstre.

Anna se relève, attrapant le sac de sport :

– Je t'écrirai. Je te le jure. Je t'expliquerai tout.

Elle disparaît dans une éclipse de cendres.

Mathilde demeure immobile, les yeux fixés sur la galerie vide.

Au loin, les sirènes du cimetière retentissent.

DIX

57

– C'est Paul.

Un souffle à l'autre bout de la ligne, puis :

– T'as vu l'heure ?

Il regarda sa montre : à peine 6 heures du matin.

– Désolé. Je n'ai pas dormi.

Le souffle se transforma en soupir d'épuisement.

– Qu'est-ce que tu veux ?

– Juste savoir : Céline, elle a bien reçu les bonbons ?

La voix de Reyna se durcit :

– T'es un malade.

– Elle les a reçus ou non ?

– Tu m'appelles pour ça, à 6 heures ?

Paul frappa la vitre de la cabine téléphonique – son portable était encore à plat.

– Dis-moi seulement si ça lui a fait plaisir. Je ne l'ai pas vue depuis dix jours !

– Ce qui lui a fait plaisir, ce sont les mecs en uniforme qui les lui ont apportés. Elle n'a parlé que de ça toute la journée. Merde. Tout ce parcours idéologique pour en arriver là. Des flics comme baby-sitters...

Paul imaginait sa fille en admiration devant les galons d'argent, les yeux pétillants face aux friandises que les îlots lui donnaient. L'image lui chauffa le cœur. Il promit tout à coup, sur un ton enjoué :

– Je rappellerai dans deux heures, avant qu'elle parte pour l'école !

Reyna raccrocha sans un mot.

Il sortit de la cabine et aspira une grande goulée d'air nocturne. Il se trouvait sur la place du Trocadéro, entre les musées de l'Homme et de la Marine et le théâtre de Chaillot. Une pluie fine piquetait le parvis central cerné de palissades, visiblement en pleine restauration.

Il suivit les planches qui formaient un couloir et traversa l'esplanade. La bruine posait un film d'huile sur son visage. La température, beaucoup trop douce pour la saison, le faisait transpirer sous sa parka. Ce temps poisseux s'accordait avec son humeur. Il se sentait sale, usé, vidé ; un goût de papier mâché sur la langue.

Depuis le coup de fil de Schiffer, à 23 heures, il suivait la piste des chirurgiens esthétiques. Après avoir admis le nouveau virage de l'enquête – une femme au visage modifié, poursuivie à la fois par les hommes de Charlier et les Loups Gris –, il s'était rendu au siège du Conseil de l'Ordre des médecins, avenue de Friedland, dans le 8e arrondissement, en quête de toubibs qui auraient eu des problèmes avec la justice. « Refaire un visage, c'est jamais innocent », avait dit Schiffer. Il fallait donc chercher un chirurgien sans scrupules. Paul avait eu l'idée de commencer par ceux qui possédaient un casier judiciaire.

Il avait plongé dans les archives, n'hésitant pas à convoquer, en pleine nuit, le responsable de ce service pour venir l'aider. Résultat : plus de six cents dossiers pour les seuls départements de l'Île-de-France et les

430

cinq dernières années. Comment se sortir d'une telle liste ? A 2 heures du matin, il avait appelé Jean-Philippe Arnaud, le président de l'association des chirurgiens esthétiques pour lui demander conseil. En réponse, l'homme ensommeillé avait donné trois noms : des virtuoses à la réputation suspecte qui auraient pu accepter ce genre d'opération sans y regarder de trop près.

Avant de raccrocher, Paul l'avait encore interrogé sur les autres chirurgiens réparateurs – les « figures respectables ». Du bout des lèvres, Jean-Philippe Arnaud avait ajouté sept noms, en précisant que ces praticiens – connus et reconnus – ne se seraient jamais lancés dans une telle intervention. Paul avait écourté ses commentaires en le remerciant.

A 3 heures du matin, il tenait donc une liste de dix noms. La nuit ne faisait que commencer pour lui...

Il stoppa de l'autre côté de la terrasse du Trocadéro, entre les deux pavillons des musées, face à la vallée de la Seine. Assis sur les marches, il se laissa gagner par la beauté du spectacle. Les jardins déployaient paliers, fontaines et statues en une scénographie féerique. Le pont d'Iéna déposait ses touches de lumière sur le fleuve, jusqu'à la tour Eiffel, sur l'autre rive, qui ressemblait à un gros presse-papiers de fonte. Tout autour, les immeubles obscurs du Champ-de-Mars dormaient d'un silence de temple. L'ensemble du tableau évoquait un royaume caché du Tibet, un Xanadu merveilleux, situé aux confins du monde connu.

Paul laissa affluer ses souvenirs des dernières heures.

Il avait d'abord essayé de contacter les chirurgiens par téléphone. Mais dès le premier appel, il avait compris qu'il n'obtiendrait rien de cette manière : on lui avait raccroché au nez. De toute façon, il devait leur soumettre en priorité les portraits des victimes et celui d'Anna Heymes, que Schiffer lui avait laissé au commissariat de Louis-Blanc.

Il s'était donc rendu chez le plus proche des chirurgiens « suspects », rue Clément-Marot. D'origine colombienne, milliardaire, l'homme, selon Jean-Philippe Arnaud, était soupçonné d'avoir opéré la moitié des « parrains » de Medellín et de Cali. Sa réputation d'habileté était immense. On disait qu'il pouvait opérer indifféremment de la main droite ou de la main gauche.

Malgré l'heure tardive, l'artiste n'était pas couché – du moins il ne dormait pas. Paul l'avait dérangé en pleins ébats intimes, dans la pénombre parfumée de son vaste loft. Il n'avait pas vu distinctement son visage mais il avait compris que les portraits ne lui disaient rien.

Le deuxième correspondait à une clinique, rue Washington, de l'autre côté des Champs-Elysées.

Paul avait cueilli le chirurgien juste avant une intervention d'urgence sur un grand brûlé. Il avait joué sa partie : carte tricolore, quelques mots sur l'affaire, les portraits plaqués sur une paillasse. L'autre n'avait même pas abaissé son masque chirurgical. Il avait juste fait « non » de la tête avant de s'en aller vers ses chairs calcinées. Paul s'était souvenu alors des paroles d'Arnaud : l'homme cultivait artificiellement de la peau humaine. On prétendait qu'il pouvait, après brûlure, modifier les empreintes digitales et peaufiner ainsi le changement d'identité de criminels en fuite...

Paul était reparti dans la nuit.

Il avait surpris le troisième plasticien en plein sommeil, dans son appartement de l'avenue d'Eylau, près du Trocadéro. Une autre célébrité, à qui on prêtait des interventions sur les plus grandes stars du spectacle. Pourtant, personne ne savait « sur qui », ni « sur quoi ». On murmurait que lui-même avait changé de visage, après des déboires avec la justice de son pays d'origine, l'Afrique du Sud.

Il avait reçu Paul avec défiance, les deux mains glissées dans ses poches de peignoir comme des revolvers. Après avoir observé les photographies, avec répugnance, il avait livré une réponse catégorique : « Jamais vu. »

Paul était sorti de ces trois visites comme d'une apnée profonde. A 6 heures du matin, il s'était brusquement senti en manque de signes connus, de repères familiers. Voilà pourquoi il avait appelé sa seule famille – ou du moins ce qu'il en restait. Le coup de téléphone ne l'avait pas réconforté. Reyna vivait toujours sur une autre planète. Et Céline, au fond de son sommeil, se situait à des années-lumière de son propre univers. Un monde où des tueurs enfonçaient des rongeurs vivants dans le sexe des femmes, où des flics coupaient des phalanges pour obtenir des informations...

Paul leva les yeux. Le spectre de l'aurore se détachait sur le ciel, comme la courbe d'un astre lointain. Une large bande mauve prenait peu à peu une teinte rosée et distillait, au sommet de son arc, une couleur de soufre, pigmentée déjà par des particules blanches et brillantes. Le mica du jour...

Il se remit debout et revint sur ses pas. Quand il

atteignit la place du Trocadéro, les cafés étaient en train d'ouvrir. Il repéra les lumières du Malakoff, la brasserie où il avait donné rendez-vous à Naubrel et Matkowska, ses deux OPJ.

Depuis la veille, il leur avait ordonné de lâcher la piste des caissons à haute pression pour récolter tout ce qu'ils pourraient trouver sur les Loups Gris et leur histoire politique. Si Paul se focalisait sur la « Proie », il voulait aussi connaître les chasseurs.

Sur le seuil du café-brasserie, il s'arrêta un instant, considérant le nouveau problème qui le taraudait depuis quelques heures : la disparition de Jean-Louis Schiffer. Depuis l'appel de 23 heures, il n'avait plus donné de nouvelles. Paul avait essayé de le contacter à plusieurs reprises, en vain. Il aurait pu imaginer le pire, s'inquiéter pour la vie du flic, mais non, il pressentait plutôt que le salopard l'avait doublé. Rendu à sa liberté, Schiffer avait sans doute découvert une piste fertile et la creusait en solitaire.

Maîtrisant sa colère, Paul lui accorda mentalement un dernier sursis : il lui donnait jusqu'à 10 heures pour se manifester. Passé ce délai, il lancerait un avis de recherche. Il n'était plus à cela près.

Il poussa la porte de la brasserie, sentant à nouveau son humeur virer au noir.

58

Les deux lieutenants étaient déjà installés au fond d'un box. Avant de les rejoindre, Paul se frotta le visage des deux mains et tenta de défroisser sa parka. Il voulait retrouver à peu près l'apparence de ce qu'il était – leur supérieur hiérarchique – et non pas ressembler à un clodo arraché à la nuit.

Il traversa le décor trop éclairé, trop rénové, où, des lustres aux dossiers de chaises, tout semblait faux. Simili-zinc, simili-bois, simili-cuir. Un troquet en toc, familier des vapeurs d'alcool et des ragots de comptoir, mais encore désert.

Paul s'assit face à ses enquêteurs et retrouva avec plaisir leurs visages enjoués. Naubrel et Matkowska n'étaient pas de grands flics, mais ils avaient l'enthousiasme de leur jeunesse. Ils rappelaient à Paul le chemin qu'il n'avait jamais su prendre : celui de l'insouciance, de la légèreté.

Ils commencèrent par l'abreuver de détails sur leurs recherches nocturnes. Paul les coupa, après avoir commandé un café :

– Okay, les gars. Venez-en au fait.

Ils échangèrent un regard complice puis Naubrel ouvrit un épais dossier de photocopies :

– Les Loups Gris, c'est d'abord et avant tout une histoire politique. D'après ce qu'on a compris, dans les années 60, les idées de gauche ont pris de l'importance en Turquie. Exactement comme en France. Par réaction, l'extrême droite est montée en flèche. Un homme du nom d'Alpaslan Türkes, un colonel qui avait fricoté avec les nazis, a formé un parti : le Parti d'action nationaliste. Lui et ses troupes se sont présentés comme un rempart face à la menace rouge.

Matkowska prit le relais :

– Dans la foulée de ce groupe officiel, des foyers idéologiques, destinés aux jeunes, se sont créés. D'abord dans les facs, puis dans les campagnes. Les mômes qui y adhéraient s'appelaient eux-mêmes les « Idéalistes » ou encore les « Loups Gris ». (Il plongea dans ses notes.) « Bozkurt », en turc.

Ces renseignements corroboraient ceux de Schiffer.

– Dans les années 70, continua Naubrel, le conflit communistes/fascistes est monté en régime. Les Loups Gris ont pris les armes. Dans certaines régions d'Anatolie, des centres d'entraînement se sont ouverts. Les jeunes Idéalistes y ont été endoctrinés, formés aux sports de combat, initiés au maniement des armes. Des paysans analphabètes se sont transformés en tueurs armés, entraînés, fanatisés.

Matkowska feuilleta une nouvelle liasse de photocopies :

– A partir de 77, les Loups Gris sont passés à l'action : attentats à la bombe, mitraillages de lieux publics, assassinats de personnalités connues... Les communistes ont riposté. Une vraie guerre civile s'est engagée. A la fin des années 70, quinze à vingt personnes étaient tuées chaque jour en Turquie. La terreur pure et simple.

Paul intervint :

– Et le gouvernement ? La police ? L'armée ?

Sourire de Naubrel :

– Justement. Les militaires ont laissé pourrir la situation pour mieux intervenir. En 1980, ils organisent un coup d'Etat. Net et sans bavure. Les terroristes sont arrêtés, des deux côtés. Les Loups Gris vivent ça comme une trahison : ils ont lutté contre les communistes, et voilà que les gouvernants de droite les mettent en taule... A l'époque, Türkes écrit : « Je suis en prison mais mes idées sont au pouvoir. » En réalité, les Loups Gris sont rapidement libérés. Türkes reprend peu à peu ses activités politiques. Dans son sillage, d'autres Loups Gris s'achètent une conduite. Ils deviennent députés, parlementaires. Mais il reste les autres : les hommes de main, les paysans formés dans les camps, qui n'ont jamais connu que la violence et le fanatisme.

– Ouais, enchaîna Matkowska, et ceux-là sont orphelins. La droite est au pouvoir et n'a plus besoin d'eux. Türkes lui-même leur tourne le dos, trop occupé à se gagner une respectabilité. Quand ils sortent de taule, que peuvent-ils faire ?

Naubrel posa sa tasse de café et répondit à la question. Leur numéro de duettistes était au point :

– Ils deviennent mercenaires. Ils sont armés, expérimentés. Ils travaillent pour le plus offrant, l'Etat ou la mafia. D'après les journalistes turcs qu'on a contactés, ce n'est un secret pour personne : les Loups Gris ont été utilisés par le MIT, les services secrets turcs, et ont éliminé des leaders arméniens ou kurdes. Ils ont aussi formé des milices, des escadrons de la mort. Mais c'est surtout la mafia qui les utilise. Recouvrement de dettes, racket, service d'ordre... Au milieu des années 80, ils encadrent le trafic de drogue qui se développe en Turquie. Parfois même, ils se substituent aux clans mafieux et prennent le pouvoir. Comparés aux criminels classiques, ils possèdent un atout capital : ils ont gardé des liens avec le pouvoir, et notamment la police. Ces dernières années, des scandales ont éclaté en Turquie et ont révélé des liens plus étroits que jamais entre mafia, Etat et nationalisme.

Paul réfléchissait. Toutes ces histoires lui semblaient vagues et lointaines. Le terme même de « mafia » était une véritable auberge espagnole. Toujours ces images de pieuvre, de complot, de réseaux invisibles... Qu'est-ce que ça désignait au juste ? Rien ne le rapprochait ici des assassins qu'il cherchait, ni de la femme-cible. Il n'avait pas un visage, pas un nom à se mettre sous la dent.

Comme s'il avait deviné ses pensées, Naubrel laissa échapper un rire chargé de fierté :

— Et maintenant, place aux images !

Il écarta les tasses et plongea la main dans une enveloppe :

— Sur Internet, on a consulté les archives photographiques du journal *Milliyet*, un des plus gros canards d'Istanbul. On a réussi à dénicher ça.

Paul saisit le premier cliché.

— Qu'est-ce que c'est ?

— L'enterrement d'Alpaslan Türkes. Le « vieux

loup » est mort en avril 1997. Il avait quatre-vingts ans. Un véritable événement national.

Paul n'en crut pas ses yeux : ces funérailles avaient attiré des milliers de Turcs. La légende de la photographie précisait même, en anglais : « Quatre kilomètres de cortège, encadrés par dix mille policiers. »

C'était un tableau grave et magnifique. Noir comme la foule qui se pressait autour du convoi funéraire, devant la grande mosquée d'Ankara. Blanc comme la neige qui tombait ce jour-là à flocons redoublés. Rouge comme le drapeau turc qui flottait un peu partout, parmi les « fidèles »...

Les clichés suivants montraient les premiers rangs du cortège. Il reconnut l'ancienne Premier ministre, Tansu Ciller, et en conclut que d'autres dignitaires politiques turcs étaient venus. Il nota même la présence d'émissaires venus d'Etats voisins, portant des vêtements traditionnels d'Asie centrale, toques et houppelandes brodées d'or.

Soudain, Paul eut une autre idée. Les parrains de la mafia turque devaient aussi participer à ce défilé... Les chefs des familles d'Istanbul et des autres régions d'Anatolie, venus rendre un dernier hommage à leur allié politique. Peut-être même y avait-il parmi eux celui qui tirait les ficelles de son affaire. L'homme qui avait lancé les tueurs aux trousses de Sema Gokalp...

Il passa en revue les autres tirages, qui révélaient des détails singuliers parmi la foule. Ainsi, la plupart des drapeaux rouges n'étaient pas frappés d'un croissant – l'emblème turc –, mais de trois croissants, disposés en triangle. En écho, des affiches arboraient l'effigie d'un loup hurlant sous les trois lunes.

Paul avait l'impression de contempler une armée en marche, des guerriers de pierre, aux valeurs primitives, aux symboles ésotériques. Plus qu'un simple parti politique, les Loups Gris formaient une sorte de secte, un clan mystique aux références ancestrales.

Sur les derniers clichés, un ultime détail le surprit : les militants ne levaient pas leur poing serré au passage du cercueil, comme il l'avait cru. Ils effectuaient un salut original, deux doigts levés. Il se concentra sur une femme en larmes sous la neige, qui effectuait ce geste énigmatique.

A y regarder de plus près, elle dressait l'index et l'auriculaire, alors que son majeur et son annulaire se groupaient contre le pouce, comme pour former une pincée. Il demanda à voix haute :

– Qu'est-ce que c'est que ce geste ?

– J'sais pas, répondit Matkowska. Ils font tous ça. Sans doute un signe de reconnaissance. Y m'ont l'air bien barrés !

Ce signe était une clé. Deux doigts levés, vers le ciel, à la manière de deux oreilles...

Et soudain, il comprit.

Il reproduisit le geste, face à Naubrel et Matkowska.

– Bon sang, souffla-t-il, vous ne voyez pas ce que ça représente ?

Paul plaça sa main de profil, pointée comme un museau vers la vitre :

– Regardez mieux.

– Merde, souffla Naubrel. C'est un loup. Une gueule de loup.

59

En sortant de la brasserie, Paul annonça :

– On sépare les équipes.

Les deux flics accusèrent le coup. Après leur nuit blanche, ils avaient sans doute espéré rentrer chez eux. Il ignora leur mine dépitée :

– Naubrel, tu reprends l'enquête sur les caissons à haute pression.

– Quoi ? Mais...

– Je veux la liste complète des sites qui abritent ce type de matériel en Île-de-France.

L'OPJ ouvrit les mains en signe d'impuissance :

– Capitaine, ce truc, c'est une impasse. Avec Matkowska, on a tout ratissé. De la maçonnerie au chauffage, du sanitaire aux vitrages. On a visité les ateliers d'essai, les...

Paul l'arrêta. S'il s'était écouté, lui aussi aurait laissé tomber. Mais Schiffer, au téléphone, l'avait interrogé à ce sujet, ça signifiait qu'il possédait une bonne raison de s'y intéresser. Et plus que jamais, Paul faisait confiance à l'instinct du vieux briscard...

– Je veux la liste, trancha-t-il. Tous les lieux où il existe la moindre chance que les tueurs aient utilisé un caisson.

– Et moi ? demanda Matkowska.

Paul lui tendit les clés de son appartement :

– Tu fonces chez moi, rue du Chemin-Vert. Tu récupères dans ma boîte aux lettres les catalogues, les fascicules et tous les documents concernant des masques et des bustes antiques. C'est un BAC qui collecte ça pour moi.

– Qu'est-ce que j'en fais ?

Il ne croyait pas davantage à cette piste mais, encore une fois, il entendit la voix de Schiffer : « Et les masques antiques ? » L'hypothèse de Paul n'était peut-être pas si mauvaise...

– Tu t'installes dans mon appartement, reprit-il d'un ton ferme. Tu compares chaque image avec les visages des mortes.

– Pourquoi ?

– Cherche des ressemblances. Je suis certain que le tueur s'inspire de vestiges archéologiques pour les défigurer.

Le flic regardait les clés miroiter dans sa paume, incrédule. Paul ne s'expliqua pas davantage. Il conclut, en se dirigeant vers sa voiture :

– Le point à midi. Si vous trouvez quelque chose de sérieux d'ici là, vous m'appelez aussi sec.

Maintenant il était temps de s'occuper d'une idée nouvelle qui le titillait : un conseiller culturel de l'ambassade de Turquie, Ali Ajik, habitait à quelques blocs de là. Cela valait le coup de l'appeler. L'homme s'était toujours montré coopératif dans le cadre de l'enquête et Paul avait besoin de parler à un citoyen turc.

Dans sa voiture, il utilisa son téléphone portable,

enfin rechargé. Ajik ne dormait pas – du moins l'assura-t-il.

Quelques minutes plus tard, Paul gravissait l'escalier du diplomate. Il vacillait légèrement. Le manque de sommeil, la faim, l'excitation...

L'homme l'accueillit dans un petit appartement moderne, transformé en caverne d'Ali Baba. Des meubles vernis rutilaient de reflets mordorés. Des médaillons, des cadres, des lanternes montaient à l'assaut des murs, irradiant l'or et le cuivre. Le sol disparaissait sous des kilims superposés, vibrant des mêmes teintes d'ocre. Ce décor des Mille et Une Nuits ne cadrait pas avec le personnage d'Ajik, Turc moderne et polyglotte d'une quarantaine d'années.

– Avant moi, expliqua-t-il sur un ton d'excuse, l'appartement était occupé par un diplomate de la vieille école.

Il sourit, les mains enfoncées dans les poches de son jogging gris perle :

– Alors, quelle est l'urgence ?

– Je voudrais vous montrer des photos.

– Des photos ? Aucun problème. Entrez. Je préparais du thé.

Paul voulut refuser mais il devait jouer le jeu. Sa visite était informelle, pour ne pas dire illégale – il mordait sur le terrain de l'immunité diplomatique.

Il s'installa à même le sol, parmi les tapis et les coussins brodés, tandis qu'Ajik, assis en tailleur, servait le thé dans des petits verres renflés.

Paul l'observa. Ses traits étaient réguliers, sous des cheveux noirs coupés très court, lui moulant le crâne comme une cagoule. Un visage net, dessiné au Rotring.

Seul le regard était troublant, avec ses yeux asymétriques. La pupille gauche ne bougeait pas, toujours posée sur vous, alors que l'autre disposait de toute sa mobilité.

Sans toucher à son verre brûlant, Paul attaqua :

— Je voudrais d'abord vous parler des Loups Gris.

— Une nouvelle enquête ?

Paul éluda la question :

— Qu'est-ce que vous savez sur eux ?

— Tout cela est très loin. Ils étaient surtout puissants dans les années 70. Des hommes très violents... (Il but une gorgée, posément.) Vous avez remarqué mon œil ?

Paul se fabriqua une expression étonnée, du style : « Maintenant que vous me le dites... »

— Oui, vous l'avez remarqué, sourit Ajik. Ce sont les Idéalistes qui me l'ont crevé. Sur le campus de l'université, quand je militais à gauche. Ils avaient des méthodes plutôt... raides.

— Et aujourd'hui ?

Ajik eut un geste désabusé :

— Ils n'existent plus. Pas sous leur forme terroriste, en tout cas. Ils n'ont plus besoin d'utiliser la force : ils sont au pouvoir en Turquie.

— Je ne vous parle pas de politique. Je vous parle des hommes de main. Ceux qui travaillent pour les cartels criminels.

Son expression se nuança d'ironie :

— Toutes ces histoires... En Turquie, il est difficile de faire la part de la légende et de la réalité.

— Certains d'entre eux sont au service des clans mafieux, oui ou non ?

— Dans le passé, oui, c'est une certitude. Mais

aujourd'hui... (Son front se plissa.) Pourquoi ces questions ? Il y a un rapport avec la série de meurtres ?

Paul préféra enchaîner :

– D'après mes renseignements, ces hommes, tout en travaillant pour les mafias, demeurent fidèles à leur cause.

– C'est exact. Au fond, ils méprisent les gangsters qui les emploient. Ils sont persuadés de servir un idéal plus élevé.

– Parlez-moi de cet idéal.

Ajik prit une inspiration, exagérant le gonflement de son torse, comme s'il retenait une grande bouffée de patriotisme.

– Le retour de l'empire turc. Le mirage du Touran.

– Qu'est-ce que c'est ?

– Il faudrait une journée pour vous expliquer ça.

– S'il vous plaît, dit Paul d'un ton plus brutal, je dois comprendre à quoi carburent ces mecs.

Ali Ajik s'appuya sur un coude.

– Les origines du peuple turc remontent aux steppes d'Asie centrale. Nos ancêtres avaient les yeux bridés et vivaient dans les mêmes régions que les Mongols. Les Huns, par exemple, étaient des Turcs. Ces nomades ont déferlé sur toute l'Asie centrale et ont rejoint l'Anatolie au Xe siècle environ de l'ère chrétienne.

– Mais qu'est-ce que le Touran ?

– Un empire fondateur, qui aurait existé jadis, où tous les peuples turcophones d'Asie centrale auraient été unifiés. Une sorte d'Atlantide que les historiens ont souvent évoquée, sans jamais apporter la moindre preuve de sa réalité. Les Loups Gris rêvent de ce continent perdu. Ils rêvent de réunir les Ouzbeks, les Tatars, les Ouïgours, les Turkmènes... De reconstituer un immense empire qui s'étendrait des Balkans au Baïkal.

– Un projet réalisable ?

– Non, évidemment, mais il y a une part de réel dans ce mirage. Aujourd'hui, les nationalistes prônent des alliances économiques, un partage des ressources naturelles entre les peuples turcophones. Comme le pétrole par exemple.

Paul se souvenait des hommes aux yeux bridés et aux manteaux de brocart présents aux obsèques de Türkes. Il avait vu juste : le monde des Loups Gris dessinait un Etat dans l'Etat. Une nation souterraine, située au-dessus des lois et des frontières des autres pays.

Il sortit les clichés des funérailles. Sa position de bouddha commençait à lui donner des crampes.

– Ces photos vous disent quelque chose ?

Ajik saisit le premier tirage et murmura :

– L'enterrement de Türkes... Je n'étais pas à Istanbul à l'époque.

– Reconnaissez-vous des personnalités importantes ?

– Mais il y a tout le gratin ! Les membres du gouvernement. Les représentants des partis de droite. Les candidats à la succession de Türkes...

– Y a-t-il des Loups Gris en activité ? Je veux dire : des malfrats connus ?

Le diplomate passait d'un cliché à l'autre. Il paraissait moins à l'aise. Comme si la seule vision de ces hommes réveillait en lui une terreur ancienne. Il pointa son index :

– Celui-là : Oral Celik.

– Qui est-ce ?

– Le complice d'Ali Agca. L'un des deux hommes qui ont tenté d'assassiner le pape, en 1981.

– Il est en liberté ?

– Le système turc. N'oubliez jamais les liens entre les Loups Gris et la police. Ni l'immense corruption de notre justice...

– Vous en reconnaissez d'autres ?

Ajik parut réticent :

– Je ne suis pas spécialiste.

– Je vous parle de célébrités. Des chefs de famille.

– Des babas, vous voulez dire ?

Paul mémorisa le terme, sans doute l'équivalent turc de « parrain ». Ajik s'attardait sur chaque cliché :

– Certains me disent quelque chose, admit-il enfin, mais je ne me souviens pas de leurs noms. Des têtes qui apparaissent régulièrement dans les journaux, à l'occasion de procès : trafics d'armes, enlèvements, maisons de jeu...

Paul attrapa un feutre au fond de sa poche :

– Entourez chaque visage que vous connaissez. Et notez le nom à côté, s'il vous revient.

Le Turc dessina plusieurs cercles mais n'inscrivit aucun nom. Soudain, il s'arrêta :

– Celui-là est une vraie star. Une figure nationale.

Il désignait un homme très grand, âgé d'au moins soixante-dix ans, qui marchait avec une canne. Un front haut, des cheveux gris coiffés en arrière, des mâchoires avancées qui rappelaient un profil de cerf. Une sacrée gueule.

– Ismaïl Kudseyi. Sans doute le « buyuk-baba » le plus puissant d'Istanbul. J'ai lu un article à son sujet récemment... Il paraît qu'il est encore dans la course aujourd'hui. Un des trafiquants de drogue majeurs de Turquie. Les photos de lui sont rares. On raconte qu'il a fait crever les yeux d'un photographe qui avait réalisé en douce une série sur lui.

– Ses activités criminelles sont connues ?

Ajik éclata de rire :

– Bien sûr. A Istanbul, on dit que la seule chose que Kudseyi peut encore craindre, c'est un tremblement de terre.

– Il est lié aux Loups Gris ?

– Et comment ! Un leader historique. La plupart des officiers de police actuels ont été formés dans ses camps d'entraînement. Il est aussi célèbre pour ses actions philanthropiques. Sa fondation accorde des bourses aux enfants déshérités. Toujours sur fond de patriotisme exacerbé.

Paul remarqua un détail :

– Qu'est-ce qu'il a aux mains ?

– Des cicatrices provoquées par l'acide. On raconte qu'il a commencé comme tueur à gages dans les années 60. Il faisait disparaître les cadavres avec de la soude. Encore une rumeur.

Paul sentit un étrange fourmillement dans ses veines. Un tel homme aurait pu ordonner la mort de Sema Gokalp. Mais pour quelles raisons ? Et pourquoi lui et pas son voisin de cortège ? Comment mener une enquête à deux mille kilomètres de distance ?

Il observa les autres visages cerclés de feutre. Des gueules dures, fermées, aux moustaches blanchies de neige...

Malgré lui, il éprouvait un respect équivoque pour

448

ces seigneurs du crime. Parmi eux, il remarqua un jeune homme à la chevelure hirsute.

– Et lui ?

– La nouvelle génération. Azer Akarsa. Un poulain de Kudseyi. Grâce au soutien de sa fondation, ce petit paysan est devenu un grand homme d'affaires. Il a fait fortune dans le commerce des fruits. Aujourd'hui, Akarsa possède d'immenses vergers dans sa région natale, près de Gaziantep. Et il n'a pas quarante ans. Un golden-boy à la mode turque.

Le nom de Gaziantep provoqua un déclic dans l'esprit de Paul. Toutes les victimes étaient originaires de cette région. Simple coïncidence ? Il s'attarda sur le jeune homme en veste de velours boutonnée jusqu'au col. Plutôt qu'à un prodige des affaires, il ressemblait à un étudiant bohème et rêveur.

– Il fait de la politique ?

Ajik confirma d'un hochement de tête.

– Un leader moderne. Il a fondé ses propres foyers. On y écoute du rap, on y discute de l'Europe, on y boit de l'alcool. Tout cela a l'air très libéral.

– C'est un modéré ?

– En apparence seulement. A mon avis, Akarsa est un pur fanatique. Peut-être le pire de tous. Il croit à un retour radical aux racines. Il est obsédé par le passé prestigieux de la Turquie. Il possède lui aussi une fondation, où il finance des travaux d'archéologie.

Paul songea aux masques antiques, aux visages sculptés comme des pierres. Mais ce n'était pas une piste. Pas même une théorie. Tout juste un délire qui ne reposait jusqu'ici sur rien.

– Des activités criminelles ? reprit-il.

— Je ne crois pas, non. Akarsa n'a pas besoin d'argent. Et je suis sûr qu'il méprise les Loups Gris qui se compromettent avec la mafia. A ses yeux, ce n'est pas digne de la « cause ».

Paul jeta un coup d'œil à sa montre : 9 heures 30. Il était largement temps de retourner à ses chirurgiens. Il rangea les photographies et se leva :

— Merci, Ali. Je suis certain que ces informations vont m'être très utiles, d'une façon ou d'une autre.

L'homme le raccompagna jusqu'à la porte. Sur le seuil, il demanda :

— Vous ne m'avez toujours pas dit : les Loups Gris ont quelque chose à voir avec la série de meurtres ?

— Il y a une possibilité pour qu'ils soient impliqués, oui.

— Mais... de quelle façon ?

— Je ne peux rien dire.

— Vous... Vous pensez qu'ils sont à Paris ?

Paul avança dans le couloir sans répondre. Il s'arrêta dans l'escalier :

— Une dernière chose, Ali. Les Loups Gris : pourquoi ce nom ?

— Cela fait référence au mythe des origines.

— Quel mythe ?

— On raconte que, dans des temps très anciens, les Turcs n'étaient qu'une horde affamée, sans refuge, perdue au cœur de l'Asie centrale. Alors qu'ils étaient à l'agonie, des loups les ont nourris et protégés. Des loups gris, qui ont donné naissance au véritable peuple turc.

Paul s'aperçut qu'il serrait la rampe à s'en blanchir les jointures. Il imaginait une meute s'ébrouant dans des steppes infinies, se confondant avec la pulvérulence grise du soleil. Ajik conclut :

– Ils protègent la race turque, capitaine. Ils sont les gardiens des origines, de la pureté initiale. Certains d'entre eux croient même être les fils lointains d'une louve blanche, Asena. J'espère que vous vous trompez, que ces hommes ne sont pas à Paris. Parce que ce ne sont pas des criminels ordinaires. Ils ne ressemblent à rien de ce que vous avez pu connaître, de près ou de loin.

60

Paul pénétrait dans la Golf quand son téléphone sonna :

– Capitaine, j'ai peut-être quelque chose.

C'était la voix de Naubrel.

– Quoi ?

– En interrogeant un chauffagiste, j'ai découvert qu'on utilisait la pression dans un domaine d'activité qu'on n'a pas encore fouillé.

Il avait encore le crâne farci de loups et de steppes, il voyait à peine de quoi parlait l'OPJ. Il lâcha au hasard :

– Quel domaine ?

– La conservation des aliments. Une technique héritée du Japon, plutôt récente. Au lieu de chauffer les produits, on les soumet à une pression élevée. C'est plus cher mais ça permet de conserver les vitamines et...

– Putain, accouche. Tu as une piste ?

Naubrel se renfrogna.

– Plusieurs usines, en banlieue parisienne, utilisent cette technique. Des fournisseurs de luxe, genre bio ou épicerie fine. Un site me paraît intéressant, dans la vallée de la Bièvre.

– Pourquoi ?

– Il appartient à une boîte turque.

Paul ressentit des picotements à la racine des cheveux.

– Quel nom ?

– Les entreprises Matak.

Deux syllabes qui ne lui disaient rien, bien sûr.

– Qu'est-ce qu'ils font comme produits ?

– Des jus de fruits, des conserves de luxe. D'après mes informations, c'est plutôt un laboratoire qu'un site industriel. Une véritable unité pilote.

Les picotements se transformèrent en ondes électriques. Azer Akarsa. Le golden-boy nationaliste qui avait fondé sa réussite sur l'arboriculture. Le gamin venu de Gaziantep. Pouvait-il y avoir un rapport ?

Paul affermit sa voix :

– Voilà ce que tu vas faire : tu vas te débrouiller pour visiter les lieux.

– Maintenant ?

– A ton avis ? Je veux que tu inspectes leur espace pressurisé de fond en comble. Mais attention : pas question de descente officielle, ni de carte tricolore.

– Mais comment voulez-vous... ?

– Tu te démerdes. Je veux aussi que tu identifies les propriétaires de l'usine en Turquie.

– Ça doit être une holding ou une société anonyme !

– Tu interroges les responsables sur le site. Tu contactes la Chambre de Commerce en France. En Turquie s'il le faut. Je veux la liste des principaux actionnaires.

Naubrel parut deviner que son supérieur suivait une idée précise.

– Qu'est-ce qu'on cherche ?

– Peut-être un nom : Azer Akarsa.

– Putain, ces noms... Vous pouvez m'épeler ?

Paul s'exécuta. Il allait raccrocher quand l'OPJ demanda :

– Vous avez branché votre radio ?

– Pourquoi ?

– On a retrouvé un cadavre, cette nuit, au Père-Lachaise. Un corps mutilé.

Une flèche de givre sous ses côtes.

– Une femme ?

– Non. Un homme. Un flic. Un ancien du 10e. Jean-Louis Schiffer. Un spécialiste des Turcs et...

Les dégâts majeurs causés par une balle dans un corps humain ne sont pas provoqués par la balle elle-même mais par son sillage, qui crée un vide destructeur, une queue de comète à travers les chairs, les tissus, les os.

Paul sentit les mots le traverser de la même manière, s'amplifier dans ses entrailles, déployer une ligne de souffrance qui le fit hurler. Mais il n'entendit pas son propre cri, parce qu'il avait déjà plaqué son gyrophare sur le toit et déclenché sa sirène.

61

Ils étaient tous là.

Il pouvait les classer selon leur tenue. Les huiles de la place Beauvau, manteau noir et pompes cirées, portant le deuil comme une seconde nature ; les commissaires et les chefs de brigade, en vert camouflage ou pied-de-poule d'automne, ressemblant à des chasseurs embusqués ; les OPJ, blousons de cuir et brassards rouges, aux allures de marlous reconvertis en miliciens. La plupart d'entre eux, quels que soient leur grade, leur fonction, arboraient une moustache. C'était un signe de ralliement, un label au-dessus des différences. Aussi attendu que la cocarde sur leur carte officielle.

Paul dépassa la barrière des fourgons et des voitures-patrouilles, dont les gyrophares tournoyaient en silence, au pied du columbarium. Il se glissa discrètement sous le ruban de non-franchissement qui barrait l'entrée des bâtiments.

Une fois dans l'enceinte, il bifurqua à gauche, sous les arcades, et se plaqua derrière une colonne. Il ne prit pas le temps d'admirer les lieux – les longues galeries aux murs tapissés de noms et de fleurs, cette atmosphère de respect sacré, à fleur de marbre, où la mémoire des morts planait comme une brume au-dessus de l'eau. Il se concentra sur le groupe des flics, debout dans les jardins, afin de repérer parmi eux des visages connus.

Le premier qu'il repéra fut Philippe Charlier. Drapé dans son loden, le Géant Vert méritait plus que jamais son surnom. Près de lui, il y avait Christophe Beauvanier, casquette de base-ball et veste en cuir. Les deux flics interrogés cette nuit par Schiffer, qui semblaient s'être précipités comme des chacals pour s'assurer que son corps était bien froid. Non loin de là, Paul distingua Jean-Pierre Guichard, le procureur de la République, Claude Monestier, le commissaire divisionnaire de Louis-Blanc, et aussi le juge Thierry Bomarzo, un des rares hommes à connaître le rôle qu'il avait joué avec Schiffer dans ce merdier. Paul comprit ce que ce tableau officiel signifiait pour lui : sa carrière ne survivrait pas à ce chaos.

Mais, le plus étonnant, c'était la présence de Morencko, le chef de l'OCRTIS, et de Pollet, le patron des Stups. Cela faisait beaucoup de monde pour la disparition d'un simple inspecteur à la retraite. Paul songea à une bombe dont on n'aurait découvert la véritable puissance qu'après l'explosion.

Il se rapprocha, toujours à couvert des colonnes. Les questions auraient dû se bousculer dans sa tête. Pourtant, il était frappé par une évidence. Ce cortège de figures sombres surplombé par les voûtes du sanctuaire rappelait étrangement les obsèques d'Alpaslan Türkes. Même faste, même solennité, mêmes moustaches. A sa façon, Jean-Louis Schiffer avait réussi à obtenir lui aussi des funérailles nationales.

Il repéra une ambulance, au fond du parc, stationnée

près d'une entrée souterraine. Des infirmiers en blouse blanche grillaient une cigarette, discutant avec des agents en uniforme. Ils attendaient sans doute que la police scientifique ait fini le boulot de relevés pour emporter le corps. Schiffer était donc encore à l'intérieur.

Paul sortit de sa planque et se dirigea vers l'entrée, abrité par des haies de troènes. Il s'engageait dans l'escalier quand une voix l'interpella :

– Oh ! On passe pas, là.

En se retournant, il brandit sa carte. Le planton se pétrifia, presque au garde-à-vous. Paul l'abandonna à sa surprise, sans un mot, et descendit jusqu'au portail de fer forgé.

Il crut d'abord pénétrer dans les dédales d'une mine, avec ses tunnels et ses paliers. Puis ses yeux s'habituèrent à l'obscurité et il distingua la topographie des lieux. Des allées blanches et noires déclinaient des milliers de niches, de noms, de bouquets suspendus dans des gaines de verre. Une ville troglodyte, taillée à même la roche.

Il se pencha au-dessus d'un puits ouvert sur les étages inférieurs. Un halo blanc rayonnait au deuxième sous-sol : les hommes du laboratoire de police étaient en bas. Il trouva un nouvel escalier et descendit. A mesure qu'il approchait de la lumière, l'atmosphère lui paraissait au contraire s'assombrir, se pigmenter. Une odeur singulière s'insinuait dans les narines : sèche, piquante, minérale.

Parvenu au deuxième niveau, il s'orienta vers la droite. Plus que la source lumineuse, il suivait maintenant l'odeur. Au premier tournant, il aperçut les techniciens vêtus de combinaisons blanches et coiffés de bonnets en papier. Ils avaient installé leur quartier général à la croisée de plusieurs galeries. Leurs valises chromées, posées sur des bâches plastiques, s'ouvraient sur des tubes à essai, des fioles, des atomiseurs... Paul s'approcha sans bruit – les deux silhouettes lui tournaient le dos.

Il n'eut pas à se forcer pour tousser : l'espace était saturé de poussière. Les cosmonautes se retournèrent ; ils portaient des masques en forme de Y inversé. De nouveau, Paul exhiba sa carte. L'une des têtes d'insectes fit « non », en levant ses mains gantées.

Une voix étouffée retentit – impossible de dire lequel des deux parlait :

– Désolé. On commence le boulot d'empreintes.

– Juste une minute. C'était mon coéquipier. Merde, vous pouvez comprendre ça, non ?

Les deux Y se regardèrent. Quelques secondes passèrent. L'un des techniciens attrapa un masque dans sa valise :

– La troisième allée, dit-il. Suis les projecteurs. Et reste sur les planches. Pas un pied au sol.

Ignorant le masque, Paul se mit en marche. L'homme l'arrêta :

– Prends-le. Tu ne pourras pas respirer.

Paul maugréa en fixant la coque blanche sur son visage. Il longea la première allée sur la gauche, sur les lattes surélevées, enjambant les câbles des projecteurs installés à chaque croisement. Les murs lui paraissaient interminables, répétant une litanie de casiers et d'inscriptions funéraires, à mesure que dans l'air les particules grises gagnaient en densité.

Enfin, après un virage, il comprit l'avertissement.

Sous les lumières halogènes, tout était gris : sol, cloisons, plafond. Les cendres des morts s'étaient échappées des niches éventrées par les balles. Des dizaines d'urnes avaient roulé à terre, mêlant leur contenu au plâtre et aux gravats.

Sur les murs, Paul parvint à identifier les impacts de deux armes différentes : un gros calibre, type Shotgun, et une arme de poing semi-automatique, sans doute un 9 millimètres ou un 45.

Il avança, fasciné par ce spectacle lunaire. Il avait vu des photos de villes ensevelies après une éruption volcanique, aux Philippines. Des rues figées par la lave refroidie. Des survivants hagards, aux visages de statues, portant dans leurs bras des enfants de pierre. Devant lui s'étendait le même tableau.

Il franchit un nouveau ruban jaune, puis, soudain, au bout de l'allée, il l'aperçut.

Schiffer avait vécu comme un salopard.

Il était mort comme un salopard – dans un ultime sursaut de violence.

Son corps, uniformément gris, se cambrait, de profil, la jambe droite repliée sous son imperméable, la main droite dressée, recroquevillée comme une patte de coq. Une flaque de sang se déployait derrière ce qui restait de la boîte crânienne, comme si un de ses rêves les plus sombres avait explosé dans sa tête.

Le pire était le visage. Les cendres qui le recouvraient ne parvenaient pas à masquer l'horreur des blessures. Un globe oculaire avait été arraché – découpé plutôt, avec toute sa cavité. Des entailles lacéraient la gorge, le front, les joues. L'une d'elles, plus longue et plus profonde, découvrait la gencive jusqu'à la plaie de l'orbite. La bouche s'étirait ainsi en un rictus atroce, débordant de glaise argentée et rose.

Plié en deux par une nausée brutale, Paul arracha son masque. Mais son estomac était totalement vide. Dans la convulsion, seules jaillirent les questions qu'il avait retenues jusqu'à présent : pourquoi Schiffer était-il venu ici ? Qui l'avait tué ? Qui avait pu atteindre ce degré de barbarie ?

A cet instant, il tomba à genoux et éclata en sanglots. Les larmes ruisselèrent, en quelques secondes, sans qu'il songe à les retenir ou à essuyer la boue qui s'accumulait sur ses joues.

Il ne pleurait pas sur Schiffer.

Il ne pleurait pas non plus sur les femmes assassinées. Ni même sur celle qui était en sursis, en fuite quelque part.

Il pleurait sur lui-même.

Sur sa solitude et sur l'impasse dans laquelle il se trouvait désormais.

– Il serait temps qu'on se parle, non ?

Paul se retourna vivement.

Un homme à lunettes qu'il n'avait jamais vu, qui ne portait pas de masque, et dont la longue figure, bleutée de poussière, évoquait une stalactite, lui souriait.

62

– C'est donc vous qui avez remis Schiffer en circulation ?

La voix était claire, forte, presque enjouée, s'accordant avec le bleu du ciel.

Paul secoua les cendres de sa parka et renifla – il avait retrouvé un semblant de contenance.

– J'avais besoin de conseils, oui.

– Quel genre de conseils ?

– Je travaille sur une série de meurtres, dans le quartier turc, à Paris.

– Votre démarche a été validée par vos supérieurs ?

– Vous connaissez la réponse.

L'homme à lunettes acquiesça. Être grand ne lui suffisait pas : tout son maintien prenait de la hauteur. Tête altière, menton relevé, front dégagé, rehaussé encore par des boucles grises. Un haut fonctionnaire dans la force de l'âge, au profil fouineur de lévrier.

Paul lança un coup de sonde :

– Vous êtes de l'IGS ?

– Non. Olivier Amien. Observatoire géopolitique des drogues.

Lorsqu'il travaillait à l'OCRTIS, Paul avait souvent entendu ce nom. Amien passait pour le pape de la lutte antidrogue en France. Un homme qui coiffait à la fois la Brigade des stups et les services internationaux de la lutte contre le trafic de stupéfiants.

Ils tournèrent le dos au columbarium et s'enfoncèrent dans une allée qui rappelait une ruelle pavée du XIXᵉ siècle. Paul aperçut des fossoyeurs grillant une cigarette, appuyés contre une sépulture. Ils devaient s'entretenir de l'incroyable découverte de la matinée.

Amien reprit, sur un ton lourd de sous-entendus :

— Vous-même avez travaillé à l'Office central des stupéfiants, je crois...

— Quelques années, oui.

— Quelles filières ?

— Des petites filières. Le cannabis, surtout. Les réseaux d'Afrique du Nord.

— Vous n'avez jamais touché au Croissant d'Or ?

D'un revers de main, Paul s'essuya le nez.

— Si vous alliez droit au but, on gagnerait du temps, vous et moi.

Amien décocha un sourire au soleil.

— J'espère qu'un petit cours d'histoire contemporaine ne vous fait pas peur...

Paul songea aux noms et aux dates qu'il avait ingurgités depuis l'aube.

— Allez-y. Je suis en cours de rattrapage.

Le haut fonctionnaire poussa ses montures sur son nez et commença.

— Je suppose que le nom des Talibans vous dit quelque chose. Depuis le 11 septembre, pas moyen d'échapper à ces intégristes. Les médias ont ressassé leur vie et leurs œuvres... Les bouddhas plastiqués. Leur bienveillance à l'égard de Ben Laden. Leur attitude abjecte à l'égard des femmes, de la culture ou de toute forme de tolérance. Mais il y a un fait qu'on connaît mal, le seul point positif de leur régime : ces barbares ont efficacement lutté contre la production de l'opium. Lors de leur dernière année au pouvoir, ils avaient pratiquement éradiqué la culture du pavot en Afghanistan. De 3 300 tonnes d'opium-base produites en 2000, on était passé à 185 tonnes en 2001. A leurs yeux, cette activité était contraire aux lois coraniques.

» Bien sûr, dès que le mollah Omar a perdu le pouvoir, la culture du pavot a repris de plus belle. A l'heure où je vous parle, les paysans du Ningarhar regardent éclore les fleurs de leurs semailles de novembre dernier. Ils vont bientôt commencer la récolte, dès la fin du mois d'avril.

L'attention de Paul allait et venait, comme sous l'effet d'une houle intérieure. Sa crise de larmes lui avait attendri l'esprit. Il se sentait en état d'hypersensibilité, prompt à éclater de rire ou en sanglots au moindre signal.

– ... Mais avant l'attentat du 11 septembre, poursuivit Amien, personne ne soupçonnait la fin de ce régime. Et les narcotrafiquants s'intéressaient déjà à d'autres filières. Les « buyuk-babas » turcs notamment, les « grands-pères » qui se chargent de l'exportation de l'héroïne vers l'Europe, s'étaient tournés vers d'autres pays producteurs, comme l'Ouzbékistan ou le Tadjikistan. Je ne sais pas si vous le savez, mais ces pays partagent les mêmes racines linguistiques.

Paul renifla encore :

– Je commence à le savoir, oui.

Amien marqua un bref assentiment.

– Auparavant, les Turcs achetaient l'opium en Afghanistan et au Pakistan. Ils raffinaient la morphine-base en Iran puis fabriquaient l'héroïne dans leurs laboratoires d'Anatolie. Avec les peuples turcophones, ils ont dû modifier leur filière. Ils ont raffiné la gomme dans le Caucase, puis ont produit la poudre blanche à l'extrême est de l'Anatolie. Ces réseaux ont mis du temps à s'implanter et, d'après ce que nous savons, c'était encore du bricolage jusqu'à l'année dernière.

» A la fin de l'hiver 2000-2001, nous avons entendu parler d'un projet d'alliance. Une alliance triangulaire entre la mafia ouzbèke, qui contrôle d'immenses territoires de culture ; les clans russes, héritage de l'Armée Rouge, qui maîtrisent depuis des décennies les routes du Caucase et le travail de raffinerie effectué dans cette zone ; et les familles turques, qui allaient assurer la fabrication de l'héroïne proprement dite. Nous n'avions aucun nom, aucune précision, mais des détails significatifs nous laissaient penser qu'une union au sommet se préparait.

Ils abordaient une partie plus sombre du cimetière. Des caveaux noirs, au coude à coude, des portes obscures, des toits obliques : cette zone évoquait un village de corons, blotti sous un ciel de charbon. Amien claqua la langue avant de continuer.

– ... Ces trois groupes criminels ont décidé d'inaugurer leur association par un convoi-pilote. Une petite quantité de drogue, qui serait exportée en manière de test et qui aurait valeur de symbole. Une véritable porte ouverte sur l'avenir... Pour l'occasion, chaque partenaire a voulu démontrer son savoir-faire spécifique. Les Ouzbeks ont fourni une gomme-base d'une grande qualité. Les Russes ont impliqué leurs meilleurs chimistes pour raffiner la morphine-base, et les Turcs, à l'autre extrémité de la filière, ont fabriqué une héroïne presque pure. De la numéro quatre. Un nectar.

» Nous supposons qu'ils se sont chargés aussi de l'exportation du produit, de son transfert jusqu'en Europe. Ils devaient démontrer leur fiabilité dans ce domaine. Ils rencontrent actuellement une forte concurrence avec les clans albanais et kosovars qui se sont rendus maîtres de la route des Balkans.

Paul ne voyait toujours pas en quoi ces histoires le concernaient.

– ... Tout cela se passait à la fin de l'hiver 2001. Nous nous attendions, au printemps, à voir apparaître cette fameuse cargaison à nos frontières. Une occasion unique de tuer dans l'œuf la nouvelle filière...

Paul observait les tombes. Un lieu clair cette fois, ciselé, varié comme une musique de pierre qui murmurait à ses oreilles.

– ... A partir du mois de mars, en Allemagne, en France, aux Pays-Bas, nos douanes se sont placées en alerte maximale. Les ports, les aéroports, les frontières routières étaient surveillés en permanence. Dans chacun de nos pays, nous avons interrogé les communautés turques. Nous avons secoué nos indics, placé des trafiquants sur écoute... Fin mai, nous n'avions toujours rien pêché. Pas un indice, pas une information. En France, nous avons commencé à nous inquiéter. Nous avons décidé de creuser plus en profondeur dans la communauté turque. De faire appel à un spécialiste. Un homme qui connaîtrait les réseaux anatoliens comme sa poche et qui pourrait devenir un véritable sous-marin.

Ces derniers mots ramenèrent Paul à la réalité. Il saisit d'un coup le lien entre les deux enquêtes.

– Jean-Louis Schiffer, dit-il, sans même réfléchir.

– Exactement. Le Chiffre ou le Fer, au choix.

– Mais il était à la retraite.

– Nous avons donc dû lui demander de rempiler...

Tout se mettait en place. Le boulot d'étouffoir d'avril 2001. La cour d'appel de Paris renonçant à poursuivre Schiffer pour l'homicide de Gazil Hamet. Paul déduisit à voix haute :

– Jean-Louis Schiffer a monnayé sa collaboration. Il a exigé qu'on enterre l'affaire Hamet.

– Je vois que vous connaissez bien le dossier.

– Je fais moi-même partie du dossier. Et je commence à savoir additionner deux et deux chez les flics. La vie d'un petit dealer ne valait pas tripette comparée à vos grandes ambitions de chef de service.

– Vous oubliez notre motivation principale : stopper une filière de grande envergure, enrayer...

– Arrêtez. Je connais votre chanson.

Amien dressa ses longues mains, comme s'il renonçait à toute polémique sur ce sujet.

– Notre problème, de toute façon, a été différent.

– De quel genre ?

– Schiffer a retourné sa veste. Lorsqu'il a découvert quel clan participait à l'alliance et quelles étaient les modalités du convoi, il ne nous a pas prévenus. Au contraire, nous pensons qu'il a monnayé ses services auprès du cartel. Il a même dû se proposer pour accueillir le courrier à Paris et répartir la drogue entre les meilleurs distributeurs. Qui connaissait mieux que lui les trafiquants installés en France ?

Amien eut un rire cynique :

– Nous avons manqué d'intuition dans cette affaire. Nous avons requis le Fer. Nous avons eu droit au Chiffre... Nous lui avons proposé le festin qu'il attendait depuis toujours. Pour Schiffer, cette affaire constituait une apothéose.

Paul garda le silence. Il tentait de reconstruire sa propre mosaïque mais les lacunes étaient encore trop nombreuses. Au bout d'une minute, il reprit :

– Si Schiffer a achevé sa carrière avec ce coup de maître, pourquoi croupissait-il à l'hospice de Longères ?

– Parce que, une nouvelle fois, les choses ne se sont pas déroulées comme prévu.

– C'est-à-dire ?

– Le courrier envoyé par les Turcs n'est jamais apparu. C'est lui qui a finalement doublé tout le monde, en filant avec le chargement. Schiffer a sans doute eu peur qu'on le soupçonne. Il a préféré faire profil bas et s'enterrer à Longères en attendant que les choses se tassent. Même un homme comme lui redoutait les Turcs. Vous pouvez imaginer ce qu'ils réservent aux traîtres...

Nouveau souvenir : le Chiffre s'inscrivant sous un nom d'emprunt à Longères, ses allures de planqué dans l'hospice... Oui : il craignait les représailles des familles turques. Les pièces s'assemblaient mais Paul n'était pas encore convaincu. L'ensemble lui paraissait trop fragile, trop précaire.

– Tout cela, répliqua-t-il, ce ne sont que des hypothèses. Vous n'avez pas la queue d'une preuve. Et d'abord, pourquoi êtes-vous sûr que la drogue n'est jamais arrivée en Europe ?

– Deux éléments nous l'ont clairement démontré. Primo, une telle héroïne aurait fait du bruit sur le marché. Nous aurions constaté une recrudescence d'overdoses par exemple. Or, il ne s'est rien passé.

– Et le deuxième élément ?

– Nous avons retrouvé la drogue.

– Quand ?

– Aujourd'hui même. (Amien lança un regard par-dessus son épaule.) Dans le columbarium.

– Ici ?

– Vous auriez marché un peu plus loin dans la crypte, vous l'auriez découverte vous-même, répandue parmi les cendres des morts. Elle devait être planquée dans un des casiers qui ont été éventrés pendant la fusillade. Maintenant, elle est inutilisable. (Il sourit de nouveau.) Je dois avouer que le symbole est assez fort : la mort blanche retournée à la mort grise... C'est cette héroïne que Schiffer est venu chercher cette nuit. C'est son enquête qui l'a mené jusqu'à elle.

– Quelle enquête ?

– La vôtre.

Des câbles électriques qui ne trouvaient toujours pas leur connexion. Paul marmonna, l'esprit en pleine confusion :

– Comprends pas.

– C'est pourtant simple. Depuis plusieurs mois, nous pensons que le courrier utilisé par les Turcs était une femme. En Turquie, les femmes sont médecins, ingénieurs, ministres. Pourquoi pas trafiquantes de drogue ?

468

Cette fois, la connexion eut lieu. Sema Gokalp, Anna Heymes. La femme aux deux visages. La mafia turque avait envoyé ses Loups sur les traces de celle qui l'avait trahie.

La Proie était le passeur.

Paul se livra à une reconstitution-éclair : cette nuit, Schiffer avait surpris Sema au moment où, précisément, elle récupérait la drogue.

Il y avait eu affrontement.

Il y avait eu massacre.

Et la Proie courait encore...

Olivier Amien ne riait plus du tout :

– Votre enquête nous intéresse, Nerteaux. Nous avons établi le lien entre les trois victimes de votre affaire et la femme que nous cherchons. Les chefs du cartel turc ont envoyé des tueurs pour la dénicher et ils l'ont ratée jusqu'ici. Où est-elle, Nerteaux ? Avez-vous le moindre indice pour la retrouver ?

Paul ne répondit pas. Il remontait mentalement le train qui lui était passé sous le nez : les Loups Gris torturant les femmes, sur la piste de la drogue ; Schiffer armé de son flair comprenant peu à peu qu'il poursuivait celle-là même qui l'avait doublé en s'enfuyant avec le précieux chargement...

Soudain, il prit sa décision. Sans préambule, il raconta toute l'affaire à Olivier Amien. Le rapt de Zeynep Tütengil, en novembre 2001. La découverte de Sema Gokalp dans le hammam. L'intervention de Philippe Charlier et son opération de nettoyage. Le programme de conditionnement psychique. La création d'Anna Heymes. La fuite de cette dernière, qui marchait sur ses propres traces et qui recouvrait peu à peu la mémoire... jusqu'à réintégrer sa peau de trafiquante et prendre le chemin du cimetière.

Quand Paul se tut, le haut fonctionnaire paraissait complètement sonné. Au bout d'une longue minute, il demanda :

– C'est pour ça que Charlier est là ?

– Avec Beauvanier. Ils sont mouillés jusqu'à l'os dans cette histoire. Ils sont venus s'assurer que Schiffer est bien mort. Mais il reste Anna Heymes. Et Charlier doit la trouver avant qu'elle parle. Il l'éliminera dès qu'il aura mis la main dessus. Vous courez après le même lièvre.

Amien se plaça devant Paul et s'immobilisa. Son expression avait la dureté de la pierre :

– Charlier, c'est mon problème. Qu'est-ce que vous avez pour localiser la femme ?

Paul regardait les sépultures autour de lui. Un portrait suranné, dans un cadre ovale. Une vierge placide, regard incliné, drapée dans une cape languide. Un christ taciturne, aux humeurs de bronze... Un détail lui parlait dans tout cela, mais il n'aurait su dire lequel.

Amien lui saisit violemment le bras :

– Quelle piste avez-vous ? Le meurtre de Schiffer va vous retomber dessus. En tant que flic, vous êtes fini. A moins qu'on ne mette la main sur la fille et que l'affaire soit révélée au grand jour. Avec vous dans le rôle du héros. Je répète ma question : quelle piste avez-vous ?

– Je veux continuer l'enquête moi-même, déclara Paul.

– Donnez-moi les informations. On verra ensuite.

– Je veux votre parole.

Amien se crispa :

– Parlez, nom de Dieu.

Paul embrassa d'un dernier regard les monuments : la figure érodée de la Vierge, la longue tête du Christ, le camée aux traits sépia... Il comprit enfin le message : des visages. Sa seule voie pour l'atteindre, Elle.

– Elle a changé de gueule, murmura-t-il. Chirurgie esthétique. J'ai la liste des dix chirurgiens susceptibles d'avoir effectué l'opération à Paris. J'en ai déjà vu trois. Donnez-moi la journée pour interroger les autres.

Amien marqua sa déception.

– C'est... C'est tout ce que vous avez ?

Paul se souvint du site de conservation des fruits, du vague soupçon concernant Azer Akarsa. Si ce salopard était impliqué dans la série des meurtres, il le voulait pour lui seul.

– Oui, mentit-il, c'est tout. Et c'est déjà pas mal. Schiffer était persuadé que le chirurgien nous permettrait de la retrouver. Laissez-moi vous prouver qu'il avait raison.

Amien serra les mâchoires : il ressemblait maintenant à un prédateur. Il désigna un portail dans le dos de Paul :

– La station de métro Alexandre-Dumas est derrière vous, à cent mètres. Disparaissez. Je vous donne jusqu'à midi pour mettre la main dessus.

Paul comprit que le flic l'avait emmené ici intentionnellement. Il avait toujours voulu lui proposer ce marché. Il lui glissa une carte de visite dans la poche :

– Mon portable. Retrouvez-la, Nerteaux. C'est votre seule chance de vous en tirer. Sinon, dans quelques heures, c'est vous qui serez la proie.

63

Paul ne prit pas le métro. Aucun flic digne de ce nom ne prend le métro.

Il sprinta jusqu'à la place Gambetta, le long du mur d'enceinte du cimetière, et récupéra sa voiture garée rue Emile-Landrin. Il attrapa son vieux plan de Paris, encore taché de sang, et relut la liste des derniers toubibs.

Sept chirurgiens.

Répartis dans quatre arrondissements de Paris et deux villes de banlieue.

Il marqua leur adresse d'un cercle sur son plan puis prépara l'itinéraire le plus rapide pour les interroger l'un après l'autre, en partant du 20e arrondissement.

Quand il fut certain de la voie à suivre, il fixa son gyrophare et démarra à fond, concentré sur le premier nom.

Docteur Jérôme Chéret.

18, rue du Rocher, 8e arrondissement.

Il mit le cap plein ouest, remonta le boulevard de la Villette, le boulevard Rochechouart, puis celui de Clichy. Il roulait exclusivement dans les couloirs protégés des bus, avalait les pistes cyclables, mordait les trottoirs, et prit même deux fois la circulation à contresens.

En vue du boulevard des Batignolles, il ralentit et appela Naubrel :

– Où tu en es ?

– Je sors des entreprises Matak. Je me suis démerdé avec les mecs de l'Hygiène. Une visite-surprise.

– Alors ?

– Une usine toute blanche, toute propre. Un vrai laboratoire. J'ai vu le caisson à haute pression. Briqué de près : inutile d'espérer la moindre trace. J'ai aussi parlé avec les ingénieurs...

Paul avait imaginé un site industriel, à l'abandon, plein de rouille et de hurlements que personne n'aurait pu entendre. Mais l'idée d'un espace immaculé lui semblait tout à coup plus adaptée.

– Tu as interrogé le patron ? trancha-t-il.

– Ouais. En douceur. Un Français. Il m'a paru blanc-blanc.

– Et plus haut ? Tu es remonté jusqu'aux propriétaires turcs ?

– Le site dépend d'une société anonyme, YALIN AS, elle-même affiliée à une holding enregistrée à Ankara. J'ai déjà contacté la Chambre de Commerce de...

– Magne-toi. Trouve la liste des actionnaires. Et garde en tête le nom d'Azer Akarsa.

Il raccrocha, consulta sa montre : vingt minutes depuis son départ du cimetière.

Au carrefour de Villiers, il braqua violemment à gauche et se retrouva dans la rue du Rocher. Il coupa sa sirène et ses lumières, entrée discrète obligée.

A 11 h 20, il sonnait chez Jérôme Chéret. On le fit passer par une porte dérobée pour ne pas effrayer la clientèle. Le médecin le reçut discrètement dans l'anti-chambre de sa salle d'opération.

– Juste un coup d'œil, prévint Paul après quelques mots d'explication.

Il s'en tint cette fois à deux documents : le portrait-robot de Sema, le nouveau visage d'Anna.

– C'est la même ? demanda le médecin d'un ton admiratif. Beau boulot.

– Vous la connaissez ou non ?

– Ni l'une ni l'autre. Désolé.

Paul dévala les escaliers, entre tapis rouge et moulures blanches.

Une biffure sur son plan et en route.

Il était 11 h 40.

Docteur Thierry Dewaele

22, rue de Phalsbourg, 17e arrondissement.

Même genre d'immeuble, mêmes questions, même réponse.

A 12 h 15, Paul tournait de nouveau la clé de contact quand son portable sonna dans sa poche. Un message de Matkowska : il avait appelé durant la brève entrevue chez le médecin. Derrière ces murs épais de rupins, la connexion ne s'était pas faite. Il rappela aussi sec.

– J'ai du nouveau sur les sculptures antiques, dit Matkowska. Un site archéologique qui regroupe des têtes géantes. J'ai les photos. Ces statues ont des fissures... Exactement les mêmes dessins que les mutilations...

Paul ferma les yeux. Il ne savait pas ce qui l'exaltait

le plus : s'approcher d'une folie meurtrière ou avoir eu raison depuis le début.

Matkowska poursuivait, d'une voix frémissante :

— Ce sont des têtes de dieux, mi-grecs, mi-perses, qui datent du début de l'ère chrétienne. Le sanctuaire d'un roi, au sommet d'une montagne, en Turquie orientale...

— Où exactement ?

— Au sud-est. Vers la frontière syrienne.

— Donne-moi des noms de villes importantes.

— Attendez.

Il perçut des bruits de feuilles, des jurons étouffés. Il regarda ses mains : elles ne tremblaient pas. Il se sentait prêt, fondu dans une enveloppe de glace.

— Voilà. J'ai la carte. Le site de Nemrut Dağ est proche d'Adiyaman et de Gaziantep.

Gaziantep. Une nouvelle convergence en direction d'Azer Akarsa. « *Il possède d'immenses vergers dans sa région natale, près de Gaziantep* », avait dit Ali Ajik. Ces vergers étaient-ils situés au pied même de la montagne aux sculptures ? Azer Akarsa avait-il grandi à l'ombre de ces têtes colossales ?

Paul revint sur le point crucial. Il avait besoin de se l'entendre confirmer :

— Et ces têtes rappellent vraiment les visages des victimes ?

— Capitaine, c'est l'hallu. Les mêmes failles, les mêmes mutilations. Y a une statue, celle de Commagène, une déesse de la fertilité, qui ressemble parfaitement au visage de la troisième victime. Pas de nez, le menton raboté... J'ai superposé les deux images. Les fissures d'usure coïncident au millimètre. Je ne sais pas ce que ça veut dire mais ça fout les jetons et...

Paul savait par expérience que les indices décisifs, après un long tunnel, pouvaient s'enchaîner en l'espace de quelques heures. La voix d'Ajik, encore une fois : « *Il est obsédé par le passé prestigieux de la Turquie. Il possède même sa propre fondation, où il finance des travaux d'archéologie.* »

Le golden-boy finançait-il des travaux de restauration sur ce site particulier ? Ces visages ancestraux l'intéressaient-ils pour une raison personnelle ?

Paul s'arrêta, respira un bon coup, puis se posa la question essentielle : Azer Akarsa était-il le tueur principal, le chef du commando ? Sa passion de la pierre antique pouvait-elle s'exprimer jusque dans des actes de torture et de mutilation ? Il était beaucoup trop tôt pour aller si loin. Paul referma son esprit sur cette théorie puis ordonna :

— Tu te concentres sur ces monuments. Essaie de voir s'il n'y a pas eu récemment des travaux de restauration. Si c'est le cas, qui les finance ?

— Vous avez une idée ?

— Peut-être une fondation, oui, mais je ne connais pas son nom. Si tu tombes sur un institut, trouve son organigramme et consulte la liste des principaux donateurs, des responsables. Cherche en particulier le nom d'Azer Akarsa.

De nouveau, il épela le patronyme. Des étincelles de feu lui semblaient jaillir maintenant entre les lettres, comme des pointes de silex.

— C'est tout ? demanda l'OPJ.

— Non, fit Paul à bout de voix. Tu vérifies aussi les

visas accordés aux ressortissants turcs depuis novembre dernier. Vérifie si Akarsa n'est pas dedans.

– Mais il y en a pour des heures !

– Non. Tout est informatisé. Et j'ai déjà mis un mec sur le coup des visas, à la VPE. Contacte-le et donne-lui ce nom. Magne-toi.

– Mais...

– Bouge.

64

Didier Laferrière

12, rue Boissy-d'Anglas, 8ᵉ arrondissement.

En franchissant le seuil de l'appartement, Paul eut un pressentiment – un déclic de flic, presque paranormal. Il y avait quelque chose à glaner ici.

Le cabinet était plongé dans la pénombre. Le chirurgien, un petit homme à la chevelure grise et crépue, se tenait derrière son bureau. D'une voix sans timbre, il demanda :

– La police ? Que se passe-t-il ?

Paul lui exposa la situation et sortit ses portraits. Le toubib parut se rétrécir encore. Il alluma une lampe sur le bureau et se pencha vers les documents.

Sans hésitation, il pointa son index sur le portrait d'Anna Heymes.

– Je ne l'ai pas opérée mais je connais cette femme.

Paul serra les poings. Bon Dieu, oui, son heure était venue.

– Elle m'a rendu visite il y a quelques jours, continua l'homme.

– Soyez précis.

– Lundi dernier. Si vous voulez, je vérifie dans mon agenda...

– Qu'est-ce qu'elle voulait ?

– Elle avait l'air bizarre.

– Pourquoi ?

Le chirurgien hocha la tête.

– Elle m'a posé des questions sur les cicatrices consécutives à certaines interventions.

– Qu'est-ce que cela a de bizarre ?

– Rien. Simplement... Soit elle jouait la comédie, soit elle était amnésique.

– Pourquoi ?

Le docteur tapota de l'index le portrait d'Anna Heymes :

– Mais parce que cette femme avait *déjà* subi l'opération. A la fin du rendez-vous, j'ai remarqué ses cicatrices. Je ne sais pas ce qu'elle cherchait en venant me voir. Peut-être voulait-elle engager des poursuites contre celui qui l'avait opérée. (Il considéra le cliché.) Du travail splendide, pourtant...

Un nouveau point gagnant pour Schiffer. « A mon avis, elle est en train d'enquêter sur elle-même. » C'était exactement ce qui se passait : Anna Heymes traquait Sema Gokalp. Elle remontait le fil de son propre passé.

Paul était en nage, il avait l'impression de suivre un sillon de feu. La Proie était là, devant lui, à portée de main.

– C'est tout ce qu'elle a dit ? reprit-il. Pas de coordonnées ?

– Non. Elle a simplement conclu : « Je vais juger sur pièces » ou quelque chose comme ça. C'était incompréhensible. Qui est-elle au juste ?

Paul se leva sans répondre. Il attrapa un bloc de

Post-it sur le bureau et inscrivit son numéro de portable :

– Si jamais elle rappelle, démerdez-vous pour la localiser. Parlez-lui de son opération. Des effets secondaires. N'importe quoi. Mais vous mettez la main dessus et vous m'appelez. Compris ?

– Vous êtes sûr que ça va bien ?

Paul s'arrêta, la main sur la poignée de la porte :

– Qu'est-ce que vous dites ?

– Je ne sais pas. Vous êtes tout rouge.

65

Pierre Laroque
24, rue Maspero, 16e arrondissement.
Rien.

Jean-François Skenderi
Clinique Massener,
58, avenue Paul-Doumer, 16e arrondissement.
Rien.

A 14 heures, Paul traversait de nouveau la Seine.
Direction rive Gauche.

Il avait renoncé au gyrophare, à la sirène – trop mal
à la tête – et cherchait quelques parcelles de paix
auprès des visages des piétons, des couleurs des devan-
tures, de l'éclat du soleil. Il était émerveillé face à ces
citadins qui vivaient une journée normale, au sein
d'une existence normale.

Il appela plusieurs fois ses lieutenants. Naubrel
bataillait toujours avec la Chambre de Commerce
d'Ankara, Matkowska écumait les musées, les instituts
d'archéologie, les offices de tourisme et même

l'UNESCO, en quête d'organismes qui auraient financé des travaux sur le site de Nemrut Daǧ. Il conservait en même temps un œil sur la liste des visas, que les moteurs de recherche continuaient d'analyser, mais le nom d'Akarsa refusait d'apparaître.

Paul étouffait dans son corps. Des plaques de feu lui brûlaient le visage. Une migraine lui battait la nuque. Des palpitations lancinantes, si marquées qu'il aurait pu les compter. Il aurait dû s'arrêter dans une pharmacie mais il ne cessait de remettre cette halte au carrefour suivant.

Bruno Simonnet
139, avenue de Ségur, 7ᵉ arrondissement.
Rien.
Le chirurgien était un homme massif, qui tenait un gros matou entre ses bras. A les voir ensemble, en une si parfaite osmose, on ne savait plus lequel caressait l'autre. Paul remballait ses clichés quand le médecin remarqua :

– Vous n'êtes pas le premier à me montrer ce visage.

– Quel visage ? tressaillit Paul.

– Celui-là.

Simonnet désignait le portrait-robot de Sema Gokalp.

– Qui vous l'a déjà montré ? Un policier ?

Il acquiesça. Ses doigts grattouillaient toujours la nuque du matou. Paul songea à Schiffer :

– Un certain âge, costaud, les cheveux argentés ?

— Non. Un jeune homme. Mal coiffé. Le genre étudiant. Il avait un léger accent.

Paul encaissait maintenant chaque coup comme un boxeur au fond des cordes. Il dut s'appuyer contre le plateau de marbre de la cheminée.

— Turc, l'accent ?

— Comment voulez-vous que je sache ? Oriental, oui, peut-être.

— Quand est-il venu ?

— Hier, dans la matinée.

— Quel nom a-t-il donné ?

— Pas de nom.

— Un contact ?

— Non. C'était étrange. Dans les films, vous laissez toujours des coordonnées, non ?

— Je reviens.

Paul courut à sa voiture. Il prit un des tirages des obsèques de Türkes où apparaissait Akarsa. Une fois de retour, il tendit le cliché :

— L'homme en question est-il sur cette photo ?

Le chirurgien désigna l'homme en veste de velours :

— C'est lui. Aucun doute possible.

Il leva les pupilles :

— Ce n'est pas un collègue à vous ?

Paul puisa au tréfonds de lui-même quelques parcelles de sang-froid et montra à nouveau le portrait informatique de la rousse :

— Vous m'avez dit qu'il vous avait soumis ce portrait. C'était exactement le même ? Un dessin comme celui-ci ?

— Non. Une photographie noir et blanc. Une photo de groupe, en fait. Sur un campus d'université, quelque chose de ce genre. La qualité était mauvaise mais la femme était la même que la vôtre. Aucun doute.

Sema Gokalp, jeune et vaillante parmi d'autres étudiantes turques, flotta un instant devant ses yeux.

La seule photo que possédaient les Loups Gris.

L'image floue qui avait coûté la vie à trois femmes innocentes.

Paul démarra en laissant de la gomme sur l'asphalte.

Il fixa de nouveau son gyrophare sur le toit et envoya la sauce, lumières et sirène perçant cette journée d'aquarium.

Les déductions en cascades.

Les battements de son cœur à l'unisson.

Les Loups Gris suivaient désormais la même piste que lui. Il leur avait fallu trois cadavres pour comprendre leur erreur. Ils cherchaient maintenant le plasticien qui avait métamorphosé leur Cible.

Nouvelle victoire posthume pour Schiffer.

« On va se retrouver sur les mêmes rails, fais-moi confiance. »

Paul regarda sa montre : 14 heures 30.

Plus que deux noms sur la liste.

Il devait débusquer le chirurgien avant les tueurs.

Il devait trouver la femme avant Eux.

Paul Nerteaux contre Azer Akarsa.

Le fils de personne contre le fils d'Asena, la Louve Blanche.

66

Frédéric Gruss habitait sur les hauteurs de Saint-Cloud. Le temps d'attraper la voie express le long de la Seine et de filer jusqu'au bois de Boulogne, Paul contacta encore une fois Naubrel :

— Toujours rien avec les Turcs ?

— Je galère, capitaine. Je...

— Tu laisses tomber.

— Quoi ?

— Tu as gardé des doubles des photos de l'enterrement de Turkes ?

— Je les ai dans mon ordinateur, ouais.

— Il y a une image où le cercueil est au premier plan.

— Attendez. Je note.

— Sur cette photo, le troisième homme en partant de la gauche est un jeune type, en veste de velours. Je veux que tu agrandisses son portrait et que tu lances un avis de recherche au nom de...

— Azer Akarsa ?

— Exactement.

— C'est lui le tueur ?

Paul avait les muscles de la gorge si tendus qu'il éprouvait des difficultés à parler :

— Lance l'avis de recherche.

– Ça roule. C'est tout ?

– Non. Tu vas voir Bomarzo, le magistrat en charge des homicides. Tu lui demandes un mandat de perquisition pour les entreprises Matak.

– Moi ? Mais il vaudrait mieux que ça soit vous qui...

– Tu y vas de ma part. Tu lui expliques que j'ai des preuves.

– Des preuves ?

– Un témoin oculaire. Appelle aussi Matkowska et demande-lui les clichés du Nemrut Dağ.

– Du quoi ?

De nouveau, il épela et expliqua de quoi il retournait.

– Vois aussi avec lui si le nom d'Akarsa n'est pas apparu parmi les visas. Tu regroupes tout ça et tu fonces chez le juge.

– Et s'il me demande où vous êtes ?

Paul hésita :

– Tu lui donnes ce numéro.

Il dicta les coordonnées d'Olivier Amien. Qu'ils se démerdent entre eux, pensa-t-il en raccrochant. Il était en vue du pont de Saint-Cloud.

15 heures 30.

Le boulevard de la République luisait littéralement dans le soleil, serpentant à travers la colline qui mène à Saint-Cloud. Un grand éblouissement de printemps, déjà propice aux épaules nues, aux poses languides le long des terrasses de café. Dommage : pour le dernier acte, Paul aurait préféré un ciel chargé de menaces. Un ciel d'apocalypse, déchiré d'orages et de noirceur.

En remontant le boulevard, il se souvint de sa visite à la morgue de Garches avec Schiffer : combien de siècles s'étaient écoulés depuis cette journée ?

Sur les hauteurs de la ville, il découvrit des rues calmes et sereines. La crème de la crème des beaux quartiers. Un petit concentré de vanité et de richesse dominant la vallée de la Seine et la « basse ville ».

Paul grelottait. La fièvre, l'épuisement et l'excitation. De brèves éclipses trouaient sa vision. Des étoiles sombres frappaient le fond de ses orbites. Il était incapable de résister au sommeil, c'était une de ses faiblesses. Il n'y était jamais parvenu, même lorsqu'il était enfant, et qu'il guettait, paralysé d'angoisse, le retour de son père.

Son père. L'image du vieux commença à se confondre avec celle de Schiffer, les lacérations du siège de Skaï mêlées aux blessures du cadavre couvert de cendres...

Un coup de klaxon le réveilla. Le feu était passé au vert. Il s'était endormi. Il démarra avec rage et trouva enfin la rue des Chênes.

Il s'y engagea et ralentit, en quête du numéro 37. Les demeures étaient invisibles, cachées derrière des murs de pierre ou des rangées de pins ; des insectes bourdonnaient ; toute la nature semblait engourdie par le soleil de printemps.

Il trouva une place de stationnement juste devant le bon numéro : un portail noir, coincé entre des remparts blanchis à la chaux.

Il s'apprêtait à sonner quand il aperçut le battant entrouvert. Un signal d'alerte s'alluma sous son crâne. Cela ne cadrait pas avec l'atmosphère de méfiance générale du quartier. Paul dégagea machinalement le rabat Velcro qui serrait son arme.

Le parc de la propriété était sans surprise. Un parterre de pelouse, des arbres gris, une allée de gravier. Au fond, l'hôtel particulier s'élevait, massif, avec ses murs blancs et ses volets noirs. Un garage à deux ou trois places, fermé par une porte basculante, jouxtait l'édifice.

Pas de chien, ni de domestique venant à sa rencontre. Pas le moindre mouvement à l'intérieur, semblait-il.

Le signal d'alarme monta d'un cran dans sa tête.

Il gravit les trois marches qui menaient au perron et repéra une nouvelle dissonance : une fenêtre brisée. Il avala sa salive et, très doucement, dégaina son 9 millimètres. Il poussa le châssis et enjamba le chambranle, prenant soin de ne pas écraser les morceaux de verre sur le sol. A un mètre, sur sa droite, s'ouvrait le vestibule. Le silence enveloppait chacun de ses gestes. Paul tourna le dos à l'entrée et avança dans le couloir.

A gauche, une porte entrebâillée portait la mention SALLE D'ATTENTE. Plus loin, sur la droite, une autre porte, grande ouverte. Sans doute le cabinet du chirurgien. Il remarqua d'abord le mur de cette pièce, revêtu de matériau insonorisant, plaques de plâtre et paille mêlés.

Puis le sol. Des photographies étaient éparpillées : des visages de femmes, pansés, tuméfiés, couturés. L'ultime confirmation de ses soupçons : on était venu fouiller ici.

Un craquement retentit de l'autre côté du mur.

Paul se figea, les doigts serrés sur sa crosse. Dans la seconde, il comprit qu'il n'avait vécu que pour cet instant. Peu importait la durée de l'existence ; peu importaient les bonheurs, les espoirs, les déceptions de la vie. Seule comptait sa valeur héroïque. Il comprit que les secondes qui allaient suivre donneraient tout son sens à son passage sur terre. Quelques onces de courage et d'honneur dans la balance des âmes...

Il bondissait vers la porte quand le mur vola en éclats.

Paul fut projeté contre la paroi opposée. Le feu et la fumée emplirent d'un coup le couloir. Le temps d'apercevoir un trou gros comme une assiette, deux nouveaux tirs crevèrent le matériau isolant. La paille agglomérée s'enflamma, transformant le corridor en un tunnel de feu.

Paul se recroquevilla au sol, la nuque cuite par les flammes. Des débris de plâtre et de paille lui tombèrent dessus.

Presque aussitôt, le silence se fit. Paul leva les yeux. Face à lui, il n'y avait plus qu'un amas de gravats, offrant une large vision sur le cabinet.

Ils étaient là.

Trois hommes vêtus de combinaisons noires, harnachés de cartouchières, masqués par des cagoules commando. Ils tenaient chacun un fusil lance-grenade, modèle SG 5040. Paul n'en avait jamais vu que sur catalogue mais il le reconnut avec certitude.

A leurs pieds, le cadavre d'un homme en peignoir. Frédéric Gruss, assumant les ultimes risques de son métier.

Par réflexe, Paul chercha son Glock. Mais il n'était plus temps. Son ventre gargouillait de sang, creusant des méandres rouges dans les plis de sa veste. Il ne ressentait aucune douleur – il en conclut qu'il était mortellement touché.

Des crissements aigus retentirent sur sa gauche. Malgré ses tympans assourdis, Paul perçut, avec une netteté irréelle, les pas qui écrasaient les débris.

Un quatrième homme apparut dans l'embrasure de la porte. Même silhouette noire, cagoulée, gantée, mais sans fusil.

Il s'approcha et considéra la blessure de Paul. D'un geste, il arracha sa cagoule. Il avait le visage entièrement peint. Les courbes et les arabesques brunâtres sur sa peau représentaient la gueule d'un loup. Les moustaches, les arcades, les yeux soulignés de noir. Un grimage sans doute réalisé au henné, mais qui rappelait ceux des guerriers maoris.

Paul reconnut l'homme de la photographie : Azer Akarsa. Il tenait entre ses doigts un polaroïd : un ovale pâle encadré de cheveux noirs. Anna Heymes, fraîchement sortie de son opération.

Ainsi, les Loups allaient pouvoir retrouver leur Proie.

La chasse continuerait. Mais sans lui.

Le Turc s'agenouilla.

Il regarda Paul au fond des yeux, puis prononça d'une voix douce :

– La pression les rend folles. La pression annule leur douleur. La dernière femme chantait avec le nez coupé.

Paul ferma les yeux. Il ne comprenait pas le sens exact de ces mots mais il eut cette certitude : l'homme savait qui il était, et il était déjà informé de la visite de Naubrel à son laboratoire.

Sous forme d'éclairs, il revit les blessures des victimes, les entailles des visages. Un éloge de la pierre antique, signé Azer Akarsa.

Il sentit la mousse éclore sur ses lèvres : du sang. Quand il rouvrit les paupières, le tueur-loup braquait un calibre 45 sur son front.

Sa dernière pensée fut pour Céline.

Et le fait qu'il n'avait pas eu le temps de lui téléphoner avant son départ à l'école.

ONZE

67

Aéroport Roissy-Charles-de-Gaulle.

Jeudi 21 mars, 16 heures.

Il n'y a qu'une seule méthode pour dissimuler une arme dans un aéroport.

Les amateurs d'armes à feu pensent en général qu'un pistolet automatique de marque Glock, fabriqué essentiellement en polymères, peut échapper aux rayons X et aux détecteurs de métaux. Erreur : le canon, le ressort récupérateur, le percuteur, la détente, le ressort du chargeur et quelques autres pièces encore sont en métal. Sans parler des balles.

Il n'y a qu'une seule méthode pour dissimuler une arme dans un aéroport.

Et Sema la connaît.

Elle s'en souvient devant les vitrines de la zone commerciale de l'aérogare, alors qu'elle s'apprête à prendre le vol TK 4067, de la Turkish Airlines, en direction d'Istanbul.

Elle achète d'abord quelques vêtements, un sac de voyage – rien de plus suspect qu'un voyageur sans bagage –, puis du matériel photographique. Un boîtier F2 Nikon, deux objectifs, 35-70 et 200 millimètres, ainsi qu'une petite boîte à outils adaptée aux appareils de cette marque, et deux trousses doublées de plomb, qui protègent les pellicules lors des contrôles de sécurité. Elle range soigneusement ces objets dans un sac professionnel Promax, puis se rend dans les toilettes de l'aéroport.

Là, isolée dans une cabine, elle place le canon, le percuteur et les autres pièces métalliques de son Glock 21 parmi les tournevis et pinces de la boîte à outils. Puis elle glisse ses balles en tungstène dans les housses plombées, qui stoppent les rayons X et rendent ainsi leur contenu totalement invisible.

Sema s'émerveille de ses propres réflexes. Ses gestes, ses connaissances : tout cela lui revient d'une manière spontanée. « Mémoire culturelle », aurait dit Ackermann.

A 17 heures, elle prend tranquillement son vol et parvient à Istanbul en fin de journée, sans être inquiétée par les douanes.

Dans le taxi, elle ne s'appesantit pas sur le paysage qui l'entoure. La nuit tombe déjà. Une averse discrète lance des reflets fantomatiques sous les réverbères, qui s'accordent bien avec le flou de sa conscience.

Elle distingue seulement des détails : un marchand ambulant vendant des anneaux de pain ; quelques jeunes femmes, au visage cerné par un foulard se mêlant aux motifs de faïence d'une station de bus ; une haute mosquée, bougonne et sombre, qui semble broyer du noir au-dessus des arbres ; des cages d'oiseaux alignées sur un quai comme des ruches... Tout cela lui murmure un langage à la fois familier et lointain. Elle se détourne de la fenêtre et se pelotonne sur son siège.

Elle choisit un des hôtels les plus chics du centre de

la ville, où elle se noie parmi un flot bienvenu de touristes anonymes.

A 20 heures 30, elle verrouille la porte de sa chambre et s'effondre sur son lit, où elle s'endort tout habillée.

Le lendemain, vendredi 22 mars, elle émerge à 10 heures du matin.

Elle allume aussitôt la télévision et cherche un canal français sur le réseau satellite. Elle doit se contenter de TV5, la chaîne internationale des pays francophones. A midi, après un débat sur la chasse en Suisse romande et un documentaire sur les parcs nationaux au Québec, elle capte enfin le journal télévisé de TF1, diffusé la veille au soir en France.

On y évoque la nouvelle qu'elle attend : la découverte du cadavre de Jean-Louis Schiffer dans le cimetière du Père-Lachaise. Mais il y a aussi la nouvelle qu'elle n'attend pas : deux autres corps ont été retrouvés le même jour, dans un hôtel particulier des hauteurs de Saint-Cloud.

Reconnaissant la résidence, Sema augmente le volume sonore. Les victimes ont été identifiées : Frédéric Gruss, chirurgien esthétique, propriétaire des lieux, et Paul Nerteaux, capitaine de police âgé de trente-cinq ans, attaché à la Première DPJ de Paris.

Sema est frappée d'effroi. Le commentateur poursuit :

– « Personne n'explique encore ce double meurtre, mais il pourrait être lié à la mort de Jean-Louis Schiffer. Paul Nerteaux enquêtait sur les assassinats de trois femmes perpétrés ces derniers mois dans le quartier parisien de la Petite Turquie. Dans le cadre de cette enquête, il avait consulté l'inspecteur à la retraite, spécialiste du 10e arrondissement... »

Sema n'avait jamais entendu parler de ce Nerteaux – un jeune type, plutôt beau gosse, aux cheveux de Japonais – mais elle peut déduire l'enchaînement logique des faits. Après avoir tué inutilement trois femmes, les Loups ont enfin trouvé la bonne piste et sont remontés jusqu'à Gruss, le chirurgien qui l'a opérée durant l'été 2001. Parallèlement, le jeune flic a dû suivre la même voie et identifier l'homme de Saint-Cloud. Il s'est rendu chez lui au moment même où les Loups l'interrogeaient. L'affaire s'est achevée à la turque : dans un bain de sang.

D'une manière confuse, Sema l'avait toujours prévu : les Loups allaient finir par découvrir son nouveau visage. Or, à partir de cet instant, ils sauraient exactement où la trouver. Pour une raison simple : leur chef est Monsieur Velours, l'amateur de chocolats fourrés à la pâte d'amandes qui venait régulièrement à la Maison du Chocolat. Elle connaît cette vérité stupéfiante depuis qu'elle a retrouvé la mémoire. Il s'appelle Azer Akarsa. Adolescente, Sema se souvient de l'avoir aperçu dans un foyer d'Idéalistes, à Adana, où il passait déjà pour un héros...

Telle est l'ultime ironie de l'histoire : le tueur qui la cherchait depuis plusieurs mois dans le 10e arrondissement la croisait deux fois par semaine, sans la reconnaître, en achetant ses friandises préférées.

Selon le reportage télévisé, le drame de Saint-Cloud s'est déroulé aux environs de 15 heures, la veille.

D'instinct, Sema devine que les Loups auront attendu le jour suivant pour attaquer la Maison du Chocolat.

C'est-à-dire *maintenant*.

Sema se précipite sur le téléphone et appelle Clothilde, à la boutique. Pas de réponse. Elle consulte sa montre : midi trente à Istanbul, soit une heure de moins à Paris. Déjà trop tard ? A partir de cette minute, elle compose ce numéro toutes les demi-heures. En vain. Impuissante, elle tourne dans sa chambre, inquiète à en devenir cinglée.

En désespoir de cause, elle se rend dans la salle « business center » du palace et débusque un ordinateur. Elle consulte, sur le réseau Internet, l'édition électronique du *Monde* du jeudi soir, parcourant les articles sur la mort de Jean-Louis Schiffer et le double meurtre de Saint-Cloud.

Machinalement, elle feuillette les autres pages de l'édition et tombe, encore une fois, sur une nouvelle qu'elle n'attendait pas. L'article s'intitule : « Suicide d'un haut fonctionnaire ». C'est l'annonce, noir sur blanc, de la mort de Laurent Heymes. Les lignes tremblent devant ses yeux. Le corps a été découvert jeudi matin, dans son appartement de l'avenue Hoche. Laurent a utilisé son arme de service – un Manhurin 38 millimètres. Sur la question du mobile, l'article rappelle brièvement le suicide de son épouse, un an auparavant, et son état dépressif depuis cette date, confirmé par de nombreux témoignages.

Sema se concentre sur ces mailles serrées de mensonges, mais elle ne voit plus les mots. Elle voit à leur place les mains pâles, le regard légèrement effaré, les flammes blondes des cheveux... Elle a aimé cet homme. Un amour étrange, inquiet, bouleversé par ses propres hallucinations. Des larmes affleurent à ses yeux, mais elle les retient.

Elle songe au jeune flic mort dans la villa de Saint-Cloud qui, d'une certaine façon, s'est sacrifié pour elle. Elle n'a pas pleuré sur lui. Elle ne pleurera pas sur Laurent, qui n'a été qu'un manipulateur parmi d'autres.

Le plus intime.

Et, en ce sens, le plus salaud.

A 16 heures, tandis qu'elle fume cigarette sur cigarette dans le « business center », un œil sur la télévision, l'autre sur l'ordinateur, la bombe explose. Dans les pages électroniques de la nouvelle édition du *Monde*, à la rubrique « France-Société » :

FUSILLADE RUE DU FAUBOURG-SAINT-HONORÉ

Les forces de police étaient toujours présentes, vendredi 22 mars, en fin de matinée, au 225 de la rue du Faubourg-Saint-Honoré, à la suite de la fusillade survenue dans la boutique « La Maison du Chocolat ». A midi, on ignorait encore les raisons de cet affrontement spectaculaire, qui a fait trois morts et deux blessés, dont trois victimes parmi les rangs de la police.

D'après les premiers témoignages, notamment celui de Clothilde Ceaux, une vendeuse de la boutique, sortie indemne du drame, voilà ce qui a pu être reconstitué. A 10 h 10, peu après l'ouverture, trois hommes ont pénétré dans le magasin. Presque aussitôt, des policiers en civil, postés juste en face, sont intervenus. Les trois hommes ont alors utilisé des armes automatiques et fait feu sur les policiers. La fusillade n'a duré que quelques secondes, de part et d'autre de la rue, mais a été d'une violence extrême. Trois policiers ont été touchés, dont l'un est mort sur le coup. Les deux autres sont dans un état critique. Quant aux agresseurs, deux ont été tués. Le troisième a réussi à s'enfuir.

D'ores et déjà, ces derniers ont été identifiés. Il s'agit de Lüset Yildirim, Kadir Kir et Azer Akarsa, tous trois d'origine turque. Les deux hommes décédés, Lüset Yildirim et Kadir Kir, possédaient des passeports diplomatiques. Il est impossible pour l'instant de connaître leur date d'arrivée en France, et l'ambassade turque s'est refusée à tout commentaire.

Selon les enquêteurs, ces deux hommes étaient connus des services de police turcs. Affiliés au groupe d'extrême droite des « Idéalistes », ou « Loups Gris », ils auraient déjà rempli des « contrats » pour le compte de cartels turcs du crime organisé.

L'identité du troisième homme, celui qui est parvenu à s'enfuir, est plus étonnante. Azer Akarsa est un homme d'affaires qui a connu une réussite exceptionnelle dans le secteur de l'arboriculture en Turquie et qui jouit d'une solide réputation à Istanbul. L'homme est connu pour ses opinions patriotiques mais défend un nationalisme modéré, moderne, compatible avec les valeurs démocratiques. Il n'a jamais eu de problèmes avec la police turque.

L'implication d'une telle personnalité dans cette affaire laisse supposer des enjeux politiques. Mais le mystère reste entier : pourquoi ces hommes se sont-ils rendus ce matin à la Maison du Chocolat, armés de fusils d'assaut et d'armes de poing automatiques ? Pourquoi des policiers en civil, en fait des officiers de la DNAT (Division Nationale Antiterroriste), étaient-ils également présents sur les lieux ? Suivaient-ils la trace des trois criminels ? On sait qu'ils surveillaient le magasin depuis plusieurs jours. Préparaient-ils un guet-apens, afin d'arrêter les ressortissants turcs ? Dès lors, pourquoi prendre tant de risques ? Pourquoi tenter une arrestation en pleine rue, à une heure de grande affluence, alors qu'aucune consigne de sécurité n'avait été donnée ? Le parquet de Paris s'interroge sur ces anomalies et a ordonné une enquête interne.

Selon nos sources, une piste est déjà privilégiée. La fusillade de la rue du Faubourg-Saint-Honoré pourrait être liée aux deux affaires d'homicides évoquées dans notre édition d'hier : la découverte du corps de l'inspecteur à la retraite Jean-Louis Schiffer au Père-Lachaise, dans la matinée du 21 mars, puis celle des corps de Paul Nerteaux, capitaine de police, et de Frédéric Gruss, chirurgien esthétique, le même jour, dans une villa de Saint-Cloud. Le capitaine Nerteaux enquêtait sur les meurtres de trois femmes non identifiées, dans le 10e arrondissement de Paris, survenus durant ces cinq derniers mois. Dans ce cadre, il avait consulté Jean-Louis Schiffer, spécialiste de la communauté turque à Paris.

Cette série d'assassinats pourrait constituer le cœur d'une affaire complexe, à la fois criminelle et politique, qui semble avoir échappé aux supérieurs hiérarchiques de Paul Nerteaux ainsi qu'au juge chargé de l'instruction des homicides, Thierry Bomarzo. Ce rapprochement est encore renforcé par le fait qu'une heure avant sa mort, l'officier de police avait lancé un avis de recherche contre Azer Akarsa et demandé un mandat de perquisition pour les établissements Matak, situés à Bièvres, dont l'un des principaux actionnaires est justement Akarsa. Lorsque les enquêteurs ont soumis son portrait à Clothilde Ceaux, témoin principal de la fusillade, celle-ci l'a formellement reconnu.

L'autre personnage-clé de cette enquête pourrait être Philippe Charlier, l'un des commissaires de la DNAT, qui possède à l'évidence des informations sur les initiateurs de la fusillade. Philippe Charlier, figure majeure de la lutte antiterroriste mais aussi personnage très controversé pour ses méthodes, devrait être entendu aujourd'hui par le juge Bernard Sazin, dans le cadre de l'enquête préliminaire.

Cette affaire confuse survient en pleine campagne électorale, alors même que Lionel Jospin envisage dans son programme la fusion de la Direction de la Surveillance du Territoire (DST) avec la Direction Centrale des Renseignements Généraux (DCRG). Ce type de projet de fusion vise sans doute à éviter, dans un avenir proche, la trop forte indépendance de certains policiers ou agents de renseignements.

Sema coupe la connexion et dresse son bilan personnel des événements. Dans la colonne des points positifs, la vie sauve de Clothilde, ainsi que la convocation de Charlier chez le juge. A plus ou moins long terme, le flic antiterroriste devra répondre de tous ces morts, ainsi que du « suicide » de Laurent Heymes...

Dans la colonne négative, Sema ne retient qu'un seul fait, mais il évince tous les autres.

Azer Akarsa court toujours.

Et cette menace la conforte dans sa décision.

Elle doit le retrouver puis découvrir, plus haut encore, qui est le commanditaire de toute l'affaire. Elle ignore son nom, elle l'a toujours ignoré, mais elle sait qu'elle finira par mettre en lumière toute la pyramide.

A cette heure, elle ne possède qu'une certitude : Akarsa va revenir en Turquie. Sans doute est-il même déjà de retour. A l'abri parmi les siens. Protégé par la police et un pouvoir politique bienveillants.

Elle attrape son manteau et quitte la chambre.

C'est dans sa mémoire qu'elle trouvera la voie qui la mènera à lui.

68

Sema se rend d'abord sur le pont de Galata, non loin de son hôtel. Elle contemple, longuement, de l'autre côté du canal de la Corne d'Or, la vue la plus célèbre de la ville. Le Bosphore et ses bateaux ; le quartier d'Eminönü et la Nouvelle Mosquée ; ses terrasses de pierre, ses envolées de pigeons ; les dômes, les flèches des minarets, d'où s'élève cinq fois par jour la voix des muezzins.

Cigarette.

Elle ne se sent pas une âme de touriste, mais elle sait que la ville – sa ville – peut lui fournir un indice, une étincelle qui lui permettra de recouvrer toute sa mémoire. Pour l'heure, elle voit s'éloigner le passé d'Anna Heymes, remplacé peu à peu par des impressions vagues, des sensations confuses, liées à son quotidien de trafiquante. Les bribes d'un métier obscur, sans repères, sans le moindre détail personnel qui puisse lui fournir ne serait-ce qu'un signe pour rejoindre ses anciens « frères ».

Elle hèle un taxi et demande au chauffeur de sillonner la ville, au hasard. Elle parle le turc sans accent ni la moindre hésitation. Cette langue a jailli de ses lèvres dès qu'il a fallu l'utiliser – une eau enfouie au fond d'elle-même. Mais alors pourquoi pense-t-elle en français ? Effet du conditionnement psychique ? Non : cette familiarité est antérieure à toute l'histoire. C'est un élément constitutif de sa personnalité. Dans son parcours, sa formation, il y a eu cette greffe étrange...

A travers la vitre, elle observe chaque détail : le rouge du drapeau turc, frappé du croissant et de l'étoile d'or, qui marque la ville comme un sceau de cire ; le bleu des murs et des monuments de pierre, bruni, strié par la pollution ; le vert des toitures et du dôme des mosquées, qui oscille dans la lumière entre jade et émeraude.

Le taxi longe une muraille : Hatun caddesi. Sema lit les noms sur les panneaux : Aksaray, Kücükpazar, Carsamba... Ils résonnent en elle de manière vague, ne suscitent aucune émotion particulière, aucun souvenir distinct.

Pourtant, plus que jamais, elle devine qu'un rien – un monument, une enseigne, le nom d'une rue – suffirait à remuer ces sables mouvants, à désancrer les blocs de mémoire qui reposent en elle. Comme ces épaves des grands fonds qu'il suffit d'effleurer pour qu'elles remontent lentement vers la surface...

Le chauffeur interroge :
– *Devam edelim mi*[1] ?
– *Evet*[2].
Haseki. Nisanca. Yenikapi...
Nouvelle cigarette.
Fracas du trafic, roulis des passants. L'agitation urbaine culmine ici. Pourtant, une impression de dou-

_____

1. On continue ?
2. Oui.

ceur domine. Le printemps fait trembler ses ombres au-dessus du tumulte. Une lumière pâle resplendit à travers l'air enferraillé. Il plane sur Istanbul une moire argentée, une sorte de patine grise qui a raison de toutes les violences. Même les arbres possèdent quelque chose d'usé, de cendré, qui s'épanche et apaise l'esprit...

Soudain, un mot sur une affiche attire son attention. Quelques syllabes sur un fond rouge et or.

— Emmenez-moi à Galatasaray, ordonne-t-elle au chauffeur.

— Le lycée ?

— Le lycée, oui. A Beyoglu.

69

Une grande place, aux confins du quartier de Taksim. Des banques, des drapeaux, des hôtels internationaux. Le chauffeur se gare à l'entrée d'une avenue piétonnière.

– Vous aurez plus vite fait à pied, explique-t-il. Prenez l'Istiklal caddesi. Dans une centaine de mètres, vous...

– Je connais.

Trois minutes plus tard, Sema atteint les grandes grilles du lycée qui protègent jalousement des jardins obscurs. Elle franchit le portail et plonge dans une véritable forêt. Sapins, cyprès, platanes d'Orient, tilleuls : des sabres vifs, des nuances feutrées, des bouches d'ombre... Parfois, un pan d'écorce risque du gris, ou même du noir. D'autres fois, une cime, un ramage se fend d'un trait clair – un grand sourire pastel. Ou bien encore, des taillis secs, presque bleus, offrent une transparence de calque. Tout le spectre végétal se déploie ici.

Au-delà des arbres, elle aperçoit des façades jaunes, cernées de terrains de sport et de panneaux de basket : les bâtiments du lycée. Sema reste en retrait, sous les frondaisons, et observe. Les murs couleur de pollen.

Les sols de ciment de teinte neutre. Le sigle du lycée, un S enchâssé dans un G, rouge serti dans de l'or, sur le gilet bleu marine des élèves qui déambulent.

Mais surtout, elle écoute le brouhaha qui s'élève. Une rumeur identique sous toutes les latitudes : la joie des enfants libérés de l'école. Il est midi : l'heure de la sortie des classes.

Plus qu'un bruit familier, c'est un appel, un signe de ralliement. Des sensations l'encerclent tout à coup, l'enlacent... Suffoquée par l'émotion, elle s'assoit sur un banc et laisse venir à elle les images du passé.

Son village d'abord, dans l'Anatolie lointaine. Sous un ciel sans limites, sans merci, des baraques de torchis, agrippées aux flancs de la montagne. Des plaines frémissantes, des herbes hautes. Des troupeaux de moutons sur des coteaux escarpés, trottinant à l'oblique, gris comme du papier sale. Puis, dans la vallée, des hommes, des femmes, des enfants, vivant là comme des pierres, brisés par le soleil et le froid...

Plus tard. Un camp d'entraînement – une station thermale désaffectée, entourée de fils barbelés, quelque part dans la région de Kayseri. Un quotidien d'endoctrinement, de formation, d'exercices. Des matinées à lire *Les Neuf Lumières* d'Alpaslan Türkes, à rabâcher les préceptes nationalistes, à visionner des films muets sur l'histoire turque. Des heures à s'initier aux rudiments de la science balistique, à faire la différence entre explosifs détonants et déflagrants, à tirer au fusil d'assaut, à manier des armes blanches...

Puis, soudain, le lycée français. Tout change. Un environnement suave et raffiné. Mais c'est peut-être pire encore. Elle est la paysanne. La fillette des montagnes parmi les fils de famille. Elle est aussi la fanatique. La nationaliste cramponnée à son identité turque, à ses idéaux, parmi des étudiants bourgeois, gauchistes, rêvant tous de devenir européens...

C'est ici, à Galatasaray, qu'elle s'est passionnée pour le français au point de le substituer, dans son esprit, à sa langue maternelle. Elle entend encore le dialecte de son enfance, syllabes heurtées et nues, peu à peu supplantées par ces mots nouveaux, ces poèmes, ces livres venant nuancer le moindre de ses raisonnements, caractériser chaque nouvelle idée. Le monde, alors, littéralement, est devenu français.

Puis c'est le temps des voyages. L'opium. Les cultures d'Iran, érigées en terrasses au-dessus des mâchoires du désert. Les damiers de pavots, en Afghanistan, alternant avec les champs de légumes et de blé. Elle voit des frontières sans nom, sans ligne définie. Des no man's land de poussière tapissés de mines, hantés par des contrebandiers farouches. Elle se souvient des guerres. Les chars, les Stinger – et les rebelles afghans jouant au bouskachi avec la tête d'un soldat soviétique.

Elle voit aussi les laboratoires. Baraquements irrespirables, emplis d'hommes et de femmes masqués de toile. Poussière blanche et fumées acides ; morphine-base et héroïne raffinée... Le véritable métier commence.

C'est alors que le visage se précise.

Jusqu'à maintenant, sa mémoire a fonctionné dans une seule direction. Les visages ont joué chaque fois le rôle de détonateur. La tête de Schiffer a suffi pour lui révéler ses derniers mois d'activité – la drogue, la fuite, la planque. Le seul sourire d'Azer Akarsa a fait surgir les foyers, les réunions nationalistes, les hommes brandissant leur poing ajusté, index et auriculaire dressés, hululant des youyous aigus ou hurlant : « Türkes basbug ! » – et lui a soufflé son identité de Louve.

Mais maintenant, dans les jardins de Galatasaray, c'est le phénomène inverse qui se produit. Ses souvenirs révèlent un personnage-leitmotiv traversant chaque fragment de sa mémoire... D'abord un enfant pataud, à l'époque des origines. Puis un adolescent malhabile, au lycée français. Plus tard, un partenaire de trafic. Dans les laboratoires clandestins, c'est bien la même silhouette dodue, vêtue d'une blouse blanche, qui lui sourit.

Au fil des années, un enfant a grandi à ses côtés. Un frère de sang. Un Loup Gris qui a tout partagé avec elle. Maintenant qu'elle se concentre, le visage gagne en netteté. Des traits poupins sous des boucles couleur de miel. Des yeux bleus, comme deux turquoises posées parmi les cailloux du désert.

Brusquement, un nom jaillit : Kürsat Milihit.

Elle se lève et se décide à pénétrer dans le lycée. Il lui faut une confirmation.

Sema se présente au directeur comme une journaliste française et explique son sujet de reportage : les anciens élèves de Galatasaray qui sont devenus des célébrités en Turquie.

Rire d'orgueil du directeur : quoi de plus normal ?

Quelques minutes plus tard, elle se retrouve dans une petite pièce aux murs tapissés de livres. Devant elle, les classeurs des promotions des dernières décennies – noms et portraits des anciens élèves, dates et prix de chaque année. Sans hésiter, elle ouvre le registre de 1988 et s'arrête sur la classe de terminale, la sienne. Elle ne cherche pas son ancien visage, l'idée même de le contempler la met mal à l'aise, comme si elle touchait là un sujet tabou. Non : elle cherche le portrait de Kürsat Milihit.

Lorsqu'elle le découvre, ses souvenirs se précisent encore. L'ami d'enfance. Le compagnon de route. Aujourd'hui, Kürsat est chimiste. Le meilleur de sa catégorie. Capable de transformer n'importe quelle gomme-base, de produire la meilleure morphine, de distiller l'héroïne la plus pure. Des doigts de magicien, qui savent manipuler comme personne l'anhydride acétique.

Depuis des années, c'est avec lui qu'elle organise chacune de ses opérations. C'est lui, lors du dernier convoi, qui a réduit l'héroïne en solution liquide. Une idée de Sema : injecter la drogue dans les alvéoles d'enveloppes à bulles. A raison de cent millilitres par enveloppe, il suffisait de dix conditionnements pour expédier un kilo – deux cents pour le chargement total. Vingt kilos d'héroïne numéro quatre, en solution liquide, à l'abri du rembourrage translucide de simples envois de documentation à récupérer à la zone de fret de Roissy.

Elle regarde encore la photo : ce gros adolescent au front de lait et aux boucles de cuivre n'est pas seulement un fantôme du passé. Il doit jouer maintenant un rôle crucial.

Lui seul peut l'aider à retrouver Azer Akarsa.

Une heure plus tard, Sema traverse en taxi l'immense pont d'acier qui surplombe le Bosphore. L'orage éclate à ce moment-là. En quelques secondes, alors que la voiture atteint la rive asiatique, la pluie marque son territoire avec violence. Ce sont d'abord des aiguilles de lumière frappant les trottoirs, puis de véritables flaques, qui s'étendent, s'étalent, se mettent à crépiter comme sur des toits de tôle. Bientôt, tout le paysage s'alourdit. Des gerbes brunâtres s'élèvent au passage des voitures, les chaussées s'enfoncent et se noient...

Lorsque le taxi parvient dans le quartier de Beylerbeyi, blotti au pied du pont, l'averse s'est transformée en tempête. Une vague grise annule toute visibilité, confondant voitures, trottoirs et maisons en un brouillard mouvant. Le quartier tout entier paraît régresser à l'état liquide – une préhistoire de tourbe et de boue.

Sema se décide à sortir du taxi, rue Yaliboyu. Elle se faufile entre les voitures et se réfugie sous un auvent, le long des boutiques. Elle prend le temps d'acheter un ciré, un poncho vert léger, puis elle cherche ses repères. Ce quartier ressemble à un village – un modèle réduit d'Istanbul, une version de poche. Des trottoirs étroits comme des rubans, des maisons qui se serrent les coudes, des ruelles qui jouent les sentiers en descendant vers la rive.

Elle plonge dans la rue Beylerbeyi, en direction du fleuve. A gauche, des échoppes fermées, des buvettes retranchées sous leur auvent, des étals recouverts de bâches. A droite, un mur aveugle, abritant les jardins d'une mosquée. Une surface de moellon rouge, poreuse, creusée de fissures qui dessinent une géographie mélancolique. En bas, sous les feuillages gris, on devine les eaux du Bosphore qui grondent et roulent comme des timbales dans une fosse d'orchestre.

Sema se sent gagnée par l'élément liquide. Les gouttes clapotent sur sa tête, lui battent les épaules, ruissellent sur son ciré... Ses lèvres prennent une saveur de glaise. Son visage même lui paraît devenir fluide, mouvant, miroitant...

La tourmente redouble sur la berge, comme libérée par l'ouverture du fleuve. La rive semble prête à se détacher et à suivre le détroit jusqu'à la mer. Sema ne peut s'empêcher de vibrer, de sentir, dans ses veines devenues rivières, ces fragments de continent qui oscillent sur leurs bases.

Sema revient sur ses pas puis cherche l'entrée de la mosquée. Elle suit un mur lépreux, percé de grilles rouillées. Au-dessus d'elle, les dômes luisent, les minarets semblent s'élancer entre les gouttes.

A mesure qu'elle avance, de nouveaux souvenirs affluent. On surnomme Kürsat le « Jardinier », parce que sa spécialité est la botanique, tendance pavot. Il cultive ici ses propres espèces sauvages, enfouies dans ces jardins. Chaque soir, il vient à Beylerbeyi pour surveiller ses papavéracées...

Après le portail, elle pénètre dans une cour dallée de marbre, où s'alignent une série d'éviers au ras du sol, destinés aux ablutions avant la prière. Elle traverse le patio, aperçoit un groupe de chats blanc et miel recroquevillés dans les lucarnes. L'un d'eux a un œil crevé, l'autre le museau croûté de sang.

Encore un nouveau seuil et, enfin, les jardins.

Cette vision l'attrape au cœur. Des arbres, des buissons, des broussailles en désordre. Des terres retournées ; des branches aussi noires que des bâtons de réglisse ; des bosquets bombés de petites feuilles, serrés comme des buissons de gui. Tout un monde luxuriant, animé, cajolé par l'averse.

Elle s'avance, grisée par les parfums des fleurs, les odeurs sourdes de la terre. Le martèlement de la pluie se fait ici feutré. Les gouttes rebondissent sur les feuilles en pizzicati mats, des volées d'eau glissent sur les frondaisons en cordes de harpe. Sema pense : « Le corps répond à la musique par la danse. La terre répond à la pluie par ses jardins. »

Ecartant des branches, elle découvre un grand potager, enfoui sous les arbres. Des tuteurs de bambou se dressent ; des bidons tronqués sont remplis d'humus ; des bocaux retournés protègent de jeunes pousses. Sema songe à une serre à ciel ouvert. Mieux : à une crèche végétale. Elle esquisse encore quelques pas et s'arrête : le Jardinier est là.

Un genou au sol, il est penché sur une rangée de pavots, protégés par des enveloppes de plastique transparent. Il est en train de glisser un drain à l'intérieur d'un pistil, là où se trouve la capsule d'alcaloïde. Sema ne reconnaît pas l'espèce qu'il manipule. Sans doute un nouvel hybride, en avance sur la saison de floraison. Du pavot expérimental, en pleine capitale turque...

Comme s'il avait senti sa présence, le chimiste lève les yeux. Sa capuche lui barre le front, révélant à peine ses traits lourds. Un sourire naît sur ses lèvres, plus rapide que l'étonnement de son regard :

– Les yeux. Je t'aurais reconnue aux yeux.

Il a parlé en français. C'était un jeu, jadis, entre eux – une complicité supplémentaire. Elle ne répond pas. Elle imagine ce qu'il voit : une silhouette décharnée, sous une capuche vert thé, des traits émaciés, méconnaissables. Pourtant, Kürsat ne marque aucun étonnement : il sait donc pour le nouveau visage. L'avait-elle prévenue ? Ou bien les Loups s'en sont-ils chargés ? Ami ou ennemi ? Elle n'a que quelques secondes pour se décider. L'homme était son confident, son complice. C'est donc elle qui lui a révélé les détails de sa fuite.

Ses gestes sont empruntés, mal assurés. Il est à peine plus grand que Sema. Il porte une blouse de toile, sous un large tablier de plastique. Kürsat Milihit se relève.

– Pourquoi t'es revenue ?

Elle ne dit rien, laissant l'averse marquer les secondes. Puis, la voix assourdie par le ciré, elle répond en français aussi :

– Je veux savoir qui je suis. J'ai perdu la mémoire.

– Quoi ?

– A Paris, j'ai été arrêtée par la police. J'ai subi un conditionnement mental. Je suis amnésique.

– C'est impossible.

– Tout est possible dans notre monde, tu le sais comme moi.

– Tu... Tu te souviens de rien ?

– Ce que je sais, je l'ai appris par ma propre enquête.

– Mais pourquoi revenir ? Pourquoi ne pas disparaître ?

– Il est trop tard pour disparaître. Les Loups sont à mes trousses. Ils connaissent mon nouveau visage. Je veux négocier.

Il pose avec précaution la fleur coiffée de plastique parmi les demi-jerricans et les sacs de terreau. Il lui lance un regard furtif :

– Tu l'as toujours ?

Sema ne répond pas. Kürsat insiste :

– La drogue, tu l'as toujours ?

– Les questions, c'est moi, réplique-t-elle. Qui était le commanditaire de l'opération ?

– Nous ne connaissons jamais son nom. C'est la règle.

– Il n'y a plus de règle. Ma fuite a tout bouleversé. Ils ont dû venir t'interroger. Des noms ont dû circuler. Qui a ordonné ce convoi ?

Kürsat hésite. La pluie claque sur sa capuche, coule sur son visage.

– Ismaïl Kudseyi.

Le nom frappe sa mémoire – Kudseyi, le maître absolu – mais elle simule encore l'oubli :

– Qui est-ce ?

– J'peux pas croire que tu aies perdu la boule à ce point.

– Qui est-ce ? répète-t-elle.

— Le baba le plus important d'Istanbul. (Il baisse d'un ton, comme au diapason de l'averse.) Il prépare une alliance avec les Ouzbeks et les Russes. Le chargement était un convoi-pilote. Un test. Un symbole. Envolé avec toi.

Elle sourit dans le cristal des gouttes.

— L'atmosphère doit être au beau fixe entre les partenaires.

— La guerre est imminente. Mais Kudseyi s'en fout. Ce qui l'obsède, c'est toi. Te retrouver. C'est pas une question d'argent, c'est une question d'honneur. Il peut pas avoir été trahi par l'un des siens. On est ses Loups, ses créatures.

— Ses créatures ?

— Les instruments de la Cause. On a été formés, endoctrinés, élevés par les Loups. A ta naissance, tu n'étais personne. Une pouilleuse qui élevait des brebis. Comme moi. Comme les autres. Les foyers nous ont tout donné. La foi. Le pouvoir. La connaissance.

Sema devrait aller à l'essentiel, mais elle veut entendre d'autres faits, d'autres détails :

— Pourquoi parlons-nous le français ?

Un sourire s'insinue sur la face ronde de Kürsat. Un sourire de fierté :

— On a été choisis. Dans les années 80, les « reïs », les chefs, ont voulu créer une armée clandestine, avec des officiers, des figures d'élite. Des Loups qui pourraient s'immiscer dans les couches les plus élevées de la société turque.

— C'était un projet de Kudseyi ?

— Un projet initié par lui, mais approuvé par tous. Des émissaires de sa fondation ont visité les foyers d'Anatolie centrale. Ils ont cherché les enfants les plus doués, les plus prometteurs. Leur idée était de leur offrir une scolarité de haut niveau. Un projet patriotique : le savoir et le pouvoir rendus aux vrais Turcs, aux enfants d'Anatolie, pas aux bâtards bourgeois d'Istanbul...

– Et nous avons été sélectionnés ?

Le ton d'orgueil gonfle encore :

– Envoyés au lycée Galatasaray, avec quelques autres, grâce aux bourses de la fondation. Comment peux-tu avoir oublié tout ça ?

Sema ne répond pas. Kürsat poursuit, d'une voix de plus en plus exaltée :

– On avait douze ans. On était déjà des petits « baskans », des chefs dans nos régions. On a d'abord passé une année dans un camp d'entraînement. Quand on est arrivés à Galatasaray, on savait déjà se servir d'un fusil d'assaut. On connaissait par cœur des passages des *Neuf Lumières*. Et on était tout à coup entourés de décadents, qui écoutaient du rock, fumaient du cannabis, imitaient les Européens. Des fils de pute, des communistes... Face à eux, on se serrait les coudes, Sema. Comme un frère et une sœur. Les deux bouseux d'Anatolie, les deux misérables avec leur pauvre bourse... Mais personne ne savait à quel point on était dangereux. On était déjà des Loups. Des combattants. Infiltrés dans un monde qui nous était interdit. Pour mieux lutter contre ces salauds de Rouges ! *Tanri türk'ü korusun* [1] !

Kürsat a brandi le poing, l'index et l'auriculaire levés. Il se donne beaucoup de mal pour avoir l'air

---

1. Que Dieu protège les Turcs !

d'un fanatique mais il ressemble surtout à ce qu'il n'a jamais cessé d'être : un enfant doux, maladroit, conditionné à la violence et à la haine.

Elle le questionne encore, immobile parmi les tuteurs et les feuillages :

– Qu'est-ce qui s'est passé ensuite ?

– Pour moi, la faculté des sciences. Pour toi, l'université de Bogazici où on enseigne les langues. A la fin des années 80, les Loups s'imposaient sur le marché de la drogue. Ils avaient besoin de spécialistes. Nos rôles étaient déjà écrits. La chimie pour moi, le transport pour toi. Il y en avait d'autres. Des Loups infiltrés. Des diplomates, des chefs d'entreprise, des...

– Comme Azer Akarsa.

Kürsat tressaille :

– Tu connais ce nom ?

– C'est l'homme qui m'a prise en chasse, à Paris.

Il s'ébroue sous la pluie, comme un hippopotame.

– Ils ont lâché le pire de tous. S'il te cherche, il te trouvera.

– C'est moi qui le cherche. Où est-il ?

– Comment je le saurais ?

La voix du Jardinier sonne faux. A ce moment, un soupçon revient la tarauder. Elle avait presque oublié ce versant de l'histoire : qui l'a trahie ? Qui a révélé à Akarsa qu'elle se cachait dans le hammam de Gurdilek ? Elle réserve cette question pour plus tard...

Le chimiste reprend, d'une manière trop précipitée :

– Tu l'as toujours ? Où est la drogue ?

– Je te répète que j'ai perdu la mémoire.

– Si tu veux négocier, tu peux pas revenir les mains vides. C'est ta seule chance de...

Elle demande tout à coup :

– Pourquoi j'ai fait ça ? Pourquoi avoir voulu doubler tout le monde ?

– Il y a que toi qui le saches.

– Je t'ai impliqué dans ma fuite. Je t'ai mis en danger. Je t'ai forcément donné mes raisons.

Il esquisse un geste vague :

– T'as jamais accepté notre destin. Tu disais qu'on avait été enrôlés de force. Qu'on nous avait pas donné le choix. Mais quel choix ? Sans eux, on serait toujours des bergers. Des culs-terreux du fin fond de l'Anatolie.

– Si je suis une trafiquante, j'ai de l'argent. Pourquoi n'avoir pas disparu, tout simplement ? Pourquoi avoir volé l'héroïne ?

Kürsat ricane :

– Il te fallait plus. Foutre le bordel. Dresser les clans les uns contre les autres. Avec cette mission, tu tenais ta vengeance. Quand les Ouzbeks et les Russes seront ici, ce sera l'hécatombe.

La pluie décroît, la nuit tombe. Kürsat se résorbe lentement dans les ténèbres, comme s'il s'éteignait. Au-dessus d'eux, les dômes de la mosquée semblent fluorescents.

L'idée de la trahison revient en force, elle doit aller maintenant jusqu'au bout, achever sa sale besogne.

– Et toi, demande-t-elle d'une voix glacée, comment se fait-il que tu sois encore vivant ? Ils ne sont pas venus t'interroger ?

– Si, bien sûr.

– Tu n'as rien dit ?

Le chimiste semble parcouru d'un frisson.

– J'avais rien à dire. Je savais rien. J'ai juste transformé l'héroïne à Paris et je suis rentré au pays. T'as plus donné aucune nouvelle. Personne savait où t'étais. Et surtout pas moi.

Sa voix tremble. Sema est soudain prise de pitié. *Kürsat, mon Kürsat, comment as-tu pu survivre aussi longtemps ?* Le gros homme ajoute d'un trait :

– Y m'ont fait confiance, Sema. J'te jure. J'avais fait ma part de boulot. J'avais plus de nouvelles de toi. A partir du moment où t'étais planquée chez Gurdilek, j'ai pensé...

– Qui a parlé de Gurdilek ? J'ai parlé de Gurdilek ?

Elle vient de comprendre : Kürsat savait tout, mais il n'a révélé qu'une partie de la vérité à Akarsa. Il s'en est sorti en livrant son adresse parisienne mais il a passé sous silence son nouveau visage. Voilà comment son « frère de sang » a négocié avec sa propre conscience.

Le chimiste demeure une seconde bouche ouverte, comme entraîné par le poids de son menton. L'instant d'après, il plonge sa main sous une toile plastique. Sema pointe son Glock sous son poncho et tire. Le Jardinier se fracasse parmi les pousses et les bocaux.

Sema s'agenouille : c'est son deuxième meurtre après celui de Schiffer. Mais d'après la sûreté de son geste, elle comprend qu'elle a déjà tué. Et de cette façon, à l'arme de poing, à bout portant. Quand ? Combien de fois ? Aucun souvenir. Sur ce point, sa mémoire joue les chambres stériles.

Elle observe un instant Kürsat, immobile parmi les pavots. La mort apaise déjà sa figure ; l'innocence remonte lentement à la surface de ses traits, enfin libérée.

Elle fouille le cadavre. Sous la blouse, elle débusque un téléphone portable. Un des numéros en mémoire porte la mention « Azer ».

Elle fourre l'appareil dans sa poche puis se relève. La pluie s'est arrêtée. L'obscurité a pris possession des lieux. Les jardins respirent enfin. Elle lève les yeux vers la mosquée : les dômes trempés ont l'air en céramique verte, les minarets prêts à décoller vers les étoiles.

Sema demeure encore quelques secondes auprès du corps. Inexplicablement, quelque chose de net, de précis, se détache d'elle-même.

Elle sait maintenant pourquoi elle a agi. Pourquoi elle a fui avec la drogue.

Pour la liberté, bien sûr.

Mais aussi pour se venger d'un fait très précis.

Avant d'agir plus avant, il lui faut vérifier cela.

Il lui faut trouver un hôpital. Et un gynécologue.

71

Toute la nuit à écrire.

Une lettre de douze pages, adressée à Mathilde Wilcrau, rue Le Goff, Paris, 5e arrondissement. Elle y
explique son histoire en détail. Ses origines. Sa formation. Son métier. Et le dernier convoi.

Elle livre aussi les noms. Kürsat Milihit. Azer
Akarsa. Ismaïl Kudseyi. Elle place chaque patronyme,
chaque pion sur l'échiquier. Décrivant avec minutie
leur rôle et leur position. Reconstituant chaque fragment de la fresque...

Sema lui *doit* ces explications.

Elle les lui a promises dans la crypte du Père-
Lachaise, mais surtout, elle souhaite rendre intelligible
cette histoire dans laquelle la psychiatre a risqué sa vie
sans contrepartie.

Lorsqu'elle écrit « Mathilde » sur le papier clair de
l'hôtel, lorsqu'elle serre son stylo sur ce prénom, Sema
se dit qu'elle n'a peut-être jamais tenu quelque chose
d'aussi solide que ces quelques syllabes.

Elle allume une cigarette et prend le temps de se
souvenir. Mathilde Wilcrau. Une grande et forte femme
éclaboussée de cheveux noirs. La première fois qu'elle
a contemplé son sourire trop rouge, une image lui est

venue à l'esprit : ces tiges de coquelicots qu'elle brûlait pour préserver leur couleur.

La comparaison revêt tout son sens aujourd'hui, alors qu'elle a retrouvé la mémoire de ses origines. Les paysages de sable n'appartenaient pas aux landes françaises, comme elle le croyait, mais aux déserts d'Anatolie. Les coquelicots étaient des pavots sauvages – l'ombre de l'opium, déjà... Sema éprouvait un frémissement, une excitation mêlée de crainte en brûlant les tiges. Elle sentait un lien secret, inexplicable, entre la flamme noire et l'éclosion colorée des pétales.

Le même mystère scintille chez Mathilde Wilcrau.

Une région brûlée en elle renforce le rouge absolu de son sourire.

Sema achève sa lettre. Elle hésite un instant : doit-elle écrire ce qu'elle a appris à l'hôpital quelques heures plus tôt ? Non. Cela ne regarde qu'elle-même. Elle signe et glisse la feuille dans l'enveloppe.

4 heures s'affichent sur le radio-réveil de la chambre.

Elle réfléchit une dernière fois à son plan. « Tu peux pas revenir les mains vides... », a dit Kürsat. Ni les éditions du *Monde* ni les journaux télévisés n'ont mentionné la drogue éparpillée dans la crypte. Il existe donc une forte probabilité pour que Azer Akarsa et Ismaïl Kudseyi ignorent que l'héroïne est perdue. Sema possède, virtuellement, un objet de négociation...

Elle dépose l'enveloppe devant la porte puis gagne la salle de bains.

Elle laisse couler un filet d'eau dans le lavabo et attrape le paquet cartonné, acheté tout à l'heure dans une droguerie de Beylerbeyi.

Elle verse le pigment dans l'évier et contemple les méandres rougeâtres qui s'étiolent, se figent dans l'eau en boue brune.

Durant quelques instants, elle s'observe dans le miroir. Visage fracassé, os broyés et peau couturée : sous la beauté apparente, un mensonge de plus...

Elle sourit à son reflet et murmure :

– Il n'y a plus le choix.

Puis plonge avec précaution son index droit dans le henné.

72

Cinq heures.

La gare d'Haydarpasa.

Un point de départ et d'arrivée à la fois ferroviaire et maritime. Tout est exactement comme dans son souvenir. Le bâtiment central, un U cerné par deux tours massives, ouvert sur le détroit comme une accolade, une invite face à la mer. Puis, tout autour, les digues. Dessinant des axes de pierre, creusant entre elles un labyrinthe d'eau. Sur la deuxième, au bout de la jetée, un phare se dresse. Une tour isolée, comme posée sur les canaux.

A cette heure, tout est sombre, froid, éteint. Seule une lumière palpite faiblement dans la gare, à travers ses vitres embuées une lueur rousse, hésitante.

Le kiosque de « l'iskele » – l'embarcadère – brille lui aussi, se réfléchissant dans l'eau en une tache bleu mordoré, plus faible encore, presque violette.

Epaules hautes, col relevé, Sema longe l'édifice puis remonte la berge. Ce spectacle sinistre lui convient : elle comptait sur ce désert inerte, silencieux, engourdi de givre. Elle se dirige vers l'embarcadère des bateaux de plaisance. Les câbles et les voiles la suivent de près, dans un cliquetis incessant.

Sema scrute chaque barque, chaque esquif. Enfin, elle repère une embarcation dont le propriétaire dort, en chien de fusil, enfoui sous une bâche. Elle le réveille et négocie aussitôt. Hagard, l'homme accepte la somme proposée : une fortune. Elle lui assure qu'elle ne s'éloignera pas au-delà de la seconde digue, qu'il ne quittera jamais son bateau des yeux. Le marin accepte, démarre le moteur sans un mot puis met pied à terre.

Sema prend la barre. Elle manœuvre parmi les autres embarcations et quitte le quai. Elle suit la première digue, contourne l'extrémité du remblai puis longe le second quai, jusqu'au phare. Autour d'elle, pas un bruit. Seul, très loin, le pont éclairé d'un cargo se découpe dans les ténèbres. Sous la lumière des projecteurs, perlées d'embruns, des ombres s'agitent. Un bref instant, elle se sent complice, solidaire de ces fantômes dorés.

Elle accoste les rochers. Amarre son embarcation et rejoint le phare. Sans difficulté, elle force la porte. L'intérieur est étroit, glacé, hostile à toute présence humaine. Le phare est automatisé et paraît n'avoir besoin de personne. Au sommet de la tour, l'énorme projecteur tourne sur son pivot avec lenteur, en longs gémissements.

Sema allume sa torche électrique. Le mur circulaire, tout proche, est sale, humide. Le sol creusé de flaques. Un escalier de fer, en colimaçon, occupe tout l'espace. Sema perçoit le bruissement des flots sous ses pieds. Elle songe à quelque point d'interrogation en pierre, aux confins du monde. Un lieu de solitude radicale. L'endroit idéal.

Elle attrape le téléphone de Kürsat et compose le numéro d'Azer Akarsa.

La sonnerie retentit. On décroche. Silence. Après tout, il est à peine 5 heures...

Elle dit en turc :

— C'est Sema.

Le silence persiste. Puis la voix d'Azer Akarsa retentit, toute proche :

— Où es-tu ?

— Istanbul.

— Qu'est-ce que tu proposes ?

— Un rendez-vous. Seul à seule. En territoire neutre.

— Où ?

— La gare d'Haydarpasa. Sur la deuxième digue, il y a un phare.

— Quelle heure ?

— Maintenant. Tu viens seul. En barque.

Sourire dans la voix :

— Pour me faire tirer comme un lapin ?

— Ça ne résoudrait pas mes problèmes.

— Je ne vois pas ce qui résoudrait tes problèmes.

— Tu sauras si tu viens.

— Où est Kürsat ?

Le numéro doit s'afficher sur l'écran de son téléphone. A quoi bon mentir ?

— Il est mort. Je t'attends. Haydarpasa. Seul. Et à la rame.

Elle coupe et regarde au-dehors, à travers la fenêtre grillagée. La gare maritime s'anime. Un trafic lent, poissé d'aube, se met en branle. Un navire glisse sur des rails et s'arrache aux flots jusqu'à pénétrer sous les arches des entrepôts éclairés.

Son poste d'observation est parfait. D'ici, elle peut surveiller à la fois la gare et ses embarcadères, le quai et la première digue : impossible de s'approcher à couvert.

Elle s'assoit sur les marches en grelottant.

Cigarette.

Ses pensées dérivent ; un souvenir surgit, sans rime ni raison. La chaleur du plâtre sur sa peau. Les mailles de gaze collées sur ses chairs meurtries. Les démangeaisons insupportables sous les pansements. Elle se souvient de sa convalescence, entre veille et sommeil, abrutie de sédatifs. Et surtout de son effroi devant son nouveau visage, gonflé à crever, bleu d'hématomes, couvert de croûtes séchées...

Ils paieront aussi pour ça.

5 h 15.

Le froid devient une morsure, presque une brûlure. Sema se lève, bat des pieds, des bras, luttant contre l'engourdissement. Ses souvenirs d'opération la ramènent directement à sa dernière découverte, quelques heures auparavant, à l'hôpital central d'Istanbul. En fait, cela n'a été qu'une confirmation. Elle se rappelle maintenant avec précision ce jour de mars 1999, à Londres. Un banal problème de colite, qui l'avait obligée à effectuer une radiographie. Et à accepter la vérité.

Comment ont-ils pu lui infliger cela ?

La mutiler à jamais ?

Voilà pourquoi elle a fui.

Voilà pourquoi elle les tuera tous.

5 h 30.

Le froid lui cloue les os. Son sang afflue vers ses organes vitaux, abandonnant peu à peu les extrémités aux engelures et à la mort glacée. Dans quelques minutes, elle sera paralysée.

D'un pas mécanique, elle marche jusqu'à la porte. Elle sort du phare, percluse, et s'efforce de dégourdir ses jambes sur la digue. La seule source de chaleur ne peut être que son propre sang, il faut le faire circuler, le répartir à nouveau dans son corps...

Des voix retentissent, dans le lointain. Sema lève les yeux. Des pêcheurs accostent la première digue. Elle n'avait pas prévu cela. Pas si tôt, du moins.

Dans l'obscurité, elle discerne leurs lignes qui fouettent déjà la surface de l'eau.

Sont-ils vraiment des pêcheurs ?

Elle regarde sa montre : 5 h 45.

Dans quelques minutes, elle partira. Elle ne peut attendre plus longtemps Azer Akarsa. D'instinct, elle sait que, où qu'il soit à Istanbul, une demi-heure lui suffit pour rejoindre la gare. S'il a besoin de plus de temps, c'est qu'il s'est organisé, qu'il a préparé un piège.

Un clapotis. Dans les ténèbres, le sillage d'une barque s'ouvre sur l'eau. La chaloupe dépasse la première digue. Une silhouette s'arc-boute sur ses rames. Mouvements lents, amples, assidus. Un rai de lune flatte les épaules de velours.

Enfin, sa barque touche les rochers.

Il se lève, s'empare de l'amarre. Les gestes, les bruits sont si ordinaires qu'ils en deviennent presque irréels. Sema ne peut se convaincre que l'homme qui ne vit que pour sa mort se tient à deux mètres d'elle. Malgré le manque de lumière, elle distingue sa veste en velours, olivâtre et élimée, sa grosse écharpe, sa tignasse hirsute... Lorsqu'il se penche pour lui lancer la corde, elle aperçoit même, une fraction de seconde, l'éclat mauve de ses pupilles.

Elle attrape l'amarre et la noue à son propre cordage. Azer s'apprête à mettre pied à terre mais Sema l'arrête, brandissant son Glock.

– Les bâches, souffle-t-elle.

Il jette un regard aux vieilles toiles qui s'entassent dans la barque.

– Soulève-les.

Il s'exécute : le fond du bateau est vide.

– Approche. Très lentement.

Elle recule, afin de le laisser monter sur la digue. D'un geste, elle l'exhorte à lever les bras. De la main gauche, elle le fouille : pas d'arme.

– Je joue le jeu dans les règles, marmonne-t-il.

Elle le pousse vers l'embrasure de la porte, puis lui emboîte le pas. A peine est-elle entrée qu'il est déjà assis sur les marches de fer.

Un sachet transparent s'est matérialisé entre ses mains :

– Un chocolat ?

Sema ne répond pas. Il attrape une friandise et la porte à sa bouche.

– Diabète, prononce-t-il sur un ton d'excuse. Mon traitement à l'insuline provoque des baisses de sucre dans mon sang. Impossible de trouver le bon dosage. Plusieurs fois par semaine, j'ai de violentes crises d'hypoglycémie. Qui s'aggravent en cas d'émotion. J'ai alors besoin de sucre rapide.

Le papier cristal brille entre ses doigts. Sema songe

à la Maison du Chocolat, à Paris, à Clothilde. Un autre monde.

– A Istanbul, j'achète des pâtes d'amandes enrobées de cacao. La spécialité d'un confiseur, à Beyoglu. A Paris, j'ai trouvé les Jikola...

Il pose le sachet avec délicatesse sur la structure de ferraille. Feinte ou réelle, sa décontraction est impressionnante. Le phare s'emplit lentement de plomb bleu. Le jour est en train de se lever, alors que le pivot, dans les hauteurs de la tour, ne cesse de gémir.

– Sans ces chocolats, ajoute-t-il, je ne t'aurais jamais retrouvée.

– Tu ne m'as pas retrouvée.

Sourire. Il glisse à nouveau sa main sous sa veste. Sema braque son arme. Azer ralentit son geste puis sort une photographie en noir et blanc. Un simple instantané : un groupe sur un campus.

– L'université de Bogazici, avril 1993, commente-t-il. La seule photo qui existe de toi. De ton ancien visage, je veux dire...

Tout à coup, entre ses doigts apparaît un briquet. La flamme écorche l'obscurité, puis mord lentement le papier glacé, dégageant une forte odeur chimique.

– Rares sont ceux qui peuvent se vanter de t'avoir rencontrée après cette période, Sema. Sans compter que tu ne cessais de changer de nom, d'apparence, de pays...

Il tient toujours le cliché crépitant entre ses doigts. Des flammes d'un rose étincelant ruissellent sur ses traits. Elle croit voir passer une de ses hallucinations. Peut-être le début d'une crise... Mais non : le visage du tueur boit simplement le feu.

– Un mystère complet, reprend-il. D'une certaine façon, c'est ce qui a coûté la vie aux trois autres femmes. (Il contemple la flambée entre ses doigts.) Elles se sont tordues sous la douleur. Longtemps. Très longtemps...

Il lâche enfin le tirage, qui tombe dans une flaque d'eau :

– J'aurais dû penser à l'intervention chirurgicale. C'était dans ta logique. L'ultime métamorphose...

Il fixe la flaque noire, encore fumante :

– Nous sommes les meilleurs, Sema. Chacun dans notre domaine. Qu'est-ce que tu proposes ?

Elle devine que l'homme ne la considère pas comme une ennemie, mais comme une rivale. Mieux : comme un double. Cette chasse était beaucoup plus qu'un simple contrat. Un défi intime. Une traversée du miroir... Sur une impulsion, elle le provoque :

– Nous ne sommes que des instruments, des jouets entre les mains des babas.

Azer fronce les sourcils. Son visage se contracte.

– C'est le contraire, souffle-t-il. Je les utilise pour servir notre Cause. Leur argent ne...

– Nous sommes leurs esclaves.

Une nuance d'irritation perce dans sa voix :

– Qu'est-ce que tu cherches ? (Il hurle d'un coup, balançant les chocolats à terre.) Qu'est-ce que tu proposes ?

– A toi, rien. Je ne parlerai qu'à Dieu en personne.

DOUZE

73

Ismaïl Kudseyi se tenait, sous la pluie, dans le parc de sa propriété de Yeniköy.

Au bord de la terrasse, debout parmi les roseaux, il gardait les yeux fixés sur le fleuve.

La rive asiatique se détachait, très loin, à la manière d'un mince ruban que l'averse effrangeait. Elle était située à plus de mille mètres et aucun bateau n'était en vue. Le vieil homme se sentait en sécurité, hors d'atteinte d'un tireur isolé.

Après l'appel d'Azer, il avait éprouvé le désir de venir ici. De plonger sa main dans ces replis d'argent, d'enduire ses doigts d'écume verte. Un besoin impérieux, presque physique.

Appuyé sur sa canne, il suivit le parapet et descendit avec précaution les marches qui plongeaient droit dans les eaux. L'odeur marine l'assaillit, les embruns le trempèrent d'un coup. Le fleuve était en pleine révolution mais, quelle que fût l'agitation du Bosphore, il ménageait toujours au bas des pierres des caches secrètes, des ciselures d'herbes où des vaguelettes venaient s'enrouler d'arcs-en-ciel.

Aujourd'hui encore, à soixante-quatorze ans, Kudseyi revenait là, lorsqu'il avait besoin de réfléchir.

C'était le lit de ses origines. Il y avait appris à nager. Il y avait pêché ses premiers poissons. Perdu ses premiers ballons, chiffons noués qui déroulaient leurs bandelettes au contact de l'eau comme les pansements d'une enfance jamais refermée...

Le vieillard consulta sa montre : 9 heures. Que faisaient-ils ?

Il remonta l'escalier et contempla son royaume : les jardins de sa propriété. Le long mur de clôture, rouge cramoisi, qui isolait totalement le parc du trafic extérieur, les forêts de bambous penchés comme des plumes, douceur qui s'ébouriffait au moindre souffle, les lions de pierre, aux ailes repliées, qui s'alanguissaient sur les marches du palais, les bassins circulaires, sillonnés de cygnes...

Il allait se mettre à l'abri quand il perçut le bourdonnement d'un moteur. A travers l'averse, c'était plus une vibration sous sa peau qu'un véritable bruit. Il tourna la tête et aperçut le bateau qui montait à l'assaut de chaque vague, puis s'abaissait en une secousse, creusant derrière lui deux ailes d'écume.

Azer pilotait, serré dans sa veste boutonnée jusqu'au col. A ses côtés, Sema paraissait minuscule, enfouie dans les plis virevoltants de son ciré. Il savait qu'elle avait changé de visage. Mais, même à cette distance, il reconnaissait son maintien. Ce petit air bravache qu'il avait remarqué, vingt ans plus tôt, parmi des centaines d'autres enfants.

Azer et Sema.

Le tueur et la voleuse.

Ses seuls enfants.

Ses seuls ennemis.

74

Lorsqu'il se mit en marche, les jardins s'animèrent.

Un premier garde du corps se détacha d'un bosquet. Un deuxième apparut derrière un tilleul. Deux autres se matérialisèrent sur le chemin de gravier. Tous équipés de MP-7, une arme de défense rapprochée chargée de cartouches subsoniques capables de percer des protections de titane ou de Kevlar, à cinquante mètres. C'était du moins ce que lui avait assuré son armurier. Mais tout cela avait-il le moindre sens ? A son âge, les ennemis qu'il redoutait ne voyageaient pas à la vitesse du son et ne perçaient pas le polycarbone : ils étaient à l'intérieur de lui-même, se livrant à un patient travail de destruction.

Il suivit l'allée. Les hommes l'encadrèrent aussitôt, formant un quinconce humain. Il évoluait désormais ainsi. Son existence était un joyau préservé, mais le joyau n'avait plus aucun éclat. Il déambulait à la manière d'un emmuré vivant, ne dépassant jamais l'enceinte des jardins, entouré exclusivement d'hommes.

Il se dirigea vers le palais – un des derniers yalis de Yeniköy. Une demeure d'été, construite en bois, à fleur d'eau, sur des pilotis goudronnés. Un palais tout en hauteur, rehaussé de tourelles, qui possédait un hiératisme de citadelle, mais aussi une nonchalance, une simplicité de cabane de pêcheur.

Les bardeaux du toit, retroussés par l'usure, diffusaient des reflets vifs, aussi vibrants que ceux d'un miroir. Les façades, au contraire, absorbaient la lumière, renvoyant des éclats ternes, mais d'une infinie douceur. Il régnait autour de cet édifice une atmosphère de transit, de ponton, d'embarcadère ; l'air marin, le bois usé, les clapotis évoquaient pour le vieil homme un lieu de départ, de villégiature.

Pourtant, lorsqu'il s'approchait et discernait les détails orientaux de la façade, les treillis des terrasses, les soleils des balcons, les étoiles et croissants des fenêtres, il comprenait que ce palais sophistiqué était tout le contraire : bâtiment ouvragé, bien ancré, définitif. Le tombeau qu'il s'était choisi. Une sépulture de bois à la rumeur de coquillage où l'on pouvait regarder venir la mort, en écoutant le fleuve...

Dans le vestibule, Ismaïl Kudseyi ôta son ciré et ses bottes. Puis il enfila des chaussons de feutre, une veste de soie indienne, et prit le temps de se contempler dans un miroir.

Son visage était son seul sujet d'orgueil.

Le temps avait produit ses inévitables ravages mais l'ossature, sous la peau, avait tenu bon. Elle était même montée au créneau, tendant la chair, aiguisant les traits. Plus que jamais, il conservait un profil de cerf, avec ces mâchoires accusées, et cette perpétuelle moue dédaigneuse au bout des lèvres.

Il sortit un peigne de sa poche et se coiffa. Il lissa lentement ses mèches grises, mais s'arrêta soudain, comprenant la signification de ce geste : il soignait son allure – pour Eux. Parce qu'il redoutait de les rencontrer. Parce qu'il avait peur d'affronter le sens profond de toutes ces années...

Après le coup d'État de 1980, il avait dû partir en exil en Allemagne. Lorsqu'il était revenu, en 1983, la situation s'était apaisée en Turquie mais la plupart de ses frères d'armes, les autres Loups Gris, étaient emprisonnés. Isolé, Ismaïl Kudseyi avait refusé d'abandonner la Cause. Au contraire, il avait décidé de rouvrir, dans le plus grand secret, les camps d'entraînement et de fonder sa propre armée. Il allait donner naissance à de nouveaux Loups Gris. Mieux : il allait former des Loups supérieurs, qui serviraient à la fois ses idéaux politiques et ses intérêts criminels.

Il était parti sur les routes d'Anatolie pour choisir, personnellement, les pupilles de sa fondation. Il avait organisé les camps, observé les adolescents à l'entraînement, constitué des fiches pour sélectionner parmi eux un groupe d'élite. Très vite, il s'était pris au jeu. Alors même qu'il était en train de s'imposer sur le marché de l'opium, exploitant la place laissée libre par l'Iran en pleine révolution, le « baba » se passionnait avant tout pour la formation de ces enfants.

Il sentait naître en lui une complicité viscérale avec ces petits paysans qui lui rappelaient le gamin des rues qu'il avait été jadis. Il préférait leur compagnie à celle de ses propres enfants – ceux qu'il avait eus sur le tard, avec la fille d'un ancien ministre, et qui suivaient maintenant des études à Oxford et à l'université libre de Berlin –, des héritiers favorisés devenus pour lui des étrangers.

De retour de ses voyages, il s'isolait dans son yali et étudiait chaque dossier, chaque profil. Il traquait les talents, les dons, mais aussi une certaine volonté de s'élever, de s'arracher à la pierre... Il cherchait les profils les plus prometteurs – ceux qu'il soutiendrait grâce à des bourses, puis intégrerait dans son propre clan.

Sa quête devint peu à peu une maladie – une monomanie. L'alibi de la cause nationaliste ne suffisait plus à masquer ses propres ambitions. Ce qui l'exaltait, c'était de façonner à distance des êtres humains. De manipuler, tel un démiurge invisible, des destins...

Bientôt, deux noms l'intéressèrent en particulier.

Un garçon et une fille.

Deux promesses à l'état pur.

Azer Akarsa, originaire d'un village situé près du site antique de Nemrut Dağ, démontrait des dons singuliers. A seize ans, il était à la fois un combattant acharné et un brillant étudiant. Mais surtout, il manifestait une vraie passion pour l'ancienne Turquie et les convictions nationalistes. Il s'était inscrit au foyer clandestin d'Adiyaman et porté volontaire pour une formation commando. Il projetait déjà de s'enrôler dans l'armée, afin de se battre sur le front kurde.

Pourtant, Azer souffrait d'un handicap : il était diabétique. Kudseyi avait décidé que ce point faible ne l'empêcherait pas d'accomplir son destin de Loup. Il s'était promis de lui offrir toujours les meilleurs soins.

L'autre dossier concernait Sema Hunsen, quatorze ans. Née dans les caillasses de Gaziantep, elle avait réussi à intégrer un collège et à obtenir une bourse d'Etat. En apparence, c'était une jeune Turque intelligente, souhaitant rompre avec ses origines. Mais elle ne voulait pas seulement changer son destin, elle voulait aussi changer son pays. Au foyer des Idéalistes de Gaziantep, Sema était la seule femme de l'unité. Elle avait postulé pour un stage dans le camp de Kayseri, afin de suivre un autre gamin de son village, Kürsat Milihit.

D'emblée, il avait été attiré par cette adolescente. Il aimait cette volonté farouche, ce désir de dépasser sa condition. Physiquement, c'était une jeune fille rousse, plutôt boulotte, à l'allure paysanne. Rien en elle ne laissait deviner ses dons, ni sa passion politique. Hormis son regard, qu'elle vous lançait à la figure comme une pierre.

Ismaïl Kudseyi le savait : Azer et Sema seraient bien plus que de simples boursiers – des soldats anonymes de la cause d'extrême droite ou de son réseau criminel. Ils seraient, l'un et l'autre, ses protégés. Ses enfants adoptifs. Mais eux n'en sauraient rien. Il les aiderait à distance, dans l'ombre.

Les années avaient passé. Les deux élus avaient tenu leurs promesses. Azer, à vingt-deux ans, avait obtenu une maîtrise de physique et de chimie à l'université d'Istanbul puis, deux années plus tard, un diplôme de commerce international à Munich. Sema, dix-sept ans, avait quitté le lycée Galatasaray avec les honneurs et intégré la faculté anglaise d'Istanbul – elle maîtrisait alors quatre langues : le turc, le français, l'anglais et l'allemand.

Les deux étudiants étaient restés des militants politiques, des « baskans » qui auraient pu commander des foyers de quartier, mais Kudseyi ne souhaitait pas bousculer les choses. Il avait des projets plus ambitieux pour ses créatures. Des projets qui concernaient directement son narco-empire...

Il voulait aussi élucider certaines zones d'ombre. Le comportement d'Azer trahissait des failles dangereuses. En 1986, alors qu'il était encore au lycée français, il avait défiguré un autre élève au cours d'une bagarre. Les blessures étaient graves et révélaient, non pas la colère, mais une détermination, un calme effrayants. Kudseyi avait dû user de toute son influence pour que le lycéen ne soit pas arrêté.

Deux ans plus tard, à la faculté des sciences, Azer avait été surpris à dépecer des souris vivantes. Des étudiantes s'étaient plaintes aussi des obscénités qu'il leur adressait. Elles avaient retrouvé ensuite, dans leurs vestiaires de la piscine, des cadavres éviscérés de chats, roulés parmi leurs sous-vêtements.

Kudseyi était intrigué par les pulsions criminelles d'Azer qu'il imaginait déjà pouvoir utiliser. Mais il ignorait encore leur véritable nature. Un hasard médical l'éclaircit complètement. Étudiant à Munich, Azer Akarsa avait été hospitalisé pour une crise de diabète. Les médecins allemands avaient préconisé un traitement original : des séances dans un caisson à haute pression pour mieux distiller l'oxygène dans son organisme.

Lors de ces séances, Azer avait éprouvé le vertige des profondeurs et s'était mis à délirer – il avait hurlé son désir de tuer des femmes, « toutes les femmes ! », de les torturer, de les défigurer, jusqu'à reproduire les masques antiques qui lui parlaient dans son sommeil.

Une fois dans sa chambre, et malgré les sédatifs qu'on lui avait administrés, il avait poursuivi son délire, creusant dans le mur, près de son lit, des esquisses de visages. Des traits mutilés, au nez coupé, aux os écrasés, autour desquels il avait collé ses propres cheveux avec son sperme – des ruines mortes, rongées par les siècles, mais à la chevelure bien vivante...

Les médecins allemands avaient alerté la fondation, en Turquie, qui réglait les frais médicaux de l'étudiant. Kudseyi en personne s'était déplacé. Les psychiatres lui avaient expliqué la situation et suggéré un internement immédiat. Kudseyi avait acquiescé, mais il avait renvoyé Azer en Turquie la semaine suivante. Il était convaincu de pouvoir maîtriser, et même exploiter, la folie meurtrière de son protégé.

Sema Hunsen présentait des troubles d'un autre ordre. Solitaire, secrète, obstinée, elle ne cessait d'échapper au cadre organisé par la fondation. Elle avait fugué à plusieurs reprises de l'internat de Galatasaray. Une fois, on l'avait arrêtée à la frontière bulgare. Une autre fois, à l'aéroport Atatürk d'Istanbul. Son indépendance, sa volonté de liberté étaient devenues pathologiques, caractérisées par l'agressivité et l'obsession de la fuite. Là encore, Kudseyi y avait vu un atout. Il en ferait une nomade, une voyageuse, une trafiquante d'élite.

Au milieu des années 90, Azer Akarsa, brillant homme d'affaires, était aussi devenu un Loup, au sens occulte du terme. Par l'intermédiaire de ses lieutenants, Kudseyi lui avait confié plusieurs missions d'intimidation ou d'escorte dont il s'était brillamment acquitté. Il franchirait la ligne sacrée – celle du meurtre – sans le moindre état d'âme. Akarsa aimait le sang. Trop, en réalité.

Il y avait un autre problème. Akarsa avait fondé son propre groupe politique. Des dissidents dont les opinions dépassaient en violence et en excès toutes les convictions du parti officiel. Azer et ses complices affichaient leur mépris à l'égard des vieux Loups Gris qui s'étaient acheté une conduite, et plus encore à l'égard des nationalistes mafieux comme Kudseyi. Le vieil homme sentait poindre en lui l'amertume : son enfant devenait un monstre, de moins en moins contrôlable...

Pour se consoler, il se tournait vers Sema Hunsen. « Tourner » n'était pas le terme approprié : il ne l'avait jamais vue, et depuis qu'elle avait quitté la faculté, elle avait pour ainsi dire disparu. Elle avait accepté des missions de transport – se sachant en dette envers l'organisation –, mais avait imposé en échange des distances radicales avec ses commanditaires.

Kudseyi n'aimait pas cela. Pourtant, chaque fois, la drogue était parvenue à bon port. Combien de temps le contrat réciproque fonctionnerait-il ? Quoi qu'il en soit, cette personnalité mystérieuse le fascinait plus que jamais. Il suivait son sillage, il se délectait de ses prouesses...

Bientôt, Sema devint une légende parmi les Loups Gris. Elle se diluait, littéralement, dans un labyrinthe de frontières et de langues. Des rumeurs circulèrent à son sujet. Certains prétendaient l'avoir aperçue à la frontière de l'Afghanistan, mais elle portait le voile. D'autres assuraient lui avoir parlé dans un laboratoire clandestin, à la frontière syrienne, mais elle avait conservé un masque chirurgical. D'autres encore juraient avoir traité avec elle sur les côtes de la mer Noire, mais au fond d'une boîte de nuit déchirée par la lumière des stroboscopes.

Kudseyi savait qu'ils mentaient tous : personne n'avait jamais vu Sema. Du moins pas la Sema d'origine. Elle était devenue une créature abstraite, changeant d'identité, d'itinéraires, de styles et de techniques, selon l'objectif. Un être mouvant, qui ne possédait qu'une seule matérialité : la drogue qu'elle convoyait.

Sema l'ignorait, mais en réalité elle n'était jamais seule. Le vieillard était toujours à ses côtés. Pas une fois, elle n'avait convoyé un stock qui n'appartînt au baba. Pas une fois, elle n'avait effectué un transport sans que ses hommes la surveillent à distance. Ismaïl Kudseyi était à *l'intérieur d'elle-même*.

A son insu, il l'avait fait stériliser lors d'une hospitalisation, en 1987, pour une crise d'appendicite aiguë. Ligature des trompes : une mutilation irréversible, mais qui ne perturbe pas le cycle hormonal. Les médecins avaient travaillé à l'aide d'instruments optiques, glissés dans l'abdomen par de minuscules incisions. Pas de traces, pas de cicatrices...

Kudseyi n'avait pas eu le choix. Ses combattants étaient uniques. Ils ne devaient pas se reproduire. Seul Kudseyi pouvait créer, développer – ou tuer ses soldats. Malgré cette conviction, il nourrissait toujours des craintes au sujet de cette mutilation, presque une frayeur sacrée – comme s'il avait violé là un tabou, touché un territoire interdit. Souvent, dans ses rêves, il voyait des mains blanches tenir des viscères. Confusément, il sentait que la catastrophe proviendrait de ce secret organique...

Aujourd'hui, Kudseyi avait admis son échec face à ses deux enfants. Azer Akarsa était devenu un tueur psychopathe, à la tête d'une cellule d'action autonome – des terroristes qui se grimaient, se prenaient pour des Türks anciens, projetaient des attentats contre l'Etat turc et les Loups Gris qui avaient trahi la Cause. Kudseyi lui-même était peut-être sur la liste. Quant à Sema, elle était plus que jamais une messagère invisible, à la fois paranoïaque et schizophrène, qui n'attendait qu'une occasion pour s'enfuir à jamais.

Il n'avait su créer que deux monstres.

Deux loups enragés prêts à lui sauter à la gorge.

Pourtant, il avait continué à leur confier des missions importantes, espérant qu'ils ne trahiraient pas un clan qui leur accordait tant de crédit. Il espérait surtout que le destin n'oserait pas lui infliger un tel affront, une telle négation, à lui qui avait tant misé dans cette œuvre.

Voilà pourquoi, au printemps précédent, lorsqu'il avait fallu organiser le convoi qui déciderait d'une alliance historique dans le Croissant d'Or, il n'avait prononcé qu'un seul nom : Sema.

Voilà pourquoi, lorsque l'inévitable s'était produit et que la renégate avait disparu avec la drogue, il n'avait désigné qu'un seul tueur : Azer.

S'il ne s'était jamais résolu à les éliminer, il les avait lancés l'un contre l'autre en priant pour qu'ils s'anéantissent. Mais rien n'avait fonctionné comme prévu. Sema demeurait introuvable. Azer n'avait réussi qu'à provoquer une suite de massacres à Paris. Un mandat d'arrêt international courait contre lui, et le cartel criminel de Kudseyi avait déjà prononcé sa sentence de mort – Azer était devenu trop dangereux.

Et soudain, un fait nouveau avait tout bouleversé.

Sema était réapparue.

Et sollicitait une rencontre.

C'était encore elle qui menait le jeu...

Il contempla une dernière fois son reflet dans le miroir et découvrit tout à coup un autre homme. Un vieillard à la carcasse brûlée, aux os coupants comme des lames. Un prédateur calcifié, comme ce squelette préhistorique qu'on venait d'exhumer au Pakistan...

Il glissa le peigne dans sa veste et tenta de sourire à son image.

Il eut l'impression de saluer une tête de mort, aux orbites vides.

Il se dirigea vers l'escalier et ordonna à ses gardes :

– *Geldiler. Beni yalniz birakin*[1].

_____

1. Ils sont là. Laissez-moi seul.

La pièce qu'il appelait « salle de méditation » était un espace de cent vingt mètres carrés, d'un seul tenant, au parquet de bois brut. Il aurait aussi bien pu la nommer « salle du trône ». Sur une estrade haute de trois marches dominait un long canapé couleur coquille d'œuf, couvert de coussins brodés d'or. Face à lui, une table basse. De part et d'autre, deux luminaires plaquaient sur les murs blancs des arcs de lumière tamisée. Des coffres en bois ouvragé s'alignaient contre les parois comme des ombres solides, des secrets rivetés de nacre. Et rien d'autre.

Kudseyi aimait ce dépouillement, cette vacuité presque mystique qui semblait prête à recueillir les prières d'un soufi.

Il traversa la salle, gravit les marches et s'approcha de la table basse. Il posa sa canne et saisit la carafe emplie d'ayran, à base de yaourt et d'eau, qui l'attendait toujours. Il se servit un verre, le but d'une traite et savourant la fraîcheur qui se diffusait dans son corps, il admira son trésor.

Ismaïl Kudseyi possédait la plus belle collection de kilims de Turquie, mais la pièce maîtresse était conservée ici, suspendue au-dessus du canapé.

De petite dimension, environ un mètre carré, ce tapis ancien brûlait d'un rouge sombre, bordé de jaune vieilli – la couleur de l'or, du blé, du pain cuit. Au centre, se découpait un rectangle bleu-noir, teinte sacrée qui évoquait le ciel et l'infini. A l'intérieur, une grande croix était ornée des cornes du bélier, symbole masculin et guerrier. Au-dessus, couronnant et protégeant la croix, un aigle ouvrait ses ailes. Sur la frise de bordure, se détachaient l'arbre de vie, la colchique, fleur de joie et de bonheur, le haschisch, plante magique offrant le sommeil éternel...

Kudseyi aurait pu contempler ce chef-d'œuvre durant des heures. Il lui semblait résumer son univers de guerre, de drogue et de pouvoir. Il en aimait aussi le mystère inscrit en filigrane, cette énigme de laine qui l'avait toujours intrigué. Il se posa, encore une fois, la question : « Ou est le triangle ? Où est la chance ? »

D'abord, il admira sa métamorphose.

La jeune fille bien en chair était devenue une brune longiligne, dans le style des jeunes filles modernes : petite poitrine et hanches étroites. Elle portait un manteau noir matelassé, un pantalon droit de même couleur, des bottines à bouts carrés. Une pure Parisienne.

Mais il était surtout fasciné par la transformation de son visage. Combien d'interventions, combien de plaies ouvertes avaient été nécessaires pour obtenir un tel résultat ? Ce visage méconnaissable lui criait sa rage de fuir – d'échapper à son propre joug. Il lisait aussi cela au fond des yeux indigo. Ce bleu d'ombre qui apparaissait à peine sous les paupières paresseuses et vous repoussait, comme un intrus, une présence déplaisante. Oui, sous ces traits modifiés, dans ces yeux-là, il reconnaissait la dureté primitive de son peuple nomade – une énergie farouche, née des vents du désert et de la brûlure du soleil.

D'un coup, il se sentit vieux. Et fini.

Une momie brûlée, aux lèvres de poussière.

Assis sur le canapé, il la laissa s'avancer. Elle avait subi une fouille approfondie. Ses vêtements avaient été palpés, analysés. Son corps lui-même passé aux rayons X. Deux gardes du corps se tenaient maintenant auprès d'elle, MP-7 au poing, sécurité levée, balle dans le canon. Azer restait en retrait, armé lui aussi.

Pourtant, Kudseyi ressentait une appréhension confuse. Son instinct de guerrier lui soufflait que, malgré sa vulnérabilité apparente, cette femme demeurait dangereuse. Il en éprouvait une nausée légère. Qu'avait-elle en tête ? Pourquoi s'était-elle ainsi livrée ?

Elle contemplait le kilim suspendu au mur, derrière lui. Il décida de parler français, afin de donner un caractère plus solennel à leur rencontre :

– Un des plus vieux tapis du monde. Des archéologues russes l'ont découvert à l'intérieur d'un bloc de glace, à la frontière de la Sibérie et de la Mongolie. Il a sans doute près de deux mille ans. On pense qu'il a appartenu aux Huns. La croix. L'aigle. Les cornes de bélier. Des symboles purement masculins. Il devait être accroché dans la tente d'un chef de clan.

Sema demeura muette. Une épingle de silence.

– Un tapis d'hommes, insista-t-il, à ce détail près qu'il a été tissé par une femme, comme tous les kilims d'Asie centrale. (Il sourit et marqua une pause.) J'ima-

gine souvent celle qui l'a fabriqué : une mère exclue
du monde guerrier mais qui a su imposer sa présence
jusque dans la tente du Khan.

Sema n'esquissait pas le moindre geste. Les gardes
l'encadraient au plus près.

– A cette époque, l'ouvrière dissimulait toujours,
parmi les autres motifs, un triangle, pour protéger son
tapis du mauvais œil. J'aime cette idée : patiemment, une
femme tisse un tableau viril, plein de motifs guerriers,
mais quelque part, dans une bordure, le long d'une
fresque, elle glisse un signe maternel. Es-tu capable de
repérer le triangle porte-bonheur sur ce kilim ?

Aucune réponse, aucun mouvement de la part de
Sema.

Il saisit la carafe d'ayran, remplit lentement son
verre, puis but plus lentement encore.

– Tu ne vois pas ? fit-il enfin. Peu importe. Cette
histoire me rappelle la tienne, Sema. Cette femme
cachée dans un monde d'hommes, qui dissimule un
objet qui nous concerne tous. Un objet qui doit nous
apporter chance et prospérité.

Sa voix s'éteignit sur ces syllabes, puis il clama soudain avec violence :

– Où est le triangle, Sema ? Où est la drogue ?

Aucune réaction. Les mots glissaient sur elle comme
des gouttes de pluie. Il n'était même pas sûr qu'elle
écoutât. Pourtant, elle déclara tout à coup :

– Je ne sais pas.

Il sourit encore : elle voulait négocier. Mais elle
reprit :

– J'ai été arrêtée en France. La police m'a fait subir
un conditionnement psychique. Un lavage de cerveau.

Je ne me souviens pas de mon passé. Je ne sais pas où est la drogue. Je ne sais même plus qui je suis.

Kudseyi chercha Azer du regard : lui aussi paraissait stupéfait.

— Tu penses que je vais croire une histoire aussi absurde ? demanda-t-il.

— C'était un long traitement, poursuivit-elle de son ton calme. Une méthode de suggestion, sous l'influence d'un produit radioactif. La plupart de ceux qui ont participé à cette expérience sont morts ou arrêtés. Vous pouvez vérifier : tout cela a été écrit dans les journaux français, aux dates d'hier et d'avant-hier.

Kudseyi tournait autour des faits avec méfiance.

— La police a récupéré l'héroïne ?

— Ils ne savaient même pas qu'un convoi de drogue était en jeu.

— Quoi ?

— Ils ignoraient qui j'étais. Ils m'ont choisie parce qu'ils m'ont trouvée en état de choc, dans le hammam de Gurdilek, après l'attaque d'Azer. Ils ont achevé d'effacer ma mémoire sans connaître mon secret.

— Pour quelqu'un qui n'a plus de souvenirs, tu sais beaucoup de choses.

— J'ai mené une enquête.

— Comment connais-tu le nom d'Azer ?

Sema eut un sourire, aussi bref qu'un déclic photographique.

— Tout le monde le connaît. Il n'y a qu'à lire les journaux à Paris.

Kudseyi se tut. Il aurait pu poser d'autres questions mais sa conviction était faite. Il n'avait pas vécu jusqu'à ce jour pour ignorer cette loi indéfectible : plus les faits paraissent absurdes, plus ils ont de chances d'être vrais. Mais il ne comprenait toujours pas son attitude :

— Pourquoi es-tu revenue ?

— Je voulais vous annoncer la mort de Sema. Elle est morte avec mes souvenirs.

Kudseyi éclata de rire :

— Tu espères que je vais te laisser partir ?

— Je n'espère rien. Je suis une autre. Je ne veux plus fuir au nom d'une femme que je ne suis plus.

Il se leva et effectua quelques pas. Il brandit sa canne dans sa direction :

— Il faut que tu aies vraiment perdu la mémoire pour venir à moi les mains vides.

— Il n'y a plus de coupable. Il n'y a plus de châtiment.

Une chaleur étrange envahit ses artères. Incroyable : il était tenté de l'épargner. C'était un épilogue possible, peut-être le plus original, le plus raffiné. Laisser s'envoler la créature nouvelle... Oublier tout cela... Mais il reprit, en la fixant droit dans les yeux :

— Tu n'as plus de visage. Tu n'as plus de passé. Tu n'as plus de nom. Tu es devenue une sorte d'abstraction, c'est vrai. Mais tu as conservé ta capacité à souffrir. Nous laverons notre honneur dans le lit de ta douleur. Nous...

Ismaïl Kudseyi eut la respiration coupée.

La femme tendait devant lui ses mains, paumes offertes.

Chacune d'elles portait un dessin tracé au henné. Un loup, hurlant sous quatre lunes. C'était le signe de ralliement. Le symbole utilisé par les membres de la nouvelle filière. Lui-même avait ajouté aux trois lunes du drapeau ottoman une quatrième pour symboliser le Croissant d'Or.

Kudseyi lâcha sa canne et hurla, désignant Sema de son index :

– Elle sait. ELLE SAIT !

Elle profita de cet instant de stupeur. Elle bondit derrière l'un des gardes et le ceintura brutalement. Sa main droite se referma sur les doigts de l'homme et la détente du MP-7, déclenchant une rafale en direction de l'estrade.

Ismaïl Kudseyi se sentit arraché du sol, poussé au pied du canapé par le deuxième garde. Il roula à terre et vit son protecteur tournoyer dans une rosace de sang, alors que son arme arrosait tout l'espace. Sous les impacts, les coffres éclatèrent en mille esquilles. Des étincelles se croisèrent comme des arcs électriques, le plafond se répandit en nuages de plâtre. Le premier homme, celui que Sema utilisait comme bouclier, s'effondra au moment où elle lui arrachait son arme de poing.

Kudseyi ne voyait plus Azer.

Elle se précipita vers les coffres et les renversa pour se mettre à l'abri. A cette seconde, deux autres hommes pénétrèrent dans la salle. Ils n'avaient pas effectué un pas à l'intérieur qu'ils étaient déjà touchés – le son mat, isolé du pistolet de Sema ponctuait le mitraillage des armes automatiques livrées à elles-mêmes.

Ismaïl Kudseyi tenta de se glisser derrière le canapé mais il ne put avancer – les ordres de son cerveau n'étaient pas relayés par son corps. Il était figé sur le parquet, inerte. Un signal résonna dans toute sa carcasse : il était touché.

Trois autres gardes apparurent sur le seuil, tirant à tour de rôle, puis disparaissant aussitôt derrière le chambranle. Kudseyi clignait les yeux face aux flammes des fusils mais il n'entendait plus les détonations. Ses oreilles, son cerveau semblaient remplis d'eau.

Il se groupa sur lui-même, doigts crispés sur un coussin. Un pli douloureux le transperçait, au plus profond de son estomac, et l'acculait à cette position de fœtus. Il baissa les yeux : ses intestins étaient à nu, déroulés entre ses jambes.

Tout devint noir. Quand il revint à lui, Sema rechargeait son pistolet au bas des marches, à couvert d'un coffre. Il se tourna vers le bord de l'estrade et tendit le bras. Une part de lui-même ne pouvait admettre son geste : il appelait à l'aide.

Il appelait Sema Hunsen à l'aide !

Elle se retourna. Les larmes aux yeux, Kudseyi agita la main. Elle hésita une seconde, puis gravit les marches, courbée sous les tirs qui continuaient. Le vieillard gémit de reconnaissance. Sa main décharnée se dressa, rouge, frémissante, mais la femme ne la saisit pas.

Elle se releva et braqua son pistolet de tout son corps, comme on bande un arc.

Dans une blancheur éblouie, Ismaïl Kudseyi comprit pourquoi Sema Hunsen était revenue à Istanbul.

Pour le tuer, tout simplement.

Pour couper la haine à sa source.

Et peut-être aussi, pour venger un arbre de vie.

Dont il avait fait ligaturer les racines.

Il s'évanouit encore. Quand il rouvrit les yeux, Azer plongeait sur Sema. Ils roulèrent au bas des marches, parmi les débris de cuir et les flaques de sang. La lutte s'engagea, alors que des sillons d'éclairs déchiraient toujours la fumée. Des bras, des poings, des coups – mais pas un cri. Juste l'obstination étouffée de la haine. La rage des corps à survivre.

Azer et Sema.

Sa portée maléfique.

Sur le ventre, Sema tenta de brandir son arme mais Azer l'écrasa de son poids. En la maintenant par la nuque, il dégagea un couteau. Elle s'échappa de son emprise, retomba sur le dos. Il chargea, l'attrapa au ventre avec sa lame. Sema cracha un mot étouffé – des syllabes de sang.

Gisant sur l'estrade, un bras déployé sur l'escalier, Kudseyi voyait tout. Ses yeux, deux valves lentes, battaient à contrecoup de ses artères. Il pria pour mourir avant l'issue du combat mais il ne pouvait s'empêcher de les observer.

La lame s'abattit, se leva, s'abattit encore, s'obstinant au fond des chairs.

Sema se cambra. Azer attrapa ses épaules et les plaqua à terre. Il balança son arme et plongea son bras dans la plaie vive.

Ismaïl Kudseyi s'enfonçait loin dans les sables mouvants de la mort.

A quelques secondes de sa fin, il vit les mains écarlates se tendre vers lui, chargées de leur butin...

Le cœur de Sema entre les doigts d'Azer.

ÉPILOGUE

À la fin du mois d'avril, en Anatolie orientale, les neiges d'altitude commencent à fondre et ouvrent un chemin jusqu'au sommet le plus élevé des monts Taurus, le Nemrut Dağ. Les périples touristiques n'ont pas encore commencé et le site reste préservé, dans la plus parfaite solitude.

Après chaque mission, l'homme attendait ce moment pour revenir auprès des dieux de pierre.

Il avait décollé d'Istanbul la veille, le 26 avril, et atterri en fin d'après-midi à Adana. Il s'était reposé quelques heures dans un hôtel proche de l'aéroport, puis avait pris la route, en pleine nuit, à bord d'une voiture de location.

Il roulait maintenant vers l'orient, dans la direction d'Adiyaman, à quatre cents kilomètres de là. De longs pâturages l'entouraient aux allures de plaines englouties. Dans les ténèbres, il devinait leurs vagues souples qui ondulaient. Ces roulis d'ombre constituaient la première étape, le premier stade de pureté. Il songea au début d'un poème qu'il avait écrit dans sa jeunesse, en türk ancien : « *J'ai sillonné les mers de verdure...* »

A 6 heures 30, après qu'il eut dépassé la ville de Gaziantep, le paysage changea. Dans les prémices du jour, la chaîne des monts Taurus apparut. Les champs fluides se muèrent en déserts pétrifiés. Des pics s'élevèrent, rouges, abrupts, écorchés. Des cratères s'ouvrirent, au loin, évoquant des fleurs de tournesol séchées.

Face à ce spectacle, le voyageur ordinaire ressentait toujours une appréhension, une angoisse confuse. Lui au contraire aimait ces tons d'ocre et de jaune, plus forts, plus crus que le bleu de l'aube. Il y retrouvait ses marques. Cette aridité avait forgé sa chair. C'était le deuxième stade de pureté.

Il se remémora la suite de son poème :

« *J'ai sillonné les mers de verdure,*
Embrassé les parois de pierre, les orbites d'ombre... »

Quand il s'arrêta à Adiyaman, le soleil peinait à apparaître. A la station-service de la ville, il remplit lui-même son réservoir tandis que l'employé nettoyait son pare-brise. Il regardait les flaques de fer, les maisons aux tons de bronze dispersées jusqu'au pied du versant.

Sur l'avenue principale, il aperçut les entrepôts Matak, « ses » entrepôts, où des tonnes de fruits seraient bientôt stockés pour être traités, conservés, exportés. Il n'en éprouva aucune vanité. Ces ambitions triviales ne l'avaient jamais intéressé. Il sentait en revanche l'imminence de la montagne, la proximité des terrasses...

Cinq kilomètres plus loin, il quitta la route principale. Plus d'asphalte, plus de panneau indicateur. Juste un sentier taillé dans la montagne, serpentant jusqu'aux nuages. A ce moment, il retrouva véritablement ses terres natales. Les côteaux de poussière pourpre, les herbes hérissées en bosquets agressifs, les moutons gris-noir s'écartant à peine sur son passage.

Il dépassa son village. Il croisa des femmes aux foulards ornés d'or. Des visages de cuir rouge, ciselés comme des plateaux de cuivre. Des créatures sauvages, dures à la terre, murées dans la prière et les traditions, comme l'avait été sa mère. Parmi ces femmes, peut-être y avait-il des membres de sa propre famille...

Plus haut encore, il aperçut des bergers recroquevillés sur un talus, enveloppés dans des vestes trop larges. Il se revit, vingt-cinq ans auparavant, assis à leur place. Il se souvenait encore du pull Jacquard qui lui avait tenu lieu de manteau, avec ses manches trop longues, dont ses mains, chaque année, dépassaient un peu plus. Les mailles du tricot avaient été son seul calendrier.

Des sensations frémirent au bout de ses doigts. Le contact de son crâne rasé lorsqu'il se protégeait des coups de son père. La douceur des fruits secs quand il laissait traîner ses mains à la surface des gros sacs de l'épicier, en rentrant le soir des pâturages. Le brou des noix qu'il ramassait en automne et qui lui tachait les paumes pour tout l'hiver...

Il pénétrait maintenant dans la chape de brume.

Tout devint blanc, ouaté, humide. La chair des nuages. Les premiers amas de neige bordaient la voie. Une neige particulière, imprégnée de sable, luminescente et rose.

Avant d'aborder le dernier tronçon, il fixa des chaînes à ses pneus puis reprit la route. Il cahota près d'une heure encore. Les congères brillaient de plus en plus, prenant la forme de corps alanguis. L'étape ultime de la Voie Pure.

« J'ai caressé les versants de neige,
saupoudrés de sable rose,
renflés comme des corps de femmes... »

Enfin, il repéra l'aire de stationnement, au pied de la roche. Au-dessus, le sommet de la montagne demeurait invisible, voilé par les nappes de brouillard.

Il sortit de la voiture et savoura l'atmosphère. Le silence de neige pesait sur les lieux comme un bloc de cristal.

Il emplit ses poumons d'air glacé. L'altitude dépassait ici deux mille mètres. Il lui restait encore trois cents mètres à gravir. Il grignota deux chocolats, en prévision de l'effort, puis, mains dans les poches, se mit en marche.

Il dépassa la cahute des gardiens, verrouillée jusqu'au mois de mai, puis suivit le tracé des pierres qui émergeaient à peine de la couche de neige. L'ascension devint difficile. Il dut faire un détour, afin d'éviter l'abrupt de la pente. Il avançait en se tenant de biais, s'appuyant à gauche sur le versant, s'efforçant de ne pas glisser dans le vide. La neige crissait sous ses pas.

Il commençait à haleter. Il sentait tout son corps en appel, son esprit en éveil. Il accéda à la première terrasse – celle de l'est – mais ne s'y attarda pas. Les statues étaient ici trop érodées. Il s'accorda seulement quelques instants de répit sur l'« autel du feu » : une plate-forme de pierre frappée, vert bronze, qui offrait un point de vue de cent quatre-vingts degrés sur les monts Taurus.

Le soleil rendait enfin grâce au paysage. Au fond de

la vallée, on discernait des plaques rouges, des morsures jaunes, et aussi des bouches d'émeraude, vestiges des plaines qui avaient fondé la fertilité des royaumes anciens. La lumière reposait dans ces cratères, creusant des flaques blanches, frémissantes. A d'autres endroits, elle semblait déjà s'évaporer, s'élever en poudre, décomposant chaque détail en milliards de paillettes. Ailleurs, le soleil jouait avec les nuages, des ombres passaient sur les montagnes comme des expressions sur un visage.

Il fut pris d'une émotion indicible. Il ne pouvait se convaincre que ces terres étaient « ses » terres, qu'il appartenait lui-même à cette beauté, à cette démesure. Il lui semblait voir les hordes ancestrales avancer sur l'horizon – les premiers Türks qui avaient apporté puissance et civilisation en Anatolie.

Quand il regardait mieux, il voyait même qu'il ne s'agissait ni d'hommes ni de chevaux, mais de loups. Des bandes de loups argentés, qui se confondaient avec la réverbération de la terre. Des loups divins, prêts à s'unir avec les mortels pour donner naissance à une race de guerriers parfaits...

Il poursuivit sa route, en direction du versant ouest. La neige devenait à la fois plus épaisse et plus légère – plus feutrée. Il jeta un regard en arrière, vers ses propres empreintes, et songea à une écriture mystérieuse, qu'on aurait traduite du silence.

Enfin, il atteignit la terrasse suivante, où se dressaient les Têtes de Pierre.

Elles étaient cinq. Des têtes colossales, mesurant chacune plus de deux mètres de haut. A l'origine, elles se tenaient sur des corps massifs, au sommet du tumulus qui constituait le tombeau proprement dit, mais les tremblements de terre les avaient abattues. Des hommes les avaient redressées et elles paraissaient avoir gagné en force, à même le sol, comme si leurs épaules étaient les contreforts de la montagne elle-même.

Au centre, était Antioche Ier roi de Commagène, qui avait voulu mourir parmi les dieux métis, à la fois grecs et perses, issus du syncrétisme de cette civilisation perdue. A ses côtés, il y avait Zeus-Ahurâ Mazdâh, le dieu des dieux, qui s'incarnait dans la foudre et le feu, Apollon-Mithra, qui exigeait qu'on sanctifiât les hommes dans le sang des taureaux, Tysché, qui symbolisait, sous sa couronne d'épis et de fruits, la fertilité du royaume...

Malgré leur puissance, ces visages arboraient des expressions de jeunesse placide, des bouches en cœurs de fontaine, des barbes bouclées... Leurs grands yeux blancs, surtout, paraissaient rêver. Même les gardiens du sanctuaire, le Lion, roi des animaux, et l'Aigle, maître des cieux, usés et enveloppés de neige, ajoutaient à la mansuétude du cortège.

Ce n'était pas l'heure : les brumes étaient trop denses pour que le phénomène survienne. Il serra son écharpe et songea au souverain qui avait construit ce sépulcre. Antioche Epiphane Ier. Son règne avait été si prospère qu'il s'était cru béni des dieux, jusqu'à se considérer comme un des leurs et se faire inhumer au sommet d'un mont sacré.

Ismaïl Kudseyi, lui aussi, s'était pris pour un dieu, croyant avoir droit de vie et de mort sur ses sujets. Mais il avait oublié le principal : il n'était qu'un instrument de la Cause, un simple maillon du Touran. En négligeant cela, il s'était trahi lui-même et avait trahi les Loups. Il avait bafoué les lois dont il avait été jadis le représentant. Il était devenu un homme dégénéré, vulnérable. Voilà pourquoi Sema avait pu l'abattre.

Sema. L'amertume lui asséca soudain la bouche. Il était parvenu à l'éliminer mais n'avait pas triomphé pour autant. Toute cette chasse avait été un gâchis, un échec qu'il avait tenté de sauver en sacrifiant sa proie selon les règles ancestrales. Il avait dédié son cœur aux dieux de pierre du Nemrut Dağ – ces dieux qu'il avait toujours honorés, en sculptant leurs traits dans la chair de ses victimes.

Le brouillard se dissipait.

Il s'agenouilla dans la neige et attendit.

Dans quelques instants, les brumes allaient se lever et envelopper une dernière fois les têtes géantes, les emportant dans leur légèreté, les sollicitant dans leur mouvement – et leur donnant vie. Les visages perdraient en netteté, en contours, puis flotteraient au-dessus de la neige. Impossible alors de ne pas penser à une forêt. Impossible de ne pas les voir s'avancer... Antioche, le premier, puis Tysché et les autres Immortels à sa suite, entourés, flattés, enfumés par les vapeurs de glace. Enfin, dans ce suspens, leurs lèvres s'ouvriraient et laisseraient échapper des paroles.

Il avait souvent assisté à ce prodige lorsqu'il était enfant. Il avait appris à capter ce murmure, à comprendre ce langage. Minéral, antique, inintelligible pour ceux qui n'étaient pas nés là, au pied de ces montagnes.

Il ferma les yeux.

Il priait aujourd'hui pour que les géants lui accordent leur clémence. Il espérait aussi un nouvel oracle. Des paroles de brume qui lui révéleraient son avenir. Qu'allaient lui souffler aujourd'hui ses mentors de pierre ?

– Pas un geste.

L'homme se pétrifia. Il crut à une hallucination mais le museau froid d'une arme s'appuya contre sa tempe. La voix répéta, en français :

– Pas un geste.

Une voix de femme.

Il parvint à tourner la tête et aperçut une longue silhouette, vêtue d'une parka et d'un fuseau de couleur noire. Ses cheveux noirs, serrés par un bonnet, jaillissaient en deux ruisseaux de boucles sur ses épaules.

Il était sidéré. Comment cette femme avait-elle pu le suivre jusqu'ici ?

– Qui es-tu ? demanda-t-il en français.

– Peu importe mon nom.

– Qui t'envoie ?

– Sema.

– Sema est morte.

Il ne pouvait accepter d'être ainsi surpris dans le secret de son pèlerinage. La voix continua :

– Je suis la femme qui était à ses côtés, à Paris. Celle qui lui a permis d'échapper à la police, de retrouver la mémoire, de revenir en Turquie pour vous affronter.

L'homme acquiesça. Oui, depuis le début, il manquait un maillon dans cette histoire. Sema Hunsen ne pouvait lui avoir échappé aussi longtemps – elle avait reçu de l'aide. Une question lui traversa les lèvres, avec une impatience qu'il regretta :

– La drogue, où était-elle ?

– Dans un cimetière. Dans des urnes cinéraires. « Un peu de poudre blanche parmi les poudres grises... »

Il hocha encore la tête. Il reconnaissait l'ironie de Sema, qui avait exercé son métier comme un jeu. Tout cela sonnait juste – un véritable tintement de cristal.

– Comment m'as-tu retrouvé ?

– Sema m'a écrit une lettre. Elle m'a tout expliqué. Ses origines. Sa formation. Sa spécialité. Elle m'a aussi donné les noms de ses anciens amis – ses ennemis d'aujourd'hui.

Il remarquait, à travers ses paroles, une sorte d'accent, une manière étrange de prolonger les syllabes finales. Il observa un instant les yeux blancs des statues, elles n'étaient pas encore éveillées.

– Pourquoi te mêler de ça ? s'étonna-t-il. L'histoire est terminée. Et elle s'est terminée sans toi.

– Je suis arrivée trop tard, c'est vrai. Mais je peux encore faire quelque chose pour Sema.

– Quoi ?

– T'empêcher de poursuivre ta quête monstrueuse.

Il eut un sourire et la regarda franchement, malgré le canon pointé sur lui. C'était une grande femme, très brune, très belle. Son visage était pâle, flétri par des rides nombreuses, mais ces sillons, plutôt que d'atténuer sa beauté, semblaient la circonscrire, la préciser. Face à cette apparition, il avait le souffle coupé. C'est elle qui reprit :

– J'ai lu les articles, à Paris, sur les meurtres des trois femmes. J'ai étudié les mutilations que tu leur as infligées. Je suis psychiatre. Je pourrais donner des noms compliqués à tes obsessions, à ta haine des femmes... Mais à quoi cela servirait-il ?

L'homme comprit qu'elle était venue le tuer – elle l'avait traqué jusqu'ici pour l'abattre. Mourir de la main d'une femme : c'était impossible. Il se concentra sur les têtes de pierre. La lumière allait bientôt leur donner vie. Les Géants lui souffleraient-ils comment agir ?

– Et tu m'as suivi jusqu'ici ? demanda-t-il pour gagner du temps.

– A Istanbul, je n'ai eu aucun mal à localiser ta société. Je savais que tu y viendrais, tôt ou tard, malgré l'avis de recherche, malgré ta situation. Quand tu es enfin apparu, entouré de tes gardes du corps, je ne t'ai plus lâché. Pendant des jours, je t'ai suivi, épié, observé. Et j'ai compris que je n'avais aucune chance de t'approcher, encore moins de te surprendre...

Une étrange détermination filtrait dans ses paroles. Elle commençait à l'intéresser. Il lui jeta un nouveau coup d'œil. A travers la vapeur de son souffle, un autre détail le frappa. Sa bouche, d'un rouge trop vif, violacé par le froid. Soudain, cette couleur organique raviva sa haine des femmes. Comme les autres, elle était un blasphème. Une tentation exhibée, sûre de son pouvoir...

– C'est alors qu'est survenu un miracle, poursuivit-elle. Un matin, tu es sorti de ta planque. Seul. Et tu t'es rendu à l'aéroport... Je n'ai eu qu'à t'imiter et acheter un billet pour Adana. J'ai supposé que tu allais visiter des laboratoires clandestins ou un camp d'entraînement. Mais pourquoi partir seul ? J'ai songé à ta famille. Mais ce n'était pas ton genre. Tu n'as plus qu'une seule famille et c'est une meute de loups. Alors quoi ? Dans sa lettre, Sema te décrivait comme un chasseur venu de l'Est, de la région d'Adiyaman, obsédé d'archéologie. En attendant le départ, j'ai acheté des cartes, des guides. J'ai découvert le site de Nemrut Dağ et ses statues. Leurs fissures de pierre m'ont rappelé des visages défigurés. J'ai compris que ces sculptures étaient ton modèle. Le modèle qui structurait ta démence. Tu partais te recueillir, dans ce sanctuaire inaccessible. A la rencontre de ta propre folie.

Il retrouvait son calme. Oui : il appréciait la singularité de cette femme. Elle avait réussi à le pister sur son propre territoire. Elle était entrée, pour ainsi dire, en coïncidence avec son pèlerinage. Peut-être même était-elle digne de le tuer...

Il lança un dernier regard aux statues. Leur blancheur éclatait maintenant dans le soleil. Elles ne lui avaient jamais semblé si fortes – et en même temps si lointaines. Leur silence était une confirmation. Il avait perdu : il n'était plus digne d'elles.

Il prit une profonde inspiration et les désigna d'un mouvement de tête :

– Tu sens la puissance de ce lieu ?

Toujours à genoux, il saisit une poignée de neige rose et l'effrita :

– Je suis né à quelques kilomètres d'ici, dans la vallée. A l'époque, il n'y avait aucun touriste. Je venais m'isoler sur cette terrasse. Au pied de ces statues, j'ai forgé mes rêves de puissance et de feu.

– De sang et de meurtre.

Il consentit un sourire.

– Nous œuvrons pour le retour de l'empire turc.

Nous nous battons pour la suprématie de notre race en Orient. Bientôt, les frontières d'Asie centrale éclateront. Nous parlons la même langue, nous possédons les mêmes racines. Nous descendons tous d'Asena, la Louve blanche.

— Tu nourris ta folie avec un mythe.

— Un mythe est une réalité devenue légende. Une légende peut devenir réalité. Les Loups sont de retour. Les Loups sauveront le peuple turc.

— Tu n'es qu'un assassin. Un tueur qui ne connaît pas le prix du sang.

Malgré le soleil, il se sentait gourd, paralysé par le froid. Il montra, sur sa gauche, le contour de neige qui se perdait dans la vibration de l'air :

— Jadis, sur l'autre terrasse, les guerriers étaient sanctifiés avec du sang de taureau, au nom d'Apollon-Mithra. C'est de cette tradition que provient votre baptême – le baptême des chrétiens. C'est du sang que naît la grâce.

La femme écarta ses mèches noires de sa main libre. Le froid accentuait et rougissait ses rides, mais cette géographie précise augmentait sa magnificence. Elle leva le chien de l'arme :

— Alors, c'est le moment de te réjouir. Parce que le sang va couler.

— Attends.

Il ne comprenait toujours pas son audace, sa persévérance.

— Personne ne prend de tels risques. Surtout pas pour une femme croisée à peine quelques jours. Sema : qui était-elle pour toi ?

Elle hésita puis pencha légèrement la tête de côté :

572

– Une amie. Juste une amie.

A ces mots, elle sourit. Et ce grand sourire rouge, se détachant sur les bas-reliefs du sanctuaire, fut la confirmation de toutes les vérités.

Elle seule, peut-être, jouait véritablement ici son destin.

En tout cas, pas moins que lui-même.

Ils trouvaient tous deux leur place exacte dans la fresque ancestrale.

Il se concentra sur ces lèvres éclatantes. Il songea aux pavots sauvages dont sa mère brûlait les tiges pour mieux en préserver la teinte écarlate.

Quand le canon du 45 s'embrasa, il sut qu'il était heureux de mourir à l'ombre d'un tel sourire.

Composition réalisée par NORD COMPO

Imprimé en France sur Presse Offset par

BRODARD & TAUPIN

GROUPE CPI

La Flèche (Sarthe).
N° d'imprimeur : 30071 – Dépôt légal Éditeur : 60173-06/2005
Édition 01
LIBRAIRIE GÉNÉRALE FRANÇAISE – 31, rue de Fleurus – 75278 Paris cedex 06.

ISBN : 2 - 253 - 11393 - X   31/1393/3